Martin Arz · Reine Nervensache

Martin Arz

REINE NERVENSACHE

Max Pfeffers 2. Fall

HIRSCHKÄFER verlag

Martin Arz, geboren 1963 in Würzburg, studierte Theaterwissenschaft, Völkerkunde und Kunsterziehung. Er schrieb als freier Autor für zahlreiche Magazine und arbeitete als PR-Berater, bevor er sich ganz der Malerei und dem Schreiben widmete. Seine Gemälde waren bereits auf vielen Ausstellungen im In- und Ausland zu sehen. Im Januar 2004 erschien »Das geschenkte Mädchen«, der erste Pfeffer-Krimi aus der Feder von Martin Arz. Es folgten »Reine Nervensache«, »Die Knochennäherin«, »Pechwinkel« und zuletzt im Frühjahr 2014 »Westend 17«. Kriminalrat Pfeffer ermittelte außerdem im Frühjahr 2010 in Deutschlands erstem Twitter-Krimi »Der Tote vom Glockenbach«, der über Twitter publiziert wurde. Martin Arz veröffentlichte zudem mehrere Sachbücher über die Stadt, in der er lebt und arbeitet: München.

Pfeffer-Krimis im Hirschkäfer-Verlag:
- Das geschenkte Mädchen · Max Pfeffers 1. Fall
- Reine Nervensache · Max Pfeffers 2. Fall
- Pechwinkel · Max Pfeffers 4. Fall
- Westend 17 · Max Pfeffers 5. Fall

Handlung und Personen sind frei erfunden. Jede Ähnlichkeit mit tatsächlichen Ereignissen oder Personen wäre rein zufällig.

2. Auflage, März 2014

Die Originalausgabe erschien 2005 unter dem Titel »Reine Nervensache · Pfeffers zweiter Fall« im Leda-Verlag, Leer.
Cover und grafische Gestaltung von Hirschkäfer Design/Coriander P
Druck: Druckservice Brucker, Mainburg

ISBN 978-3-940839-11-4

Besuchen Sie uns im Internet:
www.hirschkaefer-verlag.de

Mit Liebe gemacht.

intro

»Bist du bereit?«

»Was glaubst du?«

»Was ich glaube? Du fragst mich allen Ernstes, was ICH *glaube?«*

»Entschuldige. Das habe ich nicht so gemeint! Ich wollte nur …«

»Wozu machen wir das Ganze, wenn du immer noch von Glauben redest? Untersteh dich, weiterhin deine beschränkten Sichtweisen auf mich zu projizieren. Von Glauben kann hier wohl nicht die Rede sein, findest du nicht auch?«

»Verzeih mir, ich wollte nur …«

»Findest du nicht auch?!«

»Natürlich. Verzeih, bitte, verzeih.«

»Gut, wenn du willst, werden wir uns noch ausführlich darüber unterhalten, was DU *glaubst. Ich sehe Defizite, die manche erschüttern würden. Und entschuldige dich nicht immer. Ich verzeihe, das dürfte dir nur zu bekannt sein. Nun sag mir, ob du bereit bist.«*

»Ja! Absolut!«

»Du musst nicht schreien. Ich höre alles, sogar deine Träume. Ich wusste, dass ich mich auf dich verlassen kann. Du bist mein Werkzeug. Ich wünsche vorerst kein Fanal. Das muss klar sein. Nur einen kleinen, nun, nennen wir es Schlag auf den Hinterkopf, der ihr Denkvermögen anregt.«

01

Wenn man sie gefragt hätte, hätte sie klipp und klar »Nein« gesagt. Aber man hatte sie nicht gefragt. Dabei war ihr der junge Mann sofort mehr als komisch vorgekommen – was heißt komisch, gruselig, richtig eklig hatte er auf Nathalie gewirkt, als sie ihn an der Tankstelle das erste Mal wahrgenommen hatte.

Später, sehr viel später, als alles endlich vorbei und nichts mehr wie bisher war, sollte ihr die Szenerie und ihre »wahnsinnig negativen Vibes«, wie sie es dann auszudrücken pflegte, wieder einfallen.

Es war bereits kurz nach halb neun abends. Der Regen hatte nachgelassen, die gelben Neonlichter der Jet-Tankstelle spiegelten sich in den trüben Pfützen. Für einen kurzen Moment sah es so aus, als würde die Sonne es sogar noch einmal durch die Wolkendecke schaffen, bevor sie ganz unterging – sie schaffte es nicht. Der Himmel verdunkelte sich wieder mit schwarzen, tiefhängenden Gewitterwolken. Nathalie blickte durch das regennasse Seitenfenster des Minivans und bekam eine Gänsehaut. »Guck mal, der Typ da«, rief sie und gab Frank, der vor ihr auf dem Beifahrersitz lümmelte und eine Zigarette drehte, einen Schubs, woraufhin Frank mit einer unkoordinierten Bewegung gut die Hälfte der sorgsam auf dem Papier gestapelten Tabakkrümel im Wageninneren verteilte.

»Spinnst du?«, rief er und wischte sich Tabak von der Hose. »Mann, kannst mich doch nicht einfach so schubsen, wenn ich …«

»Sorry«, entgegnete Nathalie. »Aber guck dir doch mal den Typen da an!« Sie deutete auf den Mann, der mit tief ins Gesicht gezogener Kapuze und triefend vor Nässe an der Ausfahrt der Tankstelle stand. Unter den rechten Arm hatte er eine kleine Reisetasche geklemmt. Er musterte die wenigen Autos, die tankten. Obwohl Nathalie seine Augen nicht sehen konnte, lief ihr eine Gänsehaut den Rücken hinunter. Irgendwas stimmte mit dem Kerl nicht, dessen war sie sich ganz sicher. Intuition – mehr nicht, aber auch nicht weniger.

»Wenn ich einen richtig trashigen Splattermovie über einen durchgeknallten Massenmörder drehen würde, der nachts mit einem abgehackten

Kopf in der Reisetasche per Anhalter durch die Prärie gondelt und so scarymoviemäßig weitermetzelt, dann würde ich den Typen da nehmen«, sagte sie. Und trashige Splatterfilme hatte sie mehr als genug gesehen, damals, als sie vierzehn war und mit dem unglaublich erwachsen wirkenden Markus gegangen war. Noch mehr als an Schockerfilmen war Markus allerdings an Nathalies Unschuld interessiert gewesen, doch das war dem Mädchen erst nach drei Wochen aufgefallen, und sie hatte schnell die Konsequenzen gezogen, weil sie ihre Unschuld vorerst behalten wollte. Zuvor hatten sie sich nachmittagelang die schlechtesten Billigproduktionen reingezogen, hatten unzählige Köpfe in Großaufnahme und Zeitlupe rollen, kilometerweise Eingeweide aus aufgeschlitzten Bäuchen quellen und hektoliterweise Blut in alle Richtungen spritzen sehen. In fast der Hälfte dieser Filme hatte es einen wahnsinnigen Axtmörder gegeben, der dann mit abgetrennten Leichenteilen durch die Lande gezogen war. Und nicht selten waren diese Typen so gestylt gewesen wie der Kerl vorne an der Straße. Dunkle Regenjacke, die Kapuze so tief ins Gesicht gezogen, dass man die Augen nicht sehen und das blasse, unrasierte Kinn nur erahnen konnte.

Frank sah kurz in die angegebene Richtung, rollte dann mit geübten Fingern das Zigarettenpapier um den Tabak und zuckte mit den Schultern. »Sonst gehts dir aber noch gut?!« Er tippte sich an die Stirn. »Du spinnst echt, Nathalie. Das ist nur irgendein armer Tramper, den es ordentlich geduscht hat beim letzten Gewitter.« Er befeuchtete vorsichtig die Gummierung des Papers mit der Zunge und vollendete seine Selbstgedrehte. Zufrieden sah er die Zigarette an, so zufrieden, als hätte er ein einzigartiges, wertvolles Kunstwerk geschaffen. Er öffnete die Wagentür und stieg aus. »Rauch draußen«, murmelte er überflüssigerweise und ging kurz zu Benni, der immer noch neben der Zapfsäule darauf wartete, dass der Van endlich vollgetankt war.

Die beiden Jungs tauschten ein paar Sätze aus, die Nathalie nicht hören konnte. Benni sah kurz in den Wagen hinein und als er Nathalies Blick bemerkte, warf er ihr einen kleinen Luftkuss zu. Dann grinste er. Das Mädchen musste lächeln, sie revanchierte sich mit einem hingehauchten Kuss. Frank war unterdessen vor zur Straße gegangen, wo er sich die Zigarette anzündete. Die Blicke des nassen Kapuzenmannes folgten ihm, wie Nathalie mit Argwohn bemerkte. Sie musste schließlich über sich selbst lachen. Ein echter wahnsinniger Axtmörder würde im wirklichen Leben sicherlich nicht als wandelndes Splattermovieklischee durch die Nacht reisen.

Frank schlenderte ein wenig an der Straße entlang, inhalierte bei jedem Zug an der Zigarette so tief, als sei es seine letzte. Dabei achtete er darauf, dass jede seiner Bewegungen möglichst lässig aussah. Standbein, Spielbein, Drehung nach rechts, dabei ein klein wenig den Rücken rund machen, gerade so viel, dass er keinen Buckel bekam, damit die mächtigen Brustmuskeln stärker unter dem engen T-Shirt hervortraten. Drehung nach links, dabei den Hintern anspannen, ein wenig recken, damit die Ärmel höher rutschten und die Ausläufer seines großen Tribals, das er sich von Bizepsansatz zu Bizepsansatz quer über die Schulter hatte tätowieren lassen, sichtbar wurden. Seine Eltern hatten angesichts dieser »Verstümmelung« tobend das Geld für den Führerschein gestrichen, doch Frank war lieber ohne Auto als ohne Tätowierung …

Seine sorgsam einstudierten Posen, die seinen Körper in jeder Sekunde optimal zur Geltung bringen sollten, gingen Nathalie auf die Nerven. Auch der Kapuzenmann machte nun ein paar kurze Schritte hin und her, dabei behielt er Frank fest im Visier. Es war nur eine Frage der Zeit, bis Frank den Blick erwiderte und freundlich lächelnd hinübernickte. Sofort kam der Kapuzenmann mit seiner kleinen Reisetasche zu Frank, und sie begannen zu plaudern. Nathalie öffnete die Wagentür und beugte sich hinaus.

»Benni«, rief sie ihrem Freund zu, der eben den Zapfhahn zurück in die Halterung der Säule steckte und nach seinem Geldbeutel kramte. »Benni, hör mal bitte. Wenn Frank mit diesem Typen da ankommt … also, ich meine, den nehmen wir bitte nicht mit. Auf keinen Fall. Versprochen? Den finde ich nicht so prickelnd!«

»Hey, Süße.« Benni, der ihr nicht ganz folgen konnte, beugte sich zu ihr herunter und gab ihr einen herzhaften Kuss. Sein Dreitagebart, der ihm etwas so wahnsinnig Verwegenes gab, kitzelte an ihrer Oberlippe. »Wo brennts denn?«

»Frank hat da diesen komischen Tramper an der Backe.« Sie deutete hinter sich zur Straße hin. Benni hob den Kopf und spähte in die Richtung.

»*So what?*«

»Ich finde den Typen voll daneben! Bitte versprich mir …«

»Ich hab Jo gesagt, dass wir ihn bis Vierkirchen mitnehmen können!«, rief da Frank und näherte sich mit großen Schritten dem Van, den sich Benni von seinem Onkel für diesen Abend geliehen hatte, weil Bennis Golf in der Werkstatt war. »Ist doch kein Problem, oder!«

»Äh …«, Benni stockte und sah zu Nathalie hinunter, die ihm einen kurzen flehenden Blick aus ihren braunen Augen zuwarf. Dann musterte er seinen

Kumpel Frank und den Mann mit der tief ins Gesicht gezogenen Kapuze. Der Tramper mochte Anfang zwanzig sein, sein Gesicht lag zwar im Schatten der Kopfbedeckung, doch selbst Nathalie konnte beim näheren Hinsehen keinerlei Spuren von Wahnsinn und Mordlust darin erkennen. Eher erinnerte er sie mit seiner seltsam ausdruckslosen Miene und den müden Augen an einen bedröppelten Hund. Nathalie strich sich eine Strähne ihrer naturblonden wilden Mähne aus dem Gesicht und lehnte sich mit einem Seufzer zurück.

Benni sagte: »Nö, ist kein Problem, oder Nathalie? Vierkirchen liegt ja fast auf der Strecke. Ich zahl nur noch schnell, dann kanns losgehen.«

»Ich möchte vorne sitzen«, sagte der Kapuzenmann, der nach Franks Angaben Jo hieß. Seine Stimme war dunkel und kratzig, aber angenehm. Ihr Klang machte bei Nathalie noch mehr an negativen Eindrücken wett als sein Hundeblick. Doch er sagte »ich möchte«, fordernd, befehlend, nicht »darf ich« oder »kann ich«, schon gar kein »bitte«. Nathalie überlegte, ob es auch den Jungs aufgefallen war. Wohl kaum. Sie war froh, dass Jo nun vorne saß und Frank neben ihr. Es beruhigte sie.

»Willst du deine Tasche nicht lieber hinten in den Kofferraum tun?«, fragte Frank, beugte sich vor und griff nach dem Gepäckstück, das Jo auf seinem Schoß hielt. Mit einem heftigen Ruck seines linken Arms verhinderte Jo, dass Frank die Taschenhenkel fassen konnte.

»Nein«, sagte er barsch und eine Spur zu aggressiv. Seine Stimme überschlug sich fast. »Hände weg von meiner Tasche!« Nach einer kurzen Pause hängte er noch ein halbherziges »Bitte« dran.

»Schon gut, Mann! Keine Folklore.« Frank lehnte sich zurück und grinste. »War ja nur ein Vorschlag. Hast wohl einen Goldschatz dabei?! Könntest aber wenigstens deine Kapuze abnehmen, nur so aus Höflichkeit.«

»Nein«, kam es erneut aggressiv von vorne.

Benni hatte endlich gezahlt und stieg wieder in den Wagen. Bevor er den Motor anließ, fiel sein Blick auf die schmutzige Reisetasche auf Jos Schoß. »Komm, ich tu die noch in den Kofferraum«, sagte Benni und hatte die Griffe schneller in der Hand, als Jo zunächst reagieren konnte.

»Nein!«, zischte Jo und schnappte seine Tasche. Eine kurze, absurde Rangelei um das durchnässte Gepäck entstand, bis Benni, verblüfft von Jos heftiger Reaktion, die Griffe losließ und »Mann, schon gut« sagte. »Anschnallen, es geht los.«

Auf der Fahrt, die sie zunächst auf der Bundesstraße Richtung Dachau führte, versuchte Frank ein Gespräch in Gang zu bringen.

»Hast echt Glück, dass wir fast in dieselbe Richtung müssen, Jo. Wir sind auf dem Weg zu einem Kumpel, dessen Eltern haben sich in der Nähe von Weichs einen voll geilen alten Bauernhof gekauft. So richtig heimatfilmmäßig, das Teil. Von siebzehnhundertnochwas. Angeblich. So voll mit Holzverkleidung und fetten Geranien am Balkon und so. Na, dem seine Alten haben Kohle wie andere Leute Silberfischchen.« Frank lachte blöde.

Jo grunzte grimmig, die Bauernhöfe von Franks Freunden schienen ihn mäßig zu beeindrucken.

»So was kostet heute eine Menge. Noch dazu im Einzugsgebiet von München«, plapperte Frank munter weiter. »Da macht er heute eine Grillparty. Bestimmt voll cool. *Party all night long,* und morgen wird die Schule geschwänzt. Aber Kacke, dass es ausgerechnet heute so ein Gewitter geben musste. Dabei war das bisher doch der absolute Hammersommer. Jeden Tag über dreißig Grad und kein Wölkchen am Himmel. Und das seit Mai, aber grad heute, wenn die Party steigt, muss es pissen. Na, hat ja zum Glück auch wieder aufgehört, und es ist immer noch pisswarm draußen. Voll thailandmäßig. Warst du schon mal in Thailand?«

Mehr als ein Grunzen kam nicht vom Kapuzenmann.

»Und du?«, unternahm Frank einen erneuten Anlauf. »Was machst du so in Vierkirchen? Wohnst du da?«

»Hmmm«, antwortete Kapuzenjo unbestimmt.

»Jo. Was soll das eigentlich für ein Name sein?«, fragte Frank weiter. »Ist das eine Abkürzung für Josef? Joe oder Sepp war dir wohl zu prollig?«

»Stimmt«, sagte Jo kurz angebunden und sah aus dem Fenster.

»Mann, kapier doch endlich, dass dein neuer Freund nicht reden will. Lass ihn in Ruhe«, sagte Nathalie zu Frank, bevor der zu einer neuen Frage ausholen konnte. Ihre anfänglichen Bedenken gegen den Tramper hatten sich zerstreut. Obwohl ihr aufgefallen war, dass er unangenehm roch – nach Muff, nach nassem Hund. Sie war sich sicher, dass nur er diesen Geruch mit in den Wagen gebracht haben konnte, denn die drei Jugendlichen hatten sich für die bevorstehende Grillparty zurecht gemacht und eingeduftet. Frank neigte in fast allem zur Übertreibung, so auch beim Einsatz seines Lieblingsduftwassers *Acqua di Giò*. In einem völlig finsteren Raum voller Leute würde man Frank absolut zuverlässig herausriechen. Und Benni, mit dem Nathalie erst seit zwei Wochen ging, hatte heute das sündteure *Vetiver* von Etro aufgelegt.

Sie liebte den Duft, er törnte sie an, besonders in Kombination mit Bennis Dreitagebart. Nicht mehr lange, und sie würde seinem Drängen nachgeben und ihm das schenken, was sie Splatterfilm-Markus verwehrt hatte. Sie wollte, dass Benni ihr Erster war. Obwohl er manchmal ein Kotzbrocken sein konnte, wenn er es heraushängen ließ, dass seine Eltern mehr Geld hatten als ein durchschnittlicher Pubertierender Pickel.

»Nö, wieso?« Frank ließ sich nicht bremsen. »Wenns ihn stört, kann er es ja sagen! Gell, Jo? Und jetzt tu nicht so geheimnisvoll. Was …«

»Es stört«, unterbrach ihn der Kapuzenmann. »Ich sage, es stört, okay?! Nichts gegen dich, und ich bin euch wirklich dankbar, dass ihr mich mitnehmt, aber ich habe keine Lust zu reden, okay?« Er drehte sich kurz um und sah Nathalie mit seinem bedröppelten Hundeblick flehend an. Das Mädchen schenkte ihm ein verständnisvolles Lächeln. Der Blick des Trampers wurde hart und kalt, er verzog den Mund zu einem kurzen fiesen Grinsen. So kurz, dass Nathalie sich nicht wirklich sicher war, ob sie es gesehen oder sich nur eingebildet hatte. Ihr fröstelte, nicht nur, weil die Klimaanlage des Wagens auf Hochtouren lief.

»Toll, bist ja eine richtige Stimmungskanone«, sagte Frank schmollend und lehnte sich mit verschränkten Armen zurück. »Das nächste Mal kannste an der Tanke verrecken.«

»Hey, Frankie. Lass mal gut sein!«, rief Benni seinen Freund zur Raison.

Es folgte ein Schweigen, das vom lauten Rauschen der Klimaanlage unterstrichen wurde und beinahe körperlich fühlbar war. Sie hatten Dachau hinter sich gelassen und fuhren weiter Richtung Ampermoching. Die Bundesstraße war schwach befahren um diese Uhrzeit. Nur gelegentlich durchschnitt der Scheinwerfer eines entgegenkommenden Autos die Dunkelheit der Sommernacht. Bei der Abzweigung nach Biberbach sagte der Kapuzenmann plötzlich fordernd: »Hier links.«

»Links?«, fragte Benni, »Nach Biberbach? Hast du nicht was von Vierkirchen gesagt?«

»Ja. Es gibt nicht nur einen Weg dorthin. Wir fahren durch Biberbach und dann rechts.« Es dauerte wieder einen Moment, bis er ein »Bitte« hinzufügte.

Benni tat, wie ihm geheißen. Der Fremde wusste mit Sicherheit am besten, wo er hin wollte. Nachdem sie den kleinen Ort hinter sich gelassen hatten, führte die Straße durch einen Wald, der kein Ende zu nehmen schien und vor allem deshalb den Autoinsassen irgendwie gruselig vorkam, weil vereinzelt geisterhafte Nebelschwaden durch das Unterholz zogen. Doch es waren nicht die dichten Schwaden schottischer Hochmoore, die in alten Edgar-Wallace-Filmen baskervillsche Hunde ankündigten, sondern eher dampfiger Dunst wie nach einem Tropengewitter. Der Kapuzenmann fing aus heiterem Himmel zu kichern an.

»Was ist denn nun so witzig?«, fragte Frank.

»Nichts«, entgegnete Jo und kicherte weiter. »Voll gruselig hier, was? Halt da vorne mal kurz. Ich muss noch was abholen.«

»Hier?«, fragte Benni ungläubig und sah sich suchend um. »Mitten im Wald? Was willste denn hier abholen? Hier ist doch nix.«

»Da vorne«, wiederholte Jo knapp und deutete in die Dunkelheit, dabei tropfte etwas von seiner Hand auf das Armaturenbrett. Nathalie sah es genau.

Nach kurzer Fahrt tauchte im Licht der Scheinwerfer am Straßenrand inmitten einer winzigen Lichtung ein kleines Haus auf, hinter dem ein zarter Nebelschleier vorbeizog. Ein mannshoher Maschendrahtzaun umgab das Grundstück. Dunkle Kiefern drängten dicht an die Umzäunung heran.

»Dauert nur ein paar Minuten«, sagte Kapuzenjo. »Bin gleich wieder da.« Er öffnete die Beifahrertür und sprang hinaus. Er ließ die Tür offen stehen und lief leichtfüßig in die Dunkelheit. Schwül-heiße Luft strömte in den Van. Das letzte Gewitter hatte nur Feuchtigkeit, aber keine Abkühlung gebracht.

»Na, klasse!«, konstatierte Frank und verschränkte die Arme vor der Brust. »Der Typ hat wohl die Vollmeise. Und jetzt?«

»Wie und jetzt?«, fragte Benni und beugte sich über den Beifahrersitz, um die Tür zu schließen. Die Klimaanlage des Vans arbeitete nur dann gut, wenn keine Außenluft einströmte. »Nix und jetzt. Wir warten, bis der Typ wieder zurückkommt. Oh, er hat übrigens seine kostbare Reisetasche hier stehen gelassen.« Benni deutete auf das Gepäckstück, das auf dem Beifahrersitz stand.

»Da ist irgendwas auf das Armaturenbrett getropft«, sagte Nathalie leise. »Vorhin, als er auf das Haus gedeutet hat.«

Benni musterte das Armaturenbrett und fand einen dunklen Fleck. Vorsichtig stippte er mit dem Zeigefinger hinein und untersuchte den Finger im fahlen Licht der Wageninnenbeleuchtung. »Hmmm, zu dunkel für Wasser, würde ich meinen. Irgendein Saft oder Ketchup oder so.«

»Oder Blut«, entwich es Nathalie.

»Bist du schon wieder bei deinen Splatterphantasien?« Frank zog amüsiert die Augenbrauen hoch.

»Ach, vergiss es.« Nathalie winkte ab und sah in die Nacht hinaus. Ihr Magen rebellierte wie so oft, wenn sie Stress hatte oder etwas in der Luft lag, doch sie beschloss, sich keine Sorgen zu machen. Sie warteten schweigend. Die Minuten zogen langsam dahin, zäh und klebrig wie Sirup. Das Haus lag nach einer Viertelstunde immer noch im Dunkeln. Kein Licht, keine Anzeichen, dass jemand dort etwas abholte, geschweige denn eben hineingegangen war. Um sich nicht wieder in ein Axtmörderambiente hineinzusteigern, dachte Nathalie in die entgegengesetzte Richtung. Sie wies die Jungs darauf hin, dass dieser Jo das Haus offenbar gar nicht betreten hatte und fügte hinzu: »Der müsste doch längst zurück sein, oder? Da läuft irgendeine Verarsche. Dunkles Haus im Wald, gruseliger Tramper, die vergessene Tasche, das Blut oder was immer das sein soll auf dem Armaturenbrett – da verarscht uns einer. Ist hier irgendwo 'ne versteckte Kamera?« Sie sah sich suchend im Auto um.

»Wer soll uns denn verarschen?«, fragte Benni. »Quatsch. Der Typ ist vielleicht ausgerutscht auf dem feuchten Boden und liegt jetzt da draußen mit gebrochenem Genick oder so.«

»Gut, dann schauen wir nach«, sagte Nathalie und stieg aus dem Wagen. »Frankie, du kommst mit und Benni bleibt im Wagen, falls ...«

»Falls was?«, fragte Frank provozierend.

»Nix.«

»Du meinst, falls es doch eine Falle sein sollte. Dann kann er wenigstens nicht alle von uns auf einen Schlag erwischen, oder?« Frank verdrehte die Augen und tippte sich an die Stirn.

»Penner! Kommst du nun mit?«

»Ich muss eh im Wagen bleiben, weil ich der Einzige von uns bin, der einen Führerschein hat, logo, oder?«, sagte Benni. »Und wartet, mein Onkel hat immer Taschenlampen im Wagen. Für alle Fälle.« Er wühlte im Handschuhfach und holte zwei große Mag-Lites heraus. »Hier. Damit kann man im Zweifelsfall auch psychopathischen Mördern eins über die Birne ziehen.« Die beiden Jungs lachten. Es klang angestrengt.

Nathalie schnappte sich eine der Taschenlampen, strich sich den khakifarbenen Minirock zurecht und ging los Richtung Haus. Das Gartentor war nur angelehnt. Das Mädchen ließ den Lichtkegel ihrer Mag-Lite über die Hausfassade tanzen. Das Gebäude machte einen leicht heruntergekommenen Eindruck. Die Fassade schien schmutzig braun und von den geschlossenen Fensterläden löste sich in großen Flächen die alte grüne Farbe. Ein zweiter Lichtkegel gesellte sich zu ihrem. Frank hatte zu ihr aufgeschlossen. Gemeinsam betraten sie den Garten, den sie bei Sonnenlicht sicherlich als romantisch-verwildert bezeichnet hätten. Nun im Dunkeln schien er ihnen düster-verwahrlost.

»Hallo!«, rief Frank. »Hallo, Jo. Bist du da irgendwo?« Keine Antwort. »Falls du ausgerutscht bist und dir das Genick gebrochen hast, lass es uns wissen!«

»Sehr witzig«, meinte Nathalie. »Hier liegt jedenfalls niemand. Vielleicht sollten wir mal um das Haus herumgehen.« Sie stapften durch das nasse Gras, beleuchteten abwechselnd die Fassade des Hauses und die dunklen Kiefern hinter dem Garten mit den Taschenlampen. Keine Spur von Jo oder sonstwem. Als sie das Haus umrundet hatten, warf Nathalie einen kurzen Blick zurück zum Auto an der Straße. Benni hatte die Innenbeleuchtung angelassen und saß relaxt hinterm Steuer. Als hätte er ihren Blick bemerkt, winkte er kurz.

»Lass uns mal schauen, ob jemand zu Hause ist«, sagte Frank und schritt zur Eingangstür. Er rüttelte dramatisch am Knauf und drehte sich mit weit aufgerissenen Augen zu Nathalie um. »Hey, das gibts nicht!«

»Was?« Nathalie war sofort von seiner Erregung erfasst. »Ich wusste es doch, die Tür ist offen, oder?«

»Äh …« Frank entspannte seine Gesichtszüge und löste seine Hand von dem Knauf. »Nein, abgesperrt.«

»Depp«, rief Nathalie, wütend über sich selbst, dass sie auf Franks Spiel hereingefallen war. »Hinterm Haus war doch noch eine Tür, da können wir es ja auch noch versuchen.«

Sie gingen zur Hintertür, die offenbar von der Küche zu einer kleinen Terrasse führte. Auch hier rüttelte Frank dramatisch am Knauf, doch er konnte sein Spielchen nicht durchziehen. Denn wie erwartet und gleichzeitig befürchtet, ließ sich die Türe öffnen. Der Junge stand einige Sekunden unschlüssig vor dem Dunkel, das im Inneren des Hauses lauerte.

»Jetzt reicht es echt!« Nathalie trat neben Frank und packte seinen Oberarm. Frank lebte praktisch im Sportstudio, sofern es die Abiturvorbereitungen erlaubten. Zwar behauptete er immer, er trainiere so viel, weil die Mädels drauf stehen würden, doch in Wahrheit stand vor allem sein Ego auf einen durchtrainierten Körper. Seine harten Muskeln zu fühlen gab Nathalie zusätzliches Selbstvertrauen. »Hier läuft was ganz Schräges.«

Nathalie erinnerte sich an die zahllosen Horrorfilme, die sie gesehen hatte. Da gab es immer, selbst in den besser gemachten, eine klassische Sequenz, in der einer der jung-dynamischen, attraktiven Hauptdarsteller, meist die knackige Blondine, aus welchen Gründen auch immer ein gruseliges Gemäuer, alternativ dazu einen finsteren Keller, betreten musste. Ebenso üblicher- wie unlogischerweise stolperte die Blondine sinnlos »Hallo, hallo«-rufend in die Dunkelheit hinein, geradewegs dem Psychopathen mit der Kettensäge in die Arme, statt als allererstes einen Lichtschalter zu suchen, um die Lage besser überblicken und dem Killer vielleicht entkommen zu können. Nathalie tastete an der Wand entlang, fand schnell den Schalter und machte Licht. Die beiden Jugendlichen betraten zögernden Schrittes langsam das Haus.

»Hör zu«, sagte Nathalie bestimmt, »wir gehen schnell in jeden Raum und machen alle Lichter an, die wir finden. Alle! Erst dann schauen wir uns um.«

Frank hatte nichts dagegen. Schnell durchschritten sie die Küche, den engen Flur, das kleinen Wohnzimmer, das Schlafzimmer, ebenso Bad oder Toilette. Obwohl sie ihr Augenmerk auf Lichtschalter gerichtet hatten, war den beiden gleich aufgefallen, dass Jo oder wer immer hier wohnte, kein gutes Händchen für Inneneinrichtung hatte und vor allem öfter lüften sollte. Als sie sich genauer umsahen, entdeckten sie ein Chaos an zusammengewürfelten Sesseln mit speckigen Bezügen und Stühlen unterschiedlicher Epochen im Wohnzimmer, dem Wust aus Kissen, Kleidung, Decken und Undefinierbarem in allen Schlafzimmerecken, die fein säuberlich zusammengeschnürten Stapel von Zeitungen entlang der Badezimmerwände, die Pyramide aus milchigen Einmachgläsern, in denen Undefinierbares schwamm, in der Mitte der Küche, die grässlichen unmodernen Tapeten, die sich an zahllosen Stellen von den Wänden lösten, die Schimmelflecken in der Toilette, die von oben bis unten mit kitschigen Marienbildchen tapeziert war. Im Flur hingen an der einen Wand große Schwarzweißfotos von Unfallopfern, Großaufnahmen von entstellten, zerfleischten, malträtierten Gesichtern, die gegenüberliegende Wand war mit unzähligen Gekreuzigten übersät, Hunderte von gemarterten Christuskörpern aus Holz ohne Kruzifix. Im Schlafzimmer bemerkte Frank das Riesenposter, das genau dem Bett gegenüber an der Wand hing. Es zeigte die berühmte Szene aus dem Film *Das Schweigen der Lämmer*, in der die beiden Wachmänner, die den Kannibalen Hannibal Lector in seinem Hochsicherheitskäfig bewachen sollten, brutal ermordet wurden und in einer melodramatischen Inszenierung wie geschlachtete Engel an den Gitterstäben gefesselt hängen.

»Boah, wie widerlich«, rief Nathalie, die innerlich einen Kampf zwischen Schock, Ekel und Neugier ausfocht. Eben noch hatte die Neugier überwogen, nun hielten sich die Gefühle die Waage. Zum ersten Mal war Nathalie froh, dass Frank so ein Eau-de-Toilette-Junkie war, denn der Duft brachte etwas Vertrautes, Angenehmes in diese streng müffelnde Bruchbude. Frank zu riechen beruhigte sie mehr, als sie es sich selbst eingestehen wollte.

»Und guck mal hier.« Frank deutete auf den Nachttisch, dort lagen mehrere Rollen Küchenpapier. Dann zeigte er auf einen Haufen zerknüllter Küchentücher, die auf und neben dem Bett lagen. Mit spitzen Fingern hob er ein Knäuel auf. »Jede Wette, dass der sich einen auf das Bild da wichst. Muss der krank sein.«

Im Wohnzimmer fiel Nathalie ein riesiges Ölgemälde auf, das über einer verschrammten Anrichte hing. Das Bild war schlecht gemalt, doch der Dargestellte kam Nathalie bekannt vor.

»Das solltest du dir mal ansehen«, sagte Frank und lenkte Nathalie davon ab, was sie eben in der Zimmerecke erspähte: Dort lagen achtlos auf einen Haufen geworfen mehrere ramponierte Tierpräparate – Wiesel, Vögel und ein Fuchs. Nathalies Blick blieb sekundenlang an einer ausgestopften Hauskatze hängen.

Frank hielt ihr ein Album unter die Nase. »Das lag aufgeschlagen auf dem Couchtisch da.« Sie blätterte darin herum. In dem Album klebten säuberlich ausgeschnitten und chronologisch sortiert zahllose Artikel über den Kannibalen von Rotenburg, der einst monatelang die Schlagzeilen beherrscht hatte. Der unscheinbare Mann hatte per Internet einen Kandidaten gesucht, der sich von ihm schlachten und verspeisen lassen wollte – und einen Berliner Ingenieur gefunden, dessen sehnlichster Wunsch es angeblich gewesen war, so zu sterben und gegessen zu werden. Hinter der romantischen Fassade eines Fachwerkhauses in einem kleinen hessischen Dorf war es dann zu der Tat gekommen. Der Mord war erst Jahre später aufgeflogen, als eine Sonderkommission der Polizei einschlägige Chatrooms observierte und dabei auf eine neue Suchanzeige des Kannibalen stieß.

Nathalies riss den Kopf herum zu dem Bild über der Anrichte. Natürlich – deshalb war ihr das Gesicht so bekannt vorgekommen, das Gemälde war ein Portrait des Menschenfressers. Armin Meiwes – sogar der Name des Verbrechers fiel ihr plötzlich ein. Warum konnte sie sich nur an den Namen des Kannibalen erinnern? »Okay, das reicht«, sagte Nathalie laut, ihre Neugier war mehr als befriedigt. »Ich weiß nicht, was hier läuft, aber ich haue ab.

Hier schaut es aus wie in einem Marilyn-Manson-Video. Und das brauche ich überhaupt nicht. Wenn das hier eine perverse Spielart von *Versteckte Kamera* ist, dann kommt jetzt raus, Leute.« Sie machte eine kurze Pause, wohl wissend, dass nichts passieren würde. Sie merkte, dass Frank blasser als sonst aussah und ständig schluckte. »Gut. Ich bin weg. Ich habe die Schnauze voll. Frank, wir gehen.«

Sie verließen das Haus durch die Küche. Als sie die Pyramide mit den großen Einmachgläsern passierten, blieb Frank stehen und sagte: »Schau mal. Oder besser, nein, schau lieber nicht.«

Doch Nathalie schaute bereits. In den Gläsern am Fuße der Pyramide dümpelten weißliche zoomorphe Gebilde in gelblicher Flüssigkeit, die aussahen, als hätten fette Maden beschlossen, groteske Karikaturen von Säugetieren und Vögeln zu bilden. »Tierembryonen«, entfuhr es Nathalie. In den höheren Etagen befanden sich in Alkohol eingelegte Organe. Sie erkannte ein Herz und eine Lunge. Die Präparate kamen ihr alt vor, weil sie fast völlig farblos in einer trüben Flüssigkeit schwammen – und weil auf manchen Gläsern Beschriftungen mit Datumsangaben vor 1960 zu lesen waren. Ganz oben auf dem Stapel befand sich das größte Glas. Darin steckte ein menschlicher Fötus, zumindest etwas, das entfernt an einen menschlichen Fötus erinnerte. Die schrumpelige Haut war mit großen dunklen Flecken übersät, wo die Nase hätte sein sollen, klaffte eine längliche Spalte.

»Ich kotz gleich«, sagte Frank und atmete schwer. »Ich hoffe, ich wache bald auf!«

Nathalie packte seine Hand und zog ihn mit sich fort. Nur raus hier, schoss ihr durch den Kopf, bevor er uns erwischt. Sie hatte sich tapfer dagegen gewehrt, doch nun kehrte die Axtmörderphantasie mit Vehemenz in ihr Bewusstsein zurück. So sehr sie sich auch einredete, dass das alles hier nur eine Inszenierung sein konnte, ein realer Splatterfilm, mit dem sie auf den Arm genommen werden sollte – von wem auch immer, weshalb auch immer –, sie wusste tief in ihrem Inneren, dass es real war.

»Egal was Benni sagt, ich will, dass wir sofort weiterfahren und nicht eine Sekunde länger auf diesen Typen warten, der sich auf Kannibalen einen runterholt«, sagte Nathalie, und bemühte sich ihre aufkeimende Panik niederzudrücken und nicht loszurennen. War da nicht ein Geräusch im Gebüsch? Nicht hysterisch werden, sagte sie sich und während sie sich dem Van näherten, der wie ein skurriler leuchtender Riesenkäfer an der Straße parkte, wiederholte sie laut: »Kapiert, Frank? Wir hauen ab. Egal, was Benni sagt.«

Doch Benni konnte gar nichts sagen. Er war weder im Auto noch in der Nähe.

»BENNIIIII!«, rief Frank und tastete mit dem Lichtkegel seiner Mag-Lite den Wald ab. »BENJAMIIIIIIN!« Seine Stimme zitterte und überschlug sich.

»Das ist nun ebenfalls nicht witzig«, sagte Nathalie, öffnete die Wagentür und setzte sich schnell auf den Beifahrersitz, nachdem sie die Reisetasche des Trampers in den Fußbereich geschubst hatte.

»Da läuft echt 'ne ganz abgewixte Sache. Scheiße!« Frank stieg ein. Nathalie drückte den Türknopf auf ihrer Seite, die Zentralverriegelung ließ alle Autotüren zuschnappen. Sie fühlte sich etwas sicherer.

»Hmmm, Schlüssel steckt natürlich auch nicht. Kommt jetzt die Geschichte, in der der Mörder ums Auto schleicht und dann den abgeschlagenen Kopf des vermissten Freundes auf das Wagendach schlägt, während sich die im Auto Wartenden vor Panik in die Hose machen?« Frank versuchte zu lachen. Es blieb bei dem Versuch.

Nun erst merkte Nathalie, dass Frank noch viel näher an einer Panik war als sie. Er zitterte und schwitzte. Sein Blick huschte suchend durch die Dunkelheit draußen. Der parfümierte Muskelprotz war ein nach Angstschweiß stinkendes Häuflein Elend, das versuchte, mit coolen Witzen einen letzten Hauch von Männlichkeit aufrecht zu erhalten.

Nathalie seufzte und wühlte in ihrem kleinen schicken Ausgehrucksack nach ihrem Handy. »Okay, tief durchatmen, ich rufe Benni an. Oder wen auch immer.« Das Mobiltelefon in ihrer Hand, diese geballte Ladung Hightech im Miniformat, gab ihr schlagartig neue Zuversicht.

»Tu das. Und ich werde nun das Geheimnis der Trampertasche lüften.« Frank schnaufte schwer, beugte sich hinüber und zog die Tasche zwischen Nathalies Füßen hervor. Er stellte die Tasche auf seine Knie und zog am Reißverschluss, der sich mühelos öffnen ließ.

»Scheiße, kein Netz«, sagte Nathalie und starrte auf das Display. »Irgendwie logisch.« Aus den Augenwinkeln bemerkte sie eine Bewegung neben dem Auto, in derselben Sekunde klatschte etwas gegen das Fenster. Das Mädchen schrie panisch auf und krallte ihre linke Hand in Franks Arm. Was gegen die Scheibe der Beifahrertür geklatscht wurde, war eine Hand. Die Hand bewegte sich und zog Schlieren über das Fenster, blutige Schlieren.

»Es reicht!«, schrie Nathalie. »Es reicht! Schluss! Aufhören!«

Die Hand wurde urplötzlich zurückgezogen. Dann kamen diese Geräusche, das Kratzen und der charakteristische Ton von Blech, das eingedrückt wird. Der Van schwankte ein wenig hin und her. Jemand kletterte auf das Dach des Vans. Ein Fellbündel klatschte auf die Windschutzscheibe, wieder und wieder. Ob es eine tote Katze oder ein anderes Tier war, konnten die beiden Wageninsassen in ihrer grenzenlosen Panik nicht ausmachen. Sie starrten wie gelähmt auf den Fellklumpen, der im fahlen Licht der immer noch eingeschalteten Wageninnenbeleuchtung mit einem grässlichen »Patsch« mehrfach vor ihnen aus dem Dunkel auftauchte, aufschlug und blutige Schleier hinterließ. Das Blech knackte wieder, dann ein dumpfes Plumpsen. Der Unbekannte war offensichtlich vom Wagendach gesprungen. Plötzlich tauchte ein Gesicht aus dem Dunkel auf und quetschte sich gegen die Scheibe auf der Fahrerseite. Frank hüpfte vor Schreck auf dem Sitz und stieß sich den Kopf am Wagendach. Dass es das Gesicht von Benni war, erkannte Nathalie erst auf den zweiten Blick. Dass er mit Sicherheit tot sein musste, bemerkte sie sofort. Bennis Kopf wurde nach rechts und links geschoben und gab dabei ein ekliges Quietschen von sich. Benni verschwand. Dann tauchte ein weiterer Kopf auf und Frank schrie diesmal noch lauter auf als Nathalie. Das unrasierte Kinn von Jo rieb sich im Blut auf der Scheibe. Er grinste diabolisch und machte Fratzen, presste seine Nase und seine Lippen abwechselnd gegen das Glas. Er weidete sich an dem Entsetzen der beiden Jugendlichen, die sich aneinander klammerten. Dass Frank sich einnässte, nahm Nathalie nur ganz am Rande wahr. Jo zog sich schlagartig zurück. Wie versteinert verharrten die Autoinsassen in ihrer Position. Erst als sich minutenlang nichts tat, lösten sie sich langsam voneinander. Dabei rutschte die Reisetasche, die auf Franks Knien gelegen hatte, zur Seite. Etwas in der Tasche geriet in Bewegung und suchte seinen Weg hinaus. Ein Kopf kullerte über Nathalies Schoß, ihre Beine hinunter und kam im Fußraum zum Liegen.

Während Frank sich erneut in die Hose machte und wie Espenlaub zitterte, schrie Nathalie mit überschnappender Stimme fortwährend »Scheiße! Scheiße! Scheiße!«. Etwas anderes kam ihr nicht in den Sinn. Auch als draußen grelles Scheinwerferlicht aufflammte und mehrere Menschen schemenhaft aus der Dunkelheit des Waldes auftauchten, schrie Nathalie noch ihr Scheiße-Stakkato. Auch als die Menschen nah genug am Wagen waren, dass Nathalie erkennen konnte, dass es genau fünf waren, eine Frau und vier Männer, und alle lachten und fröhlich winkten, schrie sie weiter. Auch als sie unter den Menschen Benni wahrnahm, der ihr quicklebendig und feixend zuwinkte und dann überschwänglich Jo umarmte, schrie sie weiter. Erst als das Kamerateam die Tür auf ihrer Seite mit Bennis Wagenschlüssel öffnete und ein auf jugendlich getrimmter Mann »Herzlich willkommen auf MTV, willkommen bei *Voll geschockt!*, der härtesten Show, die je eine Kamera versteckt hat!« rief, hörte Nathalie auf zu schreien. Reflexartig trat sie dem Mann in der Wagentür zwischen die Beine und schlug ihm gleichzeitig ins Gesicht. Grenzenlose Wut hatte ihre Panik hinweggefegt. Der Moderator taumelte stöhnend zurück. Irgendwer gackerte lauthals los. Frank saß bleich wie ein Bettlaken neben ihr und atmete schwer.

»Ihr Arschlöcher!«, brüllte Nathalie ihren Zorn heraus. Die meisten vom Fernsehteam hörten auf zu lachen. Nur einer kicherte noch blöde.

»Mensch, Nathalie ...«, sagte Benni und trat an den Wagen. »Hey, Baby, war doch nur ein Scherz! Guck, ich lebe noch und der Kopf in der Tasche ist eine Attrappe!«

»Du Arschloch«, schrie das Mädchen, bückte sich nach dem Kopf im Fußbereich, packte ihn und schleuderte ihn mit voller Wucht auf ihren Freund. »Das nennst du witzig?!«

Der Kopf prallte an seiner Brust ab. Benni rang kurz nach Luft und taumelte etwas. Dann starrte er auf den Kopf, der am Straßenrand in eine kleine Pfütze gekugelt war. »Das ist ein falscher Schädel, haben die klasse lebensecht hingekriegt ...«, begann Benni, beugte sich zu dem Kopf und packte ihn am Schopf. »Das ist doch nur ein Scherz. Nur ein Scherz«, wiederholte er während er den Schädel hoch hielt. »Nur ein Scherz«, flüsterte er ein letztes Mal tonlos und starrte den Schädel an. »Onkel Herbert ...« Er ließ den Kopf fallen, drehte sich weg und übergab sich.

Der Kameramann hielt gnadenlos seine Kamera auf den jungen Mann, dann schwenkte er hinunter auf den Kopf. Einige Sekunden verstrichen, bis der Kameramann mit starren Augen sein Arbeitsgerät langsam von der Schulter gleiten ließ. Plötzlich erschlaffte sein Arm völlig und die Kamera schlug zu Boden.

»Das ist kein Scherz«, sagte der Kameramann schwach. Jo, der von Nathalie malträtierte Moderator und die beiden anderen Teammitglieder kamen langsam näher. »Das ist echt Herbert, der Kopf von Herbert.«

02 Nathalie schrie noch, wenn auch tonlos, denn die Stimmbänder hatten längst den Dienst versagt, als Kriminalrat Max Pfeffer sie behutsam in seine Arme nahm.

»Schschsch«, sagte der Polizeibeamte und wiegte das Mädchen sanft hin und her. »Es ist alles gut. Es ist vorbei.« Sie legte ihren Kopf an seine Schulter. Er ließ seinen Blick schweifen. Die Feuerwehr aus Vierkirchen hatte Aggregate und Scheinwerfer aufgebaut, die das Waldstück mit dem kleinen Häuschen hell erleuchteten. Die Jungs von der Spurensicherung hatten ihre Arbeit auf der Straße schon beendet und widmeten sich längst dem Haus. Der Notarzt spritzte Frank ein kreislaufstabilisierendes Mittel. Er hatte Pfeffer schon darüber informiert, dass der Junge nicht vernehmungsfähig sei und zur Beobachtung mindestens eine Nacht mit in die Klinik müsse, weil er unter schwerem Schock stand. Die Gerichtsmedizinerin Gerda Pettenkofer wuchtete soeben ihre gewaltige Leibesfülle aus ihrem Suzuki-Jeep, den sie neben dem Streifenwagen geparkt hatte, der als erstes am Tatort eingetroffen war. Die ganze Straße war weiträumig von der Polizei abgesperrt worden, der ohnehin spärliche Verkehr auf dieser Route wurde umgeleitet.

»Guten Abend, die Herrschaften. Sorry, dass ich so spät komme«, rief die Ärztin laut und zog an ihrer Zigarette. »War auf einer Grillfeier an der Isar.«

»Tu nicht so«, antwortete Kriminalkommissar Paul Freudensprung, der zu Pfeffers Team gehörte und sich um Frank kümmerte. »Du bist nur zu spät, weil du eine mickrige Friseusenschleuder fährst, die nicht auf überbreite Schwertransporte ausgelegt …«

»Noch ein Wort zu meinem Gewicht, und du bist tot!« Die Gerichtsmedizinerin ließ sich durch die Frotzeleien nicht aus der Ruhe bringen. Und weil sie wusste, wie sehr Paul Freudensprung es hasste, wenn sein Name als Gaudihupf oder Gaudi verballhornt wurde, platzierte sie nach einer Kunstpause: »Verstanden, Gaudi?« Sie grinste selbstzufrieden vor sich hin, während sie sagte: »So, wo ist der Kopf?«

»Gerda. Paul. Bitte!«, beendete Pfeffer leise aber bestimmt das Gekabbel.

»'tschuldigung.« Die Gerichtsmedizinerin kam an Pfeffer und dem Mädchen vorbei. Sie tätschelte Nathalie mitleidig den Arm. Endlich schloss das

Mädchen den Mund. »Hast ihn gefunden, hmmm? Tut mir leid, ich wollte nicht … na ja. Also, wo ist nun das Corpus Delicti?« So schnell es ihr möglich war, entfernte sich Doktor Gerda Pettenkofer.

Pfeffer hielt den Teenager weiter im Arm. Nathalie schluchzte nun leise. Mit einer Hand fuhr sie sich über die Stirn und sah zu Pfeffer hoch. Seine rehbraunen Augen strahlten genau den Beruhigungseffekt aus, den sie brauchte. Pfeffer wusste das. Er kannte die Wirkung seiner Augen, den Kuscheleffekt, den sie ausstrahlten. Nathalie löste sich ein wenig von ihm.

»Sie sind der Vater von Cosmo, nicht wahr?«, sagte sie leise mit heiserer Stimme. »Cosmo, … Cosmo Pfeffer.«

»Ja. Cosmas ist mein Sohn.« Pfeffers Sohn trug eigentlich den guten alten bayerischen Namen Cosmas, doch außer dem Kriminalrat selbst nannte ihn alle Welt Cosmo.

»Cosmo hat auch so tolle Augen wie Sie«, sagte sie und starrte ins Leere. »Ich finde ihn …« Sie brach ab. »Wir sind in einer Klasse.«

Auch das wusste Pfeffer. Er hatte das Mädchen schon auf der einen oder anderen Schulveranstaltung gesehen, vor allem bei Schulmusikabenden, die Pfeffer immer gerne besuchte, weil da sein Sohn Cosmo mit seiner Hiphop-Band auftrat. Und Cosmo machte seine Sache gut, Pfeffer war wirklich stolz auf die Auftritte seines Sohns. Nathalie gehörte ebenfalls zu den festen Programmpunkten bei den Musikabenden, denn für eine Sechzehnjährige spielte sie hervorragend Klavier. Ein begabtes, hübsches Mädchen aus gutem Hause. Pfeffer strich ihr sanft über die wilde Lockenmähne. Er dachte kurz daran, dass er sich immer eine Tochter gewünscht hatte. Eine wie Nathalie. Wahrscheinlich war es besser, dass er stattdessen zwei Söhne gezeugt hatte. Er wäre womöglich einer dieser hypereifersüchtigen Väter gewesen, die ihre Töchter so lange in goldene Käfige stecken, die sie dann auf Händen tragen, bis aus den verzogenen Prinzesschens zänkische Anspruchsterroristinnen werden.

Wie gerne würde er jetzt eine rauchen. Er wühlte in der Außentasche seines leichten Sommersakkos nach der Packung Gauloises Blondes, die er sich erst vorhin an der Tankstelle, an der der »Tramper« zu den Jugendlichen ins Auto gestiegen war, gekauft hatte. Dass er damit den fünften Versuch mit dem Rauchen aufzuhören in Folge brach, war ihm momentan egal. Lieber Raucherhusten mit Auswurf am Morgen als diese ekligen bitteren Nikotinkaugummis kauen.

»Darf ich auch eine?« Nathalie sah wieder tief in seine kuscheligen Teddybäraugen. Er gab ihr eine Zigarette und Feuer. Sie hustete bei jedem Zug.

»Ich rauche eigentlich nicht.« Pfeffer schmunzelte. »Ich … ach, was. Worüber reden wir hier? Cosmo hätte wenigstens nicht so einen Scheiß …«, sie hob die Stimme und wiederholte laut, »… so einen Scheiß gemacht!« Dann sprudelte es aus ihr heraus, und sie erzählte Max Pfeffer ihre Sicht der Ereignisse. Pfeffer bremste sie kurz und winkte seine junge Kollegin Annabella Scholz herbei, denn mit dem Mädchen im Arm konnte er sich keine Notizen machen, das musste nun die Kollegin übernehmen.

Als sie geendet hatte, kam Benni, der die ganze Zeit apathisch am Van seines Onkels gelehnt hatte, herüber und streichelte sanft Nathalies Rücken. »Es tut mir so leid«, flüsterte er heiser. »Ich bin …«

»Pfoten weg, du Arsch!«, schrie Nathalie und löste sich von Pfeffer gerade so weit, dass sie noch Körperkontakt hatte und gleichzeitig freie Bahn, um Benni eine herunterzuhauen. Die Ohrfeige schallte so laut, dass die Personen in der näheren Umgebung überrascht herüberschauten. »Du hast das doch alles eingefädelt! Du bist schuld an allem!«

»Ja … nein … Mann, das ist mein Onkel!« Benni hielt sich die Wange und schrie nun ebenfalls. »Mein Onkel! Kapiert! Das ist SEIN Kopf! Es hätte ein Plastikding in der Tasche sein sollen, kapiert?! Mein Onkel wurde geköpft. Und du regst dich über das bisschen Brimborium auf, das die von dieser Scheißshow hier veranstaltet haben!« Er machte eine fahrige Handbewegung hinüber zu der Gruppe Menschen, die bleich wie Schreckgespenster und scheu wie verlorene Schafe im Licht der Scheinwerfer standen und darauf warteten, von Pfeffers Leuten vernommen zu werden. Es handelte sich um den Kameramann, den Moderator, die Produktionsassistentin und den Redakteur von *Voll geschockt!*.

»Sie sind Benjamin Veicht? Der Neffe des Ermordeten?«, fragte Pfeffer sachlich, um die Emotionen etwas herunterzukochen. Der junge Mann nickte.

»Benjamin Veicht, neunzehn Jahre«, las Annabella Scholz von ihrem Notizblock ab. »Geht wie alle jungen Leute hier – und übrigens wie dein Sohn, Chef –, auf das Geschwister-Scholl-Gymnasium in München, macht nächstes Jahr Abitur. Ich habe ihn schon vernommen, Chef. Der Ermordete ist sein Onkel, Herbert Veicht, Produzent von *Voll geschockt!* und zahlreichen anderen Reality-Formaten. Der Bruder von seinem Vater Hans-Georg Veicht. Falls dir der Name was sagen sollte – ja, das ist der Veicht von Veicht-Optik. Du weißt schon, das Billigbrillenimperium.«

Zu allem, was die Kommissarin sagte, nickte Benni bestätigend.

»*Voll geschockt!* finden doch alle voll cool!«, plapperte der junge Mann drauflos. »Das ist nicht so spießig wie die anderen Reinlegshows. Ich wollte schon immer mal dabei sein und habe meinen Onkel bekniet, dass ich irgendwann mal den Lockvogel spielen darf. Und heute … Mann, das ist sein Van, der für die Sendung präpariert war, versteckte Kameras in den Kopfstützen und im Armaturenbrett. Ich dachte, Nathalie und Frank finden das auch voll cool, wenn sie erfahren …«

»Frank hat sich vor Schiss in die Hose gepisst, du Arsch!«, schrie Nathalie ihren Freund an. »Wir sind beide vor Panik fast gestorben, auch ohne den echten Toten. Ist das cool? Ist das COOL?«

»Kann ja keiner ahnen, dass Frank so voll rummädelt, der Schwachmat!«

»Rummädelt? Du Arschloch!«, schrie das Mädchen.

»Ganz ruhig«, sagte Pfeffer beschwichtigend. »In der Situation war es nur normal, dass jemand … rummädelt, Herr Veicht.« Der Notarzt gesellte sich mit seinem Koffer zu der kleinen Gruppe. Er löste behutsam das Mädchen aus den Armen des Kriminalrats.

»Kommen Sie mit«, sagte der Arzt. »Wir setzen uns dort drüben hin und dann werde ich Sie untersuchen.« Nathalie folgte ihm artig wie ein Kind.

»Ich möchte nicht in Ihrer Haut stecken«, sagte Pfeffer und tätschelte Benni Veicht den Arm. »Wirklich nicht.« Er bemühte sich nur marginal, nicht allzu zynisch zu klingen, dann ging er mit seiner Kollegin zum Haus. Paul Freudensprung gesellte sich zu ihnen.

»Wenn deine Freundin Gerda Pettenkofer mich noch einmal Gaudi nennt, ist sie tot«, grummelte er.

»Und wieso, Gaudi?«, frotzelte Kommissarin Scholz.

»Okay, Leute.« Pfeffer blieb kurz stehen, schnippte seine Zigarette auf den Asphalt und trat sie aus. »Alles zu seiner Zeit, und jetzt ist wirklich nicht die Zeit für solche Empfindlichkeiten und Sticheleien. Paul, seit wann wirst du Gaudi genannt? Doch bestimmt schon seit der Schulzeit, oder? Jedenfalls mehr als zwanzig Jahre. Du bist alt genug, um dich nicht mehr daran zu stören, dass jeder dich Gaudi nennt – das ist ein verdammt netter Spitzname. Finde ich jedenfalls. Also bitte!«

»Du solltest auf den Chef hören, Gaudihupf«, sagte Annabella Scholz.

»Bella!«, rügte Pfeffer seine Kollegin, die von allen nur Bella gerufen wurde.

»Was denn?!«

»Okay.« Freudensprung machte eine übertrieben hilflose Geste. »Dann nennt mich doch, wie ihr wollt. Wollt ihr nun mit ins Haus?«

Sie betraten das kleine Gebäude wie die Jugendlichen durch die Terrassentür. »Ich habe schon den Ausstatter der Show aus dem Bett klingeln lassen, der ist hierher unterwegs und kann mir dann sicher erklären, woher er all diese Präparate in der Küche hat. Wäre mir jedenfalls neu, dass missgebildete Menschenembryonen für jeden käuflich erwerbbar sind.« Er deutete auf die Gläserpyramide. »Außerdem wird es wirklich spannend, was er dazu zu sagen hat, dass statt dem Plastikkopf, den er angeblich präpariert hat, der abgeschnittene Schädel seines Chefs in der Reisetasche liegt. Der Typ hat mir gleich am Telefon erzählt, dass er sich bei der Innendekoration hier an den üblichen Filmklassikern orientiert hat, ein wenig Sieben hier, ein bisschen *Freitag der 13.* da, ein Schuss *Psycho* und noch eine Prise *Das Schweigen der Lämmer.* Die Kinder haben übrigens längst nicht alles entdeckt. Im Kühlschrank hätte es zum Beispiel noch modernde Schweinedärme gegeben und in der Wohnzimmeranrichte blutverkrustete chirurgische Instrumente. Das Haus gehört einer gewissen Martha Benzengruber. Eine alte Frau, die hier alleine lebt. Sie hat das Haus an die Produktionsfirma von Veicht vermietet und wurde für eine Woche in ein Hotel in München einquartiert, damit alles gruselig hergerichtet werden konnte. Natürlich müssen die hinterher wieder alles renovieren und in seinen ursprünglichen Zustand zurückversetzen.«

Die Polizisten schlenderten durch die Räume und sahen sich gründlich um. »Hier sind überall versteckte Kameras angebracht. Da, in der ausgestopften Katze zum Beispiel, oder hier in der Lampe oder da.« Er deutete auf verschiedene Kameraverstecke. »Und sie haben sogar mit einem starken Störsender den Handyempfang unmöglich gemacht, damit niemand zur unpassenden Zeit telefonieren kann.«

»Irgendwie krank der ganze Aufwand, oder?« Bella Scholz sprach aus, was alle dachten. »Alles nur, um Jugendliche an den Rand eines Nervenzusammenbruchs zu bringen.«

»Nein, alles nur, um Quote zu machen«, korrigierte Freudensprung. »Schaust du manchmal abends MTV oder Viva? Da kommen lauter so debile Schock-Shows. Und den extremen Aufwand haben sie diesmal nur deshalb betrieben, weil das die Jubiläumssendung werden sollte.«

»Gut«, sagte Pfeffer. »Das hier ist ja offensichtlich nicht der Tatort. Zeig mir noch, was draußen wichtig ist.«

»Dort drüben im Unterholz hat das Filmteam gewartet, die haben im Dickicht einen getarnten Unterstand gebaut, dort konnten sie mit kleinen

Monitoren alles verfolgen, was sich im Wagen oder im Haus tat. Von Anfang an.«

»Ich will alle Aufzeichnungen, von allen Kameras«, sagte Max Pfeffer.

»Längst in die Wege geleitet«, entgegnete Freudensprung lässig. »Okay, der vorgebliche Axtmörder heißt Jonas Wagenbrenner, nicht Joseph, wie er die Jugendlichen hat glauben lassen. Alle nennen ihn Jo, das ist wirklich sein Spitzname. Er sprang jedenfalls aus dem Auto, lief durch den Garten um das Haus herum und hinten durch eine Lücke im Zaun hinüber zu dem Unterstand, wo er sich beim Filmteam versteckte. Während die zwei, also Nathalie Castorff und Frank Jobst, im Haus waren, ist Benjamin Veicht, der als Lockvogel in alles eingeweiht war, ebenfalls in den Unterstand und hat das Auto offen zurückgelassen, damit sein Verschwinden für zusätzlichen Schockeffekt sorgt. Von dort haben sie dann die Attacke auf das Auto gestartet und das große Finale, das die Erlösung bringen sollte.«

Das kleine Team hatte seinen Rundgang beendet. Pfeffer fiel auf, dass eine riesige Luxuslimousine der obersten Klasse im Schritttempo beinahe lautlos heranrollte und neben dem Notarztwagen zum Stehen kam. Ein Mann um die Fünfzig mit nach hinten gegelten, schulterlangen Haaren stieg langsam aus und sah sich suchend um. Er trug ein rosafarbenes Poloshirt und eine marineblaue Sommerhose mit Bügelfalte. Als er Pfeffers Blick bemerkte, straffte er seine Schultern und kam sicheren Schritts auf ihn zu.

»Sie leiten hier die Ermittlungen?« Er schüttelte, keine Antwort abwartend, Pfeffers Hand. Ein Alpha-Männchen hatte das andere Alpha-Männchen erkannt. »Hans-Georg Veicht, mein Name. Mein Sohn hat mich angerufen. Es ist etwas mit meinem Bruder Herbert?«

»Ja, so kann man es auch nennen. Maximilian Pfeffer übrigens mein Name, Kriminalrat. Folgen Sie mir bitte. Ihr Bruder wurde von den Jugendlichen hier ermordet aufgefunden.«

»Das hat mein Sohn mir bereits erzählt. Ich möchte ihn bitte sehen. Meinen Sohn, meine ich. Ich möchte gerne erst meinen Sohn sehen.«

»Das … ich bitte Sie, erst Ihren Bruder zu identifizieren.«

»Das haben doch schon all die anderen gemacht, oder? Mein Sohn auch.«

Pfeffer spürte die Angst des Mannes vor dem, was er sehen sollte. Er roch den Angstschweiß, der Hans-Georg Veicht den Rücken hinunter lief. Doch Pfeffer bestand darauf, denn er wollte die Reaktion sehen. Womöglich stand der Mörder hier vor ihm. Er führte Hans-Georg Veicht zu dem einzig vorhandenen Teil von Herbert Veicht, den die am Boden kniende Gerichtsmedizinerin eben in einer schwarzen Folie verpackte.

»Warte bitte eine Sekunde, Gerda«, sagte Pfeffer. »Herr Veicht möchte seinen Bruder sehen.«

»Klar, Max.« Sie öffnete die Folie und stand auf. Sie hielt eine unangezündete Zigarette im Mundwinkel. »Gib mir bitte mal Feuer, Maxl.« Der Kriminalrat erfüllte den Wunsch und rauchte solidarisch gleich eine mit.

Hans-Georg Veicht schnappte nach Luft und bemühte sich um Haltung. Er sah lange auf den abgetrennten Schädel, man konnte förmlich fühlen, dass er sich dazu zwang, den Blick nicht abzuwenden. Dann nickte er und drehte sich weg.

»Mein Bruder«, sagte er leise. »Zweifelsohne. Seit wann ist er tot?«

»Schätze mal, rund vierundzwanzig Stunden«, antwortete Gerda Pettenkofer.

»Oh, aha.« Der Mann holte aus der Brusttasche seines Polohemdes ein Lederetui, dem er eine kurze Zigarre entnahm. Er zündete sie umständlich an und inhalierte auf Lunge. Eine einzelne Träne rann seine linke Wange hinunter. »Ich habe gewusst, dass ihm seine kranken Reality-Produktionen eines Tages den Kopf kosten würden ...« Er stockte. »Oh, Entschuldigung, das habe ich nicht so gemeint.«

Die Gerichtsmedizinerin unterdrückte ein Lachen und drehte sich kurz weg. Pfeffer fragte: »Wie haben Sie es dann gemeint? Woher konnten Sie das wissen?«

»Ich meinte wissen nicht im Sinne von hundertprozentig wissen. Ich meinte eher ahnen. Herberts Produktionsfirma ist sehr erfolgreich in diesem Reality-Segment, eine Dokusoap nach der anderen, und dann noch irgendwelche halbseidenen Semipromis zum Überlebenstraining auf die Alm oder in den Dschungel schicken. Damit hat er sein Geld gemacht. Und glauben Sie mir, nicht jeder findet es gut, dass das Fernsehniveau im freien Fall nach unten ist. Da hat mein Bruder mit seinen Formaten eifrig zu beigetragen. Das bringt sicherlich Feinde ein und natürlich auch Neider, kann ich mir denken. Keine Ahnung, ich weiß es nicht. Ich vermute nur. Wir hatten nicht so viel Kontakt miteinander. Ich habe mit seiner Branche nichts zu tun. Wissen Sie, ich mache in Brillen.« Er saugte an seiner Zigarre. »Mein Bruder war immer ein schwieriger Charakter. Es tut mir leid, das zu diesem Anlass sagen zu müssen. Schon als Kind. Er eckte überall an, provozierte um der Provokation willen. Meine armen Eltern ...«

»Hat ihr Bruder sonst noch Familie?«

»Familie?« Veicht grunzte. »Meinen Sie seine drei Exfrauen, oder das Flittchen, mit der er momentan verheiratet ist? Entschuldigen Sie, das ist mir jetzt so rausgerutscht. Mein Bruder hatte immer einen seltsamen Geschmack, was seine Frauen anging. Gott sei Dank hat er mit keiner Kinder in die Welt gesetzt. Mein Sohn … er mochte ihn sehr, er hat ihn wie sein eigenes Kind behandelt und total verwöhnt.« Der Brillenproduzent deutete in Richtung Kopf seines Bruders ohne hinzusehen und fragte: »Und der Rest? Ich meine, wo ist sein Körper?«

»Das wissen wir leider noch nicht. Ich bin mir aber sicher, dass wir ihn bald finden werden«, sagte Pfeffer wider besseres Wissen, denn er hatte das dumpfe Gefühl, dass sie den Körper nie finden würden.

»Schön, schön.« Man konnte merken, dass das Maximum an Beherrschung bei Hans-Georg Veicht nun erreicht war. Er wollte so weit als möglich weg von dem Schädel seines Bruders. »Ich bin sicher, Sie machen das richtig. Ist das dort der Mörder?« Er deutete hinüber zu dem jungen Mann, der bei der Scharade die Rolle des Trampers gespielt hatte. Jo Wagenbrenner lehnte blass an einem Baum und unterhielt sich mit einem der beiden Uniformierten, die abgestellt waren, ihn zu bewachen. Dabei schüttelte er ununterbrochen seinen Kopf.

»Wir wissen noch nicht, ob er der Mörder ist. Fest steht nur, dass er den Kopf Ihres Bruders in einer Reisetasche mit sich trug. Wir gehen momentan noch davon aus, dass er wie alle anderen dachte, es sei ein künstlicher Schädel.«

»Natürlich. Sie wissen am besten, was zu tun ist.« Veicht floskelte vor sich hin. »Ich möchte nun zu meinem Sohn.« Er drehte sich abrupt von Gerda Pettenkofer und Max Pfeffer weg und prallte beinahe mit Freudensprung zusammen, der leise an die Gruppe herangetreten war.

»Ist das ein Maybach?«, fragte Freudensprung ehrfürchtig und deutete auf Veichts Luxuslimousine.

»Äh, ja«, antwortete der Brillenfilialist irritiert. »Ja, ein Maybach.« Er ging mit staksigen Schritten zu seinem Sohn Benni.

»Wow, ein Maybach!« Paul Freudensprung lief davon, um den Wagen aus der Nähe zu inspizieren.

»Meine Lesebrille ist von Veicht-Optik«, sagte die Gerichtsmedizinerin.

»Spannend«, antwortete Pfeffer trocken.

»Nicht wahr? Nun weiß ich wenigstens, wo mein Geld geblieben ist. Der Kopf wurde übrigens mit absoluter Sicherheit mit einer Säge abgetrennt. Und das nicht so wahnsinnig professionell. Das sieht man schon an der leicht zerfetzten Haut und den Halsmuskelpartien. Es gibt keine geraden Schnittkanten. Da braucht man nicht erst die Knochen zu checken. Da musst du gar nicht irgendwelche Metzger oder Schlachter oder Mediziner in den Kreis der Verdächtigen aufnehmen. Die könnten das besser. Und außerdem war er schon vorher tot. Das Enthaupten ist also nicht die Todesursache. Alles Weitere kriegst du demnächst schriftlich. In ein paar Tagen, nächste Woche, irgendwann halt.«

»Ich liebe deine exakten Prognosen. Apropos, meinst du, wir haben eine Chance den Körper zu finden?«

»Sonst noch Fragen, Maxl? Ich bin keine Profilerin. Ich beschäftige mich nur mit Toten. Aber wenn du mich schon so fragst – nein, ich denke nicht.«

Pfeffer nickte zustimmend.

03 »Wo warst du?! Wo warst du?!«

»Warum schreist du so? Du weißt, dass ich dich höre.«

»Wo warst du?! Ich habe dich so gebraucht, und du warst nicht da!«

»Bist du sicher, dass ich nicht da war?«

»Was? Nein, ich …«

»Höre ich da Verzweiflung? Warum? Und um deine Frage zu beantworten: Ich war da.«

»Wirklich? Natürlich, wenn du es sagst. Ich war mir nicht sicher. Ich hatte Angst.«

»Ich weiß. Wir haben noch viel Arbeit vor uns.«

»Dann hast du alles gesehen?«

»Deine Fragen langweilen mich wirklich.«

»Entschuldige. Oh, ich sollte mich ja nicht ständig entschuldigen. Ich fühle mich jetzt jedenfalls so unglaublich lebendig!«

»Weil du es getan hast?«

»Nein, ja, auch, aber hauptsächlich, weil du da bist.«

»Das ist eine Selbstverständlichkeit! Komm mir nicht mit solchen Schmeicheleien. Denkst du, ich lege Wert auf so etwas? Ich bitte dich. Dazu solltest du mich besser kennen.«

»Kenne ich dich wirklich? Manchmal denke ich, ich kenne dich in- und auswendig, dann habe ich Angst, ich kenne dich gar nicht. Dann bist du so weit weg.«

»Gut, wir kommen der Sache schon näher. Du lernst dazu, denn du kennst mich wirklich nicht.«

»Bist du nun böse auf mich?«

»Böse? Ich? Das ist gut, das muss ich mir merken. Du denkst immer noch zu sehr in deinen Kategorien. Wieso sollte ich DIR *böse sein?«*

»Ich weiß nicht. Ich habe alles getan, was du mir gesagt hast.«

»Was ich dir gesagt habe? Habe ich dir gesagt, gehe hin und hacke ihm den Kopf ab? Das sollen meine Worte gewesen sein?«

»Nein, natürlich nicht. So hast du es nicht gesagt.«

»Gut, darauf lege ich doch einigen Wert.«

»Doch für mich waren deine Worte unmissverständlich. Also habe ich es getan. Es war grauenhaft, aber ich habe es getan. Für dich.«

»Meine Worte sind für gewöhnlich immer unmissverständlich. Und bettle nicht so sehr um Lob. Das stößt mich ab. Sieh her, schau mich an. Keine Angst. Sieh her. Es wird dir nichts passieren. Nicht jetzt und nicht später. Du bist sicher. Ich werde dich nun mit dir alleine lassen, aber du weißt, dass ich trotzdem immer bei dir bin.«

»Nein, geht nicht. Lass mich jetzt nicht alleine! Ich brauche dich doch.«

»Ich bin immer da. Doch du musst aufpassen. Konzentriere dich. Du muss ganz bei dir sein, damit sie nichts merken.«

04 »Die Ereignisse von gestern Abend scheinen Sie am wenigsten mitgenommen zu haben.«

»Finden Sie?« Jonas Wagenbrenner lehnte sich auf dem unbequemen Stuhl zurück und pustete vorsichtig in den Becher mit heißem Kaffee, den ihm Bella Scholz gegeben hatte. Seine blasse Haut glänzte talgig im Sonnenlicht, das durch die Jalousien hereinfiel. »Das täuscht. Ich habe die ganze Nacht keine Auge zu getan. Vielleicht wirke ich nur so ruhig, weil ich so ziemlich als Einziger nicht persönlich involviert war.«

»Nicht persönlich involviert? Sie sind gut, Herr Wagenbrenner.« Max Pfeffer zog sich sein Jackett aus und hängte es sorgfältig über den Schreibtischstuhl, damit es keine Knitterfalten bekam. Als er heute früh das Büro betreten hatte, hatte Bella Scholz laut gepfiffen und Pfeffer von oben bis unten gemustert. Pfeffer war bekannt dafür, dass er sich immer stilsicher kleidete, sommers wie winters, ohne overdressed zu sein. Neider im Büro hielten ihn deshalb für einen eitlen Fatzke und selbstverliebten Gecken. Es juckte Pfeffer herzlich wenig.

Er strengte sich nicht einmal sonderlich an. Er überlegte nie groß, was er anziehen wollte, sondern entschied innerhalb von Sekunden. Er las selten Modemagazine und war kein Shoppingfreak, er hatte es einfach im Gespür und verfügte über einen kleinen Schrank voller klassischer Basics. Einmal im Halbjahr mistete er die Klamotten aus, die gewissen Trends unterworfen waren und durchforstete seine Lieblingsläden nach Aktuellem, Tragbarem. Gute Kleidung war eine seiner zwei Marotten, die er kultivierte – die andere Marotte war Jazz.

Pfeffer hatte in der vergangenen Nacht nur zweieinhalb Stunden geschlafen, denn nachdem sie den Fundort des Kopfes verlassen hatten, waren er und Bella Scholz schnurstracks mit einem Spurensicherungsteam zur Wohnung des Toten gefahren. Dass hier ebenfalls nicht der Tatort war, hatten sie schnell festgestellt. Die große Penthousewohnung im vornehmen Stadtteil Nymphenburg war erlesen möbliert und wirkte auf die Beamten irgendwie aseptisch. Zwei Ikonen, die einzigen Bilder im Wohnzimmer, waren Pfeffer aufgefallen. Und außer ein paar Unterlagen, Notizbüchern, Kalendern und dem Laptop schien ihnen wenig sicherstellenswert, denn sie wussten noch nicht, worauf sie ihr Augenmerk richten sollten. Als Pfeffer schließlich todmüde ins Bett gefallen war, wusste er, dass sich Bella Scholz in den nächsten Tagen akribisch mit allem beschäftigen würde, was aus der Wohnung transportiert worden war.

Nachdem ihn der Wecker aus einer Tiefschlafphase gerissen hatte, war Pfeffer wie jeden Tag eine Stunde gejoggt, hatte hundert Sit-ups und fünfzig Liegestütze gemacht. Der Kriminalrat ging stramm auf die Vierzig zu, doch sein Körper mit den breiten Schultern und der schmalen Taille konnte sich mit jedem jungen Sportler messen. Hüftspeck kannte er nur vom Hörensagen oder wenn er seinen Kollegen Paul Freudensprung ansah, denn der hatte sich in den letzten Monaten einen respektablen Rettungsring angefuttert, genährt von den türkischen Kochkünsten seiner Freundin Aische. Max Pfeffer jedoch legte Wert auf seinen Körper, nicht nur der Fitness wegen. An diesem Tag hatte er beim Laufen die noch herrlich kühle Luft eines sonnendurchfluteten frühen Morgens genossen, der einen erneut hitzerekordverdächtigen Tag ankündigte. Er hatte kalt geduscht und den naturfarbenen federleichten Leinenanzug gewählt, dessen Hose seinen Hintern knackig zur Geltung brachte. Pfeffer wusste, was er zu bieten hatte und wie er es betonen konnte. Auch wenn er nicht der Allerhübscheste war und seine Haare längst ergraut waren. Für seine Geschlechtsgenossen, die der Meinung waren, Körperpflege und -bewusstsein seien nicht maskulin, hatte er nur ein müdes Lächeln übrig. Und er vertrat die Ansicht, dass man die ultimative Geheimwaffe, die ihre Wirkung auch dann nicht verfehlte, wenn Intelligenz und Esprit nicht mehr weiterkamen – *titts and ass* –, einfach nicht allein den Frauen überlassen dürfe.

Bella Scholz hatte ihm am Morgen mit »Chef, ich könnte mich auf der Stelle in dich verlieben!« begrüßt, das allein hatte alles schon gerechtfertigt. Es half Pfeffer auch deshalb, weil er sich zu Hause kaum noch begehrt fühlte. Nun setzte sich Pfeffer lässig auf die Schreibtischkante und nippte an seinem Kaffee.

»Nicht persönlich involviert ist vielleicht der falsche Ausdruck«, sagte Jo Wagenbrenner und rieb sich das stoppelige Kinn. Er sah verlegen zu Boden. Die Nacht in Polizeigewahrsam hatte er offensichtlich schlaflos verbracht, die dunkelvioletten Ringe unter seinen tiefliegenden Augen verrieten es. Seine wirren braunen Haare hingen ihm in die Stirn und klebten fettig an den Schläfen. »Ich meine nur, dass ich niemanden persönlich kannte.«

»Sie sind Schauspieler?«

»Nein, das nicht. Ich studiere Informatik. Für Veicht-Productions habe ich ab und an gearbeitet. Nur ein Job, verstehen Sie? Ich habe da mal ein Praktikum gemacht und seitdem immer wieder verschiedene Jobs übernommen. Bei den Reality-Formaten braucht man öfter einen Allrounder, der kleine Rollen spielt oder so. Mein Gesicht ist nicht sehr markant, da lässt sich viel draus machen mit etwas Schminke. Mal ein Gigolo, mal ein Kellner, und mal …«

»… ein gestörter Mörder«, ergänzte Kommissarin Scholz mit ätzendem Unterton.

»Ja, gestern auch das.« Jo spielte verlegen mit einer Haarsträhne. »Es tut mir so wahnsinnig leid. Das Mädchen vor allem. Ich meine, da sind wir sicherlich zu weit gegangen, auch ohne den Kopf und so … Aber wir dachten, die würden relaxter reagieren, wenn wir das aufklären.«

»Sie wissen, dass der Junge, also Frank Jobst, zur Beobachtung in die Psychiatrie eingewiesen wurde, weil Sie so hübsche Spielchen getrieben haben?«, sagte Bella Scholz.

»Ich sagte doch, dass es mir wahnsinnig leid tut!« Jo Wagenbrenner zog eine verlegene Grimasse und wand sich auf seinem Stuhl. »Wenn Sie mir die Telefonnummern von ihm und dem Mädchen geben, werde ich mich gerne persönlich entschuldigen. Das habe ich nie gewollt.«

»Wir werden Ihnen selbstverständlich keine Telefonnummern von irgendwem geben. Das verstehen Sie sicher«, sagte Pfeffer emotionslos und gab seiner Kollegin ein Zeichen, dass sie es gut sein lassen solle. »Und wir sind nicht hier, um Ihr Handeln moralisch zu beurteilen. Sie werden sich irgendwann und irgendwie für ihr Tun rechtfertigen müssen, auch wenn es nicht vor Gericht ist.«

»Ich weiß, ich weiß. Sind Sie gläubig, Herr Kriminalrat?«

»Das steht hier nicht zur Debatte. Und Sie sollten meine Worte nicht so einseitig auslegen.«

»Entschuldigen Sie. Ich dachte nur. Ich bin es nicht. Nun ja, eigentlich nicht. Man weiß ja nie, was da noch alles zwischen Himmel und Erde ist.« Jo trank seinen Kaffee in einem Zug aus. »Veicht ist seicht – das ist so ein geflügelter Spruch in der Fernsehszene, ich weiß. Stimmt ja auch, Veicht-Productions setzt auf absoluten Flachsinn und macht damit Quote. Was solls, mir hat das immer Spaß gemacht. Gucken würde ich so was eh nie, aber mitmachen ist lustig und bringt Geld.« Er kratzte sich wieder am Kinn. »Entschuldigung, aber der Stoppelbart juckt so, ich rasiere mich normalerweise täglich. Das ganze Outfit hier …«, er sah an sich herunter und zupfte an dem ausgeleierten, mit Kunstblut verschmierten T-Shirt und der abgewetzten Jeans, »… ist von der Produktion geliehen. Ich würde mich bitte gerne umziehen, wenn ich darf.«

»Später, Herr Wagenbrenner«, sagte Bella Scholz. »Möchten Sie nicht lieber einen Anwalt anrufen?«

»Brauche ich denn einen Anwalt?«

»Nein.« Pfeffer sah seine Kollegin an und schüttelte den Kopf. »Ich denke nicht. Sie können nach Ihrer Aussage nach Hause gehen und tun, was immer Sie wollen. Wir werden Sie nicht festhalten. Ich muss Sie nur bitten, die Stadt nicht zu verlassen, ohne vorher mit uns gesprochen zu haben. Ein Kollege wird Sie nach Hause begleiten, denn wir brauchen die Kleidung, die Sie jetzt tragen fürs Labor. Und natürlich auch die Kleidung, die Sie anhatten, bevor Sie die geliehenen Klamotten angezogen haben.«

Jo Wagenbrenner nickte.

»Nun aber zu den entscheidenderen Fragen: Welches Verhältnis hatten Sie zu Herbert Veicht, und wieso hatten Sie seinen Kopf in der Tasche?«

»Der Veicht war ganz okay. Ich meine, ich habe ihn nicht so gut gekannt. Er und sein Kompagnon sind so richtige Freaks, die spinnerte Ideen ausbrüten und umsetzen. Hauptsache schrill, Hauptsache anecken. Wie jetzt das mit dem Operations-TV. Sie werden Schönheits-OPs verlosen und mit der Kamera dabei sein.«

»Krank«, entfuhr es Bella.

»Ja, nicht? Der Gag dabei ist, dass sich nur Eltern bewerben können, die ihren minderjährigen Töchtern einen größeren Busen oder eine Stupsnase oder Ballonlippen oder so als Überraschung schenken wollen.«

»Absolut krank«, sagte Bella.

»Krank oder nicht, Sie haben meine Fragen nicht beantwortet«, sagte Pfeffer.

Jo zog den Kopf leicht ein. »Wie gesagt, Veicht kannte ich nicht gut genug. Er war mir egal. Ich hatte meistens nur mit den Produktionsassistenten zu tun. Und wie der Kopf … ich weiß nicht. Ich hatte die Anweisung, mich ab achtzehn Uhr bereitzuhalten. Ich war im Büro von Veicht-Productions und wurde dort gestylt. Es hieß, die präparierte Tasche läge in der Requisitenkammer bereit. Das ist eigentlich keine Kammer, sondern ein großes Kellergewölbe, das zum Büro dazu gehört. Dort war die Tasche an dem angegebenen Platz gestanden. Ich habe sie nur genommen und bin zur Tankstelle.«

»War jemand dabei?«

»Nein, ich bin die Treppe hinunter und habe die Tasche genommen.«

»Und Sie haben nicht mal reingeschaut, ob auch wirklich ein Kopf drin ist?«

»Doch, ganz kurz, ich habe den Reißverschluss ein wenig geöffnet und als ich die Haare gesehen habe, … na, ich dachte halt, das ist alles künstlich.«

»Wer hat alles Zugang zu dem Keller?«

»Jeder. Das Büro ist im Parterre, die Kellerräume sind über eine Wendeltreppe frei zugänglich. Da ist nichts abgesperrt. Wenn Sie mit Ihrer Frage andeuten wollen, dass jeder die Tasche hätte austauschen können, liegen Sie absolut richtig.«

Pfeffer, Scholz und Freudensprung sahen sich im Requisitenkeller der Fernsehproduktionsfirma um.

»Ihre Kollegen von der Spurensicherung haben schon alles fotografiert und analysiert«, sagte Sigi Roß, der Ausstatter. Er war ein kleiner, kräftiger Mann Mitte dreißig. Sein Dreitagebart schien Standard zu sein und kein Zeichen einer schlaflosen Nacht – im Gegensatz zu seinen verquollenen Augen. Sigi Roß war in der Nacht noch mit Paul Freudensprung durch das gruselig gestaltete Haus gegangen und hatte dem Kriminaler alles erklärt. Dann waren die beiden Männer so sehr ins Ratschen geraten, dass sie sich schnell duzten und schließlich in die Stadt gefahren waren, um die restliche Nacht fachsimpelnd in einem Nachtcafé zu verbringen. Dabei hatten sie ihre Lieblingsschockerfilme durchgehechelt, allen voran *Sieben*, an dessen Ende der von Brad Pitt verkörperte Titelheld den abgetrennten Schädel seiner Frau per Postpaket erhält.

Der Ausstatter klopfte mit der Hand auf eine Styroporsäule. »Da, genau hier hin habe ich die präparierte Reisetasche gestellt, bevor ich gestern heimgegangen bin. Und heute finden Ihre Leute meine Tasche da hinten zwischen den ganzen Kisten und Kartons.« Sigi Roß deutete in eine Ecke. »Mein Kunstkopf war noch so drin, wie ich ihn hergerichtet hatte.«

»Hier kann wirklich jeder herein kommen und austauschen, was er will«, mischte sich Dieter Koziol ein, den die Nachricht vom Tod seines Geschäftspartners sichtlich mitgenommen hatte. Er schwitzte und tupfte sich ständig mit einem weißen Stofftaschentuch die Stirn und die Oberlippe. Seine Haare waren viel zu dunkel für seinen Hauttyp gefärbt, zudem kam der graue Ansatz zum Vorschein. Der große Mann schob einen beachtlichen Bauch vor sich her und sein Doppelkinn wabbelte bei jedem Wort. »Das hier ist keine Requisitenkammer im eigentlichen Sinn. Das könnten wir uns gar nicht leisten. Für so was haben wir unsere freien Mitarbeiter.«

»Freischaffende Requisiteure wie ich haben selbst ein großes Lager«, ergänzte der Ausstatter. »Bei Produktionen muss ich immer selbst alles mitbringen oder auftreiben. Ist so in der Branche.«

»Meine Rede«, sagte Koziol. »Wir benötigen den Keller hauptsächlich für unsere Unterlagen. Darf ich Sie nun nach oben in mein Büro bitten? Ich würde mich gerne ein wenig setzen.«

Für einen Mann seiner Leibesfülle legte er ein erstaunliches Tempo vor, als er die Treppen hochstürmte und durch die Büroräume lief. Die drei Kriminalbeamten blieben etwas zurück und sahen sich in dem Büro beiläufig um. Doch außer auffallend jungen, hauptsächlich telefonierenden Mitarbeitern beiderlei Geschlechts gab es nicht viel Interessantes zu sehen. Dann kamen sie durch einen großen Konferenzraum, dessen Tür der durcheilende Dieter Koziol offen gelassen hatte. In dem mit einem Paravent geteilten Raum saßen zunächst zwei Frauen und ein Mann an einem Tisch und notierten sich etwas; vor ihnen standen zwei Kerle mit heruntergelassenen Hosen und präsentierten ihre Männlichkeit. Der eine kaute gelangweilt Kaugummi und hielt ein Zentimetermaß an seinen Penis. »Hab ich doch gesagt, siebzehnkommasieben.« Er hob triumphierend den Blick und reckte das Kinn vor.

»Da sind ja Elefantenrüssel nix dagegen!«, flüsterte Freudensprung, der mit offenem Mund schamlos hingestarrt hatte, Pfeffer zu. »Noch dazu schlaff. Möchte nicht wissen, wie die stehen. Hast du solche Riesendinger schon mal gesehen?«

»Ja«, sagte Pfeffer, »habe ich. Interessant wäre jetzt, warum du so hinstarrst, oder?«

Bella Scholz kicherte. »Ich kann dazu nichts sagen. Ich habe gar nicht hingeschaut.«

»Typen mit der Ausstattung kriegen bestimmt jede«, sagte Freudensprung leise.

»Von wegen«, antwortete die Scholz. »Auf solche Monster steht keine Frau!«

»Ich dachte, du hättest nicht hingesehen.«

Hinter dem Paravent saßen ebenfalls zwei Frauen und ein Mann und machten sich Notizen; vor ihnen standen fünf junge Frauen mit nackten Oberkörpern, die eine vermaß ihren Brustumfang und sagte: »Hundertsechzehnkommadrei.« Pfeffer schmunzelte, als er bemerkte, dass Freudensprung diesmal verbissen wegschaute.

»Entschuldigen Sie, meine Herren.« Koziol drängte die Polizisten in sein Büro. »Ich hatte ganz vergessen, dass hier das Casting für *Sizequeen* und *Sizeking* läuft. Wir machen seit kurzem ein neues Format für die Spätnachtschiene von RTL. So eine Anrufshow. Bisher präsentieren wir reizende Damen oben ohne und die Anrufer können raten, wie viele Zentimeter und Millimeter. Wer es richtig geraten hat, gewinnt dann einen Geldbetrag. Das ist schnell Kult geworden, wir haben Traumquoten für ein Nachtprogramm. Natürlich kostet jeder Anruf neunundvierzig Cent, damit verdient sich der Sender eine goldene Nase. Jetzt machen wir als ausgleichende Gerechtigkeit das gleiche Prinzip für Frauen. Wir präsentieren die längsten Schwänze Deutschlands. Natürlich zeigen wir nur den schlaffen Zustand! Alles, was mehr als einen Winkel von 45 Grad hervorsteht, ist bekanntlich Pornographie und wird von uns nicht gesendet.« Koziol machte eine wegwerfende Handbewegung und ließ sich in einen Ledersessel plumpsen. Den beiden Kriminalern wies er einen Sitzplatz zu. »Seitdem hockt uns die Kirche auf dem Schoß und empört sich maßlos, die Medienwächter fallen über uns her, aber auf der anderen Seite hatte noch keine Nachtshow so hohe Einschaltquoten und außerdem rennen uns die Mädels mit ihren Riesenhupen und die Kerle mit ihren Monsterdödeln die Bude ein. Jeder will mal sein Ding in die Kamera halten. Man sollte meinen, wir sind ein Volk von Exhibitionisten. Und soll ich Ihnen was sagen? Mehr als die Hälfte der Männer, die hier vorstellig wird, hat gar keinen besonders großen.«

»Deshalb sind wir nicht hier«, sagte Max Pfeffer.

»*Sizequeen* war Herberts Idee. Er hatte immer gute Ideen für neue Formate.« Der dicke Mann hatte gar nicht zugehört. »Er war ein Visionär, verstehen Sie?«

»Sicher, und wie Sie eben andeuteten, hatte Herbert Veicht Ideen, die nicht auf jedermanns Zustimmung stießen. Mit anderen Worten: Hatte Ihr Kompagnon Herbert Veicht Feinde und wenn ja, wen?«

»Feinde?« Das Wort schien Dieter Koziol zurück in die Gegenwart zu holen. Er betupfte seine Oberlippe, auf der sich neue Schweißperlen gebildet hatten, mit dem Taschentuch. »Sicher. Doch seine Feinde sind gleichzeitig meine, denn wir betreiben die Firma als gleichberechtigte Partner, auch wenn mein Name im Firmennamen nicht auftaucht. Wir haben ständig Ärger mit den Kirchen, das erwähnte ich bereits. Wirklich teilweise amüsant, was da an Vorwürfen kommt. Und mit verschiedenen konservativen Kräften gibt es immer Probleme, auch wenn dieselben konservativen Kräfte sich paradoxerweise vehement für die totale Freigabe des Fernsehmarktes einsetzen. Doch ich könnte Ihnen jetzt niemanden benennen, der sich besonders aggressiv mit uns auseinander gesetzt hätte.« Er sprang mit erstaunlicher Behändigkeit aus seinem Ledersessel, schnappte sich den Telefonhörer vom Schreibtisch und bestellte bei seiner Sekretärin vier Espressi, ohne die Polizisten nach ihren Wünschen zu fragen. »Ich brauche jetzt jedenfalls einen starken Kaffee, bin bekennender Koffeinjunkie«, sagte er und ließ sich wieder tief in sein Fauteuil fallen.

»Bekommen Sie Drohbriefe oder Schmähschreiben?«

»Sicher.« Koziol lachte trocken und sein Doppelkinn glich einem Wackelpudding. »Jede Menge. Obwohl das meiste wohl an die TV-Sender direkt geht, nicht an die Produktionsfirmen. Aber wir haben Aktenordner davon. Meist nicht ernst zu nehmender Kinderkram voller Rechtschreibfehler. Die Schreiben, die wir ernst nehmen, gehen natürlich zur Überprüfung an die Polizei. Wir heben aber auch alle anderen auf, für alle Fälle, falls ja doch mal was passiert und die Polizei …« Er brach ab und starrte einige Sekunden bewegungslos vor sich hin. Dann entfuhr ihm ein lautes Schluchzen. Wasser stieg in seinen Augen auf wie eine Springflut.

»Herbert war mein bester Freund, verstehen Sie?« Nun heulte der Fernsehproduzent los. »Wir kennen uns schon, seit wir zwölf waren«, sagte er stockend unter Tränen, während er in seiner Hosentasche nach einem Taschentuch suchte. »Seit genau vierzig Jahren! Eine halbe Ewigkeit. Wir sind immer gemeinsam durch dick und dünn gegangen. Und nun ist er weg. Einfach weg. Was für ein krankes Hirn ist zu so etwas fähig?«

Pfeffer gab Freudensprung leise die Anweisung, ins Sekretariat zu gehen und die Aktenordner mit den Drohbriefen sicherzustellen. »Und wenn du die Sachen ins Büro gebracht hast, Paul, gehst du bitte nach Hause und schläfst dich aus.«

Bella Scholz lief mit federnden Schritten und hinter dem Rücken verschränkten Armen langsam durch das Büro und vermied es, das weinende, dicke Häufchen Elend anzusehen.

Dann beugte sich Pfeffer vor und berührte mitfühlend Koziols Knie. »Gehts wieder?«, fragte er, nachdem sich der Fernsehproduzent kräftig geschneuzt und zurücklehnte hatte. »Gut. Bliebe noch die Frage nach persönlichen Feinden.«

»Ich weiß nicht«, antwortete Koziol mit erstickter Stimme, immer noch nach Fassung ringend. »Herbert hat immer viel gearbeitet und sein persönlicher Bekanntenkreis deckte sich weitgehend mit dem beruflichen. Und da ich sein bester Freund war, kenne ich eigentlich all seine Bekannten. Da wäre meines Wissens keiner dabei, der finstere Pläne gehegt hat. Warum auch.«

»Und seine Frauen?«

»Dass er mehr als eine hatte, haben Sie also schon herausgefunden.« Dieter Koziol lachte keuchend und schniefte kurz. Dann schneuzte er sich erneut geräuschvoll. »Suzi lebt heute auf Ibiza, das war seine erste Frau. Die war seit Jahren nicht mehr in Deutschland. So weit ich weiß, war es auch eine einvernehmliche Scheidung, ganz ohne böses Blut. Dann kam Noemi, das ging aber nur drei Monate gut. Sie ist heute mit einem Schönheitschirurgen verheiratet. Ich glaube nicht, dass die irgendwelche Rachegedanken gegen Herbert gehegt hat. Dazu war sie zu sehr auf Geld und Prestige fixiert, das hat sie jetzt alles in Hülle und Fülle. Nummer drei war Luna, die hieß eigentlich Gaby, aber das war ihr wohl zu spießig. Die ist so tief im Esoterikwahn versumpft, bis es sogar Herbert zu viel wurde. Mein Kompagnon hatte leider nie ein gutes Händchen mit seinen Frauen. Wissen Sie, ich bin seit siebenundzwanzig Jahren verheiratet – mit ein und derselben Frau. Und ich bin immer noch in sie verliebt. Herbert konnte das nie nachvollziehen. Kaum wackelte ein hübsches Ding mit dem Hintern, war es um ihn geschehen. So hat ihn auch die derzeitige Madame aufgegabelt. Sie heißt Bambi, auch Miss Bothox genannt. Die heißt wirklich mit Vornamen Bambi, das steht in ihrem Pass.«

»Wir haben seine Frau bisher nicht erreichen können«, sagte Max Pfeffer.

»Kein Wunder. Sie leben schon längst in Scheidung. Die treibt sich sicher irgendwo mit ihrem aktuellen Begleiter herum. Warten Sie ein paar Minuten …«, Koziol sah auf seine Uhr, »… dann können Sie sie live erleben. Sie kommt für gewöhnlich um diese Zeit vorbei, um Herbert das Leben zur Hölle zu machen. Wissen Sie, Sigmund Freud hat mal behauptet, Anatomie sei Schicksal. Nun, der gute Mann irrte auch hier. Siehe Bambi. Ich warne Sie, erschrecken Sie nicht, wenn Sie sie sehen.«

Max Pfeffer erschrak trotzdem, und Bellas Augen wurden zu schmalen Schlitzten, als Bambi Veicht einige Zeit später ins Büro rauschte. Die Frau konnte jedes Alter zwischen siebzehn und siebzig haben, denn ihr totoperiertes, straffgezurrtes Gesicht glich einer Maske. Ihr stromlinienförmig magergehungerter Körper steckte in einem knappen geblümten Sommerkleid. Die Brüste, die sich darunter abzeichneten, standen so hoch und fest, dass kein Zweifel darüber herrschen konnte, womit sie gefüllt waren. Die langen rabenschwarzen Haare wurden von einer lässig hineingesteckten Designersonnenbrille zurückgehalten. Sie war eines jener seltsamen Wesen, die heute von den Medien in nicht nachvollziehbarer Weise als »schön« bezeichnet wurden. Bambis Stilettos knallten bei jedem Schritt auf dem Parkett und ihre schrille Stimme quäkte: »Wo ist Herbert? Warum glotzen mich die da draußen alle mit so komischen Kuhaugen an? Wo steckt dieser Feigling? Versteckst du ihn hier, Dieter?«

»Herbert versteckt sich nicht …«

»Schon recht. Was bildet der sich eigentlich ein, dein sauberer Kompagnon? Siebentausend Euro! Das hat er mir allen Ernstes über seinen Scheißanwalt als monatliche Apanage angeboten. Siebentausend! Bin ich eine Putze, oder was? Wie soll ich davon bitteschön leben? Wie sollen WIR davon bitteschön leben, mein Schnuckiputzi?«

Bambi Veicht beugte sich hinunter, und Max Pfeffer nahm erst jetzt den kleinen Yorkshire-Terrier wahr, der mit hechelnder Zunge um die Füße seines Frauchens wuselte. Das Tier trug eine rosa Schleife im Haar und glotzte denkbar unintelligent.

Beim Aufrichten bemerkte Bambi den Polizisten. Ob sie auch die Polizistin wahrgenommen hatte, ließ sie sich nicht anmerken. Sie musterte Pfeffer unverhohlen und mit Kennermiene von oben bis unten. Pfeffer stand auf, weil er sie begrüßen wollte. Doch Bambis Blick war von seinen samtigen Kuschelaugen über die breite Brust und den flachen Bauch hinunter zu seinem Schritt geglitten.

»Und wer ist das, Dieter?« Sie wandte sich an Pfeffer. »Hör zu, Schätzchen. Die Superschwanzparade wird gerade draußen abgehalten. Und nimm deine kleine Freundin da gleich mit. Wir haben Geschäftliches zu besprechen. Ciao, Bello.«

Pfeffer verzog keine Miene und hielt der Frau seine Hand hin. »Maximilian Pfeffer, Kriminalrat. Mordkommission. Angenehm, und Sie sind Frau Bambi Veicht, nicht wahr?«

Bambi starrte ihn an, gab sich aber keine Mühe rot zu werden. In Sekundenbruchteilen schaltete sie von Zicke auf kokett. »Kriminalrat. Das ist mehr als Kommissar, nicht wahr? Richtig. Ich bin Bambi. Ebenfalls angenehm. Womit kann ich Ihnen dienen?« Sie schüttelte Pfeffers Hand eine Idee zu lange und schenkte ihm einen Augenaufschlag, der frech sein sollte. Doch blieb ihr Gesicht, dessen Muskeln durch das Nervengift Botox gelähmt waren, maskenhaft unbewegt. Pfeffer fragte sich, ob sie wohl auch beim Sex so ausdruckslos schauen würde.

Dieter Koziol stöhnte deutlich vernehmbar. »Gib dir keine Mühe, Bambi«, sagte er ärgerlich. »Der Kriminalrat hat eine unangenehme Mitteilung für dich. Bitte, Herr Pfeffer, nur zu, sagen Sie es ihr.« Dieter Koziol sah Pfeffer begierig an, keine Frage, er freute sich darauf, was kommen würde.

»Mir was sagen?«

»Es tut mir leid Ihnen mitteilen zu müssen, dass Ihr Gatte verstorben ist. Er wurde heute Nacht ermordet aufgefunden.«

»So?« Bambi blickte zwischen Pfeffer und Koziol hin und her, als ob sie nach einem Anzeichen suchte, dass alles nur ein Scherz sei. Bella Scholz war nach wie vor aus ihrem Aufmerksamkeitsfeld verbannt. »So so. Nun, das ist sehr bedauerlich. Erwarten Sie jetzt, dass ich in Tränen ausbreche? Da muss ich Sie enttäuschen.«

»Weil Botox auch die Tränendrüsen lähmt?«, warf Dieter Koziol kühl ein.

»Mach dich nicht lächerlich, Dieter. Nun, Herr Pfeffer«, sie ließ ihre Stimme einige Tonlagen tiefer in die Verruchtheitsebene gleiten und rollte das R übertrieben, »Sie wissen sicherlich längst, dass das Verhältnis zwischen mir und meinem Mann in letzter Zeit sehr abgekühlt war. Sehr! Wir leben getrennt. Er hat sich in sein Penthouse in Nymphenburg zurückgezogen und mir die Pullacher Villa gelassen. Haben Sie denn den Täter?«

»Nein.«

»Oh, durch mein Geplappere mache ich mich nun sicher verdächtig.« Sie schlug kokett eine Hand vor ihren Mund. »Und wenn ich mich recht entsinne, bin ich nun reich. Das macht mich sicher noch verdächtiger. Wollen Sie mich nicht verhaften, Herr Inspektor?« Sie trat nah an Pfeffer heran und legte die Hände über Kreuz auf seine Brust. Pfeffer ergriff sie. Bambi Veicht schloss kurz die Augen und schnupperte. »Sie riechen gut, Herr Pfeffer. Sagen Sie nichts. Das ist was Italienisches, nein, halt, ich irre mich. Natürlich etwas Englisches, männlich elegant und trotzdem sportlich frisch mit einem Hauch Exotik. Hmmm, köstlich, etwas ganz Seltenes, Teures … *Blenheim Bouquet* von Penhaligon's! Sie haben Geschmack, Maximilian Pfeffer!«

»Mein Kompliment«, sagte Pfeffer und schmunzelte, dabei ließ er sie in seinen Samtaugen kuscheln.

»Bambi war mal Parfumverkäuferin«, sagte Dieter Koziol giftig.

»Ich war Kosmetikerin!« Bambi Veicht befreite ihre Hände aus Pfeffers Griff. »Und so wie es nun aussieht, bin ich jetzt Fernsehproduzentin, nicht wahr? Deine neue Partnerin, lieber Dieter. Also halte sich zurück und überlege dir gut, wie du unsere Zusammenarbeit gestalten willst.«

»Du meine Partnerin?! Nie im Leben. Nur über meine Leiche.« Dieter Koziol war krebsrot angelaufen.

»Ich denke, wir haben genug gehört«, mischte sich Pfeffer ein. »Wenn sich Fragen ergeben, werden wir uns bei Ihnen melden.«

»Wollen Sie denn nicht wissen, was ich zum Tatzeitpunkt gemacht habe?«, fragte Bambi mit dramatisch aufgerissenen Augen. »Ob ich ein Alibi habe?«

»Sobald wir den genauen Tatzeitpunkt wissen, werden wir das sicherlich fragen. Ich komme dann auf Sie zu.«

»Ich bitte darum, Herr Pfeffer. Besuchen Sie mich jederzeit. Ich habe einen Pool!«

»Was findet ihr Kerle nur an solchen ... solchen Tussen?!«, fragte Bella Scholz empört, während sie ins Auto stieg. Auf der anderen Straßenseite parkte ein rotes Mercedes-Cabriolet. Auf dem Fahrersitz lümmelte ein muskulöser Mann mit rasierter Glatze und einem so kurz getrimmten Bärtchen um den Mund, dass es kaum mehr als ein blauer Schatten war. Pfeffers Blick traf den des Mannes. Der Mann setzte sich gerade hin, ließ den Brustkorb schwellen, schob seine Sonnenbrille hoch und hielt dem Blick stand.

Als die Polizisten losfuhren, sagte Bella: »Jede Wette, dass das ihr Macker war? Und jede Wette, dass der ihr Alibi sein wird?« Bella imitierte Bambis Tonlage: »Ach, Herrr Pfefferrr, mein Cousin und ich haben Halma gespielt, als mein Mann errrmorrrdet wurrrde. Die ganze Zeit. Frrragen Sie nurrr meinen Cousin.« Pfeffer lachte und Bella fand ihre normale Stimme wieder. »Früher hätte man so was auf dem Jahrmarkt in der Freakshow ausgestellt.« Sie atmete hörbar ein. »Da schnallt sich eine die getunten Titten hoch und schon fangt ihr alle das Sabbern an, obwohl der Rest aussieht wie ein Zombie.«

»Also ich persönlich habe niemanden sabbern sehen«, antwortete Pfeffer schmunzelnd, wobei er sich selbst gegenüber zugeben musste, dass die Frau eine gewisse Art von Sex ausstrahlte.

»Aber die ist dir doch beinahe an die Wäsche gegangen.«

»Eben nur beinahe. Ich bin hart im Nehmen.«

»Kein Wunder, dass ich keine Chancen auf dem Markt habe.« Die Kommissarin hob mit den Händen ihre Brüste nach oben. »Würde mir das stehen? Ein Tuning? Vielleicht wird ja dann wieder alles gut. Ihr Männer habt es da einfach besser. Selbst so eine Trantüte wie unser Gaudihupf hat im Nullkommanichts eine Neue gefunden, nachdem er von seiner Frau auf die Straße gesetzt worden war. Und dann kriegt er auch noch so eine süße, liebe, nette wie Aische. Die hat er gar nicht verdient. Das ist so ungerecht.«

»Bella, nur weil du von deinem Freund verlassen worden bist, heißt das nicht, dass du hässlich oder nicht begehrenswert bist! Du bist eine attraktive Frau.«

»Das musst du ja aus Höflichkeit sagen. Bin ich nicht«, sagte Bella trotzig. »Ich habe eine Brille!«

Pfeffer hörte genau den Unterton heraus, der mehr Komplimente einforderte. »Viele tolle Frauen haben eine Brille.«

»Nenn mir eine!«

»Äh …«

»Siehste!« Bella Scholz schielte zu ihrem Chef hinüber. Sie kannte ihn gut genug … Tatsächlich, er grinste schief und gluckste in sich hinein. »Du bist sooo reizend zu mir!« Sie ließ sich von ihm anstecken und lachte laut.

»Und um deine Frage zu beantworten – du«, sagte Pfeffer schließlich.

»Wie ich?«

»Du bist eine tolle Frau mit Brille. Mal im Ernst«, sagte Pfeffer. »Du bist eine gutaussehende junge Frau. Du hast wundervolle Haare und ein ebenmäßiges Gesicht.« Gar nicht so einfach, einer Untergebenen Komplimente zu machen, auch wenn ein lockerer Ton zwischen ihnen herrschte. »Reicht das? Viel mehr interessiert mich, was du von Koziol hältst.«

»Du lenkst ab, Chef! Aber okay, ich denke, er trauert wirklich um seinen Freund. Das war echt. Ein echter Verlust, ein echter Schmerz.«

»Sehe ich genauso. Ihm ging der Tod des Freundes nahe, nicht der Tod des Geschäftspartners. Ich vermute mal, wir können ihn wohl bald von der Liste der Verdächtigen streichen.«

»Prima. Dann red nicht lange um den heißen Brei herum, ich will wissen, was du von mir hältst«, sagte Bella Scholz fordernd.

»Okay, du hast eine Brille, aber das ist nicht der Punkt. Das Modell ist einfach nicht vorteilhaft für dein Gesicht. Vielleicht solltest du doch deine Aversion gegen Kontaktlinsen überwinden. Und wo wir gerade bei vorteilhaft sind – deine Kleidung ist es meist ebenfalls nicht.« So, jetzt war es raus.

In Pfeffers Augen war seine Kollegin ein unscheinbares Entlein mit dem Potenzial zu einem kleinen Schwan. Weil sie schwieg, redete er weiter. »Immer die sportliche Nummer kommt bei Männern nicht so gut an. Auch wenn du keine Röcke magst, es gibt auch noch andere Hosen als schlabbrige Jeans – und seien es nur knackig sitzende Jeans. Und ein klitzekleines bisschen Make-up hat bisher noch keiner Frau geschadet.«

»Ist es wirklich so schlimm?« Bella starrte ihren Chef an. Sie schien fassungslos.

»Ich sagte doch, du hast jede Menge Potenzial, das man nur fördern muss.« Er bereute, dass er sich zu den Bemerkungen hatte hinreißen lassen. Doch seit Bella wenige Monate vor der geplanten Hochzeit verlassen worden war, hing sie unleidig herum. »Du hast doch sicher eine Freundin, mit der du mal gehen kannst.«

»Habe ich nicht.« Sie sah aus dem Wagenfenster und schwieg einen Moment. »Wenn du schon so viel Potenzial in mir entdeckst, warum förderst du es dann nicht?«

»Gibt es für diese Problematik nicht mindestens dreihundert TV-Formate? Bewirb dich doch mal da. Frag Dieter Koziol, ob er dich nicht in einer seiner Shows unterbringen kann.«

»Vielen Dank.« Bella Scholz schmollte. »Echt. Besten Dank auch!«

Max Pfeffer lachte. »Okay, wir gehen mal einkaufen. Versprochen. Wenn das hier alles zu Ende ist.«

»Chef, ich wiederhole mich zwar nur ungern, aber ich könnte mich gelegentlich in dich verlieben.«

05 »Warum lachst du?«

»Weil ich ihnen eine Spur hinterlassen habe. Ich habe ihm seinen Namen hinter das Ohr geschrieben.«

»So etwas findest du gut? Wozu? Was ist sein Name?«

»Du kennst seinen Namen. Wer, wenn nicht du, kennt ihn! Und ich tat es, damit sie etwas mehr zu rätseln haben.«

»Du bist sehr verspielt. Zu verspielt. Arbeite an dir, sonst werde ich nicht mehr mit dir arbeiten! Du hast noch viel zu tun. Wir sind erst am Anfang.«

»Ich wollte ihnen nur seinen Namen mitteilen!«

»Werde nicht trotzig, Dummkopf. So werden sie nur leichter auf deine Spur kommen. Ich kann dich nicht immer beschützen. Erzähl mir jetzt lieber, was dich beunruhigt.«

»Er heißt Pfeffer, Max Pfeffer. Schöner Name, nicht wahr?«

»Er wird dir gefährlich werden, ich weiß es. Nein, das war falsch gesagt. Er ist dir bereits gefährlich. Du solltest unbedingt Vorsichtsmaßnahmen ergreifen. Jetzt, so schnell wie möglich und sei nicht zimperlich. Noch bist du nicht am Ziel. Was nutzt dir die Rache, wenn du geschnappt wirst und ein Leben lang weggesperrt wirst? Und vergiss nie, dass es nicht dein einziger Gegner ist! Sie haben bereits ihre Bluthunde losgelassen.«

06 »Echt krass«, sagte Cosmo. »Nathalie ist heute nicht in die Schule gekommen. Kein Wunder, aber morgen quetsch ich die mal aus, was da abging. Ich glaube, die steht ein bisschen auf mich. Und nach der Aktion kann Benni eh keinen Stich mehr machen.« Er grinste zufrieden und fischte einen Shrimp aus dem Bami Goreng, das Tim zum Abendessen gekocht hatte. Es klingelte.

»Du lässt das Mädchen in Ruhe«, sagte Max Pfeffer bestimmt zu seinem ältesten Sohn.

»Manno«, stöhnte Cosmo. »Hier zu Hause erfährt man ja absolut nix. Obwohl der eigene Vater die Ermittlungen leitet. Klasse. Echt. Vielen Dank, dass du mich im Regen stehen lässt, wenn mal richtige Action angesagt ist. Könntest wenigstens mal rauslassen, ob Frank echt in die Hose geschissen hat und noch in der Klapse steckt.« Es klingelte erneut.

»Gebt euch keine Mühe, ich geh schon«, sagte Pfeffer und stand auf.

»Wenns für mich ist, ich bin nicht da!«, rief ihm Cosmo hinterher.

Vor der Tür zu Pfeffers Einfamilienhaus standen zwei Mädchen, die höchstens dreizehn Jahre alt waren und verlegen kicherten. »Wohnt der Cosmo hier?«, fragte das eine Mädchen schließlich mit piepsiger Stimme.

»Ja.« Pfeffer lehnte sich gegen den Türrahmen und betrachtete amüsiert die Kinder, die sich nun gegenseitig anstießen und auf die Lippen bissen.

»Ist er da?«, fragte das Mädchen.

»Nein.«

»Hmmm, wann ist er denn mal da?«

»Das weiß ich nicht.« Dass sein siebzehnjähriger Sohn einen Schlag beim anderen Geschlecht hatte und das weidlich ausnutzte, war Pfeffer nur zu bekannt, doch dass er nun auch schon kleine Teenies zu seinen Groupies zählte, überraschte Pfeffer.

»Schade«, piepste das Mädchen, das bisher kein Wort gesagt hatte. »Können wir dann vielleicht ein Autogramm von ihm haben?«

»Autogramm?«, entfuhr es Pfeffer überrascht. »Nein, ich denke nicht. So weit sind wir noch nicht. Ihr könnt keins haben. Und jetzt solltet ihr besser nach Hause gehen, bevor sich eure Eltern Sorgen machen.« Kopfschüttelnd schloss er die Tür. Was hatte Cosmo denn nun wieder angestellt, dass Kiddies Autogramme erbettelten.

»Du hast was?!«, rief Pfeffer ungläubig, als er wieder am Tisch saß und Cosmo gestanden hatte. Florian, der jüngere Pfeffer-Spross, starrte gebannt auf seinen Vater. Auch Tim, Pfeffers Lebensgefährte, legte seine Gabel beiseite und zog die rechte Augenbraue nach oben.

»Das würde mich jetzt aber auch interessieren, Cosmo«, sagte Tim. »Du bist also bei dieser Castingagentur gewesen, und die haben dich genommen? Einfach so?«

»Na, die haben für *Mein Block* noch eine Hiphop-Band gesucht, und da haben wir uns einfach beworben. Mann, wir waren so gut, die konnten gar nicht anders, als uns sofort unter Vertrag nehmen. Vorgestern lief die erste Folge, in der wir dabei waren.« Cosmo zuckte mit den Schultern und tat gleichgültig. Er hatte seine Geschichte gut rübergebracht. In Wahrheit hatte es gar kein Casting gegeben. Dass er und seine Band letztlich ausschließlich deshalb für die Serie ausgewählt worden waren, weil der Vater seines besten Kumpels Laus in der Produktionsfirma von *Mein Block* Finanzdirektor war, wollte Cosmo seinen beiden Vätern nicht unbedingt auf die Nase binden. Sich in einem Casting durchgesetzt zu haben war schließlich viel cooler.

»*Mein Block*?«, fragte Pfeffer. »Diese Schei … diese erbärmliche Daily Soap? Ich dachte, du findest so was primitiv und völlig daneben? Hast du dich nicht erst neulich über die – ich zitiere wörtlich – enddebilen Schwachsinnstexte, die dummdreiste Laienschauspieltruppe und die Handlungsstränge für Hirnamputierte mit *Big Brother*-Niveau ausgelassen? Und jetzt machst du da mit?«

»Mann, das ist doch die Chance für uns«, entgegnete Cosmo. »Die haben Traumquoten. Scheiße hin, Scheiße her. Ich habe eine kleine Rolle bekommen, und unsere Band kriegt vier kurze Auftritte in den nächsten Wochen.«

»Und warum hast du weder mir noch deinem Vater was davon gesagt?«, fragte Tim und begann wieder zu essen.

»Weil ich keinen Bock darauf hatte, dass ihr nein sagt.«

»Du bist minderjährig«, sagte Pfeffer trocken. »Ich gehe mal davon aus, dass da irgendwelche Verträge unterschrieben werden mussten …« Er ließ den Satz offen stehen. Cosmo sah verlegen auf seinen Teller und fischte einen weiteren Shrimp heraus, den er in den Mund steckte und langsam zerkaute.

»Er kann deine Unterschrift total perfekt«, platzte Florian heraus.

Nicht, dass es Pfeffer wirklich überrascht hätte. Genau das hatte er erwartet.

»Petze!«, giftete Cosmo seinen Bruder an. »Dir werde ich noch mal eine versaute Schulaufgabe mit Daddys Unterschrift absegnen, du Vollspast!«

Pfeffer musste grinsen, denn natürlich hatte auch er in seiner Jugend die Unterschrift seines Vaters perfekt beherrscht und vor allem zu schulischen Zwecken schamlos eingesetzt. Sein Blick und Tims trafen sich. Auch Tim grinste leicht. Aber das war keine Lösung, und man durfte dem Jungen das nicht durchgehen lassen.

»Ich werde morgen mit der Produktionsfirma reden und das regeln«, sagte Pfeffer.

»Echt?«, rief Cosmo überrascht aus. »Danke, Dad. Danke!« Er sprang auf und umarmte seinen Vater, was in den letzten Jahren nie vorgekommen war.

»Langsam. Ich sagte, ich werde das regeln. Ich werde natürlich deinen Vertrag annullieren, denn er ist sowieso ungültig.«

Cosmo löste sich ruckartig vom Hals seines Vaters. »Das machst du nicht!«, rief er erbost. »Das geht nicht!«

»Natürlich geht das.«

»War ja klar, dass du mir nichts gönnst! Du bist so was von fies.«

»Cosmas, hüte deine Zunge.« Pfeffer stand kurz davor an die Decke zu gehen. Sein Blick traf wieder den von Tim. Sein Freund gab ihm mit den Augen zu verstehen, herunterzukommen.

Letztlich war Pfeffer die permanenten Reibereien mit seinem ältesten Sohn leid. Es hatte sich zwar in den letzten Monaten etwas gebessert, weil Cosmo erwachsener geworden war, doch Cosmo ging aus Prinzip auf Konfrontationskurs. Ständig flogen zwischen Maximilian und Cosmas Pfeffer die Fetzen. »Was erwartest du denn«, hatte Tim neulich nachts zu ihm gesagt, als sie wegen der Tropenhitze nicht einschlafen konnten. Pfeffer hatte die Schlaflosigkeit genutzt, Tim sein Herz wegen Cosmo auszuschütten. »Ihr seid beide Alpha-Männchen in Reinkultur. Ein junges und ein altes, und das junge rüttelt an der Machtposition des alten. Logisch. Zwei Anführertypen, die aufeinanderprallen und um die Vorherrschaft kämpfen. Noch dazu Dickkopfe im Endstadium! Aber du weißt genau, dass er dich total bewundert. Und was das Beste am Ganzen ist, du liebst ihn letztlich mehr als Florian. Sonst wärst du nie so leicht verletzt. Und jetzt komm mir nicht mit der alten Leier, dass du beide Kinder gleich liebst. Okay, ich weiß, dass du auch Florian sehr liebst, aber nicht so wie deinen Ältesten. Ich bin weder blind noch taub, Pfeffer. Und vergiss nicht, meine Großmutter war eine javanische Voodoopriesterin, von der habe ich das magische, alles sehende Auge geerbt.«

Pfeffer hatte gelacht und seinem Freund letztlich recht geben müssen in allen Punkten – bis auf das mit der Voodoo-Oma aus Java. Wobei Tim de Fries tatsächlich eine javanische Großmutter vorweisen konnte. Er war schließlich nach eigenen Worten eine »echt leckere holländische Kolonialware«, zu dessen Vorfahren zudem eine Oma aus Surinam sowie einen Uropa aus Ghana zählten. Pfeffer hatte sich bei ihrer ersten Begegnung Schlag auf Fall in diesen auf der niederländischen Karibikinsel Curaçao geborenen Zweimeterhünen mit den dunkelblonden Locken, dem breiten Grinsen, den exotischen Mandelaugen und den frechen Sommersprossen auf dem Kupferteint verguckt. Doch bei aller Exotik – die javanische Großmutter war nie Voodoopriesterin. Schließlich kannte Pfeffer die liebenswerte greise Asiatin, die in einem Seniorenstift in der holländischen Metropole mit einem einundneunzigjährigen Lüstling turtelnd und händchenhaltend ihren vierten oder fünften Frühling erlebte. Sie hatte ihren Lebtag nichts anderes getan hatte, als in Amsterdam anderer Leute Wäsche zu waschen. Voodoo kannte die alte Dame vermutlich nicht mal vom Hörensagen.

Pfeffer hatte sich für diese Richtigstellung in jener Nacht noch eine Kitzelattacke eingehandelt, die erst in eine erotische Rangelei und schließlich in den ersten guten Sex seit mehreren Wochen gemündet war. Dass es in ihrer Beziehung seit längerem viel zu wenig Sex gab, obwohl Pfeffer seinen Freund auch körperlich immer noch sehr anziehend fand, und hoffte, dass es umgekehrt auch so war, war eines der vielen anderen Themen, die an seiner Seele nagten.

Doch was das Verhältnis zu seinem ältesten Sohn Cosmo anging, hatte Tim recht, wie so oft. Pfeffer beneidete manchmal seinen Lebensgefährten, weil der so gut mit den Jungs umgehen konnte. Seit Pfeffers Exfrau vor etlichen Jahren qualvoll an Lymphdrüsenkrebs gestorben war, hatten die beiden Männer die zwei Kinder aufgezogen und waren schnell zu einer richtigen Familie zusammengewachsen – mit einem besonnenen Tim als Mittler zwischen den beiden Alpha-Männchen. Cosmo hatte eine Zeit lang versucht, seinen Vater und dessen Lebensgefährten gegeneinander auszuspielen, wie es ihm bei seiner Mutter und deren Freund damals gelungen war. Doch Pfeffer und Tim ließen sich nicht in die »Guter Papa«- und »Böser Papa«-Rollen stecken. Selbst jetzt als ihre Beziehung in einer Sackgasse zu stecken schien.

In diesem Moment beschloss Max Pfeffer von seiner Palme herunterzukommen, auf die ihn Cosmos »Du bist so was von fies!« gebracht hatte. Alles eine Kopfsache, sagte er zu sich. Er tat es hauptsächlich für Tim, um zu zeigen, dass er dazu gelernt hatte. »Okay, Cosmo. Reden wir vernünftig darüber. Setz dich wieder hin und beherrsch dich ein wenig.«

»Vergiss es!« Cosmo wollte das Esszimmer verlassen.

»*Godverdomme,* Cosmo!«, sagte Tim de Fries mit Nachdruck und schlug mit der flachen Hand auf den Tisch. »*Heel volwassen! Asjeblief!*« Cosmo sah Tim überrascht an. Es gab für gewöhnlich nur zwei Situationen, in denen Tim außerhalb der Niederlande gezielt seine Muttersprache benutzte: wenn er besonders gut drauf war oder wenn es wirklich bitterernst wurde. Auch wenn nur »Gottverdammt, sehr erwachsen! Bitte!« gesagt worden war – Cosmo wusste, dass es nun besser war zu folgen.

»Hör zu, Dad.« Er setzte sich auf seinen Platz. »Ich mache das nur so lange, bis ich genug verdient habe, um mir das Computerequipment zu kaufen. Echt. Ich verspreche es. Das mit der Schule wird auch klappen. Keine Sorge. Wir drehen nur einmal die Woche. Schule geht vor, ist ganz klar. Versprochen! Kein Thema. Ich steh nicht auf diese Daily Soaps. Das ist echt Kinderkacke, aber es hilft unserer Band und unserer Karriere. Wir stehen soooo dicht vorm Durchbruch. Wir brauchen nur gescheites Equipment, um richtig gute Samples zu bauen. Da tut es für den Anfang der neue Apple …«

»Geht das mit dem Computer schon wieder los?«, fragte Pfeffer genervt. »Hier im Haus stehen drei PCs und ein Laptop, die alle bestens funktionieren. Du hast mit deinem bisher auch Musik gemacht.«

»PCs, du sagst es.« Cosmo winkte müde ab und verdrehte seine Augen so weit nach oben, dass kurz nur das Weiße zu sehen war. »Ich rede von einem Mac. Das sind andere Dimensionen, keine debile Winzigweich-Mühle, die ständig abkackt und jeden Virus anzieht, der draußen rumschwirrt. Es gibt so gut wie keine Mac-Viren.«

»Schon gut.« Pfeffer wusste nicht wirklich genau, wovon sein Sohn sprach. Aber er wusste, dass es da um den Glaubenskrieg der Computergeneration ging, der ewige Kampf zwischen Macintosh-Freaks, die die Marke mit dem angebissenen Apfel kultisch verehrten und Microsoft als Winzigweich verspotteten, sowie der schweigenden Windows-Mehrheit, die Bill Gates jeden Tag noch ein bisschen reicher machte. Nun war Cosmo offenbar zu den Apple-Fans konvertiert, und bei Glaubensfragen half bekanntermaßen kein logisches Argumentieren. »Wenn du einen neuen PC oder wie sagt ihr da …«

»Rechner. Wir nennen das gut deutsch altmodisch Rechner. Ein Mac ist ein Rechner, kein Computer und schon gar kein PC. Du solltest an deinem Wording arbeiten.«

»Also, wenn du einen neuen Rechner willst, dann musst du ihn dir selbst kaufen.«

»Davon rede ich doch die ganze Zeit!«, rief Cosmo ungeduldig.

»Gut. Wieviel kostet das Teil?«

»Na, das große Cinemadisplay und jede Menge Software … Wir brauchen die coolste Software zum Sampeln und natürlich noch ein neues Keyboard … Könnte leicht um die zehn werden.« Cosmo verschwieg natürlich, dass die meiste Software bereits im Grundpreis enthalten war, doch sonst wäre er nicht auf zehntausend Euro gekommen und hätte keine so beeindruckende Summe, mit der er seinen Vater vielleicht doch noch umstimmen könnte.

»Zehn.« Pfeffer trank einen Schluck von seinem Bier. Er wollte sofort eine rauchen, doch er hielt durch. Tim durfte nicht mitbekommen, dass er schon wieder rückfällig geworden war. »Okay. Bei zehn steigst du aus.«

»Wie jetzt?« Cosmo starrte seinen Vater verständnislos an. Auch Florian und Tim guckten entgeistert.

»Ja, du kannst von mir aus so lange bei dieser Serie mitspielen, bis du genug für deinen PC … äh, für deinen Rechner verdient hast. Solange die Schule nicht darunter leidet.« Pfeffer sah Tim an, der nickte ebenso strahlend wie überrascht. Pfeffer fühlte sich auf einmal richtig uneingeschränkt gut, einfach sauwohl. Fast, so glaubte er, war die Harmonie zwischen ihm und Tim ganz die alte.

»Danke, Dad«, stammelte Cosmo, der immer noch nicht glauben konnte, was eben geschehen war.

07 »Gerda, komm bitte zur Sache«, sagte Pfeffer und wechselte den Telefonhörer vom linken zum rechten Ohr. Das Gespräch mit der Gerichtsmedizinerin hatte bisher keine weiteren Neuigkeiten gebracht, außer dass die Katze der Nachbarin das Vogelnest in der Kastanie vorm Haus ausgeräumt hatte, das heiße Wetter noch für den vorzeitigen Tod von Doktor Gerda Pettenkofer verantwortlich sein würde und die Zigarettenpreise schon wieder gestiegen seien, was selbst Gutverdiener wie sie noch an den Bettelstab bringen würde. Pfeffer hatte sich eine Weile auf den Ratsch eingelassen und dabei im Bericht der Spurensicherung geblättert: Jede Menge Fingerabdrücke von allen möglichen Personen auf der Reisetasche – von den drei Jugendlichen, von Jo Wagenbrenner, von allen Mitgliedern des TV-Teams mit Ausnahme der Produktionsassistentin sowie mehrere unidentifizierte Abdrücke; die Tasche selbst ein älteres Produkt, das zwischen 1992 und 1994 in riesigen Stückzahlen bundesweit bei Woolworth verkauft wurde und das vor seinem Einsatz offenkundig in der Waschmaschine gewaschen wurde, womöglich um Spuren zu beseitigen; bei so einem Massenprodukt eine genaue Herkunft zu erkunden, war laut Bericht ein Ding der Unmöglichkeit; das Haus der alten Frau sowie der Keller und die Büroräume von Veicht-Productions schieden nun nach Spurenlage definitiv als Tatorte aus; die Flüssigkeit, die er auf das Armaturenbrett hatte tropfen lassen, war Kirschsirup, der in einer Kapsel in einem Ärmel einsatzbereit gehalten worden war; an der Kleidung von Jo Wagenbrenner fanden sich keine Spuren vom Toten, weder auf den Leihklamotten des Ausstatters noch auf der Privatkleidung. Doch es wäre natürlich nicht das erste Mal, dass ein Täter in irgendeinem Müllcontainer seine besudelte Kleidung hätte verschwinden lassen. Und dann gab es da noch diese Telefonnummer, auf die sie in allen Adressbüchern von Herbert Veicht gestoßen waren, meist mit rot eingetragen, also musste sie etwas Wichtiges bedeuten. Doch die zwei Mal, die Bella Scholz die Nummer gewählt hatte, brachte beide Male dieselbe Bandansage: »Diese Rufnummer ist nicht vergeben.«

Doch nun wollte Pfeffer Ergebnisse hören und drängte die Gerichtsmedizinerin zum Punkt zu kommen.

»Ja ja«, antwortete Gerda Pettenkofer pikiert. »Entschuldige, dass ich mit dir ein privates Wort wechsle.«

»So war es nicht gemeint …«

»Schon gut, bist wohl heute Nacht nicht zum Schuss gekommen, was?« Sie hatte keine Ahnung, wie nahe sie damit dem Grund für Pfeffers schlechte Laune kam, doch sie merkte sofort, dass sie bei aller Freundschaft zu weit gegangen und ihr Ton zu giftig gewesen war. »Sorry, geht mich ja nix an, und das ist mir nur so rausgerutscht. Grüß deinen Süßen bitte herzlich von mir.«

»Mach ich«, sagte Pfeffer schnell, denn er war kurz davor, Doktor Gerda Pettenkofer sein Herz auszuschütten. Er hatte sonst niemanden mehr. Er wollte jemandem erzählen, dass Tim am Vorabend schon wieder einen unheimlich wichtigen Termin in der Stadt gehabt hatte – wie so oft in den letzten Wochen. Tim de Fries arbeitete erfolgreich als selbständiger Coach für verschiedene Unternehmen, ein Job, der ihn häufig für Tage in andere Städte brachte. In den letzten Jahren hatte Tim es geschafft, sich einen guten Kundenstamm in München und Umgebung aufzubauen, so konnte er meist abends nach den Seminartagen nach Hause fahren. Natürlich kam es dabei auch mal vor, dass Abendveranstaltungen anstanden oder Tim mit einer Kollegin, mit der er sich viele Jobs teilte, abends etwas besprechen musste. Max Pfeffer hätte Gerda Pettenkofer gerne erzählt, dass er so von Neugier und Zweifeln zerfressen gewesen war, dass er seinem Freund gefolgt war. Was für ein Vertrauensbruch – natürlich! Doch leider hatte er Recht behalten mit seiner Vermutung! Er hatte sie gesehen. Wie sie in dem Café saßen und redeten und lachten, und dass der Scheißkerl dann Tim die Hand auf den Oberschenkel gelegt hatte, und Tim nichts dagegen unternommen hatte. Wie sie sich angesehen hatten! All das wollte Max Pfeffer gerne jemandem erzählen, und auch, dass Tim dann nach Hause gekommen war und Max getan hatte, als sei nichts gewesen, denn Tim war schließlich nicht mit dem Scheißkerl intim gewesen – nicht an diesem Abend zumindest. Pfeffer hätte gerne mit seinem Freund geredet, doch die Angst vor dem Satz »Vielleicht sollten wir uns mal eine Zeit lang trennen« hatte ihn davon abgehalten. Denn Pfeffer wollte sich nicht eine Zeit lang trennen, er wollte seine Familie. Und schließlich war er es einst gewesen, der diesen Satz gesagt hatte – damals zu seiner Frau, als er ihr gestanden hatte, dass er sie seit langem betrog. Mit Männern.

»Hör zu, Maxl«, fuhr die Gerichtsmedizinerin fort, da Pfeffer schwieg. »Euer Kopf wurde am Montag so zwischen achtzehn und zwanzig Uhr gemeuchelt.«

»Der Kopf?«

»Du weißt, was ich meine. Der Mann wurde gemeuchelt. Dann wurde der Kopf mit einer Säge abgetrennt. Als Todesursachen können wir definitiv Gift und einen Kopfschuss ausschließen. Keinerlei Zeichen von Gewalteinwirkung auf den Schädel, na, abgesehen vom postmortalen Sägen. Wie ich dich kenne, möchtest du jetzt keine medizinischen Details über sein Ableben, sondern die Kurzversion.«

»Erraten.«

»Erwürgt.«

»Knapp und präzise, danke Gerda.«

»Mit Bullen wie dir macht mein Job manchmal echt keinen Spaß!« Die Gerichtsmedizinerin spielte die Beleidigte.

»Ich denke, mit dem Todeszeitpunkt und deinen Informationen können wir schon mal was anfangen.«

»Stellt sich natürlich die Frage, warum der Kopf abgetrennt und so spektakulär der Nachwelt präsentiert wurde.«

»Keine Sorge, Pettenkoferin, darüber zerbreche ich mir meinen Kopf.«

»Du scheinst aber noch nicht weiter gekommen zu sein. Erinnerst du dich noch an die Serie von Schädelfunden vor fünf Jahren? Sieben Stück in drei Monaten. Und die restlichen Körper wurden bis heute nicht gefunden. Das war damals die russische Mafia.«

»Ich erinnere mich bestens und habe auch schon daran gedacht. Da ging es um rivalisierende Syndikate aus der Ukraine und der Türkei. Aber die Täter von damals sitzen noch alle ein. Was natürlich nichts zu sagen hat. Wenn ein Kopf so präsentiert wird, muss mehr dahinter stecken als nur ein einfacher Mord. Es soll ein Signal sein. Entweder von einem Wahnsinnigen, der auf sich aufmerksam machen möchte – oder doch Mafia welcher Nationalität auch immer, die eine Warnung ausspricht. Vielleicht Drogen, vielleicht Mädchenhandel. Vielleicht auch nur ein verwirrter Dokusoap-Junkie, dem die Sendungen aus dem Hause Veicht-Productions das letzte Quäntchen Verstand weggepustet haben, und der dann Rache nahm.«

»Schön, dass du wieder etwas Humor zeigst, Maxl. Wenn du jetzt ganz lieb bitte bitte sagst, habe ich noch ein paar Zuckerl für dich.«

»Bitte bitte«, säuselte Pfeffer in den Telefonhörer und grinste.

»Brav! Also: Ich habe aus Jux und Dollerei noch ein paar Tests gemacht. *To cut a long story short:* Der Typ hat zu Lebzeiten gerne mal eine Nase voll Schnee reingezogen. So wie seine Nasenscheidewand aussieht, sogar regelmäßig. Das letzte Mal vermutlich einige Tage vor seinem Tod. Spuren von anderen Drogen wie Hasch oder Extasy habe ich nicht gefunden.«

Pfeffer pfiff durch die Zähne. »Danke, Pettenkoferin, du bist wie üblich die Beste.«

»Mehr, mehr!« Die Gerichtsmedizinerin lachte hustend. »Wenn du so mit Komplimenten um dich schmeißt, könnte ich mich glatt in dich verlieben.«

»Da musst du eine Nummer ziehen und dich an der langen Schlange ganz hinten anstellen.« Pfeffer stimmte in das rasselnde Lachen der Medizinerin ein. »Jedenfalls danke.«

»Halt, nicht so schnell. Jetzt kommt ein Megazuckerl, aus dem ich allerdings nicht ganz schlau werde. Wie ich sagte, gab es keine Gewalteinwirkung auf den Schädel. Ich habe aber auf der Haut am Haaransatz ganz, ganz schwache Spuren entdeckt. Hast du Fotos vom Schädel vor dir liegen? Vergrößerungen?«

Pfeffer bejahte und zog die Bilder hervor.

»Vielleicht siehst du es auch. Nimm eine Lupe und guck dir mal ganz genau zum Beispiel die Schläfen an.«

Pfeffer tat, wie ihm geheißen und studierte mit der Lupe die Fotos, auf denen Stirn und Haaransatz der Leiche besonders gut getroffen waren. »Tut mir leid«, sagte er nach einer Weile. »Ich erkenne da nichts.« Er stierte weiterhin wie gebannt durch das Vergrößerungsglas.

»Ich habe hier den Kopf vor mir«, sagte Gerda Pettenkofer. »Schau an seiner rechten Schläfe, ganz schwach, … na, vielleicht sieht man auf dem Foto doch nichts …«

Doch Pfeffer sah nun endlich, was sie meinte. Er hatte nach offensichtlichen Spuren gesucht, irgendetwas Auffälliges erwartet. Doch was er nun sah, war nur ein zarter Abdruck auf der Haut, eine kleine runde Rötung, mehr nicht. Er war nicht einmal sicher, ob er sie wirklich sah oder sich durch die Suggestion der Gerichtsmedizinerin nur einbildete.

»Da sind noch mehr, insgesamt drei habe ich gefunden«, fuhr die Pettenkoferin fort. »Das an der Schläfe ist das am besten erkennbare. Keine Ahnung, was das verursacht hat. Es ist so marginal, dass man es leicht übersehen kann. Vielleicht hat das auch nichts zu sagen. Ich habe das Gewebe darunter untersucht und dort sind die Spuren etwas deutlicher. Minihämatome, wie wenn man hauchzarte Knutschflecke hat. Okay, das war jetzt das falsche Bild, denn es sind Druckstellen, keine Saugstellen. Was es auch ist, es muss recht kurz vor seinem Tod passiert sein, denn sonst wären die Druckstellen wieder verschwunden.«

»Vielleicht hat er sich irgendwo dagegen gelehnt?«

»Möglich.«

»Soll ich dir noch mal sagen, dass du die Beste bist? Danke und …«

»Halt, Maxl. Nicht so schnell. Wie viele Zuckerl nimmt die dicke Leichenaufschnipplerin normalerweise in den Kaffee? Sag jetzt nichts Falsches! Genau drei Stück. Also, hier kommt Zuckerl Nummero tres: Wenn du mit der Lupe die Hautpartie hinter seinem rechten Ohr genau untersuchst, was siehst du da?«

»Etwas Verschmiertes. Noch ein größeres Hämatom?« Pfeffer studierte die angegebene Stelle. »Nein, das ist ein verwischter Buchstabe oder so.«

»Heiß, Pfeffer.«

»Okay, ich hab es. Da steht fünfundvierzig in Ziffern.«

»Mit einem handelsüblichen Kugelschreiber der Marke Bic auf die Haut geschrieben«, ergänzte Gerda Pettenkofer. »Da der Schädel durch so viele Hände gegangen ist, ist die Schrift etwas verschmiert. Die Ziffer war zwar versteckt, aber doch so angebracht, dass sie bei einer Autopsie auf jeden Fall gefunden werden muss. Also ein Hinweis.«

»Schlau, Pettenkoferin. Fragt sich nur auf was.«

»Um das herauszufinden, lieber Max, zahlt der Steuerzahler deine üppigen Beamtenbezüge. Den schriftlichen Bericht bekommst du demnächst. Und wann treffen wir uns mal wieder einfach so auf eine Zigarette? Oder sind deine Aufhörversuche letztlich geglückt?«

»Ach, vergiss es«, grunzte Pfeffer ins Telefon. »Irgendwie fehlt mir einfach die Energie. Ist ja angeblich eine reine Kopfsache, aber ich habe den Kopf nie frei genug, um das Rauchen aufzuhören. Tim denkt natürlich, ich hätte es geschafft, weil ich zu Hause nicht mehr rauche. Aber kaum bin ich aus dem Haus … wie ein Junkie!«

»Kenne ich.« Gerda Pettenkofer seufzte. »Das ist dann das Schlimmste, das heimlich Rauchen. Höre meinen Rat, Pfeffer, und drück die Zigarette aus, die du gerade rauchst und schmeiß die Packung weg. Endgültig. Nur so schaffst du es. Auf die harte Tour. Denn es ist wirklich nur im Kopf. Reine Nervensache.«

»Sagte die Kettenraucherin kurz vor dem Lungenkrebs.«

Es gab Kollegen, die hatten ihre Schwierigkeiten mit Max Pfeffers Veranlagung. Er hatte nie ein Geheimnis daraus gemacht, nachdem er sich von der Mutter seiner Kinder getrennt hatte. Sein Vorbild hatte letztlich sogar dazu geführt, dass sich damals zwei weitere Kollegen und fünf Kolleginnen aus unterschiedlichen Dezernaten geoutet hatten. Das nahm den Witzereißern ein wenig den Wind aus den Segeln. Doch ihre Schwierigkeiten hatten einige Kollegen nach wie vor. Für sie war ein Bulle eben ein Bulle und keine Tunte. Ein echter Kerl eben und echte Kerle berühren andere Kerle nur, um sich zu prügeln oder im sportlichen Wettkampf zu messen. So sahen sie es jedenfalls. Zwar konnte sich keiner erinnern, dass sich Pfeffer je auch nur ansatzweise tuntig benommen hätte, und die recht beträchtliche Zahl derer, die sich anfänglich geweigert hatten, nach dem Sport mit Pfeffer zu duschen, war drastisch auf zwei zusammengeschrumpft, doch es gab nach wie vor einen harten Kern von Kollegen, die immer noch ihre abgeschmackten Witze rissen. Meist hinter seinem Rücken. Nur einmal hatte es einen kleinen Eklat gegeben, als ein Kommissar der Drogenfahndung in der Kantine vor versammelter Mannschaft Pfeffer, der damals auch noch den Dienstgrad eines Hauptkommissars im Drogendezernat bekleidete, laut und vernehmlich »Schwanzlutscher« genannt hatte. Pfeffer hatte nach außen hin gelassen reagiert, sein Tablett seelenruhig mit einer Portion Schupfnudeln mit Kraut beladen und »Stimmt. Bin ich. Und was machst du so?« geantwortet. Das hatte ihm von vielen Kollegen, vor allem von den meisten Kolleginnen, kurzen Applaus und dauerhaften Respekt eingebracht.

Auch Paul Freudensprung ließ nichts auf seinen Chef kommen und reagierte kühl, als er dem Leiter einer Sonderkommission der Drogenfahndung die Hand schüttelte. Ausgerechnet Josef Kurt, der Kollege, der einst für den Eklat gesorgt hatte, war nun sein Ansprechpartner.

»Hör zu, Kurt, ich will es kurz machen«, sagte Freudensprung. »Sagt dir der Name Herbert Veicht etwas? Fernsehproduzent, Veicht-Productions.«

»Veicht, Veicht, Veicht.« Der Kollege wiederholte den Namen und tat so, als würde er darüber sinnieren. »Hmmm, wieso seid ihr an dem interessiert? Ach, das war der Tote, richtig? Stand ja in allen Zeitungen. Riesenschlagzeilen! Da hat dein Chef mal wieder alle Chancen sich mit einem spannenden Fall zu profilieren als Leiter der Soko Veicht. Schick!« Es war kein Geheimnis, dass Kollege Josef Kurt neidisch war auf die schnelle Karriere, die Pfeffer gemacht hatte. Kurt wäre liebend gerne Rat geworden, doch seine Leistungen und Fähigkeiten hatten seine Vorgesetzten bislang nicht wirklich überzeugt.

»Stimmt«, antwortete Freudensprung sarkastisch. »Genau das will er, sich profilieren. Jetzt mal im Ernst, Kurt. Ist Veicht irgendwie aufgefallen?«

»Ich glaube, wir haben eine Akte über ihn. Da gab es mal eine Razzia, bei der er festgenommen wurde. Koks, nicht wahr? Sag deinem Chef, dass ich die Akte irgendwann suchen lassen werde.«

»Wie wäre es mit jetzt?«

»Nicht doch, Paul, lass mir ein wenig Freude und deinen Chef zappeln.«

»Ach, Kurt.« Freudensprung setzte sich bequem hin und schlug die Beine übereinander. »Ich habe die Anweisung, im Zweifelsfall nicht ohne Akten oder so zurück zu kommen. Wir können es jetzt wie Kollegen lösen oder ich werde mich mal mit dem Oberstaatsanwalt unterhalten.«

»Wow. Du hörst dich schon an wie dein Chef. Hat er dich jetzt auch zu einem Hinterlader gemacht, oder was?« Kollege Kurt schnaubte verächtlich. »Ach nein, was man so hört, bist du ja mit einer liebreizenden ausländischen Mitbürgerin zusammen.« Freudensprung reagierte nicht. Kurt grunzte. »Aische Demir, was? Ist doch die Schwester von diesem türkischen Filmstar Levent Demir, oder? Und wie ist die so?« Er machte eine eindeutige Handbewegung. Freudensprung starrte ihn an, ohne auch nur mit der Wimper zu zucken. »Dann kennst du sicher den großen Star Levent Demir persönlich, oder? Soll jetzt ja bald Schluss sein mit der Serie, in der er den Bullen spielt. *Mörderischer Einsatz*. Mann, schon der Titel ist scheiße. Dann ist es vorbei mit dem türkischen Star, und er kann wieder in Anatolien Ziegen hüten.«

»Richtig, *Mörderischer Einsatz* wird eingestellt«, sagte Freudensprung und starrte sein Gegenüber weiterhin kalt an. Normalerweise genoss er es, wenn er nach der berühmten Verwandtschaft seiner Lebensgefährtin befragt wurde, und normalerweise erzählte er gerne kleine Anekdötchen über seinen Schwager in spe Levent, den er wirklich gerne mochte, doch bei Josef Kurt schien ihm fast jedes weitere Wort Verschwendung. »Aber falls es dich interessiert, Levent Demir wird der erste türkischstämmige *Tatort*-Kommissar. Wenn du mehr wissen willst, solltest du seinem Fanclub beitreten. Ich bin jedenfalls nicht mit ihm, sondern mit seiner Schwester zusammen.«

Kurt lachte blöde und griff zum Telefonhörer. »Cool, Mann. Lass dir den Blick patentieren«, sagte er übertrieben kumpelhaft, während er eine Nummer wählte. In den Apparat rief er nur: »Die Akte Veicht. Herbert Veicht. Was? Okay, bring die auch gleich mit.«

Während sie warteten, schwiegen sich die beiden Männer an. Als eine Kollegin schließlich die Akten brachte, war Freudensprung überrascht, dass nicht nur für Herbert Veicht, sondern auch für Bambi Veicht eine Aktennummer vergeben wurde.

»Gut, wo es gerade so lauschig ist, Kurt«, sagte Paul Freudensprung. »Gibt es bei euch auch was über einen Dieter Koziol? Oder Jonas Wagenbrenner? Nein? Auch gut, hätte ja sein können.« Er stand auf und verabschiedete sich. »Ich bringe dir die Akten so schnell wie möglich wieder zurück.«

»Ach übrigens«, rief ihm der Drogenfahnder hinterher. »Wir haben einen V-Mann im Umfeld von Bambi Veicht. Wärt ihr Trampel so lieb, den ausnahmsweise mal nicht zu enttarnen?!«

»Haben wir das je? Ist Bambi so eine große Nummer?«

»Wir wissen es noch nicht. Könnte aber sein. Jedenfalls ein scharfer Zahn, die will ich selbst verhören, wenn es so weit ist. Und richte deinem Chef aus, dass ich nicht vergessen habe, dass sein Betthäschen auch bei uns aktenkundig ist.«

»Das hat er gesagt?«, schmunzelte Pfeffer, als ihm Freudensprung die Nachricht überbracht hatte. »Dein Freund scheint die Akten nicht gründlich zu lesen, sonst wüsste er, wer damals vor ziemlich genau acht Jahren mein Betthäschen Tim de Fries verhaftet hat wegen fünf Gramm Haschisch.«

Freudensprung zog fragend die Augenbrauen hoch und Bella sagte: »Jetzt machs nicht so spannend, Chef.«

»Ich.«

»Ist nicht wahr«, rief Freudensprung. »Ich dachte immer, ihr habt euch auf einem Konzert von Laurie Anderson kennengelernt.«

»Stimmt auch. Ich war dort als Zivilfahnder. Ich habe ihn nach dem Konzert verhaftet, als er mir einen Zug an seinem Joint angeboten hat. Na, ein Kollege hat uns beobachtet, da musste ich handeln. Pflicht ist Pflicht und Schnaps ist Schnaps. Keine Stunde später war er natürlich wieder draußen, die Anklage wurde wegen Geringfügigkeit fallen gelassen und wir sind erst mal Essen gegangen. Mehr braucht ihr darüber nicht wissen.«

»Irgendwie total romantisch«, kommentierte Bella Scholz mit glänzenden Augen.

08 »Kokain?!« Dieter Koziols Kinn wackelte wie Japan bei einem mittleren Erdbeben. »Wie kommen Sie darauf?« Schon kramte die Hand in der Hosentasche nach dem Taschentuch, mit dem er sich wiederholt über die Stirn strich. Der TV-Produzent sprang von seinem Schreibtischsessel auf und tigerte durch das Büro.

»Die Spuren sind eindeutig«, sagte Max Pfeffer. »Ihr Freund und Kompagnon war regelmäßiger Konsument.«

»Sagen Sie!«

»Wollen Sie mir weismachen, dass Sie nichts davon wussten? Herr Koziol, ich bitte Sie. Sie zeichnen ein Bild von dickster Freundschaft und dann wollen Sie sich nie über das Thema Drogen unterhalten haben?«

Koziol ließ sich schwer auf einen Sessel der kleinen Sitzgruppe fallen, die neben dem Fenster stand. »Herbert Veicht«, begann er mit gepresster Stimme, »war ein genialer Mann, Herr Pfeffer. Einer mit dem richtigen Riecher und ein guter Freund. Er war das kreative Hirn unserer Firma, ich bin nur ein phantasieloser Buchhalter. Ich weiß ehrlich gesagt nicht, wie es nun weitergehen soll. Jetzt muss ich irgendeinen dahergelaufenen Creative-Director anstellen. Herbert und ich – wir haben gemeinsam viel durchgemacht in unserer Jugend. Manchmal glaube ich – nein, ich glaube es nicht nur, ich bin mir sicher, dass ich ohne seine Freundschaft heute nicht mehr hier wäre.«

»Weil er Sie zu seinem Partner gemacht hat?«

»Nein, ich meine nicht nur hier. Ich meine am Leben. Ohne ihn hätte ich wahrscheinlich nicht mal meinen achtzehnten Geburtstag erlebt. Das meine ich damit. Und Sie kommen mir mit diesen lächerlichen Drogengeschichten!«

»Diese lächerlichen Drogengeschichten könnten vielleicht der Schlüssel zu dem Mord an ihrem Freund und Lebensretter sein, Herr Koziol. Denken Sie daran. Womöglich steckte er in etwas drin. Die Russenmafia zögert nicht lange.«

»Sie haben Recht. Gut, ich sage Ihnen, was ich darüber weiß. Viel ist es nicht. Es hat mich nie interessiert.« Er beugte sich vor und presste die Handflächen aneinander. »Ja, Herbert hat gekokst. Aber nicht so häufig. Woher er seinen Stoff bezogen hat, ist mir nicht bekannt. Aber angeblich ist das ja heutzutage auf jedem Schulhof erhältlich.«

»Und Bambi?«

»Die Botox-Lady?« Koziol lachte verächtlich. »Die zieht sich sicherlich alles rein, was es gibt. Wissen Sie, als Herbert sie kennenlernte, war sie noch ein ganz hübsches Ding. Eines von diesen willigen Betthäschen, das sich die Nächte in angesagten Clubs um die Ohren schlägt, um sich einen reichen Mann zu krallen. Nun, das hat sie ja geschafft. Das mit den Operationen begann genau ein Jahr nach der Hochzeit. Da bildete sie sich ein, eine kleine Lachfalte zwischen den Augenbrauen würde sie völlig entstellen. Wissen Sie, wie alt Bambi ist?«

Pfeffer nickte, denn es stand in den Akten.

»Zweiunddreißig!«, rief Koziol. »Zwanzig Jahre jünger als Herbert. Und schon kann ihr Gesicht nie wieder operiert werden, weil die Haut zu dünn geworden ist. Das Michael-Jackson-Syndrom. Wir haben übrigens eine sehr erfolgreiche Dokusoap aus ihren Operationen gemacht. Bambi wollte bei jeder Schnippelei die Kamera dabei haben. So hat Herbert wenigstens die Unkosten für die OPs wieder reinbekommen. Mein Gott, Herbert war anfangs so in sie verliebt. Nun, das ist lange her.«

»Könnte Ihrer Meinung nach Bambi Veicht im großen Stil dealen?«

»Die? Nie im Leben. Soll ich Ihnen verraten, was sie mir gestern allen Ernstes vorgeschlagen hat? Sie kennen sicherlich die Dokusoaps, in denen Polizeibeamte bei ihren Einsätzen gefilmt werden. Garantierte Quotenbringer.« Pfeffer nickte, ihm schwante Übles. »Bambi hält es jedenfalls für eine tolle Idee, wenn unsere Produktionsfirma eine Dokumentation über die Aufklärung im Mordfall Herbert Veicht dreht. Sie will Ihnen und Ihren Leuten ein Kamerateam auf den Hals hetzen. Sie möchte in der Pathologie filmen und bei Verhören dabei sein.«

»Jetzt scherzen Sie aber, Herr Koziol.« Pfeffer schmunzelte, weil ihm die Idee so abwegig vorkam.

»Sehe ich so aus? Sie wollte sich gleich eine Genehmigung vom Polizeipräsidium holen, doch zum einen wäre ich strikt gegen so eine Aktion, das können Sie mir glauben, und zum Glück haben sich auch unsere Leute geweigert, bei so etwas überhaupt mitzumachen. Es gibt doch noch so etwas wie Pietät in unserem Gewerbe.«

»Herr Koziol, sagt Ihnen die Zahl 45 etwas? Oder wissen Sie, ob die Zahl für Herbert Veicht vielleicht irgendwie von Bedeutung war?«

»Fünfundvierzig? Nein, nicht dass ich wüsste. Er war weder Jahrgang 45 noch war es seine Glückszahl.« Koziol rief seine Assistentin herein und wies sie an, zwei Espressi zu bringen. »Sie dürfen gerne rauchen«, sagte er dann, als sie den Kaffee tranken. Koziol schloss verträumt die Augen, während er den Espresso herunterstürzte, dann zündete er sich eine lange Cohiba an. »Haben Sie jemals gekokst, Herr Pfeffer?«, fragte er unvermittelt und fixierte sein Gegenüber mit festem Blick.

»Ja«, gab Pfeffer unumwunden zu und hielt dem Blick stand. »Genau ein einziges mal, mindestens fünfzehn Jahre her.«

Koziol nickte beifällig. »Sehen Sie? So wie ich. Ich habe es einmal probiert. Am 23. September 1978. Einmal und nie wieder. Denn es war das tollste Gefühl, das ich jemals in meinem Leben hatte. Ich fühlte mich einfach gigantisch«, sagte Koziol mit weit ausholender Geste und geblähten Nasenlöchern.

Pfeffer nickte, genauso war es ihm gegangen.

»Danach wusste ich, dass ich entweder nie wieder diese Droge auch nur in meine Nähe lassen durfte, oder alternativ dazu völlig süchtig nach ihr geworden wäre.«

Pfeffer nickte erneut, genau das hatte ihn damals bewogen, es bei dem einen Versuch zu belassen.

»Dass Herbert sich anders entschieden hat, ist tragisch, aber nicht zu ändern. Ich behalten ihn jedenfalls als den Menschen in Erinnerung, der ein großes Herz hatte. Wussten Sie, dass er sich sehr als Mäzen für verschiedene kulturelle und wissenschaftliche Einrichtungen engagiert hat? Die Pinakothek der Moderne wäre sicher ohne ihn nicht gebaut worden. Und als er vor drei Jahren seine Kunstsammlung einem Museum stiften wollte, hat es ein richtiges Hauen und Stechen der besten Häuser gegeben, bis er seine Sammlung dem Lenbachhaus überlassen hat. Herbert hat sogar einen Lehrstuhl im Max-Planck-Institut finanziert oder zumindest für dessen Erhalt gesorgt. Und all das hat er im Stillen getan. Hinter den Kulissen. Es war nicht sein Stil, sein Engagement an die große Glocke zu hängen. Mochten ihn die anderen für einen kaltherzigen, koksenden Fernsehmogul halten, der billige Nutten ehelichte. Das war nur die kleine Glitzerfassade seines Wesens. Für die spießige Welt seines Bruders, dieses Brillenmagnaten, hatte er nur ein Lächeln übrig. Aber sein Bruder musste ja auch nicht mitmachen, was Herbert – was wir mitmachen mussten. Soll ich Ihnen mal ein paar kleine Histörchen aus unserer Jugend berichten, Herr Kriminalrat?« Koziol zog lächelnd die Augenbrauen hoch, doch es lag keinerlei Humor in seiner Miene.

»Ich bitte darum.«

»Sagt Ihnen Schladern etwas? Ich meine nicht den Ort im Rheinland sondern Kloster Schladern.«

Kloster Schladern sagte Pfeffer natürlich etwas – die prächtige Klosteranlage befand sich Richtung Wasserburg östlich von München, bekannt für seine Prunkbauten, seine Brauerei und das klösterliche Internat. »In dieses Internat«, so begann Dieter Koziol seine Ausführungen, »steckten einst die entnervten Eltern Veicht den kleinen Herbert.« Denn der Junge war das, was man heute hyperaktiv nennen und mit speziellen Therapien und pädagogischen Maßnahmen in seiner Entwicklung fördern würde. Damals gab es auch spezielle Maßnahmen für solche Kinder, die man Zappelphilipp nannte: Prügel, strenge Zucht und Ordnung, um die Flausen aus dem Kopf zu kriegen. Im Internat, das von Benediktinermönchen geleitet wurde, lernten sich die damals zwölfjährigen Burschen Herbert Veicht und Dieter Koziol kennen. Dieter, das dickliche Kind reicher Bauern, war kein Zappelphilipp. Seine bigotten Eltern hatten ihn auf die Klosterschule geschickt, weil einer aus der umfangreichen Familie gefälligst eine kirchliche Karriere anstreben und mindestens Pfarrer, am besten aber Bischof werden sollte. In dem großen Schlafsaal standen die Betten der beiden Jungen nebeneinander. So freundeten sie sich an und waren füreinander da, wenn es nötig war.

Herbert Veicht dachte nicht daran, sich dem strengen Regiment der Klosterbrüder bedingungslos unterzuordnen. Wenn er im Unterricht störte oder herumzappelte, wurde er am Stuhl festgebunden, die Schnüre schnitten in sein Fleisch, hinterließen Striemen und Blutergüsse. Stundenlanges auf Erbsen knien in der Klassenzimmerecke gehörte ebenfalls zum Alltag. Das waren die harmlosen Strafen. Wenn er besonders auffällig war, kam er für einen halben Tag in den Karzer. Nach dem dritten Mal Karzer wurde die Strafe verschärft, und er wurde für einen ganzen Tag nackt in den Dunkelkarzer gesperrt – ein ein Quadratmeter großes eiskaltes Kellerverlies, in dem man nur stehen und sich nicht einmal anlehnen konnte, weil die Wände so kalt waren. Natürlich gaben irgendwann die Beine nach und wenn die Strafzeit abgelaufen war, musste jeweils ein Klassenkamerad die blaugefrorenen Elendshaufen, die sich mit ihren Exkrementen besudelt hatten, heiß abduschen und mit einer Wurzelbürste schrubben. Selbstverständlich war diese Form der Bestrafung auch damals bereits verboten, doch welche Eltern glaubte schon einem nervenden Querulanten und frechen Zappelphilipp, wenn doch das Wort der heiligen Brüder dagegen stand oder ewiges Seelenheil als Lohn für die Qualen winkte. Herbert änderte immerhin sein Verhalten so, dass er nicht mehr in den Dunkelkarzer musste. Doch oft genug musste er die Hände mit den Innenflächen nach außen ausstrecken und die Schläge mit dem Rohrstock erdulden. Oder sich den Mund dreimal hintereinander mit Seifenlauge auswaschen lassen, weil er im Unterricht unumstößliche kirchliche Doktrinen wie zum Beispiel die Jungfräulichkeit Mariens angezweifelt hatte. Die Zeit, die der Knabe alleine oder mit anderen »straffällig« gewordenen Schülern auf Knien in der Kirche Rosenkranz beten musste, ließ sich beim besten Willen nicht zählen.

»Wissen Sie, was Spießrutenlaufen ist?«, fragte Koziol den Kriminalrat. »Der Begriff kommt ursprünglich aus der Armeesprache. Bei uns gab es auch so etwas.« Im Schlafsaal standen zwanzig Betten, zehn an der dem Fenster zugewandten Seite, zehn an der fensterlosen Wand gegenüber. Der Durchgang zwischen den Bettreihen war gerade so breit, dass zwei Personen nebeneinander gehen konnten. Zum Spießrutenlaufen mussten sich die Knaben in Reih und Glied vor ihren Betten aufstellen, jeder bekam eine Weidenrute in die Hand. Zehn Jungs auf der einen Seite, neun gegenüber. Der Delinquent musste sich ausziehen und nackt zwischen den Klassenkameraden, die mit ihren Ruten zuschlugen, hindurchlaufen. In die Versuchung, den Delinquenten zu schonen, indem man schwach zuschlug, wurde den Knaben schnell ausgetrieben, denn wenn der aufsichthabende Mönch fand, einer schlug zu lax oder nicht oft genug, musste derjenige selbst anschließend spießrutenlaufen.

»Herbert hat es zweimal erwischt. Er lag anschließend jedes Mal ein paar Tage auf der Krankenstation. Natürlich hat er es irgendwann aufgegeben, sich bei seinen Eltern zu beschweren. Das brachte nichts. Denn all diese Erziehungsmaßnahmen hatten ja nur den einen Sinn: aus ihm einen gottgefälligen Menschen machen.« Koziol nuckelte an seiner Zigarre. »Doch diesem Gott, der ihn so strafte, wollte Herbert nicht gefallen. Wozu auch. Einen Gott, der Hass und brutale Gewalt braucht, der deinen Geist brechen will, damit du ihm gefällst, wollte Herbert nicht. Ich tat mich da sehr viel schwerer. Ich versuchte gottgefällig zu sein. In deren Sinn gottgefällig. Eingeschüchtert und dumm gehalten. Bedroht von einem absurden Vater-Gott, der sich der Lehre nach völlig unlogisch und gemeingefährlich verhielt. Der dich heute lieben und morgen foltern konnte. Der einerseits einzig und gleichzeitig dreieinig war. Der zwar allmächtig war, aber gleichzeitig so schwach, dass er einen Teufel zulassen musste. Der alles wusste, und dem man dann dennoch beichten sollte. Der alles sah, aber nur, wenn wir etwas taten. Das was die Lehrer machten, sah er offenbar nicht. Mehr als einmal bin ich schier an meinen Zweifeln zerbrochen. Ich stand schon mit dem Strick in der Hand da, und Herbert hat mich gerettet. Dafür bin ich ihm bis zum heutigen Tag dankbar. Herbert war nicht dumm. Er hat sich letztlich angepasst, so weit es ihm möglich war. Wie bei vielen Hyperaktiven legte sich bei ihm das Zappelphilipp-Syndrom, als er in die Pubertät kam. Er wurde ruhig. Seine schulischen Leitungen waren passabel. Besser als meine. Ich folgte seinem Beispiel und verhielt mich wie gewünscht. Nicht, dass ich je so auffällig gewesen wäre wie er oder auch nur annähernd so oft bestraft worden wäre. Ich habe sogar nach dem Abitur einige Semester Theologie studiert, weil der Druck meiner Familie so groß war. Herbert hingegen ist gleich in die Medienbranche gewechselt. Hat als Aufnahmeleiter beim Bayerischen Fernsehen gearbeitet, dann als Produktionsleiter und Redakteur beim ZDF-Studio in Unterföhring. Und vor zwanzig Jahren, als das Privatfernsehen Deutschland eroberte, hat seine Stunde geschlagen. Er hat sich mit einer Produktionsfirma selbstständig gemacht und mich als Partner in sein Boot geholt.«

»Und er hat sich vermutlich einen Spaß daraus gemacht, die Kirche mit gar nicht gottgefälligen Formaten zu triezen, wo es nur ging«, sagte Max Pfeffer.

»Darauf, werter Herr Kriminalrat, und verzeihen Sie nun meine rüde Ausdrucksform, darauf können Sie ruhig einen lassen!«

»Sie sind sicher damit einverstanden, dass ich mich beherrsche.« Pfeffer lachte, und der Dicke schwabbelte beim Kichern.

»Wenn Sie mir nicht glauben sollten, oder mehr über Schladern und unsere Schulzeit erfahren wollen, dann wenden Sie sich an den derzeitigen Abt von Schladern, Ludwig Kästner. Ludwig war nämlich ein Klassenkamerad von uns.«

»Danke für den Tipp, aber ich denke, dass mir Ihre Schilderung reicht. Wir haben uns übrigens mit den Drohbriefen beschäftigt«, fuhr Pfeffer fort und zog die schriftliche Zusammenfassung hervor, die ihm Bella Scholz gemacht hatte. Dabei fiel ein gelber Notizzettel aus seiner Tasche. Pfeffer bückte sich verwundert und hob den Zettel auf. »StW wg. Beförd.« stand darauf. Das hatte er fast völlig vergessen! Er musste in den nächsten Tagen mit seiner Chefin, der Leitenden Direktorin Jutta Staubwasser, über die möglichen Beförderungen seiner Leute sprechen. Die Direktorin hatte schon zweimal nachgehakt, weil sie Planstellen zu besetzen hatte, und Pfeffer hatte sie jedes Mal vertröstet. Spätestens kommende Woche sollte er sich mit ihr zusammensetzen und alles besprechen. Eigentlich standen momentan nur einige kleine Routinebeförderungen von Kollegen an, die einfach alters- oder dienstzeitbegründet waren. Einzig mit Freudensprung verhielt es sich anders. Pfeffer würde ihn gerne zum Ersten Leitenden Hauptkommissar machen mit Aussicht auf mehr, weil er sich einen guten Stellvertreter heranziehen wollte. Er müsste seiner Chefin nur noch eine entsprechende Planstelle abschwatzen und vor allem endlich mal mit Freudensprung darüber reden.

Pfeffer steckte den gelben Zettel in seine Jackettasche und widmete sich wieder der Zusammenfassung über die Drohbriefe. Meist ließen sich die Schreiber gar nicht über Formate aus, die Veicht-Productions produzierte. Die Schreiber verwechselten munter die unterschiedlichen Serien, in denen Frauen, Kinder oder Männer für eine Woche getauscht wurden; sie brachten die Formate durcheinander, in denen völlig unbekannte Menschen, die dennoch als prominent bezeichnet wurden, tagelang zum Überlebenskampf in Dschungelcamps oder auf Almen oder Burgen eingesperrt waren, und sie ließen sich über jede Art von Heimwerker-Dokusoap aus.

Koziol zuckte mit den Schultern. »Sicher, für die Zuschauer sieht eins wie das andere aus. Und wenn wir ehrlich sind, ist eins wie das andere.«

»Es war keiner dabei, der explizit damit drohte, Ihnen oder Ihrem Kompagnon den Kopf abzuschlagen.«

»Nein, das gab es nie. Wenn man uns allerdings auch alles mögliche andere abschneiden wollte.«

»Uns ist bei der Korrespondenz mit kirchlichen Stellen aufgefallen, dass sie vor zwei Jahren plötzlich abgebrochen ist. Zumindest der Dialog mit der katholischen Kirche.«

»Gut beobachtet, Herr Kriminalrat. Der Dialog mit der evangelischen Kirche läuft seit jeher stärker auf Gesprächsebene. Da gab es auch nie so starke Reibereien. Bei den Katholen sah es anders aus. Wir hatten ständig mit Beschwerden zu tun, gelegentlich echauffierte sich sogar der Vorsitzende der Katholischen Bischofskonferenz persönlich. Meist blieb es aber bei kleingeistigem Gezänk mit dem Erzbistum von München und Freising. Ab und an gab es einen sehr scharf formulierten, aber natürlich rechtlich einwandfreien Brief vom Erzbistum. Mehr nicht. Vor zwei Jahren dann hatten wir einen überraschenden Quotenhit mit *Speed Sperm*. Es lief nur eine Folge und die war der Aufreger schlechthin.«

Pfeffer erinnerte sich dunkel. In der Sendung ging es um die Zeugungsfähigkeit verschiedener Männer. Wer die schnellsten Spermien absonderte, konnte einen hohen Geldpreis gewinnen.

»Damals ist über uns eine Woge der Empörung zusammengeschlagen. Was haben die sich nicht alle aufgeregt! Dabei war das eigentlich nur ein Gag von uns. Ein totaler Fake und alle sind drauf eingestiegen. Und seit damals hat sich auch der Vatikan bei uns gemeldet, in Form von Kardinal Ansgar Radlkofer. Ein Hardliner der unangenehmsten Sorte, mit dem ich nichts zu tun haben möchte. Herbert hat sich von da an einen Spaß daraus gemacht, mit dem Kardinal erbitterte Telefongespräche zum Thema Ethik und Fernsehen zu führen. Seitdem gab es keine Briefe mehr.«

»Wir haben das hier gefunden.« Pfeffer zog den einen Brief heraus, den Bella für wichtig gehalten hatte. Er reichte ihn dem Dicken. Auf dem weißen Blatt stand nur: »45 ist schuldig.«

»Das sagt mir leider gar nichts.« Dieter Koziol hob entschuldigend die Hände. »Schon wieder diese Fünfundvierzig. Seine Schuhgröße war es jedenfalls nicht, und mit dem Kriegsende hatte er auch nichts zu tun … oder …« Er legte sie Stirn kraus, starrte auf die Spitze seiner Zigarre und überlegte laut. »Oder doch? Nein, ich bin mir ganz sicher. Für einen kurzen Moment dachte ich, dass … halt, ach Gott, man wird alt. Gut, ich dachte eben, dass Herberts Bett im Internat Nummer 45 war. Wir hatten alle eine Nummer, die auf das Fußende des Betts geschrieben war. Doch ich bin mir fast sicher, dass ich mich da täusche. Ich werde das aber für Sie herausfinden.«

09 »Herr Pfeffer«, Bambis Stimme hatte wieder das puffige Timbre. »Welch angenehme Überraschung!« Sie sah kurz zu Paul Freudensprung hinüber. »Kommissar Freudensprung, soso.« Sie drehte den Männern den Rücken zu und verschwand federnden Schrittes im Dunkel ihrer Villa. Sie war barfuß und trug nur ein hauchzartes buntes Tuch, das sie oberhalb ihrer Brüste zusammengeknotet hatte. Ihr kläffender Minihund hüpfte hinter ihr her. Die beiden Männer folgten der Witwe in das kühle, dunkle Innere der weißgetünchten Flachdachvilla. Bambi Veicht führte sie durch das großzügige Foyer in ein noch großzügigeres Wohnzimmer, dessen Jalousien heruntergelassen waren. Nur durch eine offene Terrassentür fiel ein Keil grellen Sonnenlichts. »Kommen Sie, meine Herren, wir sind am Pool.«

Pool war eine charmante Untertreibung für die Wasserlandschaft aus mehreren Becken unterschiedlicher Größe, die sich hinter der Terrasse ausbreitete. Das Anwesen der Veichts in Pullach lag direkt am Hochufer der Isar. Schwere, mit blühenden Schlingpflanzen bewachsene Eisenzäune sicherten den steilen Abhang zum Fluss hinunter. Dichte Büsche zu den Nachbarn und zur Straße hin verhinderten neugierige Blicke. Der große Garten war praktisch uneinsehbar, es sei denn, man stand mit einem starken Fernglas auf einem hohen Baum auf der anderen Isarseite. Rund um das Schwimmbecken standen große Terrakottakübel mit blühenden Oleandern in unterschiedlichen Farben und prächtigen Margeritenbäumchen.

Im größten Schwimmbecken zog ein Mann langsam und konzentriert seine Bahnen. Die Wasseroberfläche reflektierte zu stark, als dass man ihn hätte erkennen können. Bambi zog die Aufmerksamkeit der Polizisten auf sich, indem sie ihr Tuch fallen ließ und sich auf einer Liege ausstreckte, die von einem großen Sonnenschirm beschattet wurde. Sie trug nur ein knapp geschnittenes, goldenes Bikinihöschen. »Setzen Sie sich doch, meine Herren. Kann ich Ihnen etwas zu trinken anbieten?« Sie deutete auf einen kleinen Teewagen, der im Schatten eines weiteren großen Sonnenschirms stand. Dort steckte eine Champagnerflasche in einem Kübel Eiswürfel.

Pfeffer schlenderte hinüber und schenkte sich ein Glas ein. Wenn es schon angeboten wurde … »Du auch, Paul?«, fragte er und unterdrückte den Impuls, nach dem kläffenden Yorkshire-Terrier zu treten. Irgendwie gefiel ihm hier das ganze Drumherum, die Atmosphäre zwischen Künstlichkeit und Natur pur, zwischen Klasse und Kitsch. Er schnupperte an einem rosa Oleander und bemerkte dabei, dass das Margeritenbäumchen daneben voller verwelkter Blüten war. Sofern es hier einen Gärtner geben sollte, arbeitete der schlampig.

»Wie?« Freudensprung konzentrierte sich so sehr darauf, nicht auf Bambis Brüste zu starren, dass er Pfeffers Frage zunächst nicht verstanden hatte. »Äh, nein danke.«

»Es stört Sie doch nicht, dass ich hier so freizügig bin, in meinem eigenen Garten?«, fragte Bambi übertrieben kokett und versuchte so etwas wie einen frechen Augenaufschlag. Doch ihre botox-gelähmten Gesichtsmuskelpartien ließen einfach keine überzeugende Mimik zu. »Ich bade gerne textilfrei. Apropos, meine Herren, da ist der Pool! Handtücher gibt es zu genüge. Wenn Sie also eine kleine Abkühlung wünschen?«

»Danke.« Freudensprung hatte diesmal aufgepasst und sich wieder im Griff. Er versuchte dieselbe Coolness wie sein Chef an den Tag zu legen. »Wir haben unsere Badehosen nicht dabei.«

»Das macht doch nichts!« Bambi räkelte sich und sah Pfeffer an. Ihre prallen Brüste machten die Bewegungen kaum mit. Der kleine Hund hatte die Kläfferei satt und verkroch sich hechelnd in den Schatten unter Frauchens Liege.

»Stimmt«, antwortete der Kriminalrat. »Das Wasser sieht wirklich verlockend aus. Doch wir haben noch einiges zu tun heute. Vielleicht ein andermal. Weshalb wir hier sind, Frau Veicht …«

»Für Sie Bambi.«

»Frau Veicht.«

»Sind Sie immer so hartnäckig?«

»Ja. Also, Frau Veicht, wir wissen nun, dass Ihr Mann am Montag zwischen achtzehn und zwanzig Uhr ermordet wurde. Hier nun die Frage, die Sie erwartet haben: Haben Sie ein Alibi für diese Zeit?«

»Natürlich, Herr Kriminalrat Max Pfeffer.« Bambi setzte sich auf und rief in Richtung Pool: »Wanja, kommst du mal bitte! Wanja!« Sie lehnte sich wieder zurück. »Montag waren Wanja und ich den ganzen Abend zu Hause. Es war so ein herrlicher Abend, wir lagen hier am Pool, bis die Sonne unter gegangen ist. Wir haben gegrillt. Hummer und Rostbratwürstchen. Nur wir zwei.«

»Und Wanja wird das sicherlich bestätigen können?«

»Sicher, fragen Sie ihn. Wanja Woroschin.« Bambi deutete hinter Pfeffer. Der Kriminalrat drehte sich um und sah den Mann aus dem Pool steigen. Der Glatzkopf, der neulich im roten Mercedes-Cabrio vor dem Büro von Veicht-Productions gewartet hatte, wischte mit ein paar schnellen Handbewegungen Wasser von seinen Armen und Beinen und richtete sich auf. Er war groß, splitternackt und extrem muskulös. Max Pfeffer, der im Prinzip nichts gegen den Anblick eines großen, splitternackten, muskulösen Mannes hatte, musste kurz wegsehen – zu sehr gefiel ihm das, was er da sah. Eine dunkle Phantasie drängt sich aus dem hintersten Winkel seines Gehirns nach vorne. Du bist keinen Deut besser als Gaudi, Pfeffer, schalt er sich selbst.

Der Muskelprotz machte ein paar Schritte auf Pfeffer zu, nickte erst Freudensprung, dann dem Kriminalrat zu und stellte sich abwartend, die Hände in die Hüften gestemmt, in die pralle Sonne. Auf den ersten Blick schien er auf der Brust stark behaart zu sein. Beim näheren Hinsehen konnte man jedoch erkennen, dass es keine Haare waren, die sich von seiner glattrasierten Scham über den Nabel hinauf zum Brustkorb zogen, sondern ein Tattoo aus lauter kleinen, kunstvoll ineinander verschlungenen Linien, die eine Intim- und Brustbehaarung wirkungsvoll imitierten.

»Alles klar, Bambi?«, fragte Wanja mit kratziger Stimme und hartem russischem Akzent.

»Sicher. Das hier sind Herr Freudensprung und Max Pfeffer von der Polizei. Ich habe dir doch schon von Herrn Pfeffer erzählt, du erinnerst dich? Erzähl den Herren doch bitte, was wir am Montagabend gemacht haben.«

»Alles?«, fragte Wanja mit anzüglichem Grinsen und ließ seine Zunge kurz über die Oberlippe gleiten. Bambi senkte kichernd den Blick. »Wir waren den ganzen Nachmittag und auch Abend hier am Pool. Nur wir zwei. Später haben wir noch gegrillt, und dann wird es doch zu intim fürs Protokoll.«

»Komm aus der Sonne, mein Schatz, du verbrennst dich noch total«, sagte Bambi. Der Muskelprotz, obwohl so braungebrannt, dass ein Sonnenbrand kaum mehr möglich war, folgte artig und setzte sich zu ihr auf die Liege. Sie tupfte mit einem Handtuch seine Schultern ab.

Wanja sah hinüber zu Pfeffer. »Bambi und ich sind seit einem halben Jahr zusammen«, sagte er ungefragt und Pfeffer wunderte sich, warum der Russe ihn dabei so musterte. »Crem mir bitte den Rücken ein, Schatz«, sagte Wanja und setzte sich extrem breitbeinig hin. Bambi tat, wie ihr geheißen und verteilte hingebungsvoll den Sonnenschutz auf den breiten Schultern.

Wanjas Blick, eindeutig und gleichzeitig mehrdeutig, blieb die ganze Zeit bei Pfeffer. Langsam dämmerte es dem Kriminalrat. Wanja Woroschin markierte einerseits sein Revier und machte gleichzeitig ein Angebot. Pfeffer musste grinsen. Der Russe zog seinen rechten Mundwinkel einen Hauch nach oben und zwinkerte kaum merklich. Pfeffer sah kurz zu Boden und hob dann den Blick, erst zu Bambis, dann zu Wanjas Augen. Dann ein schneller Blick zur Seite und zurück zu Bambi und Wanja. Flirtcheck. Keine Frage, er hatte beste Chancen.

»Okay, für Sie bin ich Russe«, fuhr der Muskelmann fort. »Aber ich bin Deutscher. Verstehen Sie? Russlanddeutscher. Ich weiß natürlich, was das für Sie bedeutet. So einer steht doch für Sie mit einem Bein im Knast. Aber ich habe mein Geld bisher immer ehrlich verdient.«

»Und wie?«, fragte Pfeffer.

»Damit.« Wanja nahm seinen Schwanz in die Hand, doch Pfeffer folgte der Handbewegung nicht sondern sah ihm direkt in die Augen.

»Wanja, bitte«, mischte sich Bambi ein und bedeckte mit ihrer rechten Hand das Genital des Russen. »Er war Erotikdarsteller. Ein sehr talentierter. Vielleicht kennen Sie seine Arbeit? Ich glaube allerdings kaum, denn das war in den frühen Neunzigern und seine Filme waren hauptsächlich nur im russischen Raum verbreitet. Sein Künstlername war Boris Molotow. Das ist nun lange vorbei! In letzter Zeit hat Wanja viel als Barkeeper gearbeitet. Nur in den wirklich angesagten Läden. Und nun möchte sich Wanja selbständig machen mit einem eigenen Club, etwas ganz Exklusives. Er ist weder Mafiosi noch Zuhälter noch ein Mörder. Denn das ist es doch, was Sie vermuten.«

»Ich vermute gar nichts. Mein Kollege wird trotzdem Ihre Personalien aufnehmen.« Pfeffer trank sein Champagnerglas aus, gab Freudensprung einen Wink und wandte sich zum Gehen. »Danke für die Auskünfte.«

»Beehren Sie uns bald wieder, Herr Pfeffer«, rief Bambi den Polizisten hinterher. »Der Pool wartet auf Sie, Herr Pfeffer, heute Abend, wenn Sie wollen. Kommen Sie auf eine kleine Abkühlung und einen Snack vorbei! Etwas Champagner! Und lassen Sie ruhig Ihren Kollegen daheim.«

»Ganz reizend!«, rief Freudensprung deutlich vernehmbar zurück.

»Wie kann die es wagen?!«, echauffierte sich Paul Freudensprung auf der Fahrt zurück in die Stadt. »Glaubt die, nur weil sie Geld bis zum Abwinken hat und aufgespritzte Titten, dass sie sich alles erlauben kann?!«

»Ist gut, Paul. Überlass die beiden mir. Da ist was gar nicht koscher.«

»Willst du etwa die Einladung zur nächtlichen Poolparty annehmen?«

»Wer weiß«, antwortete Pfeffer. Es klang geheimnisvoller, als es gemeint war, denn er wusste es wirklich nicht. In seinem Innersten tobte und zerrte etwas.

Freudensprung sog Luft tief in die Lungen und ließ sie geräuschvoll wieder entweichen. »Du weißt, wie das enden wird?« Er schüttelte den Kopf.

»Nein. Ehrlich gesagt, weiß ich das nicht«, gab Pfeffer unumwunden zu. Er lenkte den Dienstwagen auf den Parkplatz des Max-Planck-Instituts am Schwabinger Krankenhaus. Sie hatten einen Termin mit Doktor R. Södermann, dem Mann, der nach Auskunft von Dieter Koziol der Nutznießer von Veichts großzügigen Spenden an das Institut war.

»Guck mal, wie passend«, meinte Freudensprung, als sie die Eingangstür öffneten. Er deutete auf das Schild, das darüber informierte, dass sich hier nicht nur das psychiatrische Institut, sondern auch die Angst-Ambulanz befand.

»Ich habe schon mal Filme mit Boris Molotow gesehen«, sagte Freudensprung grimmig, während sie den langen, aseptisch wirkenden Flur auf der Suche nach Raum E-143 entlang gingen. Ein ältliches, welkes Security-Männlein hatte sie am Eingang misstrauisch beäugt und ausgiebig die Dienstausweise studiert. Dann hatte er ihnen den Weg beschrieben und sie telefonisch angekündigt. »Ich habe diesen Wanja Woroschin nur nicht gleich als Boris Molotow erkannt, weil ich bei Erotikfilmen für gewöhnlich nicht auf die Kerle glotze.«

»Schon klar, Gaudi«, sagte Pfeffer. »Deshalb erinnerst du dich an ihn …«

Freudensprung verdrehte die Augen. »Die Kerle in den Filmen kann man halt nicht übersehen! Zwangsweise. Ich kann mich hauptsächlich an seinen Namen erinnern, weil ich den so blöd fand. Boris Molotow! So ein Schmarrn.«

»Schon klar!« Pfeffer lachte. Sie hatten Raum E-143 erreicht und klopften an. Eine freundlich lächelnde Frau, die Ende dreißig sein mochte, riss schwungvoll die Türe von innen auf.

»Oh, die Herren von der Kriminalpolizei, wenn ich nicht irre?« Sie schüttelte den Beamten die Hände und bat sie ins Büro. Ihr fester Händedruck verriet Pfeffer, dass er es mit einer engagierten, tatkräftigen Person zu tun hatte. »Doktor Ruth Södermann mein Name, aber das haben Sie sich sicher schon gedacht.«

Keiner der beiden Polizisten hätte es sich gedacht, da sie hinter dem Kürzel R. Södermann automatisch einen Mann vermutet hatten.

»Nehmen Sie bitte Platz. Kaffee?« Sie wartete keine Antwort ab und schenkte in zwei angeschlagene, gelbe Becher mit »Atomkraft – Nein danke!«-Aufdruck Kaffee aus einer trüben Kanne. »Milch? Zucker?« Sie flitzte in ihrem Büro umher und holte aus einem Aktenschrank eine Tüte Zucker sowie kleine Portionsdöschen Kaffeesahne aus dem untersten Schreibtischschubfach. Endlich setzte sich Doktor Ruth Södermann auf ihren abgewetzten Schreibtischstuhl. Schon in den wenigen Minuten ihres Hierseins hatte es die Wissenschaftlerin geschafft, die Polizisten völlig nervös zu machen. Sie fuhr sich durch die dichten schulterlangen roten Locken, die ihr etwas Freches, Mädchenhaftes verliehen.

»So, Sie sind versorgt. Womit kann ich noch dienen?« Doktor Södermann legte die Unterarme auf den Schreibtisch und faltete erwartungsvoll die Hände. »Wie ich hörte, ist meine Arbeit in Gefahr, nicht wahr? Herbert Veicht ist tot, oder?«

Pfeffer nickte und Freudensprung zückte seinen Notizblock.

»Nun, sehen Sie sich um, meine Herren«, sagte die Wissenschaftlerin und deutete mit großer Geste umher. »Mein Büro. Abgenudeltes Resopal feierte in jeder Ecke fröhliche Urstände. Schäbig nicht? Gut, abgesehen von Hartmut!« Sie machte eine elegante Geste zu einem kleinen Aquarium neben der Kaffeemaschine, in dem ein dicker Goldfisch träge auf der Stelle schwamm und rhythmisch sein Maul öffnete und schloss. »Mein Hartmut bringt etwas Glanz in diese Hütte. Ansonsten: Alte Möbel, alte Wandfarbe – ABER! Selbst das gäbe es nicht, wenn nicht Herbert Veicht dem Institut so großzügig unter die Arme gegriffen hätte. Meine Lehrtätigkeit hier wird zwar vom Staat finanziert, doch meine Forschungsarbeit kann ich nur machen, weil es Veicht gab. Tja, so wie es aussieht, ist es damit nun vorbei. Ich kann den Laden dichtmachen.« Sie schlug in die Hände und lehnte sich zurück. Sehr resigniert schien sie dabei nicht zu sein.

»Welche Summe ließ Veicht Ihnen denn monatlich zukommen?«, fragte Pfeffer.

»Das müssten Sie die Verwaltung fragen. Es dürften sich aber um etliche tausend Euro gehandelt haben. Richtig viel Geld jedenfalls, denn nur deshalb lässt mich die Institutsleitung auch das erforschen, was ich erforsche.«

»Und was mussten Sie Veicht dafür bieten?«

»Ich verstehe nicht ganz.«

»Welche Forschungsergebnisse erwartete er. Beziehungsweise was erforschen Sie überhaupt?«

»Neurobiologie. Ich bin Neurobiologin. Und ich darf Sie korrigieren, Herr Veicht erwartete gar nichts von uns. Natürlich habe ich ihn in unsere Ergebnisse eingeweiht, sofern sie ihn interessiert haben, vor allem, wenn sie etwas mit seiner Arbeit zu tun haben – dem Fernsehen und der Wahrnehmung von Realität und Fiktion. Wir erforschen, welche Teile des menschlichen Gehirns bei welchen Tätigkeiten aktiv sind.«

»Machen Sie so ...«, Freudensprung rang nach Worten, weil er nichts Dummes sagen wollte, aber eine Ahnung hatte, was Doktor Södermann tat, »... so eine Art Fotos vom Hirn, wenn es denkt?«

»Richtig. So eine Art.« Södermann lachte strahlend und schüttelte die roten Locken. »Nur sollten Sie etwas an Ihrem Wording arbeiten. Ich erkläre es Ihnen gleich. Sie wundern sich sicher, dass ich hier im Schwabinger Krankenhaus meine Zelte aufgeschlagen habe und nicht wie die anderen Neurobiologen draußen in Martinsried.«

»Nein, ehrlich gesagt nicht«, antwortete Pfeffer schmunzelnd. »Wir wissen nicht, in welchen Münchner Ecken üblicherweise Neurobiologen anzutreffen sind.«

»Dann ist Martinsried für zukünftige Gelegenheiten ein heißer Tipp für Sie!« Die Wissenschaftlerin lachte fröhlich und offen. »Nun, als es darum ging, mir einen Arbeitsplatz einzurichten, weil das Geld von Herbert Veicht floss, da war in Martinsried plötzlich alles dicht. Man müsse umbauen oder anbauen, hieß es, man hätte keinen Platz. Und flugs haben sie mich hierher abgedrängt, weil hier Platz war. Zu den Psychos, wie sie sagen. Hier habe ich meine Labors einrichten können. Und so ganz verkehrt bin ich hier nicht. Denn bei meiner Forschungsarbeit geht es weniger um die blanke Biochemie wie bei meinen Kollegen in Martinsried, die die neuronalen Zusammenhänge im Hirn von Fruchtfliegen untersuchen.«

»Fruchtfliegen?«

»*Drosophila melanogaster.* Die schwarzbäuchige Taufliege, auch das Haustier der Genetiker genannt. Ich hingegen beschäftige mich mit dem *Homo sapiens sapiens.* Gut, ich gebe zu, ich übertreibe und vereinfache. Natürlich beschäftigen sich meine Kollegen keineswegs nur mit Fruchtfliegen. Aber man wird ja wohl noch zynisch sein dürfen, oder? Also, wenn es zu kompliziert wird, zögern Sie nicht, mich zu unterbrechen.« In den USA, so erläuterte Doktor Ruth Södermann, sei die Neurobiologie schon seit Jahren einer der spannendsten, weil voller Überraschungen steckenden Wissenschaftszweige. Dort werde massiv in die Forschung investiert, weil neue bildgebende Verfahren erstmalig das Denken sichtbar machten. »Verstehen Sie? Wir sind dem Geheimnis des menschlichen Geistes auf der Spur. Wie funktioniert unser Gehirn? Warum nehmen wir Realität als real wahr? Gibt es eine realere Realität als die dingliche Welt? Was ist Geist, was ist Gehirn? Gibt es überhaupt einen Unterschied zwischen Geist und Materie?« Doktor Södermann leierte in schneller Folge die Fragen herunter und erläuterte dann, dass Herbert Veicht von den Forschungen der amerikanischen Kollegen so fasziniert gewesen sei, dass er eine deutsche Forschungsstätte suchte, die auf demselben Gebiet arbeitete. Mit den finanziellen Mitteln des TV-Produzenten ließen sich zwar keine großen Sprünge machen, doch seien die Ergebnisse bisher mehr als zufriedenstellend.

»Deutschland kann es sich als Industrienation nicht leisten, den Anschluss in diesem Gebiet zu verlieren«, sagte Södermann. Veicht hatte es der Wissenschaftlerin ermöglicht, mehrere Monate an der Universität von Pennsylvania bei Andrew Newberg, einer der führenden Koryphäen im Gebiet der neurobiologischen Erforschung menschlicher Denkstrukturen, zu assistieren. Und sie konnte beim Papst der Neurologen, bei Michael Persinger in Kanada forschen. »Sehen Sie, es gib zwei grundlegende Methoden, die Funktion bestimmter Gehirnstrukturen zu untersuchen: Eine besteht darin, Hirne zu studieren, die durch Tumore, Schlaganfälle oder Traumata geschädigt sind. In diesen Fällen gehen meine Kollegen her und korrelieren die geschädigte Region mit dem entsprechenden Funktionsverlust. So hat man zum Beispiel herausgefunden, dass eine Verletzung der Temporallappen, also der Schläfenlappen, die Sprechfähigkeit beeinträchtigen kann. Die andere Methode, auf die ich mich in meiner Arbeit stütze, nutzt Hightech, um Aufnahmen des Gehirns zu machen, während ein Proband bestimmte Tätigkeiten ausführt.«

Södermann zog aus einem Schreibtischschubfach einige Farbbilder, die jeweils ein blumenkohlartiges Gebilde mit unterschiedlichen bunten Punkten und Flächen zeigten. »Hier, das sind Bilder einer SPECT-Kamera, das steht für *Single Photon Emission Computed Tomography*. Wir injizieren dem Probanden ein radioaktives Kontrastmittel, das sich im Blutkreislauf bewegt. Wenn wir nun eine bestimmte Tätigkeit verlangen, wird die entsprechende Stelle im Hirn, die für diese spezielle Tätigkeit verantwortlich ist, stärker durchblutet. Das Kontrastmittel setzt sich in den Gehirnzellen ab und so ein SPECT-Scanning liefert eine präzise Momentaufnahme vom Hirn des Probanden, in diesem Fall, wenn er Mathematikaufgaben löst. Es gibt natürlich noch verschiedene andere bildgebende Techniken. Für den Laien mag das spektakulär aussehen, doch letztlich sind wir erst am Anfang. Trotz aller Hightech sehen wir nur, wo sich etwas im Hirn tut. Was sich da genau tut, können wir nicht entschlüsseln. Warum Nerven wie miteinander kommunizieren, wissen wir noch nicht. Es ist, wie wenn man mit Boxhandschuhen versucht, Blindenschrift zu ertasten.«

Pfeffer schwirrte der Kopf. Gleichzeitig fand er das Thema mehr als faszinierend. Irgendwann, so beschloss er, musste er sich mit der Wissenschaftlerin noch sehr viel ausführlicher darüber unterhalten, doch nun galt es einen Mordfall zu klären. »Können Sie sich einen Zusammenhang zwischen Ihrer Arbeit und dem Mord an Ihrem Mäzen vorstellen?«

»Nein, ehrlich gesagt nicht. Ich war es auf jeden Fall nicht.« Doktor Södermann legte wieder die Hände gefaltet auf den Tisch. »Wie gesagt, es gibt Kollegen, die meine Arbeit mit Argwohn beäugen, das sind die gleichen, die mich hierher abgeschoben haben. Sie meinen, solange die Fruchtfliege noch nicht alle Geheimnisse ihrer Denkstruktur preisgegeben hat, braucht man nicht am Menschen forschen.«

»Wird nicht längst auch an anderen Einrichtungen am Menschen geforscht?«, fragte Pfeffer.

»Sicher. Aber die Arbeit am und mit dem menschlichen Hirn ist immer noch höchst umstritten und Ausgangspunkt heftiger ethischer Diskussionen. Seit einiger Zeit ist uns die Kirche auf den Fersen, als wären wir Satan und Beelzebub in Person, beziehungsweise als sei ich Lilith, was natürlich absolut lächerlich ist. Gut, es sind nur Teile der Kirche. Man wirft uns vor, wir würden die Schöpfung infrage stellen, nur weil wir an einer Studie arbeiten, die Religiosität und Hirnaktivität zum Inhalt hat. Als ob es so einfach wäre. Doch diese Auseinandersetzung findet in Gremien und Seminaren oder in Fachzeitschriften statt. Mein kanadischer Kollege Persinger wurde einst von religiösen Fanatikern mit Mord bedroht, doch was war in den Achtzigern, als die Hirnforschung neu und aufregend war. Aufregend ist sie bis heute, aber die Hysterie der Gegner hat sich zum Großteil gelegt. Ich habe neulich auch an einer Fernsehdiskussion teilgenommen, da ging es um genau dieses Thema. Ich habe mich mit meinem persönlichen Lieblingsfeind Kardinal Ansgar Radlkofer von der Vatikanischen Glaubenskongregation gefetzt! Es war herrlich. Er ist so ein unglaublich bornierter Hardliner. Einer von den Seligen, weil geistig Armen, die die Bibel wortwörtlich nehmen. Einfach köstlich. Soll ich Ihnen mal die Videoaufzeichnung zukommen lassen?« Wieder ließ sie die Frage einfach im Raum stehen, keine Antwort abwartend.

»Wie dem auch sei, wir stehen erst ganz am Anfang der Forschung«, fuhr sie fort. »Kennen Sie die Geschichte von der blinden Frau, die sehen kann? Ja? Ach so, also nein. Ich dachte, das sei allgemein bekannt. Nun, es gibt sie tatsächlich, Blinde, die sehen. Menschen, die sich für vollkommen blind halten, die tatsächlich nicht bewusst sehen und dennoch zielsicher nach Gegenständen greifen können, die vor ihnen stehen. Dank der Arbeit meiner Kollegen wissen wir heute, dass das auf einer Störung des primären visuellen Assoziationsfeldes im Kortex, also in der Großhirnrinde, beruht. Die elektrochemischen Impulse, die normalerweise durch den Sehnerv ins Gehirn fließen, werden im primären Feld in grobe visuelle Elemente übersetzt und dann im sekundären Assoziationsfeld in fertige Bilder umgewandelt, die schließlich in unser Bewusstsein dringen und uns nun die Umwelt sehen lassen. Blindsehende haben eine Blockade im ersten Assoziationsfeld und können also die dingliche Welt nicht bewusst wahrnehmen. Sie sehen aber im wahrsten Sinne des Wortes alles unbewusst. Sie würden in einem unbekannten Raum daher nie gegen ein Möbelstück laufen. Nun frage ich Sie, meine Herren, können solche Forschungen irgendwen dazu veranlassen, jemanden zu ermorden? Ich bitte Sie!«

»Frau Doktor Södermann«, seufzte Pfeffer und sah zu seinem Kollegen Freudensprung hinüber, der offensichtlich abgeschaltet hatte und abwechselnd zum Goldfisch Hartmut hinübersah oder in seine Kaffeetasse stierte, von der er nur vorsichtig genippt hatte. Pfeffer hatte gleich ganz darauf verzichtet, das Getränk zu probieren. »Im Gegensatz zu Ihnen halte ich das sogar für sehr wahrscheinlich.« Das Lachen der Wissenschaftlerin erfror. »Gemordet wird aus den einfachsten Gründen. Manchmal auch aus komplizierten. Zurück zum Einfachen, ich muss auch Ihnen diese Frage stellen: Wo waren Sie am vergangenen Montag zwischen achtzehn und zwanzig Uhr?«

»In der Oper mit meinem Mann. Es sind doch gerade Opernfestspiele. Die Veranstaltung ging um halb sieben los. Sie können gerne meinen Mann fragen, und die Eintrittskarte habe ich auch aufgehoben. Übrigens eine grandiose Inszenierung. Sollten Sie sich ansehen. *Rinaldo* von Händel. Wenn auch etwas gewagt im zweiten Akt.«

10 »Okay, danke und bis morgen!«, rief der Aufnahmeleiter und Cosmo packte seinen Rucksack zusammen. Sein dritter Drehtag bei *Mein Block*, der beliebten Daily Soap, ging zu Ende. Die Serie spielte vorgeblich in einem typischen Berliner Wohnblock am Stadtrand mit verliebten Teenies, spießigen Eltern, brutalen Straßengangs, allgegenwärtigen Drogenproblemen, tyrannischen Hausmeistern, Quoten-Behinderten, -Farbigen, und -Schwulen sowie mit allem sonstigen sozialen Sprengstoff, den man in der Klischeekiste finden konnte – kurz, das pralle Leben, wie es sich Marketingstrategen und Quotenhengste so vorstellten. In Wahrheit stand der Block auf dem Bavaria-Filmgelände in Geiselgasteig bei München. Für Cosmo war es natürlich kein kompletter Drehtag gewesen, sondern nur drei Stunden, mehr würde mit seiner Schule kollidieren. Außerdem war seine Rolle wirklich ziemlich klein, nur ein bis maximal zwei halbe Drehtage die Woche. Heute hatte er sogar drei Sätze gesagt. Nächsten Mittwoch wäre dann der erste Auftritt mit seiner Hiphop-Gruppe *Volle Härte* dran. Sie sollten beim Sommerfest im Block auftreten und die Szene im Hintergrund untermalen, die von allen *MB*-Fans heiß herbeigesehnt wurde: Die beliebte Titelheldin Simone würde von ihrem heimlichen Schwarm, dem toll aussehenden Fido, endlich einen Kuss bekommen und dann mit ihm gehen. In Umfragen war diese Weiterentwicklung der Handlung vehement von den vor allem weiblichen Fans eingefordert worden. Die Szene sollte mit dem Auftritt von *Volle Härte* bei einem Blockfest beginnen, Cosmo würde exakt dreiundzwanzig Sekunden groß im Bild zu sehen sein, bevor sich die Kamera auf die Hauptdarsteller konzentrieren würde. Da die Szene so wichtig war, und man sie die ganze Zeit im Hintergrund sehen würde, übten die Jungs von Cosmos *Volle Härte* wie die Wilden. Der Drehplan für eine tägliche Serie erlaubte kaum Spielraum, die Szenen mussten nach Möglichkeit beim ersten Take auf Anhieb sitzen. Cosmo ging in Gedanken ständig seinen Text durch, den er selbst geschrieben hatte und rappen musste, damit er keine Patzer brachte:

»*Willstes wirklich wissen?*
Warum versuchste mich zu dissen?
Probierste mich zu dissen,

haste gleich verschissen,
denn auf die, die mich dissen,
werd ich immer pissen.«

Das war der Refrain von ihrem Lied *Diss-Kussion*. Cosmo wusste, dass dies nicht sein bester Text war, doch die Fernsehleute hatten ihn sehr jugendlich und irre provokativ gefunden und sich begeistert geäußert. Als Cosmo das Set verließ, kam der Aufnahmeleiter vorbeigeflitzt und drückte ihm einen Umschlag in die Hand: »Dein Text für nächsten Mittwoch!«

»Text? Soll ich noch was sagen? Ich habe meinen Liedtext doch schon«, sagte Cosmo verdutzt.

»Keine Ahnung«, antwortete der Aufnahmeleiter im Weiterhetzen. »Soll ich dir geben. Lern es einfach auswendig.« Weg war er. Cosmos Handy klingelte.

»Cosmo, yo, Homie!« Es war sein Kumpel Laus, der eigentlich Klaus hieß, was aber definitiv zu uncool für einen echten Hiphopper war. Laus' Vater, Finanzchef der Firma, hatte den Jungs den Auftritt in der Serie verschafft.

»Yo, Laus, was geht?«

»Ey, pass auf, Alter, heute Abend coole Party bei Benni. Benjamin Veicht. Weißt schon.«

»Echt? Ich dachte … Mann, sein Onkel ist doch gerade einen Kopf kürzer gemacht worden, und da lässt der ne Party steigen?«

»Hab ich eben gehört. Total heiße News, sage ich dir, Alter. Seine Eltern sind weg, deshalb sturmfrei. Jedenfalls sind wir eingeladen. Dieser Irre, der mit dem Kopf in der Tasche rumgereist ist, kommt auch, habe ich gehört.«

»Krass!«

»Yo! Der ist mit Benni befreundet. Dann können wir den mal löchern, wie das denn so ist, wenn man da einen echten Schädel unterm Arm geklemmt hat.«

»Voll hart! Würdest du eine Party machen, wenn dein Onkel ein paar Tage vorher ermordet worden wäre? Ich dachte, die hatten so ein gutes Verhältnis.«

»Klar würde ich eine Party machen, Alter. Party ist immer angesagt. Ist ja nur ein Onkel und kein Elternteil oder so. Und zu deren Verhältnis habe ich nur gehört, dass die ein BESONDERES Verhältnis hatten, Alter.« Laus betonte das »besonders« so anzüglich wie nur irgend möglich.

»Echt? Krassestens! Du meinst also, Benni und sein Onkel …, boah! Heftig.«

»Yo, Mann. Benni hat sich seinen Arsch vergolden lassen. Hört man jedenfalls. Endkrass. Übrigens, Nathalie soll auch kommen.«

Plötzlich spürte Cosmo einen Frosch im Hals. »Okay, ich muss nur schnell nach Hause und meinen kleinen Bruder irgendwo unterbringen. Wann gehts los?«

Tim de Fries stand unschlüssig in seinem Arbeitszimmer. Aus dem Fenster konnte man die Brombeersträucher sehen, die die Mauer zum Nachbargarten verdeckten. Tim liebte Brombeeren. Wenn sie reif waren, konnte er sie ernten, indem er sich ein wenig aus dem Fenster reckte. Momentan waren sie reif, erst am Vortag hatte er alle, die so verführerisch blauschwarz aus dem frischen Blattgrün hervorstachen, gepflückt und sofort gegessen. Nun schaute er wehmütig auf die Büsche und spielte mit der Mao-Statue aus weißem Porzellan, die immer auf seinem Schreibtisch stand. Ein Freund hatte sie ihm vor zig Jahren aus China mitgebracht. Sie war der Auslöser für eine stetig wachsende Sammlung gewesen.

Schon bevor Max und Tim sich kennengelernt hatten, hatte der Holländer begonnen, geschmacklose Devotionalien von Diktatoren und Usurpatoren zusammenzutragen. Warum, das konnte er selbst nicht genau erklären. Es faszinierte ihn einfach, welche Blüten der Personenkult besonders im 20. Jahrhundert treiben konnte, wie Wahnsinnige, Egomanen, Kriegstreiber und überhebliche Rattenfänger sogar die Souvenirindustrie beherrschen konnten. Allerdings beschränkte sich Tim nur auf Figurinen und Büsten sowie Gedenkteller oder -becher. Und so tummelten sich Büsten oder Minifiguren aus Bronze, Porzellan oder Marmor und grell bemaltes Geschirr auf den Ablageflächen seines Büros. Die Klassiker zusammenzutragen war ein leichtes gewesen – Mussolini, Mao, Lenin, Stalin, Hitler, Franco, Ceausescu, Pinochet, Gaddafi, Castro, Saddam Hussein, Ulbricht, Ferdinand Marcos und Honecker. Da gab es Kitsch in Hülle und Fülle. Schwieriger zu beschaffende Devotionalien von Exoten wie Idi Amin, Enver Hodscha, Pol Pot, Papa Doc und Baby Doc Duvalier, Batista, Kim Jong Il sowie Kim Il Sung stellten die Glanzstücke seiner Sammlung dar. Beinahe jeder, der unrechtmäßig die Macht an sich gerissen hatte, verstaubte in Kitschform auf den Regalen von Tim de Fries. Auch ein Becher mit George W. Bush gehörte dazu, denn der hatte sich in seiner ersten Amtszeit zum US-Präsidenten aufgeschwungen, obwohl er nicht gewählt worden war. Dass Bush in der zweiten Amtszeit letztlich doch vom Volk gewählt worden war, kümmerte Tim de Fries nicht weiter. »Auch ein gewählter Verbrecher bleibt ein Verbrecher«, sagte er dann.

Tim versuchte einen klaren Gedanken zu fassen. Er wusste, dass etwas geschehen musste, dass eine Entscheidung fallen sollte. Doch was war richtig? Sein Telefon klingelte. Tim seufzte und nahm ab. Am anderen Ende der Leitung war ein Mann, der sich als Mitarbeiter einer kirchlichen Einrichtung für Behinderte vorstellte.

»Wir sind eine relativ kleine Einrichtung, ein Heim mit angeschlossener Werkstatt und dazu ein landwirtschaftlicher Betrieb, der allerdings nur als therapeutisches Instrument dient«, erläuterte der Mann eifrig und Tim hörte nur mit einem Ohr zu. »Deshalb weiß ich gar nicht, ob wir nicht vielleicht zu … popelig für Sie sind. Ob Sie an einem Seminar bei uns Interesse haben. Wir würden Sie gerne einladen, uns zum Thema Konfliktlösung am Arbeitsplatz zu beraten, denn obwohl wir nur wenige Kollegen sind, gibt es natürlich auch bei uns die eine oder andere Querele.«

»Sicher«, sagte Tim müde. »Tendenziell immer. Ich … Sie kennen meine Honorare?«

»Ja, wir haben uns auf Ihrer Website kundig gemacht. Wie wäre es, wenn wir uns einmal zu einem Vorgespräch treffen würden?«

»Genau das wollte ich Ihnen vorschlagen. Bei Neukunden ist das am sinnvollsten. Wo ist Ihre Einrichtung? Ich hätte kommenden Montag gleich in der Früh Zeit.«

»So bald schon!« Der Mann am anderen Ende der Leitung war überrascht. »Das … äh, natürlich. Dann kommen Sie doch auf ein Vorgespräch bei uns in Kreuthsriedern vorbei.«

»Wo ist das denn?«

»Ganz in der Nähe von München. Ich beschreibe es Ihnen. Haben Sie einen Stift parat?«

Tim de Fries notierte sich die Wegbeschreibung nach diesem Kaff, das irgendwo in der tiefsten Pampa lag. Immer die gleiche Routine. Ein Seminar hier, eine Veranstaltung da. Die kommende Woche hatte er nur einen einzigen Termin, was ihn freute, denn das bedeutete, dass er endlich mal etwas Zeit und Ruhe haben würde, über die Gesamtsituation nachzudenken. Acht Jahre einfach so wegwerfen kam für ihn natürlich nicht in Frage. Und dann die Kinder – längst waren es auch seine Kinder, seine Söhne. Schließlich hatte er ihnen, der Familie seines Lebensgefährten, auch seine Karriere geopfert. Tim war damals arbeitstechnisch kürzer getreten und hatte sich fast ausschließlich um Cosmo und Florian gekümmert, damit Max Pfeffer auf die Führungsakademie in Münster gehen und Kriminalrat werden konnte. Eines war jedenfalls sicher: So konnte es nicht weitergehen. Mit ihm und Max. Vielleicht fand sich kommende Woche eine Entscheidung. Nun wollte Tim einfach nur weg, irgendwohin weg. Nachdenken.

Cosmo stopfte den Umschlag mit seinem neuen Text ungeöffnet in den Rucksack und beeilte sich, denn er wollte auf jeden Fall rechtzeitig da sein, also bevor Nathalie kam. Er war rechtzeitig da. Benni Veicht begrüßte ihn sogar mit Handschlag, was für den jüngeren Cosmo eine Art Ritterschlag bedeutete, denn normalerweise nahmen die älteren Jungs am Gymnasium die jüngeren gar nicht wahr.

»Tut mir leid mit deinem Onkel«, sagte Cosmo hölzern.

»Schon okay.« Benni zuckte mit den Schultern. »Ey, ich hab euch doch gesagt, dass ihr die Musik nicht zu laut machen sollt!«, rief er zwei Jungs zu, die an der Stereoanlage herumspielten. Eine alte Xavier-Naidoo-CD lief. »Mann, hab keinen Bock auf Stress mit den Nachbarn. Meine Eltern müssen nix von der Party heute erfahren. Echt.« Er drehte sich wieder zu Cosmo und fuhr nahtlos mit dem Ausgangsthema fort: »War ja nur ein Onkel. Dein Vater leitet die Ermittlungen, oder?«

»Ja.« Cosmo befiel das eigentümliche Gefühl, dass er nur deshalb eingeladen worden war. Cosmo konnte den Gastgeber eigentlich nicht leiden, nicht nur, weil Benni schon mit Nathalie gegangen war und Cosmo noch nicht. Für Cosmo war der Sohn aus reichem Elternhaus ein arroganter Schnösel.

»Das da ist Jo, weißt schon, der mit der Tasche.« Benni stellte Cosmo und Jonas Wagenbrenner vor.

»Hey, Cosmo. Cooler Name. Hab gehört, du surfst«, sagte Jo.

»Ja, wenn ich Zeit habe.« Cosmo mochte Jo auf Anhieb. Cosmo freute sich, dass dieser Erwachsene, der bestimmt schon über zwanzig war und – was noch viel mehr beeindruckte – mit einem echten abgeschlagenen Kopf in der Tasche herumspaziert war, Interesse an ihm zeigte.

»Warst du schon mal auf den Kapverden?«

»Ne, hab aber von gehört. Muss voll geil sein. Kaum Touris und so.«

»Ist voll geil. Ich war schon zweimal da.« Jo prostete Cosmo mit einem Bier zu. »Dein Dad ist der Bulle, der mich auseinander genommen hat, oder?«

»Ja.« Cosmo wurde wieder etwas unwohl.

»Cooler Mann, dein Dad.«

»Findste echt?«

»Klar. Taffer Typ und so. Und deine Mum? Ist die auch so cool drauf?«

»Nö.« Cosmo grinste in sich hinein und freute sich, dass das Sexualleben seines Vaters also doch kein allgemeines Schulgespräch war. Wobei – Jo ging ja gar nicht auf ihre Schule. Außerdem war er schon weit über zwanzig. Cosmo wunderte sich nur, dass Benni nichts darüber erzählt hatte. »Meine Mutter ist tot. Krebs.«

Jo machte nur »Oh« und Cosmo fuhr betont lässig fort: »Und mein Dad ist übrigens schwul. Sein Freund lebt bei uns im Haus.«

»Krass.« Jo schob die Unterlippe vor. »Hätte ich bei deinem Dad als allerletztes vermutet. Und die lieben sich wirklich? Ich meine, zwei Kerle?«

»Ja. Total.«

»Hammer.« Jo zuckte mit den Schultern. »Na ja, wems gefällt. Und du? Ich meine, hast du das geerbt oder so?«

»Quatsch«, sagte Cosmo und tippte sich an die Stirn. »So was erbt man nicht, Mann. Ich steh ganz normal auf Mädels.«

»Cremig bleiben.« Jo lachte kurz. »Wollte dir nicht zu nahe treten. Apropos, wie findste die?« Er deutete auf das Mädchen, das eben durch die Eingangstür gekommen war und sich suchend umsah: Nathalie.

Aus den Lautsprechern perlte der Grönemeyer-Klassiker *Flugzeuge im Bauch* in der souligen Naidoo-Version und Cosmos Herz machte einen klitzekleinen, aber entscheidenden Hüpfer. Nathalie war schöner und begehrenswerter denn je.

So begann eine Schülerparty in dem Anwesen von Hans-Georg Veicht, dem Brillenmogul, der mit seiner Gattin für ein Wochenende zu den greisen Eltern ins Tessin gefahren war, um gemeinsam den Tod des Bruders und Sohnes zu verarbeiten.

Niemand war zu Hause, als Pfeffer gegen halb sieben die Türe zu seinem Haus aufschloss. Wieder hatten zwei kichernde Mädels nahe der Gartentür gestanden und zum Haus herüber geschaut und Pfeffer hatte gehofft, dass der Fanclub seines Sohnes nicht weiter anwuchs. Die Nachbarin hatte ihm ein fröhliches »Grüß Gott« über den Zaun zugerufen. Man war freundlich, aber leicht distanziert in diesem Viertel. Obermenzing hat schließlich eine ganz eigene Klientel und die legt Wert auf Umgangsformen sowie einen gewissen Standard. Pfeffer stand allein im Wohnzimmer und sah sich um. Niemand da. Er fühlte sich schlagartig einsam. Auf dem Esszimmertisch lag ein Zettel, der ihn darüber informierte, dass sein ältester Sohn Cosmo bei Freunden zum Grillen war und der jüngere Florian bei einem Freund zum Computerspielen und anschließendem Übernachten. Die Gastmutti würde den Jungen in die Schule bringen. Es war ja nicht das erste Mal. Pfeffer ließ die Hand mit dem Zettel sinken.

Kein Wort von Tim. Dass Tim keine Nachricht hinterlassen hatte und auch keine Kurznachricht geschickt hatte, war völlig untypisch, denn er fuhr nie fort ohne einen lieben Gruß. Dabei hatte Pfeffer vorgehabt, seine Männer heute Abend zum Biergartenbesuch einzuladen. Ob Tim bei ihm, dem Scheißkerl, war? Warum sonst hatte er keine Nachricht hinterlassen. War er endgültig gegangen? Dann glaubte sich Pfeffer zu erinnern: Tim hatte einen wichtigen Termin in Stuttgart und würde zwei Tage wegbleiben. Das war es, sicher! Und sie hatten sich heute Morgen gar nicht richtig verabschiedet. Pfeffer hatte seinen Kopf so voll gehabt, dass er nur mit einem kurzen »Tschüss« aus dem Haus gegangen war. Das konnte nur bedeuten: Tim war sauer.

Oder er war bei ihm, dem Scheißkerl. Er sah sie vor sich, wie sie lachten und sich liebten. Er wählte Tims Mobilnummer. »Der gewünschte Teilnehmer ist vorübergehend nicht erreichbar. *The number you've called is temporarily not available.*«

Pfeffer warf das schnurlose Telefon auf das Sofa. Er stand in seinem stillen Haus und hatte diese Leere in sich. Er ließ sein Sakko fallen und fasste einen Entschluss. Es gab Leben da draußen, und er würde leben. Warum sollte er Rücksicht auf andere nehmen, die offenbar keine Rücksicht auf ihn nahmen. Er würde sich ein Stück vom großen Kuchen abschneiden, sich mitten hinein ins Leben stürzen. Keine fünf Minuten später brauste er mit seinem Wagen Richtung Pullach.

Obwohl die Sonne noch nicht untergegangen war, brannten Fackeln rings um die Poollandschaft im Veichtschen Anwesen. Aus nicht sichtbaren Lautsprecherboxen perlte Bossa Nova, *Corcovado* von Astrud Gilberto. Das Brasilienflair passte zum Ambiente und Pfeffers Stimmung. Weit und breit war der kleine Kläffer der Hausherrin weder zu sehen noch zu hören. Auf einem weiß gedeckten Tisch warteten eine üppiges Früchtearrangement sowie mehrere Flaschen Champagner in Eiskübeln.

»Den Grill können wir später noch anwerfen«, sagte Bambi, der man die Erregung darüber, dass Pfeffer nun doch aufgetaucht war, deutlich anmerkte.

Diesmal trug sie auch ein Bikinioberteil. »Wanja wird sich darum kümmern. Nehmen Sie doch Platz, Herr Pfeffer. Oder darf ich Sie Max nennen?«

Pfeffer mochte seinen Vornamen nicht, er fand ihn altmodisch und altbacken. Wenn Umfragen nach den beliebtesten Vornamen vor Jungen veröffentlicht wurden, war schon seit einigen Jahren Maximilian immer an vorderster Front dabei, darüber schüttelte er stets ungläubig den Kopf. Den spießigen Namen konnte doch niemand freiwillig gut finden. Daher erlaubte er es normalerweise kaum jemandem, ihn mit Max anzureden. Schon gar nicht Bambi. »Pfeffer reicht, ohne Herr«, sagte er und sah hinüber zum Pool, in dem wieder ein Mann langsam seine gleichmäßigen Bahnen zog. Wanja.

»Und was hat diesen Stimmungsumschwung bewirkt, Pfeffer?«, fragte Bambi. »Warum bist du nun doch gekommen? Ich hätte Stein und Bein geschworen, dass du meine Einladung nicht annimmst.«

»Man täuscht sich leicht in mir, Bambi«, sagte Pfeffer schnell, um davon abzulenken, dass er selbst keine vernünftig klingende Erklärung für sein Hiersein hatte. Eine verteufelte Mischung aus simpler Neugier, sinnloser Rache und rasender Einsamkeit war es vermutlich – der Wunsch, auch mal was riskieren zu wollen, nicht immer nur ein festgefahrenes Leben zu leben. Und dann gab es noch diese Phantasie, die er tief in seinem Inneren versteckte.

Er ahnte zwar, was ihn hier erwarten würde, doch er wusste es nicht sicher. Gerade der Gedanke an das Unbestimmte hatte seinen Adrenalinspiegel hochgepuscht. Er genoss das Gefühl. So musste sich ein Basejumper vor dem Sprung fühlen. Pfeffer hatte neulich einen Bericht über die waghalsigen Extremsportler gesehen, die sich von Brücken und Hochhäusern stürzten und erst in allerletzter Sekunde, quasi kurz vor dem Aufprall am Boden, die Reißleine ihrer Fallschirme zogen. Und Pfeffer wollte genau diesen Kick erfahren.

Auf der Fahrt hierher hatte sich Pfeffer in Gedanken mit Tim gestritten: Wenn du mit mir schmollst, dann bist du selbst schuld – falls du wirklich in Stuttgart sein solltest! Ich habe nun mal so einen Buckel voll Arbeit, da kann ich auch mal was vergessen. Ja, es tut mir leid, doch dein Verhalten ist absolut kindisch. Aber bist du überhaupt in Stuttgart? Erzähl mir nichts! Ich kann mich auch ohne euch alle amüsieren. Hast du geglaubt, ich bin so berechenbar? Dass ich abends alleine eine Flasche Bier aufmache und dann vor dem Fernseher einschlafe? Es ist ein herrlicher Sommerabend und ich gehe zu einer Kokserin und ihrem Pornohengst auf eine dekadente Poolparty. Das hättest du nicht erwartet! Eine wandelnde Silikonpuppe und ein tätowierter Anabolikajunkie. Beide könnten Mörder sein. Wann haben wir das letzte Mal Champagner am Pool getrunken? Frag mich nicht, wann ich heimkomme.

Er wusste selbst, dass er sich kindisch und kriminell unvernünftig verhielt. Er rannte vor etwas davon. Doch er verscheuchte den Gedanken. Er war erwachsen, und was immer heute Abend passieren würde, es würde ihm auch bei der Klärung des Falles helfen. Irgendwie jedenfalls. Außerdem wusste er im Zweifelsfall immer, wo seine Grenzen waren – und wie er sie am besten überschreiten konnte.

»Wenn du willst, geh ein bisschen mit Wanja schwimmen«, sagte Bambi. »Entschuldige mich für einen Moment.« Sie zog sich ins Haus zurück.

Pfeffer zog sich aus. Er hätte es wahrscheinlich nicht getan, wenn Bambi nicht gegangen wäre. Doch so fiel es ihm leicht. Er hatte keine Badehose dabei und das gab ihm einen erneuten Adrenalinkick. Mit Anlauf sprang er in das große Becken, sein Köpfer war nicht perfekt, aber akzeptabel. Mit langen Zügen durchmaß er den Pool, wieder und wieder. Wanja hatte sich derweil an den Rand zurückgezogen und beobachtete den Kriminaler. Nachdem Pfeffer sich genug verausgabt hatte, schwamm er zu dem Russen. Das Wasser war hier flach genug, dass die Männer gerade stehen konnten. So standen sie eine kurze Zeit schweigend nebeneinander, jeweils die Arme auf den Beckenrand verschränkt. Wanja legte seinen Kopf auf die Arme und stieß seinen Körper so ab, dass er waagerecht im Wasser schwebte, während Arme, Schultern und Kopf im Trockenen blieben und die Position hielten.

»Bambi hat gesagt, dass wir uns verstehen sollen, Bulle«, sagte er mit seinem harten Akzent. »Du schwimmst gut, Bulle.«

»Danke, du auch. Siehst du, der erste Schritt zum Sichverstehen war doch gar nicht so schwer.«

»Hey, Bulle.« Der Muskelmann lachte. »Du bist ja auch noch witzig. Du denkst wohl, ich hätte was gegen dich. Das stimmt nicht. Du gefällst mir. Sonst wärst du nicht hier.«

»Danke.« Pfeffer sog das Kompliment gierig ein. Er hatte das unbestimmte Gefühl, dass sie beobachtet wurden. Er ließ seinen Blick langsam über Garten und Haus gleiten. Trotz beginnender Dämmerung schien die Sonne noch hell genug, um alles ausreichend zu erleuchten. Dann bemerkte Pfeffer die Bewegung hinter einem Vorhang im Haus. Jede Wette, dass Bambi sie von dort beobachtete. »Liebst du Bambi?«, fragte er dann.

Der Russe lachte. »Lieben? Eine Frau, zu der ich *ja lubju tebja* sage, die ich lieben würde, muss kochen können.«

»Und sie kann nicht kochen?«

»Sie kann nicht mal einkaufen. Wir haben eine Menge Spaß miteinander«, sagte Wanja gleichgültig. »Sie ist eine klasse Frau im Bett. Echt. Sie hat eine Menge Sachen drauf. Gefällt dir Bambi?«

»Hmmm.« Pfeffer brummte unbestimmt.

Wanja nahm es als Zustimmung. »Klar, blöde Frage von mir. Sonst wärst du nicht hier. *Sluschaj*, hör zu, ich liebe sie nicht, Bulle, also bin ich auch nicht eifersüchtig, kapiert?« Er kam näher und legte seinen linken Arm um Pfeffers Schultern.

Es überraschte Pfeffer nicht, tief in sich drin hatte er mit allem, was nun folgen sollte, gerechnet. Gleich gab es den freien Fall, Adrenalin pur. Einfach springen und sehen, was passiert. Leben riskieren, indem man lebt.

»Bambi ist auch nicht eifersüchtig«, fuhr Wanja fort. »Sie meint, du bist ein echter Bulle. Verstehst du? Nicht nur ein Bulle, sondern auch ein echter Bulle. Bambi möchte, dass wir uns richtig gut verstehen. Wir alle drei, nicht nur du und Bambi, auch du und ich. Ich weiß, das wird uns eine Menge Spaß machen.« Er grinste schief. »Das macht dir doch nichts aus, oder? Bist du dazu Manns genug? Bist du dabei?« Bambi kehrte auf die Terrasse zurück, sie trug nun ein durchsichtiges, seidenes Nichts mit einem winzigen weißen Slip.

Max Pfeffer überlegte nicht mehr lange. Er war dabei. Max Pfeffer sprang.

Er ließ sich Zeit und sie ließen ihm Zeit. Bambi fütterte ihn mit Früchten. Wanja später mit Bratwürstchen und Scampispießen, die er frisch gegrillt hatte. Nachdem sie die zweite Flasche Champagner geleert hatten, pinkelte Wanja lachend in den Pool. Dann ging er kurz ins Haus und kehrte mit zwei kleinen Döschen zurück. Er öffnete das eine und kippte den Inhalt auf einen kleinen flachen Silberteller. Er baute mit einem kleinen Silberplättchen drei gleichmäßige Linien aus dem weißen Pulver und bot Bambi den Teller an. Sie sniffte mit einem Silberröhrchen eine Line. Pfeffer kam als nächster dran und zögerte keine Sekunde. Er wollte den Wahnsinn des Kokainrausches jetzt und sofort. Er schnupfte seine Portion. Dann Wanja. Das Zeug brannte in der Nase. Pfeffer konnte sich nicht erinnern, dass es damals, als er Koks ausprobiert hatte, so gebrannt hatte. Wanja öffnete das andere Döschen und holte zwei blaue rautenförmige Pillen hervor.

»Mund auf, Bulle«, sagte er und Pfeffer gehorchte. Der Russe legte ihm vorsichtig die blaue Pille wie eine Hostie auf die Zunge. »Und runter damit, Bulle. Das macht aus dem Bullen einen Superbullen.«

Pfeffer schluckte, wenn man gesprungen war, gab es kein zurück.

Die andere Pille nahm Wanja.

Bambi öffnete eine neue Flasche Champagner und goss ein.

»Hast du viel Stoff?«, fragte Pfeffer den Russen. Er dachte kurz an die Kollegen von der Drogenfahndung, die Bambi im Visier hatten.

»Klar«, antwortete der. »Aber du bist ein Bulle, und deshalb sage ich dir nicht mehr.« Pfeffer und der Russe saßen nebeneinander auf einer Liege. Bambi stand vor ihnen und wiegte sich leicht zu den Klängen der Bossa-Nova-Musik. Ihr kleiner Bikinislip tanzte vor den Augen der Männer.

»Ich dachte, du vertraust mir.«

»Das tue ich, sonst würdest du nicht hier sitzen«, antwortete der Russe. Er goss Pfeffer etwas Champagner auf die Schulter und leckte die Flüssigkeit ab. Sein kurzer Stoppelbart kratzte leicht über Pfeffers Haut. Bambi kicherte aufreizend. Wanja wollte offenbar nicht mehr auf Pfeffers ersten Schritt warten und begann Bambi streichelnd zu sich herunter zu ziehen, dabei lehnte er sich gegen Pfeffer und rieb sich an ihm, während er Bambi den Hals küsste. Die Frau stöhnte lustvoll und erwiderte die Zärtlichkeiten. Hände glitten zu Pfeffer hinüber.

»Ihre Münder verschmolzen«, dieser Ausdruck kam Pfeffer in den Sinn. Verschmolzen – welch ein Unsinn, denn die Lippen und Zungen blieben ja getrennt, wurden nicht wirklich eins. Was wohl passieren würde, wenn Münder tatsächlich verschmelzen könnten?

Pfeffer befreite sich, stand auf und ging ein paar Schritte zum Pool. Er blickte in die Nacht hinaus. Er spürte, wie seine Zähne aufeinander knirschten, wie sein Unterkiefer mahlte. Er betrachtete sein Spiegelbild in der glatten Wasseroberfläche. Aus dem Haus perlten nach wie vor relaxte Bossa-Nova-Klänge. Von nebenan drang der Lärm einer Party zu ihm herüber: Musik, Gelächter, Gekreische, mal lauter, mal leiser, aber immer im Rahmen. Pfeffer war froh, dass die Gärten hier mit mehreren Reihen Gebüsch so blickdicht zur Nachbarschaft angelegt waren. Irgendwo hörte er plötzlich in einem kurzen Moment der Stille von nebenan ein leises mechanisches Geräusch, das ihm bekannt vorkam, doch er achtete nicht darauf.

Pfeffer fühlte sich gut, hervorragend, blendend. Er FÜHLTE sich nicht nur so, er WAR es. Das hatte nichts mehr mit Gefühl zu tun, es WAR Realität. Er

WAR ein liebender Vater und aufmerksamer Lebensgefährte. Er WAR ein guter Sportler und ein gewissenhafter Kriminaler. Er WAR ein verantwortungsvoller Chef und ein verdammt attraktiver Mann. Er WAR ein Alpha-Männchen und ein Bulle. Er WAR ein richtiger Superbulle.

Er war nicht mehr Adrenalin, sondern Testosteron pur. Da war es nur logisch und konsequent, dass Max Pfeffer das auch Bambi und Wanja spüren lassen musste.

11 Als die Morgensonne ihre Nasen kitzelte, hatte Pfeffer den Eindruck, dass höchstens eine Stunde vergangen war. Keiner von ihnen hatte ein Auge zu gemacht. Der Partylärm von nebenan war irgendwann verstummt. Pfeffer wusste genau, dass sie vorhin die achte Flasche Schampus geköpft hatten. Er hatte einfach keine Lust mehr. Er fühlte sich bei Tageslicht nicht wohl in dieser Umgebung. Da stand er, nackt, immer noch viagragehärtet, und ließ seine Hand sinken. Die verwelkten Margeritenblüten, die er mit den Fingern von dem neunten Bäumchen abgeknipst hatte, fielen auf die Terrakottafliesen. Pfeffer drehte sich um und sah zu Bambi und Wanja hinüber, die sich im flachen Wasser des Pools weiterhin austobten.

Schon nach kurzem war in der Nacht klar gewesen, dass Pfeffer aussteigen würde. Seine wilden Vorsätze, etwas total Wüstes wider jede Vernunft zu tun, waren in der Hitze der Nacht schneller verdunstet als ein Schweißtropfen. Bambi oder Wanja zu spüren oder zu schmecken hatte ihn einfach angewidert. Schon bei den ersten Berührungen hatten sich seine Nackenhaare gesträubt und sein ganzer Körper hatte sich verkrampft. Er hatte sich selbst angewidert. Nur kurz. Dann hatte die Droge wieder dafür gesorgt, dass er der absolute Supertyp war.

Warum er gedacht hatte, er könnte so etwas tun, war ihm nun absolut rätselhaft geworden. Das Gefühl, Teil einer geilen Aktion zu sein, hatte sich einfach nicht eingestellt. Im Gegenteil. Er hatte zwar eine Erektion, aber er war nicht erregt. Also hatte er sich zurückgelehnt und die Sterne beobachtet. Er hatte endlich diese eine Phantasie als völlig überflüssig erkannt. Das reichte. Pfeffers Blick war auf das Margeritenbäumchen mit den vielen welken Blüten neben dem Grill gefallen. So konnte das nicht weitergehen. Pfeffer hatte seine wahre Aufgabe für diese Nacht erkannt. Dass das Pärchen unterdessen seinen Körper immer noch als Austob-Objekt nutzte, hatte er erst realisiert, als er aufstehen und zur Pflanze gehen wollte.

So war die Nacht verflogen. Champagner bis zum Abwinken, beschwingender Bossa Nova und dazu ein beinahe pausenlos kopulierendes Paar, das sich mehrfach vergebens bemühte, ihn einzubeziehen. Pfeffer hatte neun Margeriten und vier Oleander gründlich von welken Blüten und Blättern befreit. Es hatte ihm tierischen Spaß gemacht. Zwischendrin hatte er Bambi und Wanja zugeschaut, aber nicht wie ein Voyeur, sondern wie ein Wissenschaftler, der eine seltene Spezies beim Paarungsritual beobachtet. Noch lagen drei Margeriten und zwei Oleander vor ihm, doch Pfeffer beschloss, seine Arbeit abzubrechen. Er war ein Supertyp und er war auch noch ein echter Superbulle. Er trank sein Champagnerglas mit einem Zug aus. Er musste zum Dienst. Er sah alles so klar vor sich. Er war zwar auf einem Trip, doch er war der Kriminaler, der einen verzwickten Fall lösen musste und das auch konnte. Als einziger. Wer sonst? Und er war ein Superdaddy, denn um seine Söhne musste er sich keine Sorgen machen. Florian übernachtete nicht zu Hause und die Gastmutti würde ihn, wie schon oft, in die Schule bringen. Und Cosmo konnte sich alleine versorgen. Da er keinerlei Anzeichen von Müdigkeit und Hunger spürte, war ihm klar, dass der Stoff von gestern Abend nicht Kokain gewesen sein konnte, denn dessen Wirkung verflog nach wenigen Stunden.

Weil das Viagra immer noch seinen Dienst tat und er am ganzen Körper klebte, sprang Pfeffer in den Pool. Das kalte Wasser linderte etwas die schmerzende Dauerschwellung. Pfeffer zog sich nass an. Er legte seine Armbanduhr an, halb fünf. Sieben Stunden war es nun her, dass er wie ein Basejumper gesprungen war und eine perfekte Bruchlandung hingelegt hatte. Er musterte sich im Spiegel der Terrassentüren. Dabei schwankte er leicht. Er sah Wanja und Bambi. Er hörte, wie Wanja stöhnte und Bambi quietschte. Er erinnerte sich kurz an Bambis Gesicht, das auch in Momenten der Ekstase maskenhaft und emotionslos wie eine Gummipuppe blieb. Er erinnerte sich kurz an Wanjas Gesicht, das sich jedes Mal erst zu einer schmerzverzerrten Fratze zusammenzog, bevor er mit lautem Grunzen seine Befriedigung herauslachte. Doch das war längst Schnee von gestern und Pfeffer verließ grußlos die Terrasse.

Er ging zielstrebig in das Wohnzimmer und sah sich mit wachen Sinnen um. Irgendwo kläffte ganz leise der kleine Köter. Bambi hatte ihn sicher in den Keller gesperrt, damit er nicht die ganze Zeit allen den Nerv tötete. Die Einrichtung im Wohnzimmer war schlicht und erlesen, gerade Linien, viel Weiß und helles Grau. Was Max Pfeffer eigentlich suchte, wusste er selbst nicht so genau. Vielleicht das Kokain, von dem Wanja gesprochen hatte? Darum sollte sich Kollege Kurt mit seinen Drogenschnüfflern kümmern. Im Wohnzimmer zog er ein paar Schubladen auf, ebenso im Schlafzimmer, in der Bibliothek und in den vier Räumen, die offenbar nur als Gästezimmer genutzt wurden. In Küche, Speisekammer und Bad öffnete er Schranktüren und steckte seine Nase neugierig in Dosen und Schachteln. Dann flitzte er in den Keller, sah sich im Waschkeller und den zwei anderen Räumen um. Die Tür, hinter der das Gekläffe von Bambis Yorkshire herkam, ließ er geschlossen. Dass hier irgendwo eine Leiche zerstückelt worden war, schien ihm irgendwie absurd und unvorstellbar. Doch im Zweifelsfall würde er mal mit Oberstaatsanwalt Bauer sprechen und über ihn auch ohne konkrete Beweise eine Hausdurchsuchung erwirken. Oberstaatsanwalt Bauer und Kriminalrat Pfeffer verstanden sich seit Jahren gut, fast konnte man ihr Verhältnis freundschaftlich nennen.

Zuletzt kehrte Pfeffer in das Schlafzimmer zurück, um sich die große Reisetasche aus Straußenleder genauer anzuschauen, die ihm beim ersten Durchscannen aufgefallen war. Es handelte sich offenbar um Wanjas Sachen. Slips und Muscleshirts von teuren Designern, eine Jeans und zwei Leinenshorts lagen sorgfältig gefaltet darin, dann noch zwei versiegelte Großpackungen Eiweißpräparate und vier russische Romane. Da Pfeffer das kyrillische Alphabet nicht beherrschte, konnte er nicht einmal die Autoren entziffern. Ganz unten in der Tasche entdeckte der Schnüffler noch vier russische Ikonen. Beinahe quadratische Platten, hinten schwarz, vorne mit Heiligen bemalt und mit viel Gold verziert. Die Ikonen waren einzeln in Zeitungspapier gewickelt. Pfeffer legte alle sorgsam zurück. Nicht, dass er nun schlauer war. Womöglich handelte Wanja gar nicht mit Drogen, sondern mit gestohlenen Kunstwerken. Auch eine Art, sich ein luxuriöses Leben zu leisten. Bei Herbert Veicht hatten sie eine ähnliche Ikone in der Wohnung gefunden. Ob ein Zusammenhang bestand?

Dann vernahm Pfeffer ein Geräusch. Es klang, wie wenn jemand leichte Ohrfeigen bekam. Patsch, patsch. Pfeffer erkannte die Ursache für das Geräusch – jemand näherte sich barfuß –, und rannte schnell in das Bad, wo er leise die Tür verriegelte. Dann, als das Patschpatsch vor der Badezimmertür erstarb, spülte Pfeffer geräuschvoll, hantierte mit seinem Gürtel herum und wusch sich ausgiebig die Hände. Schließlich entriegelte er die Tür und öffnete sie betont arglos.

»Da steckst du, Bulle«, sagte Wanja breit grinsend, barfuß, nackt, tätowiert und viagrasteif. In den Minuten der versuchten Ekstase hatte Pfeffer auch das Geheimnis von Wanjas Tätowierung gelüftet, denn es waren nicht einfach nur dünne Schlangenlinien, die Scham- und Brustbehaarung imitierten. Wenn man genauer hinsah, erkannte man, dass es ein komplizierter Irrgarten war, der seinen Eingang an der Scham hatte und je einen Ausgang an den beiden Brustwarzen. »Hatte schon Angst, du willst uns verlassen, *drug*.«

»*Drug*?«

»Freund, *drug* heißt Freund auf russisch.«

»Ich muss wirklich gehen, Wanja«, antwortete Pfeffer.

»Hey, komm mit, Bulle.« Wanja packte Pfeffers Arm und zog ihn mit ins Schlafzimmer. »Nicht traurig sein, weil es nicht geklappt hat. Ich meine, es hat eigentlich geklappt, nicht wahr? Doch was ist falsch gelaufen?«

»Nichts. Und alles. Es lag nicht an euch. Du machst eine klasse Performance, Wanja. Macht Spaß, dir zuzuschauen.« Das war gelogen. Spaß hatte Pfeffer das Zuschauen nicht gemacht, er hatte sich nur gewundert, wieso es Menschen gab, die das auf einen rein mechanischen Akt mit Leistungssportcharakter reduzieren konnten, und wieso er das nicht konnte.

»Danke! Ich mag es, wenn man mir zuschaut.«

»Machs gut.« Pfeffer drehte sich weg zum Gehen. Wanja ließ ihn aber nicht los, sondern zog ihn zu sich heran und griff ihm in den Schritt. Mittlerweile tat Pfeffer die Dauerschwellung richtig weh und weitere Berührungen verstärkten den Schmerz.

»Ich kann dich nicht so gehen lassen«, sagte der Russe. »Dir müssen doch die Eier platzen.«

»Wenn du weiter so brutal daran rumschraubst bestimmt.« Pfeffer machte sich mit eiserner Hand los.

»Okay, Bulle. *Pridjosch opjat?* Äh, ich meine, kommst du wieder? Willst du uns noch einmal zuschauen?«

»Möchtest du das?«

»Hey, Bulle, Freund, du bist … ich würde mich freuen, dich wiederzusehen«, sagte Wanja dann zu Pfeffers Überraschung mit sanfter Stimme und ohne seinen extremen Akzent.

»Mal sehen«, sagte Pfeffer. »Übrigens, wo ist dein harter russischer Akzent geblieben?«

»Hey, Bulle, *drug*, den pflege ich für Bambi. Die steht auf alles, was bei mir hart ist.« Wanja zwinkerte ihm zu. Er sprach nun ein weiches Deutsch mit einem ganz leichten russischen Einschlag. »Und, *drug*, wenn du mal guten Stoff brauchst, melde dich bei mir. Du bist in Ordnung.«

Na also, vertrauensbildende Maßnahmen nennt man so etwas wohl in der Politik, dachte Pfeffer zufrieden, und verließ die Villa Veicht.

Die angenehm frische Morgenluft belebte seine Sinne noch mehr. Sie half auch, dass seine Erektion endlich ein wenig abschlaffte, leider nicht genug. Pfeffer folgte dem Waldweg am Isarhochufer entlang Richtung München. Keine Frage, dass er die Strecke zu Fuß gehen würde. Er war fit, er war ein Sportler und ein Superbulle. Pfeffer bemerkte die Eichhörnchen, die links und rechts von Baum zu Baum huschten, hörte die Vögel wild durcheinander tirilieren, roch den Hauch von Verwesung, der von einer toten Eidechse ausging, hörte das leise Knacken der eifrigen Ameisen, die den Kadaver plünderten, und roch das Aroma von wilden Erdbeeren auf dem modrigen Waldboden.

Er hatte einen Anflug von Sex mit Silikon-Barbie und Plastik-Ken gehabt. Vorbei und uninteressant.

Es gab nur das hier und jetzt. Wen interessierte, was diese Nacht vorgefallen war? Ab und an kam ein früher Jogger oder ein Hundegassiführer vorbei. Pfeffer beschleunigte seinen Schritt. Er war plötzlich kein Superbulle mehr, sondern ein Superarschloch. Sie hatten keinen Schutz gehabt. Keine Kondome. Sein Herz raste. War es zu irgendeinem Austausch von Körperflüssigkeiten gekommen, bevor er sich um die Pflanzen gekümmert hatte? Seit fünf Jahren hatten Tim und Max als Zeichen des Vertrauens ungeschützten Sex. Nun würde er einen Test machen und doch alles beichten müssen.

Vielleicht auch nicht, denn der kurze Anfall von Schuldeingeständnis und Zweifel verflog ebenso schnell, wie er gekommen war. Tim war selbst schuld. Er hatte ihn zu erst betrogen. Pfeffer hatte ein Recht auf diese Nacht gehabt. Auge um Auge. Jetzt zählte nur, dass er ins Büro musste, seinen Fall lösen. Nun bemerkte er, dass ihm die Zähne schmerzten. Er erinnerte sich, dass er den ganzen Abend seinen Unterkiefer gegen den Oberkiefer gepresst und mit den Zähnen geknirscht hatte. Er wühlte in seiner Hosentasche, doch er fand keinen Kaugummi, um die Kiefermuskeln zu entspannen. Dann fiel ihm sein Wagen ein. Der Dienstwagen! Er hatte ihn vor Bambis Haus stehen lassen. Pfeffer hatte bereits die Strecke bis zur Großhesseloher Brücke zurückgelegt und überlegte. Er war ein Superbulle mit einem hellwachen Verstand. Der Verstand sagte ihm, dass er zu viel Alkohol getrunken hatte, um ein Auto zu fahren. Auch wenn er ihn nicht merkte. Doch bei einer Polizeikontrolle würde er auffliegen. Acht Flaschen Schampus. Pfeffer beschloss weiterzugehen und den Wagen im Laufe des Tages zu holen. Speed, fiel ihm ein. Natürlich, er musste Speed geschnupft haben. Bei Speed kann man saufen, bis die Leber platzt und merkt den Alkohol nicht. Wie lange er wohl wach bleiben würde? Bei der Tierparkbrücke entschied sich Pfeffer für einen Uferwechsel und überquerte die Brücke.

Auf der Giesinger Seite der Isar führte ihn der Weg durch die Flussauen. An dem kleinen Kiosk nahe der Brudermühlbrücke lungerten einige Obdachlose herum. Die Budenbetreiberin war gerade dabei, frisch angelieferte Kartons und Kisten in den Kiosk zu tragen. Pfeffer hatte eine Idee und überredete die Frau, die ihn keifend darauf hinwies, dass sie erst in zwei Stunden öffnen würde und dass die »Grattler« da auch so lange zu warten hatten, ihm doch schnell ein Capri-Eis zu verkaufen. Die grüne Papierverpackung des Wassereises mit Orangengeschmack weckte bei ihm kurz Kindheitserinnerungen. Pfeffer steckte sich das Eis unausgepackt in die Hose. Er war froh, dass er eine enge Retroshort trug, die das herrlich kühlende Eis gegen seinen heißen schmerzenden Ständer drückte. Etwas breitbeinig ging er weiter und achtete nicht auf die verwunderten Blicke der Penner. Was hatte diese Wissenschaftlerin Doktor Ruth Södermann gesagt? Gab es eine realere Realität als die dingliche Welt? Wo hörte Geist auf, wo begann Materie und umgekehrt?

Max Pfeffer blieb stehen und starrte die Frau an, die urplötzlich aus dem Nichts vor ihm erschienen war. Beinahe wären sie zusammengeprallt. Sie trug ein hellblaues, bodenlanges Cape und ein weißes langes Kleid mit einer weißen Kordel um die Hüfte. Über den Kopf hatte sie nachlässig einen hellblauen Schleier gelegt, der ihr nussbraunes Haar nur dürftig verdeckte.

»Du siehst aus wie die Jungfrau Maria«, stammelte Pfeffer. Sie sah aus wie einem der kitschigen religiösen Fleißbildchen entsprungen, die er in der Volksschule bekommen hatte. Er konnte sogar ihr Herz sehen, das von einer Gloriole umkränzt vor ihrem Busen schwebte und aus dem eine kleine Flamme züngelte. Gleichzeitig spürte er, dass sich etwas verändert hatte. Die Frau vor ihm war real, kein Zweifel. Er streckte seine Hand aus und berührte ihr Kleid. Doch das Licht war anders geworden. Gelblicher, wärmer. Und er fühlte sich nicht mehr nur klasse, er fühlte sich, als sei er eins mit der Welt geworden. Als schwebe er im Nichts und in Allem. Als sei das Universum in ihm und er das Universum. In diesem Moment verstand er die ganze Welt. Gleichzeitig hörte er in seinen Ohren ein Rauschen und Tosen, das ihm beinahe die Sinne raubte.

Die Frau öffnete ihren Mund und sagte etwas, doch Pfeffer hörte keinen Ton. »Du musst lauter sprechen«, rief er ihr gegen den Lärm in seinem Ohr zu. »Bist du die Muttergottes Maria?«

Die Frau nickte und das Tosen verschwand schlagartig aus Pfeffers Ohren. Auf einmal wurde alles vollkommen still. Pfeffer begann zu weinen.

Die Jungfrau öffnete erneut ihren Mund und sprach zu ihm, doch er hörte nur die gewaltige Stille.

Pfeffer konnte nicht mehr sprechen, weil ihm der Atem fehlte, aber er schüttelte den Kopf und hoffte, dass das unmissverständlich genug war. Die Muttergottes lächelte und nahm Pfeffer in den Arm. Die Wonne, die ihn vorhin ergriffen hatte, wurde jäh abgelöst durch einen kalten Schauder. Die Umarmung raubte ihm die letzte Kraft, saugte ihn aus, wrang den letzten Tropfen aus ihm heraus wie aus einem Schwamm. Er schrie und schrie und schlug um sich. Er musste sich aus dieser Umarmung befreien, mehr konnte er nicht mehr denken. Endlich ließen die greifenden Arme los und er spürte seine Lebensgeister zurückkehren. Er sah gehetzt um sich. Nun merkte er, dass er zappelnd auf dem Boden lag und um sich schlug. Ein entsetztes Gesicht tanzte über ihm.

»Jessas«, sagte das Gesicht. »Is ja schon gut, junger Mann. Is ja schon gut! Ich wollte dir doch nur helfen, Chef.«

Pfeffer setzte sich auf und starrte den Mann an, der gesprochen hatte. Es war ein Obdachloser, ein abgerissener alter Mann mit wildem Bart und speckiger Kleidung, dessen Fahne trotz der frühen Morgenstunde bereits mörderisch stank. Max Pfeffer beruhigte sich langsam. Er bemerkte, dass er auf einer uralten modrigen Matratze saß, und sah hoch. Über ihm wölbten sich die steinernen Bögen der Wittelsbacherbrücke. Die Bögen der Brücke zwischen Humboldtstraße und Baldeplatz waren seit jeher ein beliebter Wohnplatz für Obdachlose. Zeitweise richteten sie sich dort mit geschenkten Möbeln richtig häuslich ein. Es stank nach Urin, ungewaschenen Männern und nassen Hunden. Pfeffer richtete sich langsam auf.

»Gehts wieder, Chef?«, fragte der alte Penner. »Bist dort vorne umgefallen und hast so komisch gezuckt. War wohl ein Anfall, was? Kenn ich, hab ich auch manchmal. Da haben mein Kumpel Billy und ich dich hergetragen, damit du dir nix tust.«

»Ja, danke«, stammelte Pfeffer und spürte den gallesauren Geschmack von Erbrochenem in seinem Mund. Er zog seine Kleidung zurecht. Im Schritt spürte er einen feuchten, kalten Fleck. Das Eis war geschmolzen und hatte seine Hose grellorange gefärbt. Zudem sah Pfeffer nun, dass er sich vollgekotzt hatte. Wenigstens hatte er endlich keine Erektion mehr. »Tut mir leid, dass Sie Unannehmlichkeiten wegen mir hatten«, sagte er und kramte mit zitternden Fingern in der Hosentasche nach seinem Geldbeutel. Er zückte ihn und hielt dem Obdachlosen einen Fünfzigeuroschein hin.

»Lass stecken, Chef.« Der Alte winkte ab. »Habe ich doch gern gemacht. Mir haben oft viele Leute geholfen, deshalb helfe ich auch gerne. Obwohl …« Er kratzte sich schelmisch am Bart. »Wäre ja schön blöd. Danke, Chef.« Er nahm den Geldschein.

»Ich habe zu danken«, entgegnete Pfeffer und stand wankend auf. Der Penner stützte ihn für einen Moment, bis Pfeffer sich weitestgehend im Griff hatte. Pfeffer verabschiedete sich und schlotterte am ganzen Leib. Er musste schnell ein Taxi finden, das bereit war, ihn in diesem Zustand nach Obermenzing zu fahren. Und er musste dringend mit jemandem reden.

Ein glücklich gescheitertes Sexperiment mit Bambi und Wanja war eine Sache, der Muttergottes zu begegnen eine andere.

12

»Sie ist sehr hübsch, sie heißt Nathalie und ist noch Jungfrau. Ich weiß das. Ich habe ihr viel Leid zugefügt durch meine Tat.«

»Spielt es wirklich eine Rolle, dass sie noch Jungfrau ist?«

»Natürlich. Das bedeutet, sie ist unberührt und unschuldig.«

»Unberührt, weil sie immer noch ein kleines Häutchen zwischen den Beinen hat? Was hat das mit Unberührtheit zu tun? Es bedeutet nur, dass kein Mann sie mit seinem Penis penetriert hat. Du redest von einem winzigen Aspekt, einem körperlichen Zustand, mehr nicht. Woher willst du wissen, dass sie nicht schon von vielen Männern berührt wurde? Womöglich hat sie ebenfalls schon viele Männer berührt. Und unschuldig? Ich möchte nun wirklich keine Diskussion über den Zusammenhang von Unschuld und Hymen beginnen. Das ist lächerlich! Ich bitte dich. Unschuld ist ein Geisteszustand, kein Häutchen. Hast du vergessen, dass man dich berührte, obwohl du noch unschuldig warst?«

»Nein. Wie könnte ich! Aber die Jungfrau Maria …«

»Ja? Was ist damit? Ich habe mir gedacht, dass du mit so etwas kommst. Wie kleingeistig.«

»Sie lehren es.«

»Na und? Nur weil es gelehrt wird.«

»Gut, ich weiß, dass Jesus vermutlich sieben Geschwister hatte …«

»Siehst du. So viel zum Thema Josefsehe. Wie kann man einem körperlichen Zustand nur so viel zuschreiben, wo es doch um etwas völlig Nichtkörperliches geht! Weißt du nicht selbst, dass die Jungfräulichkeit der Mutter ein Standard in der Götterwelt ist? Der ägyptische Sonnengott Amun-Re persönlich befruchtete die jungfräulichen Gattinnen der Pharaonen. Und das schon dreitausend Jahre vor der Jungfrau, die du ansprichst. Prinz Siddharta Gautamara, den sie heute Buddha nennen und gottgleich anbeten, wurde von seiner Mutter Maya jungfräulich geboren. Die alten Griechen verehrten Platon als Jungfrauensohn. Und wie war das noch mit Dughdova? Der Name sagt dir nichts? Aber Zarathustra sagt dir etwas. Dughdova war seine Mutter und empfing Zarathustra jungfräulich durch einen Lichtstrahl. Selbst der römische Kaiser Augustus wurde im Apollontempel von einer Jungfrau und einer heiligen Schlange gezeugt. Möchtest du noch mehr? Bitte: Hera gebar Hephaistos und Hebe jungfräulich.

Die Unbefleckte, die Gnadenspenderin, die Schmerzensmutter und die Himmelskönigin – wessen Attribute sind das? Nein, sag nichts, denn so verehrte man vor Maria jahrtausendelang die große Isis. Ja, das sind die überlieferten Worte für Isis, die jungfräulich den Gottessohn Horus geboren hatte. Sie war die anbetungswürdige Muttergottes. Isis! Übrigens, wusstest du, dass sie noch heute die große Muttergottes Isis anbeten? Nein? Dass die große Isis heute lebt, verdanken wir den Kreuzzügen. Im Mittelalter gelangten eine Menge seltsamer Skulpturen nach Europa, besonders entlang des Jakobswegs findet man sie haufenweise in alten Kirchen: Schwarze Madonnen. Und weißt du, was sie sich da für Kuckuckseier eingeschleppt haben, die Herren Kreuzritter? Allesamt orientalische Darstellungen der jungfräulichen Muttergottes mit dem Gottessohn …«

»Du meinst?! Nein, das ist doch nicht möglich – also von Isis mit dem Horus-Knaben?!«

»Sicher. Diese Einfaltspinsel. Schnell ein barockisierendes Drumherum, und schon ist es Maria. Ach ja, wo wir gerade dabei sind: Die chinesische Jungfrau Yü-niu empfing Lao-tse, als sich eine Lichtkugel auf ihren Lippen niederließ. Der aztekische Quatzalcoatl wurde durch einen grünen Edelstein gezeugt, der seiner Mutter in den Busen gefallen war. Gut, es wird langweilig, nicht wahr? Warum wischen wir heute mit unserer aufgeklärten Weltsicht alle diese eben erwähnten Wunder als Humbug zur Seite? Weil wir natürlich WISSEN, dass es rein biologisch Humbug ist! Doch warum wollen wir dann so verzweifelt an diese einzige Ausnahme GLAUBEN? Warum krallen sie sich alle verzweifelt an die Jungfrau Maria und verlachen die Jungfrau Isis? Also komm mir nicht mit den übernommenen Mythen, die das nötige Maß an standardisierten Wundern beinhalten, damit das Volk glauben kann. Denn ohne Wunder glaubt die Masse nichts, weil sie es sonst nicht verstehen würde. Sie begreifen einfach nicht, dass es keiner solcher Hokuspokus-Wunder bedarf! Dass diese Wunder nur den Blick auf das Wesentliche verstellen! So etwas langweilt mich. Was reizt dich also an dem jungfräulichen Zustand dieses Mädchens, du sagtest, ihr Name sei Nathalie? Ich vermute, nur die Tatsache, dass du diesen Zustand beenden willst.«

»Nein! Das darfst du nicht denken.«

»Du lügst schlecht. Vergiss das Mädchen. Streich sie aus deinem Bewusstsein. Jetzt, sofort! Weg mit ihr. Konzentriere dich auf deine Aufgabe. Du wolltest Rache, du wolltest Aufsehen. Bitte, das hast du gehabt. Doch offenbar hast du mich noch immer nicht richtig verstanden. Ich fordere mehr! Ich fordere, dass du ihnen zeigst, wie verrückt diese Welt geworden ist, welche falschen Götter sie anbeten, in welcher falschen Wirklichkeit sie sich häuslich eingerichtet haben.

Ich fordere von dir ein Fanal! Also sei auf der Hut. Du weißt, dass sie dir auf den Fersen sind. Und ich spreche diesmal nicht nur von der Polizei.«

»Ich bin dabei, mich abzusichern. Alles nur eine Frage der Zeit. Sie werden mir nicht in die Quere kommen.«

»Freut mich zu hören. Bist du wenigstens bei diesem Max Pfeffer weitergekommen?«

»Er hat heute Nacht schwer gesündigt. Er ist auch nur ein erbärmlicher Schwächling. Doch das reicht noch nicht. Ich glaube nicht, dass wir ihn damit drankriegen. Er wird grausam leiden müssen, um mich in Ruhe zu lassen. Ich bin dabei seine Schwachstellen auszuloten.«

»Und?«

»Es ist seine Familie.«

»Originell!«

»Höre ich da Zynismus? Was erwartest du von mir?!«

»Du hast eine Mission! Was sollte ich da wohl schon erwarten?«

13

Cosmo erwachte mit einem seligen Grinsen, das er noch eine Weile regungslos beibehielt. Dann drehte er den Kopf und streichelte ihr wildes lockiges Haar. Nathalies Kopf lag in seiner Achsel, sie gab einen kurzen Grunzer von sich. Dann rieb sie sich die Nase und schlug die Augen auf.

»Guten Morgen«, sagte Cosmo zärtlich und küsste das Mädchen sanft auf die Nase.

»Guten Morgen.« Nathalie revanchierte sich mit einem Kuss auf den Mund. Sie sahen sich schweigend und selig grinsend an. Seit sie sich am Vorabend bei der Grillfete begegnet waren, hatte sich Nathalie von Anfang an in Cosmos Nähe gehalten. Zunächst wollte sie nur Benjamin Veicht aus dem Weg gehen, denn sie wusste, kaum, dass sie die Veicht-Villa betreten hatte, dass es ein Fehler gewesen war, zu dieser Party zu gehen. Seit jener Horrornacht hatten sie sich nicht mehr gesehen. Noch einmal mehr hatte sie sich gefragt, warum sie sich je in dieses verzogene, großkotzige Bürschlein, dessen Karriere als Berufssöhnchen vorgezeichnet war, hatte verlieben können. Dann war auch noch ausgerechnet Jo Wagenbrenner aufgetaucht, der kranke Typ mit der Reisetasche, und obwohl er sich bei ihr zigfach entschuldigte und um Verzeihung bat, hatte Nathalie schnell Schutz gesucht – bei Cosmos breiten Schultern und seinen sanften, braunen Kuschelaugen.

Cosmo hatte verstanden und war ebenfalls Jo und Benni aus dem Weg gegangen, damit sich Nathalie entspannen konnte.

Und sie hatte ihm dann alles erzählt. Sie hatte sich alles, was sie in der Nacht erlebt hatte und was seitdem auf ihr lastete, von der Seele gesprochen, denn der Psychologin, der sie sich nach dem Willen ihrer Eltern hätte anvertrauen sollen, traute sie nicht.

Die Party war letztlich voll öde gewesen, weil nur drinnen Musik gemacht werden durfte und Benni nicht wollte, dass jemand in den Pool sprang. Also waren sie bald gegangen. Cosmo hatte sie mit zu sich heimgenommen. Alles war auf einmal ganz selbstverständlich gewesen. Sie hatten gerade noch die letzte S-Bahn erwischt. Sie hatten geredet und Wein getrunken. Und stundenlang geschmust – Cosmo grinste weiter vor sich hin, als er an den gestrigen Abend dachte. Er wollte sie nun gerne so viel fragen. Ob es für sie auch so schön, so phantastisch gewesen war, hatte er doch immer gehört, dass das erste Mal für Mädchen schmerzhaft und gar nicht schön sei. Gut, das erste Mal war sehr schnell gegangen, denn Cosmo konnte sich nach den vorangegangenen Stunden voller begehrender Zärtlichkeiten einfach nicht zurückhalten. *Ejaculatio praecox,* das hatten sie sogar im Biologieunterricht besprochen. Er war puterrot angelaufen und hatte sich tausendmal entschuldigt. Doch dann, das zweite Mal einige Minuten später, hatte sie irgendwann sogar seinen Namen geseufzt und seinen Rhythmus unterstützt. Das wertete er als gutes Zeichen.

Die Mädels standen seit Jahren auf Cosmo, und er bekam immer die hübschesten ab. Doch entgegen aller Vermutungen seines eigenen Vaters und entgegen der Gerüchte, die er selbst an der Schule genährt hatte, war es für Cosmo selbst das erste Mal gewesen. Das erste richtige Mal jedenfalls. Die Knutschereien, Fummeleien und das gelegentliche Petting mit seinen zahlreichen bisherigen Freundinnen zählten eh nicht. Sonya, mit der er zwei Monate gegangen war, hatte ihm zwar immer einen geblasen, doch das war nichts gegen das, was er nun mit Nathalie erlebt hatte. Er war froh, dass er es geschafft und die Sache mit den Parisern auch reibungslos geklappt hatte. Endlich hatte er zwei der Gummis benutzen können, die ihm sein wohlmeinender Vater schon seit fast zwei Jahren permanent ungefragt zusteckte und die Cosmo in seinem Nachtschränkchen hortete. Weil er Nathalie all das nicht sagen konnte, sprang er aus dem Bett und sagte: »Ich schau mal, was ich uns zum Frühstück auftreiben kann, okay?«

Nathalie nickte. »Ich geh kurz ins Bad.«

Cosmo schlüpfte schnell in seinen Slip, weil er sich plötzlich in seiner Nacktheit ein wenig vor Nathalie schämte. Er flitzte aus dem Zimmer und rannte die Treppen hinunter. Als Cosmo am Flurspiegel vorbeikam stellte er fest, dass er immer noch selig grinste. Doch irgendwie fand er auch, dass er heute erheblich männlicher aussah als noch am Vorabend. Seit einem Monat siebzehn und seit einer Nacht ein Mann. Es war später Vormittag, sein Vater war aus welchen Gründen auch immer nachts nicht nach Hause gekommen, was Cosmo nicht wirklich beunruhigte, denn es kam gelegentlich vor. Natürlich hatte er sich am Vorabend über das achtlos auf dem Boden liegende Jackett gewundert – Klamotten herumliegen lassen, sah seinem Vater gar nicht ähnlich, und Cosmo hatte das Kleidungsstück selbstverständlich nicht aufgeräumt. Nun wollte er mit Nathalie schön frühstücken und den freien Tag genießen. Dass er eigentlich in der Schule sein musste, tangierte ihn wenig. Wozu konnte er schließlich die Unterschrift seines Vaters aus dem Effeff. Und Nathalie hatte noch für die ganze Woche ein Attest. Auf dem Weg in die Küche kam Cosmo durch das Esszimmer und prallte zurück. Dort saß sein Vater mit stierem Blick und führte rauchend Selbstgespräche. Leise perlte melancholische Musik von Chet Baker durch den Raum. Im selben Moment bemerkte Max Pfeffer seinen Sohn.

»Cosmas«, rief er erstaunt. »Hast du keine Schule?«

»Äh, nein«, stotterte Cosmo. »Lehrer krank und weil es so kurz vor den Sommerferien ist, haben sie …«

»Schon gut.« Pfeffer winkte ab und ersparte seinem Sohn weitere schlechte Lügen.

»Ist mit dir alles in Ordnung, Dad? Du siehst nicht gerade knusprig aus. Und kann es sein, dass du dir auf die Hose gekotzt hast?« Cosmo hatte seinen Vater noch nie in so einem derangierten Zustand gesehen. »Das kräftige Orange im Schritt ist übrigens auch sehr apart. Wird sich aber in dieser Saison wohl nicht durchsetzen.«

»Ja, ja.« Pfeffer stand auf und zog sich zu Cosmos Verwunderung eine leere, orangetropfende Capri-Eis-Verpackung aus der Hose. »Ich muss duschen. Tut mir leid. Es war eine harte Nacht für mich.« Er stieg die Treppen nach oben und Cosmo flitzte schnell an ihm vorbei, um zu verhindern, dass Vater und erste Liebe sich im Bad begegneten. Doch Nathalie hatte die Männer offenbar gehört und sich schnell ein Handtuch umgeschlungen.

»Oh, verstehe.« Pfeffer zwinkerte Cosmo zu. »Verstehe.«

Am liebsten hätte Cosmo laut geschrien: »Nein, gar nichts verstehst du! Du verstehst nicht, wie die Liebe ist! Du bist alt, peinlich und enddebil – und hast dich vollgesaut!« Doch stattdessen zog er seine Freundin mit sich in sein Zimmer.

»Dein Vater ist heute ziemlich fertig, oder?«, sagte Nathalie schüchtern und setzte sich auf die Bettkante.

»Fertig? Der ist voll auf Speed, wenn du mich fragst. So habe ich vor zwei Wochen nach der Party bei Mike ausgesehen. Gottseidank hat mein Alter da nicht gecheckt, wie breit ich war.«

»Ich weiß das noch! Ich finde Mike übrigens echt blöd und bei dem kaufe ich schon lange nichts mehr. Der konsumiert selbst zu viel. Wenn der vom Trip runterkommt, kriegt der Depris. Ich besorg mir jetzt ab und an ein Piece bei Jossy, die ist cool und hat reelle Preise. Na, ich gönne mir eh nur alle Monate mal was. Nur wenn Party ist …«

»Ich ja auch. Jossy ist ein guter Tipp. Hab selbst keinen Bock wie Mike zu enden und Paras zu schieben. Der ist ein Vollspast. Na, der steht ja eh auf so einen Gruselscheiß wie Marilyn Manson und so. Echt armselig.«

»Okay, Marilyn Manson macht Scheißmusik, aber der Kerl ist nicht blöd und hat ein geiles Styling.«

»Stimmt. Aber Styling ist nicht alles und Gruseltransen finde ich nicht abendfüllend.« Cosmo sah verlegen weg, als er fragte: »Und damals in der Nacht, ich meine, was du so erzählt hast, sah das Haus ja voll aus wie einem Marilyn-Manson-Video entsprungen … hattest du da was eingeworfen?«

»Nein. Ehrlich. Und im Nachhinein bin ich auch heilfroh darüber. Ich glaube, ich werde die nächste Zeit besser mal clean bleiben. Hab schon beim Ballettunterricht gemerkt, dass mich das runterzieht.« Sie fuhr Cosmo durch das kurze Stoppelhaar. »Lange Haare würden dir voll gut stehen«, sagte sie dann.

»Nee! Echt nicht! Hatte ich früher mal, lange Haare. Aber ich hab voll die Schneckerl. Dann sehe ich aus wie ein Schaf.«

»Ich glaube, ich fände das ziemlich süß«, sagte Nathalie mit ernster Miene und Cosmo beschloss, nie wieder eine Schere an seine Haare zu lassen.

»Coole Sache, das mit deinem TV-Auftritt und so.«

»Echt? Findest du?« Cosmo war überrascht. »Ich dachte, du findest *Mein Block* voll schwul oder so.«

»Na ja, klar ist das irgendwie debil, und ich habe es echt noch nie angeschaut, aber für deine Karriere ist das doch geil.«

»Stimmt.«

»Du liest viel«, sagte Nathalie und sah sich in Cosmos Zimmer um, das mit Bücherregalen vollgestopft war, weil er schon seit seiner Kindheit alles verschlungen hatte, was ihm an interessanter Lektüre in die Hände fiel.

Schon seit Jahren konnte Cosmo seinem Vater nachfühlen, wie es war, ein von einem gewissen gesellschaftlichen Umfeld geächteter Außenseiter zu sein. Cosmo hätte es natürlich nie zugegeben, doch er sah deutliche Parallelen zwischen sich und ihm. Einerseits war sie beide beliebt, hatten Erfolg und waren umschwärmt, andererseits umwehte sie der wehmutvolle Hauch des Andersseins, das sie in eine gewisse Isolation drängte. Schließlich schlief der Vater mit Männern, pfui, und der pubertierende Sohn las gerne Bücher, endpfui. Cosmo sah sich gerne als unverstandener Intellektueller in einer Welt voller computerspielender Hohlköpfe, an deren Leben er sich nur in soweit anpasste, als dass er skatete, surfte und deutschen Sprechgesang kultivierte.

Deshalb unterschied sich sein Zimmer auch in entscheidenden Details von dem eines durchschnittlichen Siebzehnjährigen – abgesehen von den vielen Büchern. Seiner Posterrazzia vor einigen Monaten war alles *Bravo*-mäßige zum Opfer gefallen. Dafür hatte er sich zwei große Leinwände besorgt und von seinen Kumpels aus der Graffiti-Szene mit Motiven zum Thema Surfen besprühen lassen. Somit war Cosmo der einzige in seinem Freundeskreis, der echte Kunst an den Wänden hatte.

Nur zwei Poster hatten überlebt, sie zeigten die beiden Göttinnen des Hiphop, von denen Cosmo gerne träumte: Sexy Beyoncé, die sich manchmal mit phantasievoller Geschicklichkeit vor dem Einschlafen für Cosmos Körper begeisterte, und die moppelige Missy Elliot, die sich in seinen Tagträumen für Cosmos Sprechgesang begeisterte und sich ihm als Produzentin für eine Weltkarriere aufdrängte.

»Ich auch«, sagte Nathalie und Cosmo verstand erst gar nicht, was sie meinte, bis ihm aufging, dass sie auch viel las. Cosmos Herz hüpfte erneut, weil er wusste, dass er nicht nur eine Freundin sondern endlich eine Seelenverwandte gefunden hatte. Dann kam das Mädchen wieder zum Ausgangsthema zurück: »Wo kriegt eigentlich dein Alter Speed her? Ich meine Speed! Verstehst du? Speed. Ich meine, dein Vater ist echt irgendwie ein klasse Typ. Im krassen Gegensatz zu meinem! Aber nehmen Menschen in dem Alter eigentlich noch Drogen?«

»Das ist keine Frage des Alters, glaube ich zumindest.« Cosmo zuckte mit den Schultern. »Ich habe meine beiden Daddys auch mal vor Jahren beim Kiffen erwischt. Meinem Vater kann man viel zutrauen. Der ist garantiert auf Speed.«

»Krass. Kannste ja voll gut in deinen Songs verarbeiten.«

»Klar«, antwortete Cosmo zögernd, der bisher noch nicht im Traum daran gedacht hatte, seinen Vater in welcher Form auch immer in seinen Liedtexten zu verarbeiten.

»Du hast so endcoole Eltern. Na, also Vater, zwei Väter. Wenn ich da an meine spießigen Alten denke.« Nathalie verdrehte die Augen. Ihr Vater war Erster Geiger bei den Münchner Philharmonikern und ihre Mutter Sprachtherapeutin an einer Behinderteneinrichtung. »Die würden braunen Afghanen glatt für eine Hunderasse halten.«

Cosmo lachte. »Echt krass. Ach, meine Daddys sind eigentlich ganz cool, wenn sie mal nicht wieder voll peinlich sind. Eltern halt. Da kennt man sich nie wirklich aus.« Er hoffte, dass sein Vater im Bad nebenan diesen Satz nicht gehört hatte, denn Cosmo konnte unmöglich zulassen, dass sein Vater wusste, wie sehr er ihn mochte.

Er war kein Superbulle. Er war ein Superarsch. Unter der Dusche sah Pfeffer noch einmal Bambi und Wanja vor sich und er sah weit und breit keine Verhütungsmittel. Pfeffer lehnte sich gegen die gekachelte Wand und ließ sich das Wasser über den Körper prasseln.

Scheiß auf Tim. Der ist weg. Aus und vorbei. Ich will nicht an der Seuche verrecken!

Er studierte die Fugen zwischen den Kacheln, das Dunkle waren bestimmt Schimmelablagerungen. Weiter oben, wo das Wasser nicht so regelmäßig hinspritzte, war die Verfugung nämlich cremeweiß. Offenbar putzte die Zugehfrau, die einmal die Woche kam, nur oberflächlich. Pfeffer drehte das Wasser ab, beugte sich hinaus, schnappte sich den Reinigungsschaum sowie einen Schwamm und begann die Fliesen zu schrubben. Dann holte er sich eine Zahnbürste und bürstete Millimeter für Millimeter die Fugen. Das Klingeln an der Tür hörte er zwar, doch der Schimmelpilz ging momentan vor. Man musste Prioritäten setzen. Außerdem konnte Cosmo aufmachen.

Dass der bereits seit einer Stunde mit seiner neuen Freundin das Haus verlassen hatte und vorher auch mal gerne geduscht hätte, konnte Pfeffer in seinem zeitlosen Universum nicht ahnen.

Pfeffer hatte die kleine Stereoanlage im Badezimmer, die er letzte Weihnachten geschenkt bekommen hatte, auf »Repeat« gestellt und hörte in einer Endlosschleife *Rose Rouge* von St. Germain. Der Saxophon-Loop und das monotone »*I want you to get together*« trieben Pfeffer an. Nachdem er schließlich die letzte Schimmelspore aus den Kachelfugen gekratzt hatte, duschte er noch einmal, rasierte sich gründlich und kremte sich anschließend sorgfältig ein.

Es klingelte erneut, diesmal langanhaltender und fordernder. Pfeffer zog sich an, ging zur Eingangstür hinunter und öffnete.

»Maximilian Pfeffer?« Der Mann, der unter den linken Arm eine dünne Ledermappe geklemmt hatte und einen schwarzen Anzug sowie ein weißes T-Shirt trug, sah den Kriminalrat fragend an. Pfeffer schätzte ihn auf Anfang/Mitte sechzig. »Es freut mich, dass wir uns kennenlernen.«

»Wenn Sie mir verraten, wer Sie sind, freue ich mich vielleicht auch«, erwiderte Pfeffer. Im Haus hörte er das charakteristische Piepsen seines Handys, wenn eine Kurznachricht eingegangen war. Sein Handy! Er musste ins Büro und den Wagen abholen.

»Ich bin Hans Müller, Ihr neuer Pfarrer, seit einer Woche in St. Raphael. Freut mich wirklich.« Der Geistliche schüttelte Pfeffer die Hand und lächelte künstlich. »Ich bin auf einer kleinen Runde, um die Schäfchen meiner Gemeinde kennenzulernen. Darf ich kurz hereinkommen? Danke.« Der kleine Mann mit der Stirnglatze, dessen Haare und Augen blockwartkittelgrau waren, drängte sich an Pfeffer vorbei ins Haus. Er bewegte sich dynamisch und zielstrebig. Rein aus dem Bauch heraus beschlich Pfeffer ein ungutes Gefühl, er musste vor diesem Mann auf der Hut sein – weshalb auch immer.

»Was wünschen Sie bitte«, sagte der Kriminalrat ungehalten. Er verkniff sich eine Anspielung auf das Alter seines Gegenübers – von wegen »neuer« Pfarrer. Womöglich bekam der Geistliche hier seinen Alterssitz oder er war nicht so alt, wie Pfeffer vermutete. »Ich habe leider sehr wenig Zeit.«

»Ja ja, man sagte mir bereits, dass Sie für uns sehr wenig Zeit haben.« Pfarrer Müller sah sich neugierig im Haus um.

»Meine Söhne hatten Kommunion und Firmung in Ihrer Kirche, das dürfte doch wohl fürs erste reichen. Wenn Sie sie zum Ministrantendienst heranziehen wollen, werde ich das klipp und klar untersagen.« Pfeffer erinnerte sich noch zu gut an seine Zeit als Ministrant und wie er in dieser Zeit seinen Glauben vollständig verloren hatte. Eben weil er Ministrant war. Der Pfarrer hatte ihn in Ruhe gelassen, er war keiner von den Kinderfickern in Kutte. Pfeffer hatte den Glauben verloren, einfach so, eines schönen Sonntags, mitten in der Liturgie. Plötzlich hatte er nur noch Rituale gesehen, die um der Rituale willen durchgeführt wurden. Rituale, die anderen Menschen den Glauben erhielten und seinen zerstörten. Hohle Posen. Und trotzdem hatte Max Pfeffer tapfer bis zur Scheidung alles an kirchlichen Ritualen mitgemacht, was von ihm erwartet wurde. Längst ärgerte ihn, dass er seine Kinder der Kirche so bereitwillig in den Rachen geworfen hatte. »Und Sie wissen sicher, dass ich eine bemitleidenswerte, schwache kranke Seele bin und diesen göttlichen Tempel, der mein Körper ist, entweihe, indem ich ihn der widernatürlichen Lust opfere und meinen Samen nicht zu Fortpflanzungszwecken verschleudere. Mein Lebensgefährte ist übrigens latenter Buddhist, ehemals lutherisch. Zufrieden?«

Der Pfarrer lachte affektiert und ohne eine Spur von Humor. »Sicher, das wissen wir.« Er blieb vor dem antiken laotischen Holzbuddha stehen, der im Wohnzimmer auf der Kommode stand und geheimnisvoll vor sich hinlächelte. Tim und Max hatten die Figur von einem Südostasienurlaub mitgebracht. »Wir wissen, zu welchen Götzen hier gebetet wird. Man kennt

Sie in der Gegend. Sie sind bei der Kriminalpolizei, nicht wahr? Kennen Sie Oberstaatsanwalt Bauer? Ein guter Bekannter von mir.« Er behielt sein Lächeln bei, doch seine grauen Augen blickten eiskalt. »Der Herr prüft den Gerechten; seine Seele hasst den Gottlosen und die gerne freveln.«

»Wer sind Sie wirklich?«, fragte Pfeffer misstrauisch.

»Das sagte ich doch bereits. Der neue Pfarrer von St. Raphael.«

Pfeffers Mobiltelefon piepste erneut. »Entschuldigen Sie.« Er nahm das Handy und stellte fest, dass er vier Sprachnachrichten in Abwesenheit und drei Kurzmitteilungen erhalten hatte. Paul Freudensprung schrieb: »Chef, wo steckst du? Brauchen dich dringend!« Bella Scholz schrieb: »Mann, Chef, Gaudi dreht am Rad! Melde dich endlich. Gibt Neuigkeiten.« Dann schrieb noch mal Freudensprung: »Chef. Was ist los? Komme gleich mal vorbei.«

»Wichtige Nachrichten?«, fragte Pfarrer Müller.

»Nichts, was Sie interessieren könnte, Herr Pfarrer.« Es klingelte an der Haustür. Wie nicht anders zu erwarten, war es Paul Freudensprung.

»Chef, was soll das? Du warst wie vom Erdboden verschluckt. Ich dachte schon, Bambi und Wanja hätten dich auch einen Kopf kürzer gemacht!« Beiläufig begrüßte er den Geistlichen, ohne sich vorzustellen.

»Was gibt es so Wichtiges, Paul?«

»Vieles, zum Beispiel das hier.« Er wedelte mit einer Videokassette vor der Nase seines Chefs. Pfeffer nahm sie und sah auf das Etikett. *Katherina – die geiles Hur auf die Zarentronn, Teil 1*, verkündeten große Lettern in mutigem Deutsch, darunter in Kleinbuchstaben: *Featuring Tamara Romana und Boris Molotow und many more russic sexpornstars.* Freudensprung schnappte sich wieder die Kassette und machte sich am Videorekorder zu schaffen.

»Ich wusste nicht, dass die Herren einen Videonachmittag geplant hatten. Da möchte ich nicht weiter stören. Ich darf mich verabschieden?« Pfarrer Hans Müller hielt seinen Blick auf Max Pfeffer geheftet. An seinen Mundwinkeln hatten sich feine weiße Spuckebläschen gebildet. Dann entnahm er seiner Mappe einen weißen Umschlag. »Ich wollte Ihnen nur das hier da lassen, Herr Pfeffer. Vielleicht werfen Sie mal beizeiten einen kurzen Blick darauf. Ich bin sicher, es wird Sie in Ihrer Arbeit unterstutzen.«

»Danke, aber erbauliche Traktate interessieren mich nicht«, sagte Pfeffer.

»Ich lasse es Ihnen trotzdem da. Ich finde es für meinen Teil sehr erbaulich und ich würde mit Ihnen beizeiten gerne ein wenig darüber philosophieren. Ich melde mich wieder bei Ihnen. Schönen Tag noch und Grüß Gott.« Er legte den Umschlag auf einen Stapel Zeitschriften neben dem Couchtisch und verließ das Haus.

»Wer war das denn?«, fragte Freudensprung, als sie allein waren.

»Das war Hans Müller, der neue Pfarrer von St. Raphael. Angeblich auf Begrüßungstour durch die Gemeinde, obwohl mir der Typ nicht ganz koscher vorkam.«

»St. Raphael? Ich dachte, ihr gehört zur Carolinenkirche.«

»Bist du dir sicher?«

»Hör mal, ich war bei der Firmung deiner beiden Söhne und werde mich wohl noch an die Kirche erinnern können. Dein Pfarrer Müller hat sich ein bisschen weit aus seinem Sprengel rausgewagt. Will dich wohl abwerben. Na ja, die probieren es jetzt offenbar auch schon mit Klinkenputzen.«

Pfeffer runzelte die Stirn. Er hatte sich mit seinem Bauchgefühl nicht getäuscht.

»Ich zeig dir jetzt mal, was es mit dem Video auf sich hat.« Freudensprung betätigte den Abspielknopf. Sekunden später sahen die beiden Männer, wie sich eine dralle, grell geschminkte Frau, die nichts außer einer lächerlich schlechten Rokokoperücke trug, auf einem plüschigen Thron räkelte und einem männlichen Unterleib entgegenlechzte, der sich nun ins Bild schob.

»Ich habe doch gesagt, dass ich mir der Name Boris Molotow was sagt. Ich stand früher auf die Tamara Romana und habe fünf Filme mit ihr. Er spielt in allen ihren Filmen mit. Das da ist er, denn in der ersten Szene sind sie nur zu zweit, das weiß ich. Erinnerst du dich, als ich sagte, ich hätte in Wanja Woroschin nicht auf Anhieb Boris Molotow erkannt?«

Pfeffer nickte. Noch immer sah man von dem Mann nicht mehr als den Unterleib. »Du konntest ihn nicht erkennen, weil Wanja und Boris zwei verschiedene Männer sind. Das da ist nicht Wanja.«

»Richtig, Chef.« Freudensprung spulte ein wenig vor, bis das Gesicht des Darstellers zu sehen war. »Sie sehen sich nicht mal ähnlich.«

14

Freudensprung und sein Chef legten die Strecke nach Pullach in Rekordzeit zurück. Dass sie unterwegs geblitzt wurden, nahmen sie mit einem Lachen zur Kenntnis. Pfeffer strengte sich an, um seinem Kollegen nicht verändert vorzukommen. Er wusste nicht, in wie weit Paul Freudensprung Erfahrungen mit Drogen hatte.

Pfeffer hatte am Vorabend nicht direkt vor der Veicht-Villa geparkt, doch bevor er den Wagen holte, mussten sie klingeln, denn Wanja hatte ein paar Fragen zu beantworten.

»Hey, Bulle, Freund«, begrüßte sie der Muskelprotz, der nun zumindest einen Minislip trug und sich, während er sprach, damit abmühte, in eine Jeans zu steigen. »So schnell wieder da? Weiß schon, du hast dein Auto da gelassen. Bambi ist nicht da. Sie ist shoppen. Ich würde euch gerne reinbitten, aber ich muss gleich weg.« Er streifte ein Muscleshirt über und schnappte sich die Straußenledertasche, die im Foyer stand. »Hey, *drug*, du kannst mich mit in die Stadt nehmen, okay? Dann muss ich kein Taxi rufen.«

»Wo willst du hin?«, fragte Pfeffer. »Ich dachte, das Cabrio gehört dir.«

»Schön wärs. Ich muss zu mir nach Hause. Ich habe schließlich eine eigene Wohnung, auch wenn du mir das sicher nicht zugetraut hättest. Wo ist dein Wagen, Freund?«

»Du fährst mit meinem Kollegen«, sagte Pfeffer, um den nötigen Abstand zwischen sich und dem Russen zu schaffen. »Ich folge euch mit meinem Wagen.«

Auf der Fahrt in die Stadt sprachen Paul Freudensprung und Wanja Woroschin kaum ein Wort miteinander. Der Kommissar hatte einiges über Wanja in Erfahrung gebracht und wollte, dass sein Chef dabei war, wenn er den Russen mit den Ergebnissen seiner Recherchen konfrontierte. Paul Freudensprung dachte lieber an seine Freundin und die letzte Nacht. Seit er mit Aische zusammen war, hatte er nicht einmal Sehnsucht nach anderen Frauen gehabt. Seine Ehe mit Irene war daran gescheitert, dass Paul früher seine Finger einfach nicht von den Frauen lassen konnte. Dabei war der Kommissar mit seinen knappen Einsneunzig zwar durchaus ein Hingucker, doch wahrlich kein Ausbund an Attraktivität. Neben seinem Chef mit den sensationellen Kuschelaugen, der schmalen Taille und dem Knackhintern kam sich Freudensprung meist wie ein Mauerblümchen vor. Erst recht seit die Ergebnisse von Aisches Kochkünsten seine Hüften zusehends schwabbeln ließen. Aber Aische liebte ihn so, wie er war. Sie störte es auch nicht, dass ihn die Haare im Stich ließen. Sie hatte ihm einfach seine letzten Versuche einer Frisur ausgetrieben und ihm einen modischen Stoppelkopf verpasst. Manchmal konnte Freudensprung sein Glück nicht fassen, dass sich eine so attraktive, intelligente Frau wie Aische in ihn verliebt hatte. Bald wäre die Scheidung von Irene durch, und dann würde er seiner Aische einen Antrag machen. Natürlich würde sie erst ihr Studium der Kommunikationswissenschaft beenden, doch bestimmt hätte sie nichts gegen zwei bis drei Kinder …

Wanja riss den Kommissar abrupt aus seinen Träumen, indem er sagte: »Hey, Kommissar, dein Chef ist ein guter Mann.«

»Ich weiß.«

»Er hat sehr großes Stehvermögen.« Wanja grinste von einem Ohr zum anderen und sah aus dem Fenster.

Freudensprung wusste nicht, was er erwidern sollte. Sofort drängten sich ihm Bilder vor sein inneres Auge, die er nicht sehen wollte. Bilder, die mit Personenidentifizierung anhand des Genitalbereichs und mit Wagenvergessen vor einer Luxusvilla zu tun hatten. Max Pfeffer hatte ihm erzählt, er hätte abends bei den beiden ein Glas Champagner zuviel getrunken und sei dann mit dem Taxi heimgefahren.

Im Wagen hinter den beiden saß Max Pfeffer und hatte die Befürchtung, dass Wanja sich verplappern würde. Worauf hatte er sich da nur eingelassen? Eine Textzeile aus einem Zarah-Leander-Chanson fiel ihm ein: »Abenteuer sind am Abend teuer …«

Sie hielten vor einem unscheinbaren Altbau im Münchner Stadtteil Untergiesing. Die Parkplatzsuche hätte sich schwierig gestaltet, wenn sie nicht einfach die Autos in Einfahrten gestellt hätten. Die Zweizimmerwohnung des Russen im dritten Stock wirkte auf die Kriminaler ganz wie die Behausung eines Sportfreaks. Mehrere Hantelsets lagen in den Räumen verstreut, es gab eine richtige Fitness-Station mit Seilzügen sowie einen Ergometer. Bei der Auswahl der wenigen Möbel hatte Wanja Geschmack bewiesen und auf schlichtes Design gesetzt. Im Schlafzimmer stand ein großes, ordentlich gemachtes Bett. Im Wohnzimmer gab es ein ausgezogenes Schlafsofa, auf dem zerwühlte Bettwäsche lag. Bilder fehlten ganz. Dafür entdeckte Pfeffer eine kleine Andachtsecke mit einer kitschigen Madonnenfigur, einem Rosenkranz und zwei Teelichtern. Pfeffer drehte sich sofort weg. Sein Herz raste. Nicht sehr verdrängungsfreundlich, so eine Andachtsecke. Eben noch auf der Fahrt hatte er mit seinem Mobiltelefon einen Termin vereinbart, um über sein Erlebnis vom Vormittag zu sprechen.

»Kann ich euch etwas anbieten?«, fragte der Russe und packte dabei schnell seine Reisetasche aus. Die Kleidungsstücke verstaute er im Schrank, die vier in Zeitungspapier gewickelten Ikonen legte er in der Küche auf die Arbeitsfläche. Dann machte er mit geübten Handgriffen das Schlafsofa im Wohnzimmer, verstaute das Bettzeug im Kasten und baute das Bett zum Sitzmöbel zurück. »Sorry, ein Freund schläft manchmal bei mir. Kaffee oder Wasser für dich, Kommissar? Und einen Eiweißshake für dich, Bulle, *drug*?« Er lachte.

»Danke, ein Mineralwasser tut es auch«, entgegnete Pfeffer gelassen. »Wanja, wir wissen, dass du nicht Boris Molotow warst. Warum erzählst du solche Geschichten?«

Der Russe zuckte mit den Schultern und holte aus dem Kühlschrank eine Flasche Wasser. »Weil die Weiber darauf stehen. Will nicht jeder mal mit einem Pornostar schlafen? Ich könnte ja auch einer sein. Bist du jetzt von mir enttäuscht, weil ich kein Profi bin, Bulle, *drug*?« Er sah Pfeffer anzüglich grinsend an und reichte den Polizeibeamten die Gläser Mineralwasser.

Freudensprung zog sein Notizbuch hervor und las. »Iwan Aleksandrowitsch, kurz Wanja Woroschin, siebenundzwanzig Jahre alt, geboren vermutlich in Moskau. Wieso vermutlich?«

»Das weißt du doch längst, Kommissar. Warum fragst du mich also?«

»Sie wurden im Alter von drei Tagen vor einem Waisenhaus abgelegt, wurden im Haus aufgenommen und sind dort aufgewachsen.«

»Richtig. Was ist daran strafbar? Ich habe eine sehr gute Schulausbildung bekommen, ich durfte studieren.«

»Tja, Herr Woroschin, genau das sind die Lücken und Rätsel in Ihrem Lebenslauf, die ich mit meinen Recherchen nicht füllen konnte.« Freudensprung kratzte sich am Kinn. »Sie haben einen Vaternamen, Aleksandrowitsch. Und das als Waisenkind ...«

»Das war der Name des Heimleiters, der hieß Aleksandr. Alle Jungs bekamen diesen Vaternamen.«

»Gut, Sie haben die Hochschulreife erlangt und dann ... wusch ... tauchen Sie in Israel auf, wo Sie bei Ausgrabungen auf dem Tempelberg, die die katholische Kirche finanzierte, die römisch-katholische wohlgemerkt, nicht die russisch-orthodoxe, als Grabungsassistent gearbeitet haben.«

»Und? Ich habe in Moskau begonnen, Archäologie zu studieren.«

»Was war mit Militärdienst? So weit ich weiß, muss den in Russland jeder leisten.«

»Es gibt immer Mittel und Wege, dem Dienst am Vaterland zu entkommen. Vielleicht habe ich ja einen Herzfehler?«

»Vielleicht, aber davon steht nichts in den Akten aus dem Waisenhaus. Laut denen sind Sie pumperlgesund. Jedenfalls haben Sie das Archäologie-Studium abgebrochen und Sie waren nach Israel zwei Jahre in Rom. Dort haben Sie an einer Schule für asiatische Kampfkunst unterrichtet. Nichts mehr mit Archäologie.«

»Ich habe schon als Kind mit Kampfsport begonnen. Es ist besser in einem Heim, wenn man sich wehren kann. Und als ich nach Rom kam, musste ich Geld verdienen. Wissen Sie, mit Altertümern kann man zwar viel Geld machen, aber nicht, wenn man sich wissenschaftlich damit beschäftigt. Also habe ich gelehrt, was ich kann: Kämpfen.«

»Warum bist du denn nach Rom?«, fragte Pfeffer.

»Interesse? Abenteuerlust? Ich habe das Studium geschmissen und wollte mein Leben genießen. In Rom habe ich auch begonnen, als Barkeeper zu arbeiten.«

»Richtig.« Freudensprung sah wieder auf seinen Block. »Sie sprechen außer Russisch auch fließend Englisch, Italienisch, Spanisch und Deutsch.«

»Ist das ein Verbrechen? Du hast Französisch vergessen, Kommissar. Und noch ein bisschen Hebräisch.«

»Und dann, vor zwei Jahren, sind Sie nach Deutschland gekommen. Auch hier trainieren Sie nach wie vor in einer Kampfsportschule mehrere Nahkampftechniken. Sie haben in verschiedenen angesagten Diskotheken und Clubs als Barkeeper gearbeitet. Bis vor einem halben Jahr, da haben Sie Bambi Veicht kennengelernt und Ihre Jobs geschmissen. Außerdem haben Sie sich als Russlanddeutscher einbürgern lassen und wurden als solcher auch anerkannt. Da stellen sich mir viele Fragen, vor allem, wie haben Sie das gemacht, wo man diesen Antrag doch nur von Russland aus stellen kann. Doch viel interessanter ist die Frage: Wie kann ein Waisenkind nachweisen, dass es deutsche Vorfahren hat?«

»Es gibt Mittel und Wege, Kommissar. Das muss dich nicht beschäftigen. Fest steht, dass ich deutscher Staatsbürger bin. Willst du meinen Pass sehen?«

»Und wovon lebst du momentan?«, fragte Pfeffer. »Lässt du dich von Bambi aushalten?«

»Nein, wirklich nicht.« Wanja lachte. »Ich habe dir doch schon gesagt, dass ich sie ficke, mehr nicht. Damals lebte ja ihr Mann noch. Der hat ihr zwar die Villa als Wohnsitz überlassen, doch solange die Scheidung lief, hatte sie kaum Geld.«

»Wenn er ihr so wenig Geld gegeben hat, wovon hat sie dann gelebt? Das klingt auch nach einem guten Motiv für einen Mord.«

»Bambi hat ihren Mann zuletzt gehasst«, sagte Wanja gleichgültig. »Das wird sie dir selbst sagen, wenn du sie fragst. Ja, sie hätte allen Grund gehabt, ihn zu töten, weil er ihr kein Geld gab. Ich musste ihr manchmal unter die Arme greifen. Doch das hat mir das Gefühl gegeben, als würde ich für sie zahlen. Und ich brauche keine Frau für Sex bezahlen. Also habe ich ihr einen Kontakt geschafft, damit sie ein kleines Zubrot verdienen kann.«

»Das soll heißen?« Pfeffer trank sein Glas leer und schenkte sich noch einmal ein. Er hatte plötzlich riesigen Durst, er trank das zweite Glas und noch ein drittes. Das Wasser war so eiskalt, dass es in seiner Speiseröhre und im Kopf hinter den Augen wehtat. Er schluckte trotzdem hastig. »Hast du sie auf den Strich geschickt?«

»Nein.« Wanja sah ihn böse an. »Ich liebe sie nicht, aber das könnte ich niemandem antun.«

»Gleich kommen mir die Tränen«, sagte Pfeffer gleichgültig. »Was ist mit Mafia, Paul?«, fragte er dann seinen Kollegen.

Freudensprung schindete demonstrativ Zeit, indem er auf seinem Notizblock die Blätter hin- und herblätterte. Wanja beobachtete ihn dabei genau, sein Gesichtsausdruck blieb jedoch undefinierbar.

Plötzlich stimmte ein großes Symphonieorchester ohrenbetäubend laut den *Hummelflug* von Rimski-Korsakow an. Die Polizeibeamten sahen sich erschrocken um. Das Mobiltelefon des Russen drehte sich vibrierend auf dem Küchentisch. Die Polizeibeamten sahen Wanja abwartend an, doch der ignorierte sein Handy.

»Wird gleich aufhören«, sagte der Russe.

Pfeffer schielte auf das Display. Dort stand »Claudia-Privat«. Kaum hatte der Kriminalrat das entziffert, brach das Symphonieorchester mitten im Takt ab.

»Seht ihr«, sagte Wanja. »Na, Kommissar, was ist jetzt mit meinen Verbindungen zur Russenmafia?«

»Nichts«, antwortete Freudensprung missmutig. »Wanja Woroschin scheint tatsächlich keine Verbindungen zur Russenmafia zu haben. Zumindest haben wir bisher nichts gefunden.«

»Das hätte ich euch gleich sagen können.« Der Russe machte eine wegwerfende Handbewegung. »Ich habe Bambi vor kurzem einen Geschäftskontakt verschafft. Sie handelt mit russischen Ikonen. Das bringt gutes Geld.«

»Ist das Hehlerware? Gestohlene Ikonen?«

»Was weiß ich!« Wanja hob abwehrend die Hände. »Es ist ihr Business. Ich habe damals nur einen Freund angerufen, der einen Freund hatte, der jemanden kannte, der ... Du verstehst, Bulle, Freund.«

»Sicher. Du wäschst deine Hände in Unschuld, falls sich herausstellen sollte, dass etwas mit den Ikonen nicht in Ordnung ist.«

»Was sollte damit nicht in Ordnung sein?«

Pfeffer nahm eines der Päckchen von der Arbeitsfläche und wickelte das Zeitungspapier ab. Er hob die Ikone hoch.

»Hey, Bulle, woher wusstest du? Du hast also doch herumgeschnüffelt, als du bei Bambi warst. Und ich dachte, wir konnten dir trauen. Gib sie mir bitte!«

»Ich denke, wir sollten die beschlagnahmen, bis die Herkunft geklärt ist, oder?« Pfeffer drehte die Ikone in seinen Händen.

»Du hast nicht einmal den Hauch eines Verdachts, nicht die Spur eines Beweises, dass mit meinen Ikonen etwas nicht stimmt, Bulle«, sagte Wanja gelassen. »Du bist ein guter Bulle und wirst nichts einfach so ohne Grund beschlagnahmen.«

»Zwei solcher Ikonen gab es doch auch bei dem ermordeten Herbert Veicht in der Wohnung!«, rief Paul Freudensprung.

»Bambi wird sie ihm geschenkt haben«, sagte Wanja.

»Sehr wahrscheinlich!«, sagte Pfeffer sarkastisch und legte das Heiligenbild zurück auf den Küchentisch. Er würde die Ikonen nicht einfach so unbegründet beschlagnahmen lassen. Wanja hatte Recht.

»Okay, ich glaube, sie hat ihm die Ikonen verkauft. Es war das einzige mal, dass er ihr Geld gab. Er wollte, dass sie sich Geld verdient, nicht, dass sie ohne Gegenleistung auf seiner Tasche liegt.«

»Wo ist Bambi jetzt?«

»Ich sagte doch, dass sie in der Stadt ist. Sie hat einen Geschäftstermin.«

»Ach, vorhin war sie angeblich noch shoppen.«

»Nein, sie trifft heute einen wichtigen Kunden, der zwanzig Ikonen kauft. Das ist wichtig für sie und da wäre ich nur im Weg gewesen.«

»Ach, und deshalb wolltest du so schnell nach Hause?«, fragte Pfeffer.

»Bulle, *drug*.« Wanja Woroschin machte eine ausladende Geste. »Ich habe auch Geschäfte. Wie du weißt, will ich eine Diskothek eröffnen, nicht irgendeinen Schuppen, einen First-Class-Club. Ich treffe mich gleich mit Investoren und muss mir noch zwei Objekte anschauen. Deshalb wollte ich schnell heim. Kurz umziehen, was ich jetzt machen werde, und dann geht es wieder weiter.« Er zog sich sein Muscleshirt aus und knöpfte die Hose auf.

»Okay, Wanja. Ich muss dir sagen, dass mir einiges nicht gefällt. Ein Mann mit deinen Fähigkeiten, der viele Sprachen spricht, arbeitet nur als Barkeeper oder Sporttrainer? Interessant wäre auch die Frage, woher du das Geld hast, einen exklusiven Club zu eröffnen. Kann es sein, dass dich Bambi dafür bezahlt hat, ihren Mann zu beseitigen? Sie erbt viel Geld. Mit einer Scheidung wäre sie vermutlich schlechter weggekommen.«

»Vermutlich. Doch wenn du das denkst, dann verhafte sie. Ich habe mein Geld ehrlich verdient und viel gespart. Ich lebe bescheiden.«

»Für die Tatzeit bist du ihr Alibi.«

»Stimmt. Hatte ich ganz vergessen. Und sie meines. Tja, dann waren wir es wohl auch nicht, da kann man nichts machen. Also, dann noch einen schönen Tag, Bulle, *drug*. Dir auch, Kommissar.«

15

Doktor Södermann lachte nicht, nachdem ihr Pfeffer sein Erlebnis erzählt hatte. Sie schmunzelte nicht einmal. Ihre klaren blauen Augen blickten ihn ernst und interessiert an. Dafür war Pfeffer dankbar. Die Wissenschaftlerin hatte sich zu einem Treffen nach Feierabend bereit erklärt. Sie saßen an der Leopoldstraße in einem Freiluftcafé und tranken Latte Macchiato. Touristenherden flanierten vorbei auf der verzweifelten Suche nach dem legendären Schwabinger Flair. Pfeffer hätte ihnen allen gerne zugerufen, dass sie die Suche besser gleich aufgeben sollten, weil sie nicht fündig werden würden. Er unterließ es. Jeder musste selbst seine Erfahrungen machen.

»Haben Sie irgendwelche Drogen genommen?«, fragte die Wissenschaftlerin geradeheraus. Sie trug eine schlichte schwarze Bluse, die ihre Figur betonte, und eine lässige Jeans. Sie erinnerte in ihrer Freizeitkleidung und den vollen roten Locken mehr an eine etwas in die Jahre gekommene Ferienclub-Animateurin als an eine Neurobiologin, die den ganzen Tag Laborluft schnupperte. Ihr Make-up war dezent aber wirkungsvoll. »Entschuldigen Sie, aber das muss ich als Erstes fragen.«

»Ja«, gab der Kriminalbeamte nach kurzem Zögern zu. »Speed, vermute ich. Ich bin mir nicht ganz sicher. Ich war bei … Bekannten. Aber ich habe es gesnifft und weiß, dass es definitiv kein Kokain war.«

»Sie könnten auch Heroin geschnupft haben. Oder Crack?«

»Heroin wäre doch eher braun. Hören Sie, Doktor Södermann, ich habe mal im Drogendezernat gearbeitet und kenne mich ein wenig aus. Aber ich bin nicht drogensüchtig. Gut, abgesehen von Zigaretten. Ja, ich habe früher ab und an mal gekifft – wie wir alle. Das ist Jahre her. Aber ich habe gestern erst das zweite Mal in meinem Leben etwas geschnupft.«

»Ich mache Ihnen keine Vorwürfe. Wer ohne Schuld ist, werfe den ersten Stein. Was glauben Sie, was wir uns in der Studienzeit alles an selbstgemixten Pülverchen reingepfiffen haben? Wenn es Speed ist, dann sind Sie momentan noch drauf, oder? Schön für Sie. Jedenfalls können wir das dann als Ursache ausschließen. Speed macht keine Halluzinationen.« Södermann lachte offen und herzlich. Sie war heute nicht so hibbelig wie bei ihrer ersten Begegnung.

»Halt! Ich korrigiere mich. Es macht eine einzige große! Nämlich die Illusion, dass der Konsument ein Supertyp ist.« Sie lachte erneut laut auf. »Sind Sie gerade ein Superbulle?«

»Ich möchte, dass Sie mich ernst nehmen.« Pfeffer merkte selbst, dass sein Ton etwas zu scharf war, doch er musste der Wissenschaftlerin zeigen, dass er wirklich ein Superbulle und kein geistesgestörter Marienfanatiker war.

»Ich nehme Sie ernst«, antwortete Frau Södermann ruhig und löffelte Milchschaum von ihrem Kaffee.

»Außerdem habe ich Viagra geschluckt«, sagte Pfeffer dann ganz leise und rührte konzentriert in seinem Kaffee. Er wunderte sich selbst, dass er das so schnell und freiwillig erzählte, doch mit Doktor Södermann fühlte sich Pfeffer, wie mit einer guten alten Freundin. Er vertraute ihr, er hatte den Eindruck, als könnte er alles mit ihr besprechen, auch intimste Histörchen.

»Speed und Viagra.« Ruth Södermann pfiff durch die Zähne. »Da haben Sie es richtig krachen lassen mit Ihren Bekannten. Das hätte ich Ihnen gar nicht zugetraut. Auf mich haben Sie bisher wie ein braver Familienpapi gewirkt. Na gut, so brav auch wieder nicht, dazu ist Ihr Kinn ist eine Idee zu kantig. Und sind Sie viel zu gut angezogen … Hat es sich wenigstens gelohnt?«

»Nein«, antwortete Pfeffer nach einer kurzen Pause und sah die Wissenschaftlerin an. Die Frau war ihm mit ihrer entwaffnenden Art total sympathisch. Er erwog, mit Doktor Ruth Södermann mal ein Bierchen trinken zu gehen. »Nein, ehrlich gesagt nicht. Mein Tipp für Sie: Lassen Sie manche Phantasien lieber unausgelebt. Es hat mein Leben aus der Bahn geworfen, auch ohne die Halluzination, die ich dadurch hatte.«

»Langsam, Max Pfeffer. Weder Viagra noch Speed sind Halluzinogene, auch in Kombination nicht. Gut, es mag sein, dass die Drogen die Möglichkeit einer Vision unterstützt haben, auch wenig Schlaf schwächt. Bleiben wir zunächst bei den Basics. Sie haben die Jungfrau Maria gesehen. Als gut katholischer Bayer müssten Sie nun an der Stelle – Sie sagten, es war in der Nähe der Wittelsbacherbrücke? –, eine Wallfahrtskirche errichten und mit Ihrer Vision viel Geld verdienen. So war es zumindest früher. Wenn ich Sie recht verstehe, sind Sie aber nicht gläubig und haben Angst, dass Sie verrückt werden.«

Pfeffer nickte, langsam ermattete er. Die Euphorie ließ nach. Er war kein Superbulle mehr. Die Droge ließ nach, und wie er sich nun selbst wahrnahm, erschreckte ihn.

»Haben Sie jemals etwas Ähnliches erlebt? Haben Sie irgendwelche Geisteskrankheiten in der Familie? Entschuldigen Sie, aber das muss ich fragen.«

Pfeffer schüttelte den Kopf und merkte, dass er dünnhäutiger wurde, also rettete er sich in Flapsigkeit. »Außer, Spießertum im Endstadium wird seit Neuestem endlich als Geisteskrankheit anerkannt.«

»Das wäre eine Idee.« Södermann lachte wieder fröhlich und strich sich durch ihr dichtes gewelltes Haar.

»Haben Sie eigentlich Kinder?«, fragte die Wissenschaftlerin plötzlich.

»Was? Ja. Habe ich, doch was hat das mit meiner Geschichte zu tun?«

»Nichts. Gar nichts. Ich bin nur neugierig. Und Sie tragen keinen Ehering.«

Die Frau strahlte und nahm einen Schluck von ihrem Kaffee. Pfeffer bemerkte, dass sie nicht nur auf der Nase, sondern auch auf dem Dekolleté Sommersprossen hatte. »Sie haben aber einen Ehering, Frau Doktor Södermann.« Pfeffer hob schelmisch drohend den Zeigefinger.

»Stimmt.« Sie lachte. Dann betrachtete sie ihren Ring und spielte ein wenig damit, während sie sagte: »Deshalb zurück zum Geschäft. Ich kann Sie beruhigen. Das, was Sie erlebt haben, erleben viele. Manche hängen es an die große Glocke, andere ignorieren es, andere ändern schlagartig ihr Leben. Im vorigen Jahrhundert wären Sie von der Psychoanalyse hundertprozentig als geisteskrank eingestuft worden. Nach dem Diktum von Sigmund Freud ist Religion eine universelle Zwangsneurose, die einen Rückfall in eine kindliche Erwartungshaltung gegenüber einem allmächtigen Wesen darstellt. Ein seiner Ansicht nach verständlicher, aber unreifer Versuch, mit den menschlichen Urängsten, Lebensstress und Todesangst umzugehen. Ich will Ihnen nichts vormachen, viele Kollegen denken heute noch so. Wir zoffen uns in Fachzeitschriften. Gut, es ist auch ein logisches Erklärungsmodell. Doch keine Angst, ich halte Sie nicht für einen Zwangsneurotiker. In noch früheren Jahrhunderten jedoch wäre Ihr Erlebnis als Spitzenvision allererster Güte durchgegangen. Vielleicht wären Sie sogar heilig gesprochen worden. Doch nach dem heutigen Stand der Forschung muss ich Sie enttäuschen, denn die Wissenschaft hat solche Phänomene entschlüsselt. Sie hatten mit ziemlicher Sicherheit nur einen epileptischen Anfall.«

»Ich hatte noch nie einen epileptischen Anfall«, rief Pfeffer empört und einen Tick zu laut. Die Gäste an den Nachbartischen drehten sich zu ihnen um.

»Nicht so einen Anfall, wie Sie ihn sich vorstellen. Diese Art Anfall nennt man Temporallappenepilepsie, kurz TLE. TLE kann singulär auftreten. Einmal und nie wieder. Dabei werden Nervenzellen im Bereich der Schläfenlappens unkontrolliert stark erregt. Die Gründe hierfür können vielfältig sein. Das Ergebnis ist jedoch bei allen Patienten gleich: Sie sprechen von spirituellen Erfahrungen, von Visionen – ob ihnen die Mutter Gottes oder Krischna oder Buddha erscheint, hängt dabei einzig und allein vom soziokulturellen und religiösen Umfeld ab, in dem die Menschen aufgewachsen sind. Diese Erfahrungen werden als ganz real erlebt und empfunden. Und Empfindung ist das Schlüsselwort. Wesentlich daran beteiligt ist nämlich das sogenannte limbische System. Kurz vorneweg gesagt, jeder Mensch ist biologisch darauf ausgerichtet, religiöse Erfahrungen zu machen. Prinzipiell bewertet das limbische System, und hier vor allem die Hirnregion, die aussieht wie ein Seepferdchen und deshalb Hippokampus heißt, den Wert aller Ereignisse, die wir mit allen Sinnesorganen wahrnehmen. Es verwebt emotionale Impulse mit höheren Gedanken und Wahrnehmungen, vergleicht und analysiert und ordnet ein. Alles Wahrgenommene wird mit dem Erwarteten verglichen. Es erzeugt eine Reihe von grundlegenden emotionalen Zuständen wie Wut, Ekel, Freude, Enttäuschung als Reaktion auf äußere Einflüsse. Und es wird populär als Sender zu Gott bezeichnet, denn wenn die Übermittlung von Nervendaten an das limbische System unterbrochen wird oder wenn es auf der anderen Seite sehr stark stimuliert wird, können spirituelle Halluzinationen auftreten, ebenso Gefühle von Körperlosigkeit und Déjà-vu-Erlebnisse. Wird die Selbstzensur des Hippokampus überrannt, können sich plötzlich neue Bedeutungszusammenhänge ergeben, dann sehen Menschen Engel oder Dämonen oder Außerirdische.«

»Aber ich habe mich so …«, Pfeffer rang nach Worten – er wollte nicht kitschig oder lächerlich klingen, »… so eins mit dem Universum gefühlt. So, als wäre die ganze Welt in mir und …« Er brach ab. Er konnte es nicht in Worte fassen und schämte sich fast, dass er es überhaupt angesprochen hatte.

»Auch das ist ein Teil davon«, sagte die Wissenschaftlerin mit ernstem Gesicht. »Die Körperlosigkeit, das Einswerden mit dem Universum – meine amerikanischen Kollegen haben in diesem Feld geforscht und dazu aufsehenerregende Studien veröffentlicht. Sie haben buddhistische Meister und Franziskanernonnen beim Meditieren und Beten analysiert und mit bildgebenden Verfahren ihre Hirntätigkeiten festgehalten. Und wenn die Probanden das Stadium der stärksten Vertiefung erreicht hatten, wenn sie sich eins mit dem Universum, eins mit dem Göttlichen fühlten, dann konnten meine Kollegen das beteiligte Hirnfeld ganz genau lokalisieren.«

»Und das wäre?«, fragte Pfeffer.

»Ein Bereich im oberen Scheitellappen, der für die Orientierung zuständig ist. Dieses Feld hat die Aufgabe, die Orientierung des Individuums im physikalischen Raum zu gewährleisten. Doch bevor sich ein Mensch im Raum bewegen kann, muss etwas anderes genau definiert werden! Nämlich zu allererst einmal die klare und konstante Wahrnehmung der physischen Grenzen des eigenen Selbst! Das bedeutet nichts anderes, als dass das Orientierungsfeld glasklar zwischen dem Individuum und dem ganzen Rest unterscheiden muss. Es muss das Ich vom Rest des Universums trennen. Es sagt dir: Hier endest du, dort beginnt die Welt. Ich bin dein Navigationssystem, berechne ununterbrochen deine Position in der dinglichen Welt neu und helfe dir damit bei jeder Bewegung. Das klingt nach Pipifax und Selbstverständlichkeit. Doch diese Unterscheidung zwischen Ich und Nicht-Ich ist für uns nur deshalb so selbstverständlich, weil unser Orientierungsfeld perfekt funktioniert.«

»Lassen Sie mich raten«, sagte Pfeffer, weil Doktor Södermann eine bedeutungsschwere Pause machte. »Wenn die Meditierenden eins mit dem Universum sind, spielt das Orientierungsfeld verrückt?«

»Nicht ganz.« Die Frau lachte augenzwinkernd. »Es spielt nicht verrückt – es verabschiedet sich! Je tiefer die Franziskanerinnen im Gebet sind, also je näher sie sich Gott fühlen, desto weniger arbeitet das Orientierungsfeld. Wenn es seine Arbeit komplett einstellt, was, wie gesagt, mit bildgebenden Verfahren eindeutig nachgewiesen werden kann, berichten die Nonnen vom absoluten Einswerden mit Gott. Selbiges gilt für die buddhistischen Meister. Da es im Buddhismus jedoch keinen Gott beziehungsweise kein göttliches Wesen gibt, berichten diese Meister vom Verschmelzen mit dem Universum. Das lässt nur den Schluss zu, dass dieser Teil unseres Hirns keine Informationen bekommt, dass er ausgeschaltet wird, wenn wir eins mit dem Universum oder Gott fühlen. Denn wenn das Orientierungsfeld nicht arbeitet, können wir die Grenzen unseres Selbst ja nicht wahrnehmen. Wir fühlen uns als Teil des Ganzen. Das hat alles nachweislich rein biologische Ursachen!«

»Dann hatte ich wohl solche Blockaden oder Übertragungsaussetzer oder eine Überreizung im Hirn?«

»Würde Sie das beruhigen?«

»Ja!«

»Mehr als die Vorstellung, tatsächlich mit der Muttergottes kommuniziert zu haben?«

Pfeffer zögerte kurz. »Ja. Auf jeden Fall. Unbedingt!«

»Gut.« Doktor Ruth Södermann schmunzelte. »Vermutlich bis höchstwahrscheinlich hatten Sie einen TLE-Anfall, in dessen Verlauf auch Ihr Orientierungsfeld ausgeschaltet war. Es ist übrigens bekannt, dass Mohammed Epileptiker war, mit ziemlicher Sicherheit auch Johanna von Orleans. Manche Kollegen gehen davon aus, dass Pythia und Sibylle, kurz alle großen Seherinnen der antiken Orakelstätten von Delphi bis Didyma, Epileptikerinnen waren, die in Kombination mit berauschenden Dämpfen ihre Weissagungen machten. Doch Menschen mit solch regelmäßigen Visionen sind sehr seltene Extremfälle. Viele große christliche Mystiker hatten in ihrem ganzen Leben nur ein einziges transzendentales Erlebnis. Das dann aber mit entscheidendem Durchschlag. Womit ich nicht sagen will, dass sich unsere christliche Tradition auf eine Genealogie von Epileptikern begründet! Im Gegenteil. Verstehen Sie mich bitte nicht falsch, es gibt auch zahllose Beispiele von Begegnungen mit dem Göttlichen, die durch reine Meditation hervorgerufen werden. Es ist immer entscheidend, was man aus dieser Begegnung mit dem sogenannten Göttlichen macht, und nicht, wie diese Begegnung rein biologisch zustande kommt. Die Frage ist, was Sie ganz persönlich für sich aus dieser Begegnung machen. Hatten Sie Angst? Haben Sie jetzt Angst? Seien Sie ehrlich und spielen Sie nicht den Macker, nur weil ich eine Frau bin.«

»Ich habe wirklich keinerlei Probleme damit, vor einer Frau zuzugeben, dass ich Angst habe. Vor beiden Möglichkeiten. Dass ich vielleicht verrückt werde und dass ich womöglich wirklich eine Marienerscheinung hatte.«

»Herr Pfeffer, noch einmal, ganz langsam und zum mitschreiben: Sie hatten wirklich eine Marienerscheinung!« Die Wissenschaftlerin legte kurz ihre Hand auf Pfeffers Unterarm. »Ganz echt und ganz im Ernst! Daran gibt es nichts zu deuteln.« Sie zog ihre Hand zurück. »Das, was Sie sahen, war in dem Moment so wirklich wie der Kaffee, der vor Ihnen steht. Denn der Kaffee, der vor Ihnen steht, steht nur in Ihrem Hirn vor Ihnen. Nicht mit unseren Augen sehen wir, sondern mit unserem Hirn. Ihr Hirn lässt Sie die Umgebung wahrnehmen. Ihr Hirn zeigt Ihnen das Bild dessen, was Sie aktuell wahrnehmen, sei es nun eine Tasse Kaffee oder eine Madonna. Es gibt auch keinen Grund, sich zu fürchten. Sie wissen nun, was dahinter stecken KANN. Ich sage KANN, nicht muss. Was ich Ihnen sage, ist eine Möglichkeit, die ich nach dem Stand meines Wissens für wahrscheinlich und logisch halte. Was Sie für sich an Schlüssen daraus ziehen, ist Ihre Sache. Ich kann Ihnen nur raten, das

Erlebnis nicht überzubewerten. Wir können derartige Erfahrungen im Labor sogar künstlich erzeugen. Ha, da fällt mir doch was ein! Einen Probanden mit Marienerscheinung hatten wir noch nie. Was halten Sie davon, mich mal in meinem Labor zu besuchen, Herr Pfeffer? Ich würde gerne einen Test mit Ihnen machen. Sagen wir nächsten Montag so gegen fünfzehn Uhr?«

Pfeffer rutschte auf seinem Stuhl herum. Die Frage war ihm unangenehm. Sollte er sich auf so etwas einlassen? Ein Foto von seinem Hirn? Während er dachte? Nun, er hatte in den letzten Stunden schon ganz andere Dinge gemacht, warum also nicht auch das. Er stimmte zu.

»Ich glaube, mit Ihnen könnte der Test interessant werden.« Doktor Södermann schüttelte ihr Haar und sah Pfeffer fest in die Augen.

Er bemerkte die kleinen Lachfältchen, die sich rings um ihre Augen breit gemacht hatten und ihr so viel Lebendigkeit und Ausstrahlung gaben. Er dachte kurz an Bambis Botox-Maske und fühlte plötzlich grenzenloses Mitleid mit der Witwe. Dann sagte er: »Verstehen Sie mich bitte nicht falsch, aber Sie sind eine attraktive, kluge Frau …«

»Was, lieber Max Pfeffer, kann ich an so einem netten Kompliment missverstehen?«

»Meine Schlussfolgerung. Ich würde gerne noch wissen, ob Herbert Veicht auch ein anderes Interesse an Ihnen hatte. Nicht an der Wissenschaftlerin, sondern an der Frau.«

Die Frau zog amüsiert ihre Augenbrauen nach oben, dann prustete sie los. »Das meinen Sie doch nicht ernst, Herr Pfeffer. Dass er weitergehendes Interesse an mir hatte, glaube ich nicht, denn zum einem bin ich für so was viel zu verheiratet und zum anderen war Herr Veicht viel zu wenig mein Typ. Worüber reden wir hier nun eigentlich, über Ihre Vision oder den Tod meines Gönners?«

»Das lässt sich für mich schwer trennen«, sagte Pfeffer.

Ruth Södermann löffelte wieder Schaum von ihrem Milchkaffee. »Vielleicht sollten Sie das. Doch zurück zum Thema, vorerst kann ich Sie wirklich beruhigen: Solche Anfälle wiederholen sich in der Regel nicht. Das sind kleine Aussetzer Ihres Gehirns, neuronale Minikollapse, die per se keine körperlichen Schäden hinterlassen. Also lassen Sie auch nicht zu, dass sie seelische Schäden hinterlassen. Das liegt ganz bei Ihnen.«

»Dann ist Glaube allgemein also nur eine Art Epilepsie?«

»Nein.« Doktor Ruth Södermann lachte wieder herzlich. »Nein, nein und nochmals nein. Genau das werfen uns die Kritiker immer vor, dass wir alles auf Biologie herunterkochen wollen. Dass wir beweisen wollen, es gäbe keinen Gott. Doch ich kann nur sagen: Das menschliche Gehirn, und ausschließlich das menschliche Gehirn, ist biologisch so geschaffen, aus Gedanken und Gefühlen einen Geist zu erschaffen. Wissenschaftlich lässt sich kein anderer Nachweis bringen, wie der Geist entstehen könnte, außer einzig und allein durch die neurologischen Prozesse im höchstentwickelten Hirn aller Lebewesen. Kein Tier hat Visionen, kein Tier hat generelle Lebensängste, kein Tier sinniert über den Tod nach. Kein Tier kann seine Artgenossen an transzendentalen Erlebnissen teilhaben lassen, was die Voraussetzung jeglicher Religionsgemeinschaft ist. Und kein Tier hält sich für die Krone der Schöpfung. Der Mensch ist es, das einzige Lebewesen, das reflektieren, das glauben kann. Zufall? Die Evolution merzt in der Regel alles aus, was nicht der Forterhaltung oder Entwicklung einer Art hilft. Die Fähigkeit zum transzendentalen Erlebnis hat die Evolution nicht ausgemerzt, sondern konsequent weiterentwickelt. Also muss sie einen Sinn haben. Religionen entsprechen dem menschlichen Bedürfnis, nach Autoritätsfiguren zu suchen. Das manifestiert sich in der Schaffung von organisierten Priesterschaften, der Teilnahme an Ritualen, an gemeinsamen Tänzen und Gesängen, in Opferriten und in der Befolgung eines Moralkodex – übrigens egal, wie absurd dieser auch sein mag. Deshalb ist der *Homo sapiens sapiens* heute das Tier, das die Welt beherrscht. Im Guten wie im Bösen. Oder kennen Sie eine Antilope, die so evolutiv unnützen Unsinn veranstaltet wie Regen mit Tänzen und Riten zu beschwören, dabei zu beten und Lyrik zu stammeln?«

»Nein.« Pfeffer lachte. »Wobei ich zugeben muss, dass sich in mein Bekanntenkreis wenige bis gar keine Antilopen tummeln.«

»Na, da sollten Sie aber noch mal ganz genau nachschauen! Eine Antilope empfindet nur dann Angst, wenn sie unmittelbar einen Löwen sieht oder wittert. Dann signalisiert ihr das Hirn: Renn weg, sonst stirbst du. Doch sobald sie den Löwen nicht mehr wittert, ist dieser überlebenswichtige Angstimpuls weg. Keine Antilope steht in der Savanne und sinniert darüber nach, was ihr möglicherweise alles passieren könnte. Sie kann nicht reflektieren, sie kann keine grundlegende Angst vor dem Tod per se empfinden, sie kann keine Angstzustände entwickeln. Das können nur wir Menschen. Unser Gehirn schafft unseren Geist, und unser Geist existiert nicht ohne unser Gehirn. Das eine bedingt das andere. Ich für meinen Teil kann die bisher strikte Trennung zwischen Geist und Materie nicht mehr akzeptieren. Das, genau das ist Kern meiner Forschungsarbeit. Ach, apropos, ich habe Ihnen hier die Videokassette mitgebracht mit meinem Fernsehauftritt.« Sie schob Pfeffer die Kassette hin.

»Hmmm, danke. Ich will ja jetzt nicht melodramatisch klingen«, sagte Pfeffer, der sich immer schlapper und wehleidiger fühlte. Die Wirkung der Droge ließ stärker nach. »Aber dann stimmt es Ihrer Meinung nach: Gott ist tot. Oder anders gesagt, er hat nie existiert.«

»Ach, Herr Kriminalrat. Sie sind es gewohnt, aus Aussagen schnelle Schlussfolgerungen zu ziehen, und das ist in Ihrem Beruf sicher richtig, um zu Ergebnissen zu kommen, weil Ihnen der Staatsanwalt im Nacken sitzt. Doch ich forsche noch, es gibt nur Hypothesen. Zugegeben, einige Kollegen postulieren schon den wissenschaftlichen Beweis für die Nichtexistenz Gottes. Bitte beachten Sie, dass ich den Begriff Gott nur als allgemein üblichen Terminus verwende, als gemeinsame Sprachregelung. Damit meine ich jegliche Form spiritueller Schöpfergestalt, und wenn ich ER sage, dann bin ich sicher nicht so primitiv zu glauben, dieses Schöpferwesen sei so begrenzt, dass es tatsächlich ein Geschlecht hätte. Diese Männlich-Weiblich-Diskussion finde ich wirklich das Letzte an Schwachsinn und völlig am Wesentlichen vorbeigehend! Was für ein erbärmlicher, mickriger Gott ist das, der sich in die Begrenztheit eines geschlechtlichen Wesens begibt! Peinlich!« Sie warf die Hände dramatisch in die Höhe.

Dann lachte sie verschmitzt. »Ich kann nach dem momentanen Stand meiner Forschung nur sagen, dass es zumindest den bärtigen Vatergott, den uns die Kirchen seit Jahrtausenden vorgaukeln, in dieser Form nicht gibt. Er ist eine reine Märchenfigur. Aber nun spiele ich einmal *Advocatus Diaboli*: Was halten Sie zum Beispiel von der Hypothese, dass Gott den Menschen so geschaffen hat, dass er glauben kann? Dass Gott sich in unser Hirn geschmuggelt hat, uns das limbische System tatsächlich als eine Art Sender eingebaut hat? Und stellen Sie sich mal vor, nun sitzt Gott schmunzelnd da und beobachtet, wie wir versuchen, sein Geheimnis zu enträtseln. Vielleicht hat sich die Jungfrau Maria gedacht, hmmm, der Pfeffer ist doch eigentlich ein ganz braver Papi und nun ist der voll auf Droge, ich glaube, ich mach den nun gläubig, ich schenke ihm mal eine TLE, um mich ihm endlich zu zeigen.«

»Nein, ich glaube nicht«, sagte Max Pfeffer und schmunzelte leicht. Die Erklärungen von Ruth Södermann hatten ihn weitestgehend beruhigt. Ein neurologischer Kollaps, nichts weiter. Er war nicht verrückt. Er wollte endlich nur noch nach Hause, seine Söhne sehen und schlafen. Er hatte ein Wochenende vor sich und freute sich, zwei Tage zur Regeneration zu haben.

»Gut, dann müssen Sie sich keinen Kopf mehr darüber machen.«

16

Pfeffer schlief wie ein Toter, traumlos und ruhig, trotz der tropischen Hitze, die auch in dieser Nacht wie zäher Sirup über allem klebte. Als er aufwachte, sangen die Vögel im Garten. Das milde Morgenlicht der Sonne fiel durch die nicht ganz zugezogenen Vorhänge, die sich leicht in einer Brise hin- und her wiegten, die durch das geöffnete Fenster hereinwehte.

Und Tim war da. Er saß am Bett und sah den erwachenden Max Pfeffer an.

»Du bist wieder da.« Pfeffer setzte sich auf und wollte seinen Freund umarmen. Sein Herz schlug bis zum Hals. Ein Schluchzen saß ihm in der Kehle.

»Ja, ich bin wieder da«, antwortete Tim seltsam kühl und sofort stürmten alle seine Befürchtungen in Pfeffers Bewusstsein. »Ich muss dir etwas beichten.«

»Ich muss dir auch etwas beichten«, sagte Pfeffer.

»Lass mich bitte ausreden.« Tim stand auf und ging zum Fenster. Er zog die Vorhänge auf und stützte sich auf das Fensterbrett.

Tims Silhouette im Gegenlicht einer milden Morgensonne zu sehen, ließ in Pfeffer eine glückliche Verliebtheit aufwallen.

Tim sagte: »Ich war vorgestern stinksauer auf dich, weil du es vergessen hast.«

Pfeffer bekam einen Schweißausbruch, dann fiel es ihm siedendheiß ein. »Unser Kennenlerntag«, flüsterte er. »Scheiße! Es tut mir leid.« Das erste Mal hatte er diesen Tag vergessen, den Jahrestag, an dem sie immer die Verhaftung von Tim durch Max feierten. Deshalb war Tim …

»Ja, unser Kennenlerntag. Doch das war nur ein Teil, weshalb ich weg bin, ohne Worte.« Tim drehte sich vom Fenster weg und sah Pfeffer an. Er schluckte. »Ich muss dir beichten, dass ich dich betrogen habe. Ich dachte sogar, ich hätte mich verliebt. Herrgott nochmal, wir beide hatten doch in den letzten Monaten kaum noch Sex, und ich dachte, ich bin für dich nicht mehr attraktiv. Doch dann war Michael … sein Name tut nichts zur Sache, und er fand mich attraktiv. Er hat mich umworben und mir gezeigt, dass ich noch kein verheirateter Langweiler bin.«

»Ich finde dich attraktiv!«, rief Pfeffer. »Mir ging es doch genauso!«

»Du hast dich kaum noch um mich gekümmert, Max. Wir haben zum Beispiel einen Traumsommer da draußen, und du bist nicht einmal mit mir in den Biergarten. Du hast immer nur an deine Arbeit gedacht und deinen Sport. Jeden Morgen Sport, jeden zweiten Abend Sport.«

»Das habe ich doch auch für dich gemacht.« Pfeffer verstand die Welt nicht mehr, er hatte in den letzten Monaten extra viel trainiert, weil er fürchtete, nicht mehr für begehrenswert gehalten zu werden.

»Für mich?« Tim lachte. Verzweiflung schwang mit. »Komm mir nicht damit. Ja, du hast einen tollen Körper. Ja, deine Muskeln sind perfekt definiert! Doch unsere Beziehung ist nicht perfekt definiert. Haben wir das legendäre siebte Jahr so gut überstanden, nur um dann im achten so kläglich zu scheitern? Ich habe übrigens überhaupt nichts gegen ein bisschen Hüftspeck. Schau mich an, ich bin nicht so trainiert. Ich liebe dich nicht wegen deiner Muskeln, Max. Kapier das endlich. Hältst du mich für so oberflächlich? Nach acht Jahren Ehe? Hör zu, ich habe ein paar Nächte mit ihm verbracht. Ja, ich schäme mich dafür. Ja, das war MEIN Fehler. Und die letzten beiden Tage habe ich mich zurückgezogen, weil ich mir über alles klar werden wollte.«

»Und? Bist du dir über alles klar geworden?« Pfeffer fürchtete, dass nun der schlimme Satz kommen würde: *Wir sollten uns eine Zeitlang trennen.*

»Ja, bis eben war ich mir sicher, dass alles klar war.« Tim kam zum Bett zurück und nahm einen weißen Umschlag von der Bettdecke. »Bis ich das hier gesehen habe. Ich bin mir klar darüber geworden, was ich schon immer wusste: Dass ich dich liebe, Max Pfeffer. Auch wenn du unsere Jahrestage vergisst und mehr Zeit mit Sport verbringst als mit mir. Ich liebe das Leben mit dir und unseren Kindern. Denn es sind längst auch meine Kinder. Ich bin heute zu dir gekommen, weil ich deine Verzeihung erbitten wollte. Weil ich Scheiße gebaut habe. Ich wollte deine Vergebung. Doch das hier …« Seine dunklen Mandelaugen füllten sich mit Tränen und er schluckte hörbar. »Das ändert vieles.« Tim warf Pfeffer den Umschlag hin und drehte sich wieder zum Fenster. »Das lag unten auf dem Zeitschriftenstapel. Ich vermute mal, du hast ihn nicht extra für mich dort liegen lassen, sondern vergessen ihn zu verstecken. Doch ich bin froh, dass ich ihn gefunden habe und nicht die Kinder.«

Pfeffer erinnerte sich, es war der Umschlag, den der Pfarrer Hans Müller mitgebracht hatte. Etwas Erbauliches sollte darin sein. Er nahm das weiße Kuvert und öffnete es. Darin befanden sich fünf Din-A4-Blätter, Schwarzweißfotos. Fünf gestochen scharfe Aufnahmen, fünf Fotos von Max Pfeffer und Bambi Veicht und Wanja Woroschin, die höchsten noch die eine Frage offen ließen: Wem gehört da welches Körperteil?

Pfeffer hüpfte vom Bett.

Vorgestern Abend war er im Adrenalinrausch einfach gesprungen und hatte an eine sichere Landung geglaubt, weil er ausgestiegen war. Nun merkte er, dass er immer noch fiel, doch das war kein kontrollierter Fall, das war ein Sturz ins Bodenlose.

»Hat es dir Spaß gemacht?«, fragte Tim und wischte sich die Tränen weg. Noch immer sah er seinen Lebensgefährten nicht an. »Hat dir DAS Spaß gemacht? Ist es DAS, worauf du stehst? Es tut mir leid, das kann ich dir nicht bieten! Und jetzt komm mir nicht mit der Nummer, dass ich ja auch … Ich hatte Sex, nur Sex, *godverdomme*! Keine Akrobatikorgie mit einer Silikonschlampe und einem behaarten Steroidschrank.«

»Das sind keine Haare, sondern ein Tattoo …«

»Wie interessant! Erzähl doch bitte mehr über den Körper von diesem Schrank, Max!«

»Tim, bitte. Lass dir erklären …«

»Nein, Max. Ich glaube nicht, dass ich dazu noch eine Erklärung brauche. Hör zu, ich möchte ein wenig für mich sein, okay? Du weißt, dass ich nächste Woche eigentlich frei hatte, kurzfristig kam dieser Tage ein Angebot herein.« Gut, das war gelogen, er hatte ja nur einen kurzen Termin für ein Vorabgespräch am Montag in Kreuthsriedern, doch so gewann er ein paar Tage Zeit. »Ein mehrtägiges Seminar, das ich halten soll. Das passt mir ganz gut. Am Montag geht es los. Ich werde nun meine Sachen packen und abreisen.«

»Tim, bitte. Bleib doch wenigstens übers Wochenende. Lass uns reden. Das war alles ganz anders! Auf den Fotos sieht das so aus, als ob … Aber das stimmt nicht! Bleib. Ich habe mich so auf die freien Tage gefreut. «

»Ich mich auch, Max, ich mich auch. Ich werde mir fürs Wochenende ein Hotel irgendwo suchen.«

Tim de Fries begann zu packen, und Max Pfeffer begann zu reden. Er erzählte alles, ließ nichts aus, rechtfertigte jedes Gefühl und erklärte jedes Detail. Doch der Redeschwall prallte an Tim ab wie Regen an einer Fensterscheibe.

»Sag den Kindern, dass ich sie liebe«, sagte Tim, als er mit Packen fertig war. »Sag ihnen, dass ich … nein. Das werde ich ihnen im Zweifelsfall selbst sagen. Keine Angst, nicht jetzt. Ihr braucht euch keine Sorgen machen. Ich komme zurück, nach dem Auftrag. Und sei es nur, um mit den Kindern zu reden … Ach, Max, lass mir einfach Zeit.« Tim wischte mit dem Daumen zärtlich die Träne weg, die Max über die Wange lief, gab Max einen kurzen Hauch von Kuss auf den Mund und ging.

Pfeffer rannen noch die Tränen über das Gesicht, als er aus dem Auto sprang. Doch es waren keine Tränen der Verzweiflung, sondern der Wut, der grenzenlosen Wut.

Es war Samstag und das bedeutete eigentlich, dass er ihn zu Hause antreffen musste. Die Adresse aus dem Telefonbuch herauszufinden war ein Klacks. Pfeffer wischte sich über das Gesicht und schluckte seinen bebenden Zorn herunter, als er auf die Klingel des kleinen Reihenhauses in Waldtrudering drückte. Im Haus hörte er Kinder schreien. Erst nach dem dritten Läuten öffnete endlich eine pummelige Brünette mit hektischen roten Flecken im Gesicht. Sie trug rosa Leggings und eine bunte Bluse. Sie trocknete sich die Hände an einem grünkarierten Geschirrhandtuch ab und sah den Kriminaler mit müden Lidern an. Pfeffer konnte sich kaum noch an sie erinnern, obwohl sie sich mit Sicherheit bei irgendwelchen offiziellen Anlässen begegnet sein mussten.

»Guten Morgen«, sagte Pfeffer gepresst. »Ist Ihr Mann da? Ich muss ihn dringend sprechen.«

»Nein«, antwortete die Frau und zuckte schlaff mit den Schultern. »Der ist in der Arbeit. Die hatten gestern eine große Aktion. Probieren Sie es einfach in seinem Büro …«

Noch bevor sie den Satz beendet hatte, befand sich Pfeffer schon wieder auf dem Weg zum Auto.

»Bravo, Kurt«, rief er, als er im Präsidium in das Büro seines Kollegen von der Drogenfahndung stürmte. »Sehr gut gemacht, Kurt!« Er knallte den großen weißen Umschlag auf den Schreibtisch.

»Was kann ich für dich tun, Pfeffer?« Der Kollege starrte ihn irritiert an. Er trug zu seinem hellblauen Hemd einen billigen geblümten Schlips, mit dem er nervös zu spielen begann. »Setzt dich doch bitte und erkläre mir deinen bühnenreifen Auftritt.«

»Spar dir deinen Sarkasmus, Sepp. Josef Kurt, der clevere Drogenfahnder. Hast mich ganz schön dran gekriegt, was? Hast du geglaubt, ich falle auf diesen falschen Pfarrer rein? Warst du zu feige, das selbst zu machen? Diese Schmalzfresse mit seinem Ich-kenne-Oberstaatsanwalt-Bauer-Gesülze! Du hättest ihn besser briefen sollen, welcher Kirchengemeinde wir zugeordnet sind. Und er war für einen Pfaffen zu gut gekleidet.«

»Ich würde dir gerne inhaltlich folgen, Pfeffer«, warf Kurt ein und machte eine hilflose Geste.

»Und Bambi und Wanja. Für einen kurzen Moment habe ich mir eingebildet, es war eine Falle. Doch nein, die beiden wussten natürlich nicht Bescheid. Denn du hast ja deinen V-Mann auf sie angesetzt, deinen V-Mann, der im Gebüsch saß. Soll ich dir was sagen? Ich habe dieses mechanische Geräusch gehört und leider nicht drauf geachtet. Das war das Klicken eines Fotoapparates. Klickklickklick, automatischer Filmtransport bei gedrückt gehaltenem Auslöser. Bravo, Josef Kurt. Bravo. Und jetzt? Willst du mich erpressen? Willst du meinen Posten?«

»Pfeffer, ich würde dich liebend gerne erpressen, wenn ich könnte. Das weißt du genau.« Josef Kurt lachte trocken und machte eine wegwerfende Handbewegung. »Doch momentan kann ich dir immer noch nicht folgen. Wovon in Dreiteufelsnamen redest du?«

Max Pfeffer sah das echte Unverständnis in den Augen seines Kollegen. Er erkannte, dass Josef Kurt wirklich keine Ahnung von den Fotos hatte, keine Ahnung von Pfeffers wilder Nacht. Plötzlich war die Luft raus. Pfeffer musste ganz neu denken, ganz neu zu suchen anfangen, wer ihn da neulich nachts fotografiert hatte.

»Okay, Pfeffer, wir hatten unsere Schwierigkeiten in der Vergangenheit … Schwamm drüber. Ich kann dich nicht leiden und du mich nicht.« Josef Kurt verschränkte die Arme hinter dem Kopf, stemmte den linken Fuß gegen die Schreibtischplatte und begann mit dem Stuhl zu kippeln. »Das ist nicht zu ändern, doch ich bin heute gut drauf. Uns ist gestern ein großer Fisch ins Netzt gegangen. Unser V-Mann hat hervorragende Arbeit geleistet. Wir haben endlich Erdogan, den Kokskönig geschnappt! Erdogan Öztürk live und in flagranti, wie er zwanzig Platten Kokain gekauft hat. Zwanzig Platten. Zwanzig Kilo bester Stoff. Und seine Lieferantin haben wir auch eingebuchtet.«

Langsam begriff Max Pfeffer. »Bambi Veicht.« Er blies die Backen auf und ließ die Luft hörbar entweichen.

»Richtig, Pfeffer. Sie dealt im großen Stil, das wussten wir schon eine Weile, aber erst unser V-Mann hat sie uns auf dem Silbertablett liefern können.«

»Jetzt sag mir nicht, dass euer V-Mann Wanja Woroschin heißt.« Der Kriminalrat ließ sich auf einen Stuhl fallen.

»Du bist ein guter Bulle, Pfeffer, das hört man allenthalben.« Das klang nicht nach Kompliment sondern nach Spott. »Wanja ist ein super Mann, vielseitig einsetzbar, intelligent und nicht zimperlich. Wenn auch ein wenig anabolikasüchtig. Mit dem haben wir schon einige kleine Fische geschnappt. Doch nun waren es zwei kapitale Karpfen. Bambi hat die Drogen als Ikonen getarnt eingeführt. Sie hat sogar alle Steuern auf die angeblichen Kunstwerke gezahlt und immer einwandfreie Papiere dafür gehabt. Dabei bestanden die Platten aus gepresstem Kokain, kunstvoll bemalt und lackiert. Wir haben gestern Nachmittag ihr kleines Nest hochgehen lassen. Du kannst dir vorstellen, was die für Augen gemacht hat, als wir die feine Villa in Pullach gestürmt haben.« Kurt lachte ordinär. »Und ich sage dir, ihre Möpse sind vor Schreck beinahe aus dem Ausschnitt gehopst.«

Er machte mit den Händen eine Bewegung, als würden ihm Kugeln aus dem Brustbereich heraushüpfen und brüllte vor Lachen. »Aber mit Möpsen hast du alter … entschuldige, Pfeffer, beinahe hätte ich dich einer alten Gewohnheit folgend wieder einen Schwanzlutscher genannt, … hast du es ja nicht. Apropos Möpse, leider ist einem meiner Jungs ein kleines Malheur passiert. Der Köter von Bambi hat ihn angekläfft wie verrückt, da hat mein Mann mal ordentlich zugetreten. Wusch, ist das Fellknäuel wie ein Fußball durch die Halle geflogen.« Kurt kicherte vor sich hin und wischte sich die Lachtränen aus den Augenwinkeln. »Zong, gegen die Wand geklatscht, das Vieh, und völlig verdreht liegen geblieben. Die Schoßratte hat sich das Genick gebrochen! Die Veicht hat dann das Plärren angefangen, aber ich meine, wo gehobelt wird, fallen Späne. Und die Veicht hätte sich die nächste Zeit eh nicht mehr um ihren Köter kümmern können.«

Pfeffer war nun klar, warum der Russe am Vortag so eilig das Haus in Pullach verlassen wollte. »Und Wanja? Was würdest du tun, alter … oh, entschuldige, beinahe hätte ich dich einen verhinderten Schwanzlutscher genannt, denn nachdem es dich so sehr beschäftigt, scheint es ja das zu sein, wovon du träumst. Oh, da fällt mir ja ein, dass ich dich neulich am Bahnhof mit einem dieser wirklich hübschen Junkie-Mädchen gesehen habe, die da anschaffen. Wie alt war die? Vierzehn?«

»Das war eine Informantin, du Scheißkerl!«, schrie der Drogenfahnder, wobei er eine kleine Spuckefontäne über den Schreibtisch schleuderte. Er sprang auf. »Da war nie … ich habe nie … Nicht jeder ist so krank wie DU!«

Er sank auf den Stuhl zurück. »Wir haben nur geredet, verdammt noch mal! Ich habe dem Mädchen nur einen Kaffee …«

Er beendete den Satz nicht und fuhr sich mit zittriger Hand über den Mund.

Pfeffers Gesicht blieb unbeweglich. Er hatte Sepp Kurt nie irgendwo am Bahnhof gesehen, weder mit noch ohne minderjähriger Hure. »Schon gut, Kurt … also, was würdest du tun, wenn ich dir sage, dass ich bei Wanja Woroschin vier solcher Ikonen gesehen habe? Bei ihm zu Hause?«

»Dann würde ich dir sagen, dass Wanja entweder mit echter russischer Kunst handelt oder dass du nicht richtig hingeschaut hast, Pfeffer. Führe mich hin und zeige sie mir, ich bin sicher, dass du dich getäuscht hast. Außerdem solltest du zählen lernen, es waren nur zwei!«

»Verstehe.«

»Wir werden ihn nicht opfern, Pfeffer, dazu ist er uns zu wertvoll. Und komm bloß nicht auf dumme Gedanken! Du wirst nichts beschlagnahmen. Wir haben alles mit ganz oben geklärt. Er ist tabu. Soll er irgendwann seine Disko aufmachen, dann können wir ihn noch immer auffliegen lassen.«

»Seit wann seid ihr an Bambi dran? War die schon im Visier, bevor Wanja euch auf sie aufmerksam gemacht hat?«

»Nein, wieso?«

»Nur so.« Pfeffer schmunzelte in sich hinein. Wanja war gerissener, als er gedacht hatte. Hatte sich einfach Bambi angelacht und in seinen großen Deal hineingezogen und auffliegen lassen, während Kurt und sein Team ein Auge zudrückten, wenn Wanja seine eigenen Geschäfte betrieb. Womöglich war Herbert Veicht dem neuen Liebhaber seiner Frau auf die Schliche gekommen und musste deshalb sterben. »Was ist übrigens mit dem Ehemann von Bambi, Herbert Veicht? Hatte der etwas mit den Geschäften seiner Frau zu tun?«

»Der abgehackte Kopf, mit dem du dich herumärgerst? Denkbar wäre es, doch das ist dein Job. Möchtest du bei den Vernehmungen von Bambi Veicht dabei sein? Schade, das kann ich dir leider, leider, leider nicht gestatten, Pfeffer.«

»Kleiner Tipp am Rande, Kurt: In der Wohnung von Herbert Veicht werdet ihr noch zwei solcher Ikonen finden. Ich an deiner Stelle würde die auch checken.«

»Hey, Pfeffer, so auskunftbereit! Danke.« Kurt beugte sich mit einem zynischen Lächeln vor, um den Umschlag zu schnappen, den Pfeffer auf den

Tisch geknallt hatte. »So, nun wollen wir doch mal sehen, was du mir da Schönes mitgebracht hast.«

»Hat sich erledigt.« Der Kriminalrat konnte seinem Kollegen gerade noch das Kuvert entwinden. Wenn Josef Kurt nicht hinter den Fotos steckte, wer dann? Pfeffer sah sich vor der schier unlösbaren Aufgabe, das Phantom namens Hans Müller zu jagen.

»Nein«, wiederholte die freundliche Dame am anderen Ende des Apparates, »nein, in unserer Pfarrei St. Raphael gab es nie einen Hans Müller oder einen Pfarrer, auf den Ihre Beschreibung passen würde. Tut mir leid, und der Herr Pfarrer kann nun wirklich nicht ans Telefon, er muss seine Predigt vorbereiten.«

Pfeffer bedankte sich. In der Carolinenkirche bekam er die gleiche Auskunft, diesmal von einer ziemlich genervten Frau. Er rief noch weitere Pfarreien in Obermenzing und Umgebung an, obwohl er wusste, dass es vergebene Liebesmüh war. Der mysteriöse Hans Müller konnte alles mögliche sein. Mit Sicherheit war er kein Mann Gottes, dachte sich Pfeffer. Er schlenderte vom Polizeipräsidium in der Ettstraße zur Fußgängerzone und reihte sich in die Menschenmassen, die sich an diesem herrlichen hochsommerlichen Samstagmittag durch Münchens Innenstadt schoben. Pfeffer vermeinte nur Italienisch und Japanisch zu hören. Gab es überhaupt noch Münchner in der Stadt? Um eine kleine Gruppe Schwarzer, die tadellose Anzüge trugen, hatte sich eine große Lücke gebildet. Einer der Afrikaner hielt eine Bibel in der Hand und dozierte stimmgewaltig über die grenzenlose Gnade Jesu. Drei weitere Schwarze versuchten gelbe Handzettel zu verteilen, doch die weißen Fußgängerzonenbesucher drehten demonstrativ, ja beinahe panisch die Köpfe weg – keiner wollte sich von Afrikanern zum Christentum bekehren lassen.

Außerdem beherrschten zahlreiche Araberinnen mit schwarzen Tschadoren die Szenerie. Bei manchen sah man tatsächlich nur die Augen. Andere nestelten ständig an ihren Kopftüchern und fummelten gekonnt an dem schwarzen Überwurf herum, so dass darunter blondierte Haare, bunte Kleider und elegante Schuhe hervorblitzten. Zu seinem eigenen Erstaunen bemerkte Pfeffer auch eine große Reisegruppe Inder, alte Frauen in bunten Saris und mit abgelatschten Turnschuhen an den Füßen sowie alte Männer mit jener Sorte geschmackloser Altmännerklamotten, die offenbar alte Männer aller Kulturkreise bevorzugten.

Am Stachus angekommen setzte er sich auf einen der Steinquader, die den großen Brunnen umgaben. Dann nahm er seine Sonnenbrille ab und holte die Blätter aus dem Umschlag. Er achtete nicht auf das, was zu sehen war. So sehr schämte er sich nun dafür. Die paar Minuten! Herrgottnochmal! Es war doch nichts passiert.

Das Papier war ganz normales Druckerpapier, 80 Gramm, kein Fotopapier. Das bedeutete für den Kriminaler, dass der Fotograf mit einer Digitalkamera geknipst haben musste. Das bedeutete wiederum, dass er keine Negative vernichten konnte, falls er je den Urheber ausfindig machen konnte. Er musste den Chip finden und die vermutlich zahlreichen Sicherungskopien. Er zwang sich, die Bilder doch näher anzusehen. Er erkannte sich kaum selbst auf den Fotos. War er das wirklich? Er starrte sich an, obwohl er sich nicht sehen wollte. Natürlich, für einen Unbeteiligten musste es so aussehen, als ob er sich wirklich prächtig amüsiert hatte. Wie hatten sie bei diesem Foto gelegen? Pfeffer rief sich den Abend ins Gedächtnis. Wie war er bei jener Aufnahme gestanden? Und bei dieser? Pfeffer sah alles vor sich. Er erinnerte sich an die kurzen Minuten, bevor er mental ausgestiegen und unbeteiligt herumgelegen war. Kein Zweifel, die Aufnahmen mussten aus dem Dunkel von rechts gemacht worden sein. Rechts vom Haus aus gesehen. Dort gab es eine dichte Hecke aus Büschen und dahinter vermutlich einen Nachbarn, in dessen Garten Spuren zu entdecken sein müssten. Pfeffer blätterte die Bilder durch. Auf jedem Blatt war unten links in der Ecke das Datum mit Uhrzeit aufgedruckt. Pfeffer stutzte beim letzten Foto. Da konnte die Ziffernfolge nicht stimmen. Kein Datum begann mit 00396.

Er starrte die Zahlenreihe an. Es dauerte einen langen Moment, bis er begriffen hatte und sein Mobiltelefon zückte.

»*Pronto*«, sagte eine sonore Männerstimme.

»Wer spricht bitte?«, fragte Pfeffer.

»Oh, schönen guten Tag, Herr Kriminalrat Maximilian Pfeffer. Gehe ich recht in der Annahme, dass Sie meine kleinen Erbauungsbildchen endlich studiert haben? Sie sind ja eine echte Kanone, wenn Sie mir dieses Kompliment gestatten. Wie gefallen sie Ihnen?«

»Wer sind Sie?«, bellte Pfeffer in den Hörer. »Was wollen Sie von mir?«

»Erstere Frage können Sie sich selbst beantworten. Ich bin Hans Müller, Ihr neuer Pfarrer …«

»Lassen Sie diesen Unsinn«, unterbrach Pfeffer giftig.

»Gut, wie Sie wollen. Ich bin ein Mensch, der es gut mit Ihnen meint, Herr Pfeffer. Einer meiner Mitarbeiter ist ein begabter Fotograf und hat diese entzückenden Bilder geknipst. Glauben Sie mir, Herr Pfeffer, Sie waren nicht einmal das vordringliche Objekt seiner Begierde, doch Sie sind irgendwie dazwischen gekommen. Zum Glück für mich.« Der Mann am anderen Ende der Leitung lachte. »Wie Sie sich denken können, habe ich Ihnen nur eine klitzekleine Auswahl zukommen lassen. Den Rest hebe ich mir auf.«

»Bitte sehr.« Pfeffers Ton glich einem Säurebad. »Dann hoffe ich, Sie holen sich nicht zu oft einen darauf runter.«

»Ich kann mich beherrschen, Herr Kriminalrat, ganz offensichtlich im Gegensatz zu Ihnen. Diese entzückenden Ablichtungen Ihrer Körperertüchtigung bleiben unter Verschluss. Keine Sorge.«

»Was wollen Sie von mir?«

»Nichts, das sagte ich doch bereits. Zumindest fast nichts. Nur eine kleine Bitte. Ich möchte, dass Sie sich bei Ihrer Arbeit nicht unnötig verausgaben. Sie sollten dabei nur nicht aus den Augen verlieren, dass es noch wichtigere Dinge gibt, als einen Mörder dingfest zu machen.«

»Nicht in meinem Job!«

»Natürlich müssen Sie das sagen. Deshalb bin ja auch ich da, um Ihnen die Augen zu öffnen. Es gibt Verbrechen, die sühnt nicht der Staat, weil es um mehr geht. Weil größere Interessen im Spiel sind. Solche Verbrechen sühnen wir zum Beispiel. Wir können Sie natürlich nicht daran hindern, Ihre tägliche Arbeit zu machen, doch ich rate Ihnen, auf der Suche nach Herbert Veichts Mörder nicht mehr zu viel Energie zu verschwenden. Sie werden ihn vermutlich nie finden, weil wir uns um die Angelegenheit kümmern und längst vor Ihnen ein Ergebnis haben werden. Diese reizenden Fotos könnten Ihnen nur dann gefährlich werden, wenn Sie meine Worte nicht ernst nehmen.«

»Wenn Sie wissen, wer Veicht geköpft hat, dann sagen Sie es mir. Andernfalls machen Sie sich strafbar, Sie Rätselkasper«, fauchte Pfeffer wütend in sein Handy.

»Ich weiß es nicht, da lüge ich Sie nicht an. Doch Veicht musste offenbar für etwas sterben, wofür er viel Geld ausgegeben hat. Wir kümmern uns darum, keine Sorge. So etwas wird nicht wieder vorkommen. Und der Täter wird nicht mit einer milden Strafe davonkommen. Ich denke, wir sollten unser Telefonat nun beenden.«

»Sie wissen, dass ich Sie über die Rufnummer ausfindig machen kann?«

»Sicher. Das könnten Sie. Obwohl …, wenn ich es mir recht überlege – nein, das könnten Sie nicht.« Der Mann am anderen Ende der Leitung kicherte amüsiert. »Herr Kriminalrat, bitte sparen Sie sich die Mühe. Sie haben eine Festnetznummer gewählt, doch Sie wissen, dass es heute keine Garantie dafür gibt, dass ich tatsächlich zu Hause am Telefon sitze. Sie können mich jederzeit wieder anrufen, oder ich werde mich mit Ihnen in Verbindung setzen, wenn wir es für angebracht halten. Wir könnten uns natürlich auch einmal von Angesicht zu Angesicht zu einem Plausch treffen. Es ist nicht so, dass ich mich verstecken würde. Nur, was sollte ein Plausch bringen?! Schönes Wochenende, Herr Pfeffer. Grüßen Sie mir bitte Ihre lieben Kinder und Ihren attraktiven Lebensgefährten.«

»Halt. Sagen Sie mir endlich, wer Sie sind, wer ihr seid?«

»Jetzt enttäuschen Sie mich wirklich. Haben Sie das noch nicht erraten, Herr Pfeffer?«

17

»Bin ich der Auserwählte?«

»Wie meinst du das? Hältst du dich für den neuen Messias?«

»Nein, nein! Das würde ich mir nie anmaßen! Jesus …«

»Ja? Was war mit dem?«

»Nichts.«

»Du lügst. Und das noch dazu schlecht! Du hast nur Angst, dass ich dir wieder Wahrheiten sagen werde, die nicht in dein Weltbild passen. Nein, das war die falsche Wortwahl – in dein Glaubensbild. Keine Angst, mein Bester, ich verschone dich diesmal. Ich erzähle nichts von Attis und ich möchte nicht, dass du erfährst, was mit Dionysos geschah …«

»Dionysos? Wieso Dionysos? Das war doch der griechische Weingott, identisch mit Pan, oder?«

»Stimmt. Höre ich da so etwas wie Panik in deiner Stimme?«

»Nein. Hörst du nicht! Und was hat Dionysos mit Jesus zu tun?«

»Nichts. Reg dich nicht auf. Bleib in deiner kleinen heilen Welt.«

»Meine Welt ist längst nicht mehr heil. Dank dir! Erzähl es mir, bitte. Ich rege mich nicht auf.«

»Du musst wissen, dass ich dir das alles nicht erzähle, weil ich dir schaden will. Im Gegenteil. Du musst endlich verstehen, dass es um mehr geht als um Rituale und Ämter. Es geht um die Wahrheit, es geht um mein Wort! Du hast eine Mission zu erfüllen. Das, was ich dir nun sage, ist übrigens kein Geheimnis. Du kannst es überall nachlesen. Dionysos war jahrhundertelang der beliebteste aller Götter, die starben und auferstanden. Er wurde geopfert und in einem kannibalischen Akt verspeist. Später machte ein anderer daraus: Das ist Fleisch von meinem Fleisch … Mehr sage ich dazu nicht, du weißt, was ich meine. Doch jedes Mal, nachdem er getötet und rituell verspeist worden war, stand der Gott wieder auf von den Toten. Übrigens alle zwei Jahre. Zyklische Feste wurden zu seinem Kommen und Verschwinden gefeiert, die kleinen Dionysien im Dezember und die großen Dionysien im März. Nun, erinnern dich diese Daten an etwas? Weihnachten? Ostern? Der Dionysos-Kult war in der Antike von Europa bis nach Indien verbreitet. Alle liebten ihn und die Satyrn, seine Bockshörnigen, oha, was merken wir denn da? Bockshörnige – einst das

Gefolge des beliebten Ekstasegotts, und nun? Richtig, sie haben das Gegenteil daraus gemacht, weil sie einen anderen beliebter machen mussten. Sie mussten den Gottessohn verteufeln, um den Menschensohn zu vergöttlichen. Nun ist der Bockshörnige irrerweise der Teufel. Ausgerechnet! Einst haben sie ihm zu Ehren das Drama erfunden, ihm, dem Vater von Priapos und Hymen, Sohn des Gottvaters Zeus und der Semele, Gatte der Ariadne. Dionysos, Gott des Orgiasmus, der in Apollon, dem langweiligen Gott des Maßhaltens, seinen Gegenpart hatte. Zeus selbst hat übrigens den kleinen Dionysos zur Welt gebracht, denn Semele wünschte Zeus in seiner göttlichen Gestalt zu sehen, doch die Sterbliche konnte den Anblick nicht ertragen und verglühte in seiner Göttlichkeit. Da rettete Zeus das ungeborene Kind aus ihrem Leib und trug es in seinem Oberschenkel aus. Kein Wunder, dass sich andere dieser Geschichte bedienten, um einen neuen Gott zu etablieren …«

»Das ist Blasphemie!«

»Ich sagte doch, dass du das überall nachlesen kannst. Du bist so naiv. Und dass du ausgerechnet MIR *Blasphemie vorwirfst – ist das pure Dummheit oder der Mut der Verzweiflung? Schlag im Lexikon nach, wenn du zweifelst. Und ich sagte, dass Dionysos nur der beliebteste von allen Göttern war, die starben und auferstanden. Das war üblich, ein ordentlicher vorderasiatischer Gott hatte gefälligst zu sterben und dann wiederzukehren. Auch Herakles kehrt von den Toten zurück, genauso wie der babylonische Tammuz, der phrygische Attis, der ägyptische Osiris – und natürlich das bildschöne Stehaufmännchen aus Syrien nicht zu vergessen: Adonis. Attis, Osiris und Adonis beliebten übrigens, am dritten Tag aufzuerstehen …«*

»Es reicht! Schluss damit! Das sind außerdem nur Fruchtbarkeitsgötter. Die müssen sterben und auferstehen. Wie die Vegetation …«

»Und wie deine Dummheit. Jedes Mal, wenn ich denke, sie ist endlich tot, steht sie wieder auf. Es ist zum Verzweifeln. Du sollst lernen, die Wahrheit zu sehen. Und wo wir gerade bei Attis waren: Der wahre gute Hirte. Klassischerweise dargestellt als junger Mann, der ein Lamm auf den Schultern trägt. Lange vor dem, den sie heute als guten Hirten vergöttlichen. Ich möchte nur, dass du erkennst …«

»Schweig, bitte.«

»Prometheus, Lykurgos, Masyas und schon wieder Dionysos – alles Gekreuzigte. Und siehe – kommt dort nicht Dionysos auf dem Esel, dem Tier des Friedens, einher geritten? Ist nicht er der Rebstock? Verwandelt er nicht ununterbrochen Wasser in Wein? Wird nicht er verspottet, getötet und verspeist? War nicht

schon Bel Marduk, der babylonische Übergott, ein vom Vater gesandter Erlöser, Erwecker der Toten und Herr aller Herrn, den man festnahm, verhörte, geißelte und mit Verbrechern hinrichtete, während ein anderer Verbrecher freigelassen wurde? Und eine Frau nahm mit einem Tuch das Blut auf, das Bel Marduk aus einer Speerwunde tropfte … Bel Marduk, den man als Drachen darstellte. Der Gute, der zum Bösen werden musste, damit der Heilige Georg sich profilieren konnte! Hatte nicht Herakles den Menschen längst als Gottessohn und Heiland gedient, bevor dein Jesus kam?«

»Ich höre dir nicht mehr zu! Es ist mir völlig gleich, was du erzählst.«

»Dabei solltest du mir zuhören! Du Tor. Selten hat dieser antiquierte Ausdruck mehr zu jemandem gepasst! Tor! Verdammter Tor!«

»Schweig doch endlich, bitte!«

»Nein, du schweigst jetzt. Hör auf zu winseln. Du hast eine Mission, für die du von mir persönlich ausgewählt wurdest! Von mir! Wie kannst du es also wagen, an meinen Worten zu zweifeln, 31.«

»Ich zweifle nicht. Entschuldige. Hast du mich eben 31 genannt? Du nennst mich beim Namen? Ich danke dir! Aber ich bin allein, so verdammt allein. Warum ist niemand da für mich? Niemand, dem ich mich anvertrauen kann, der mein Komplize ist. Der mir hilft, die Last zu tragen.«

»Sei geduldig. Hat man dir Geduld nicht beigebracht? Nun, zum einen hast du mich und zum anderen bist du jetzt noch allein. Habe Geduld, denn wenn es sich erst einmal herumgesprochen hat, was du leistest und was deine Triebfeder ist, werden dir viele folgen. Denn obwohl du ein dummer Tor bist, hast du schon den ersten richtigen Schritt getan, um das Übel zu bekämpfen. Natürlich nur ein winziger Schritt angesichts der Tiefe, die die Wurzeln des Übels schon haben. Lass sie erst hinter das Geheimnis des ersten Fanals kommen, dann wirst du schon sehen.«

»Danke. Danke, dass du bei mir bist und mich ermutigst.«

»Wir müssen nun dafür sorgen, dass deine Mission nicht vorzeitig durch übereifrige Beamte oder die Bluthunde der anderen gestört wird. Lass dir für Pfeffer eine Lösung einfallen. Ich fürchte, er ist dir näher auf den Fersen, als du ahnst. Sei nicht zimperlich! Hörst du? Gnade ist nicht vorgesehen.«

18 Max Pfeffer verglich zu Hause die Telefonnummern, die sie bei Herbert Veicht gefunden hatten, mit der auf dem Bild. Ein und dieselbe. Nur dass bei Veicht die 00396 fehlte, die Vorwahl. Also hatte Herbert Veicht mit dem mysteriösen älteren Mann gesprochen. Offenbar so oft, dass er überall dessen Nummer notiert hatte. Pfeffer zog das Vorwahlverzeichnis hervor und blätterte es sorgsam durch. 0039 – Italien, 00396 – Rom. Dem Kriminalrat schwante etwas. Er ahnte nun, mit wem er es zu tun hatte und weshalb der mysteriöse Fremde so anmaßend sein konnte.
Pfeffer blätterte von I zu V. 00396 – Vatikanstadt.

Die Haustüre wurde aufgeschlossen, Cosmo kam herein und schleppte mehrere Einkaufstüten. Er sah seinen Vater kurz an, der Blick schleuderte pure Verachtung auf Max Pfeffer. Cosmo ging wortlos in die Küche und verstaute die Einkäufe mit wütenden schnellen Bewegungen, dann stürmte er ins Wohnzimmer.

»Okay, Dad«, schrie er. »Du kannst meinetwegen machen, was du willst. Wenn es deine Absicht war, uns hier verrotten und verhungern zu lassen – Pech gehabt. Ich verdiene Geld, ich war fürs Wochenende einkaufen. Ich kann das Nötigste kochen, weiß wie die Waschmaschine funktioniert und kann auch für den Zwerg sorgen, wozu du scheinbar nicht mehr in der Lage bist! Du brauchst auch gar nicht mehr heimkommen. Du kannst deine Familie gleich los sein, wenn du willst, wenn wir dir so scheißegal sind, kapiert? Brauchst es nur zu sagen!«

»Cosmas, hör mal«, sagte Pfeffer, völlig überrannt vom Frontalangriff.

»Nein, du hörst mir jetzt zu.« Cosmo ließ sich nicht beruhigen. »Denn irgendjemand muss es dir mal sagen. Es ist mir scheißegal, wenn du mich jetzt grün und blau schlägst! Ich habe keine Angst vor dir! Aber es ist mir nicht scheißegal, wo du deinen Scheißschwanz reinhängst! Ja, ich habe euch heute früh gehört. Es war ja nicht zu überhören! Gott sei Dank ist Flos Zimmer weiter den Gang runter, und er hat nichts mitgekriegt.«

Wie er da so vor ihm stand, erkannte Pfeffer sich in seinem Sohn wieder. Er war auch so ein schlacksiger Heißsporn mit dunkelbraunen Samtaugen gewesen – damals. Max Pfeffer war im Schlachthofviertel aufgewachsen, früher ein richtiges Glasscherbenviertel, ein echter Kiez zwischen Zenettistraße und Roecklplatz, und noch kein schickes Luxuspflaster mitten in Münchens City, in dem sich überteuerte Szenerestaurtants damit rühmen konnten, bereits Hollywoodstar Brad Pitt verköstigt zu haben. Seine Eltern betrieben in der Thalkirchner Straße eine kleine Reinigung, die Schlachter und Fleischer aus der Gegend zählten zu ihren Stammkunden. So grobschlächtig wie die Kundschaft waren auch Pfeffers Eltern. Max und seine Schwester Barbara hatten zu kuschen. Wenn nicht, setzte es Prügel, wobei die Mutter dem Vater in nichts nachstand, so lange Pfeffer noch klein genug war. Natürlich, die Eltern arbeiteten hart und statteten ihre Kinder mit all dem Wohlstand aus, der bei den Nachbarn den nötigen Neid erregte. Schließlich ging es in ihrer kleinen Welt nur darum, etwas darzustellen und sein Leben im Guten wie im Schlechten daran zu orientieren, was die Nachbarn sagen. Und sie ließen die Kinder Abitur machen, damit sie mal etwas Besseres würden. Etwas Besseres als sie. Was, wie Pfeffer schon damals wusste, auch ohne Hochschulreife ein Kinderspiel gewesen wäre. Etwas Besseres allemal! Wie gerne hätte Max auch mal seinen Vater in Grund und Boden gebrüllt und seine Mutter angeschrien, doch dann hätte ihn der Vater wieder systematisch krankenhausreif geprügelt und seine Mutter hätte abschätzig die Mundwinkel nach unten gezogen und teilnahmslos weggesehen. Ein gebrochener Arm hatte dem jungen Max Pfeffer gereicht, also hatte er keine direkte Konfrontation mehr gewagt. Erst mit achtzehn, kurz vor dem Abitur, als Max den Vater zudem um einen Kopf überragte, hatte Max nach einer Ohrfeige zurückgeschlagen. Seitdem hatte es sein Vater bei verbalen Schlägen gelassen.

Nun, da sein Sohn tobte, ging Pfeffer das Herz auf. Er hörte die Wut und die Verzweiflung des Kindes. Natürlich erschreckte ihn, dass sein Sohn offenbar mit Schlägen für seine Offenheit rechnete, denn Pfeffer hatte sich stets bemüht, seine eigene Erfahrung nicht an die Kinder weiterzugeben. Gelegentlich war ihm die Hand ausgerutscht, mehr nicht. Also wusste Cosmas eigentlich ganz genau, dass er keine körperliche Strafe zu erwarten hatte, egal, was er sich leistete. Die harten Worte seines Sohnes drangen nicht wirklich zu ihm vor, Cosmo hätte ihn nun alles mögliche nennen können, es hätte nichts geändert. Pfeffer war stolz wie lange nicht. Sein Sohn hatte Mumm, er traute sich was. Pfeffer war so verdammt stolz.

»Ich habe auch neulich gecheckt, dass du auf Speed warst. Mann, wie peinlich vor Nathalie. Mein Alter vollgekotzt und breit wie der Arsch von Ottfried Fischer. Du geiler alter Sack! Schämst du dich nicht? Schämst du dich nicht, deine Familie wegzuschmeißen, weil du deinem Scheißschwanz gehorchen willst? Weil du irgendwelche Scheißorgien mitmachen musst? Du jagst Tim aus dem Haus. Lass dir eines gesagt sein, Tim gehört für mich, für Florian und mich, genauso zur Familie wie damals Mami. Du hast damals die Familie mit Mami kaputt gemacht, weil du deinem Scheißschwanz nachgerannt bist und Kerle ficken wolltest, und wenn du jetzt auch die Familie mit Tim kaputt machst, weil du wieder deinem Scheißschwanz gehorchst und plötzlich auch wieder irgendwelche Schlampen ficken willst, dann gnade dir Gott! Noch dazu dieses Koksflittchen! Nicht mal Geschmack hast du, das ist so krass peinlich! Sagt dir der Begriff Liebe gar nichts mehr? Ich dachte, du liebst Tim. Aber du denkst ja nur an dich selbst. Das Haus hier gehört mir und Flo«, er machte eine ausholende Geste, »das hat uns Mami vererbt und wenn Flo volljährig geworden ist, können wir auch darüber verfügen. Das dauert noch sechs Jahre. Aber hör mir gut zu, wenn du bis dahin weiterhin alles so vergeigst, dann schmeiß ich dich exakt um Mitternacht, in der ersten Sekunde von Flos achtzehnten Geburtstag, hochkant hier raus!«

»Bist du jetzt fertig?«, fragte Pfeffer sanft und stand auf. Er hatte in den letzten Monaten und Jahren noch nie so tiefe Liebe für seinen ältesten Sprössling empfunden wie in diesen Sekunden.

»Nein! Ich bin nicht fertig.« Cosmos Stimme kippte über, er war den Tränen nahe. Er schluchzte kurz. Dann heulte er los, vor Wut und Erleichterung, dass er alles rausgelassen hatte.

»Komm her.« Pfeffer umarmte seinen Sohn und drückte ihn an sich. »Ich finde das klasse, was du gesagt hast. Na, nicht die Ausdrücke. Ich denke, du musst da noch ein wenig an deinem Wording arbeiten, okay?«

Cosmo, der sich erst gegen die Umarmung gesträubt hatte, dann aber kurz den Kopf auf die Schulter des Vaters gelegt hatte, gab einen glucksenden Lacher von sich. Er machte sich abrupt los und wischte sich trotzig die Tränen weg.

»Mein … mein Penis kann gar nicht so scheiße sein. Denn ohne ihn wärst du nicht auf der Welt, Cosmas«, sagte Pfeffer und wollte seinen Sohn wieder umarmen, doch Cosmo stieß ihn weg.

»Sorry«, sagte der Junge und studierte dabei ausgiebig das Parkettmuster. »Mami hat ihn immer Liebespfeil genannt, als sie mich aufgeklärt hat. Und Scheiß-Liebespfeil klingt nicht so prickelnd.«

»Deine Mutter war immer eine begeisterte Barbara-Cartland-Leserin.« Pfeffer musste grinsen und strich seinem Sohn über die Haare. »Ich freue mich, dass du so viel Mut hattest, das alles zu sagen, Cosmo. Ich habe doch nicht versagt, auch wenn du mich hasst.«

»Du kapierst wieder nichts, Dad.« Cosmo machte einen Schritt zurück und schneuzte sich in ein zerfleddertes Tempotaschentuch. Er hatte sich beruhigt, sein Pulver war verschossen. »Ist auch egal. Ich hasse dich nicht. Meine hohlen Klassenkameraden, die Null Checkung haben, labern ständig davon, dass sie ihre Eltern hassen. Aber so was ist Kinderkacke, Hass zieht runter, Mann. Hass ist einfach nur Scheiße. Tut mir leid, wenn ich dich beleidigt habe, aber zum restlichen Inhalt stehe ich. Ich will, dass Tim bleibt. Also tu was, verdammt noch mal.«

»Okay, reden wir. Willst du ein Bier?«, fragte Pfeffer. Er ging in die Küche und holte zwei Flaschen aus dem Kühlschrank. Er drückte seinem verdutzten Sohn das eine Bier in die Hand. »Ist was?«

»Seit wann darf ich hier im Haus Alkohol trinken?«

»Seit jetzt. Du trinkst doch auch Bier, wenn ich nicht dabei bin. Außerdem gehen wir raus in den Garten. Lass uns da ein wenig reden.«

Die beiden Männer gingen nach draußen und setzten sich auf die Teakholzstühle im Schatten, den der große Walnussbaum spendete. Den Baum hatten die Großeltern von Pfeffers Exfrau gepflanzt, als sie das Haus fertig gebaut hatten.

»Okay«, sagte Cosmo langsam und fühlte sich ein wenig unsicher. Er prostete seinem Vater zu und trank einen kleinen Schluck. Was würde nun kommen?

»Was hältst du davon, wenn ich euch heute Abend zum Biergarten einlade? Nur wir drei Männer, Flo, du und ich?«, fragte Pfeffer.

»Geht nicht, Dad, heute Abend bin ich mit Nathalie verabredet.«

»Oh, aber die kann doch mitkommen. Ein nettes Mädchen. Sie gefällt mir.«

»Hmmm, mal schauen, aber nur kurz. Wir wollen dann noch …« Cosmo machte eine unbestimmte Handbewegung.

Pfeffer musterte seinen Sohn, wie er da auf dem Gartenstuhl lümmelte. Noch eine Veränderung fiel ihm nun an ihm auf. Cosmo trug nicht mehr wie bisher seine weiten Hiphop-Klamotten, die unförmig an seinem dünnen Körper herumschlackerten. Sein T-Shirt lag körperbetont eng an und reichte gerade bis zum Bauchnabel. Seine Jeans hing nicht mehr in den Kniekehlen, sondern an der Hüfte gerade so tief, um das zu zeigen, worauf es ankam: den Designernamenszug auf dem Bund der Markenunterhose. Und die Jeans hatte unten einen Schlag – wie in den Siebzigern. Cosmos Füße steckten nicht mehr in klobigen schwarzweißen Monstersportschuhen von Adidas sondern in weichen grellgrünen Wildleder-Sneakern von Puma.

Als sein Vater Cosmo auf den neuen Look ansprach, lagen Cosmo sofort die Sätze »So schaust du mich also an! Ich laufe seit mindestens drei Monaten komplett umgestylt rum!« auf der Zunge. Er schluckte sie hinunter. Er liebte zwar die Musik der amerikanischen Hiphop-Idole wie Snoop Dogg oder 50 Cent, aber nicht den entsprechenden Lebensstil. Cosmo fand es nicht prickelnd, dass man sündteure Markenklamotten im Baggy-Style und protzige Luxuslimousinen und geschmacklosen Brillantschmuck – kurz das ganze sogenannte Bling-Bling – als Lebensinhalt propagierte. Und weil Cosmo überhaupt keine Lust hatte, seinem Vater das alles zu erklären, weil Eltern generell auf einem anderen Planeten lebten und nichts checkten, sagte er nur: »Der Baggy-Style ist doch was für den Kindergarten. Jetzt lenk aber nicht ab, Dad.«

»Okay. Reden wir.« Pfeffer wusste nicht, wie er beginnen sollte. Er wollte und musste sich vor seinem Sohn nicht rechtfertigen. Er fixierte seine Bierflasche, als ob die ihm eine Antwort geben könnte, doch die sagte nur »Augustiner Edelstoff«, und schließlich redete Max Pfeffer einfach drauflos: »Ja, ich habe einen Fehler gemacht, Cosmas. Einen großen. Warum, das kann ich dir selbst nicht genau beantworten. Wenn du heute früh das meiste gehört hast, weißt du auch, dass Tim mich betrogen hat. Gut, das ist keine Rechtfertigung für mein Verhalten. Ein Unrecht rechtfertigt nie ein anderes, das habe ich euch schon als Kindern beigebracht. Ich wusste das mit Tim schon vorher, ich habe ihn mit einem anderen Mann gesehen, vielleicht war das der entscheidende Kick. Ja, ich gebe es zu, ich wollte ein verrücktes Abenteuer erleben, ja, Bambi und Wanja haben mich irgendwie angezogen. Ja, als ich dorthin gefahren bin, habe ich bereits geahnt, worauf es hinauslaufen wird. Und wenn ich dir versichere, dass ich … ich ziemlich schnell abgebrochen habe, eigentlich schon bevor es richtig ernst wurde, weil … weil mein Kopf sich dagegen gewehrt hat, dann ändert das letztlich nichts. Ich habe das alles jedenfalls nicht getan, weil ich Tim davonjagen wollte. Ich liebe ihn, auch wenn du mir das nicht glauben willst. Auch jetzt noch. Und ich habe das auch nicht getan, weil ich meine Familie zerstören wollte oder die Schnauze voll von euch hatte oder was auch immer. Im Gegenteil, Cosmas, du und dein Bruder, ihr bedeutet mir alles auf der Welt. Noch vor Tim. Falls du den Eindruck gehabt haben solltest, dass ich euch vernachlässige – wahrscheinlich habe ich euch auch tatsächlich vernachlässigt –, so tut mir das wahnsinnig leid.« Endlich sah Pfeffer zu seinem Sohn, doch der stierte auf seine Bierflasche, rote Flecken pulsierten auf seinen Wangen. »Ich entschuldige mich bei dir, Cosmas.«

»Schon okay, Dad«, sagte sein Sohn mehr zu seinem Bier denn zu seinem Vater. Dann warf er den Kopf in den Nacken und trank in schnellen Zügen auf der Flasche. Sein Adamsapfel hüpfte den Hals hinauf- und hinunter.

Dann traute sich Pfeffer die Frage zu stellen, die er seinen Söhnen noch nie gestellt hatte: »Vermisst du deine Mutter?«

Cosmo verschluckte sich und hustete, dann sah er überrascht auf. »Na ja. Manchmal. Was heißt vermissen. Ich denke an sie. Ist schon lange her, seit sie gestorben ist.« Er senkte seinen Kopf wieder.

»Wir sind nur eine kleine Familie, nur wir vier«, sagte Pfeffer langsam und versuchte einen Scherz, weil er die Situation entkrampfen wollte. »Na ja, und die ganze holländische Mischpoche von Tim. Ich meine, da habt ihr jede Menge angeheiratete Tanten und Onkels und Großeltern und sogar eine Uroma.« Pfeffer lachte kurz, Cosmo stieg nicht darauf ein. Pfeffer fürchtete sich vor der Antwort, als er dann die Frage stellte: »Soll ich … möchtet ihr Kontakt zu meinen Eltern, zu euren Großeltern?« Nun war es raus, kein Zurück mehr.

»Nach allem, was die uns angetan haben?«, rief Cosmo empört. »Die wollten uns dir und Tim per Sorgerechtsklage nach Mamis Tod wegnehmen! Warum fragst du so einen Scheiß? Glaubst du, Flo und ich wären lieber bei denen aufwachsen? Du hast uns vielleicht den Umgang mit denen verboten, aber das brauchtest du gar nicht. Mit denen wollen wir eh nix zu tun haben. Und Tante Barbara mit ihren Spießeransichten kannste auch behalten. Die zieht immer über dich und Tim her.«

Max Pfeffer schloss kurz die Augen, weil diese Mitteilung runter ging wie Öl. Seit jenem Sorgerechtsprozess hatte er seine Eltern für sich für tot erklärt und den Kindern jeden Umgang mit den Alten verboten. Und dass seine Söhne auch seine Schwester Barbara, die sich im Gerichtsverfahren auf die Seite der Eltern gestellt hatte, nicht mochten, freute ihn diebisch.

»Okay, war nur eine Frage. Wo wir gerade bei Wahrheiten sind: Ich habe neulich Speed geschnupft, und da du erkannt hast, dass ich auf einem Trip war, gehe ich davon aus, dass du einschlägige Erfahrungen hast. Kannst es ruhig zugeben.«

Pfeffer beobachtete seinen Sohn neugierig.

Cosmo nickte nach einer langen Pause.

»Dann lass dir meinen Zustand eine Lehre sein. Lass bitte die Finger von Drogen, Cosmas. Ich kann es dir schlecht verbieten, weil ich es nicht kontrollieren kann. Aber ich bitte dich darum.«

»Schon klar, Dad. Speed ist out. Nathalie hat davon auch die Schnauze voll. Das zieht einen doch nur runter. Kriegt man irgendwann Depris von oder schiebt Para.«

»Para?«

»Paranoia.«

»Na, dann bin ich ja beruhigt«, sagte Pfeffer. »Und Gras? Kiffst du?«

»Ist das jetzt dein Ernst? Kannste gleich fragen, ob ich atme. Wer tut das nicht.« Cosmo zuckte mit den Schultern. »Dafür rauche ich aber keine Zigaretten. Und warum zwei Päckchen Kippen am Tag legaler sind als ein bis zwei Joints pro Woche, könntest du mir ruhig mal erklären. Ich hab dich und Tim übrigens mal beim Quarzen beobachtet.«

»Wann?! Das muss aber Jahre her sein! Damals haben wir ein einziges …« Pfeffer stockte. Er musste sich vor seinem Sohn nicht rechtfertigen. »Danke aber, dass du offen bist. Hör zu, Cosmas, ich möchte nicht, dass du irgendwelche Drogen mit ins Haus bringst, klar? Auch kein Gras. Verstanden? Kein Piece, nix. Lass am besten ganz die Finger davon. Ich möchte nicht deine Taschen kontrollieren müssen. Ich verspreche dir auch, dass ich dich in Zukunft nicht wieder vor deinen Freundinnen blamieren werde.«

»Nathalie findet dich trotzdem voll cool. Verstehe auch nicht ganz, wieso.« Cosmo schenkte seinem Vater einen frechen Blick aus den Augenwinkeln und grinste. Pfeffer lachte kurz. »Mir war es jedenfalls saupeinlich. Echt. Sag mal, hast du echt abgebrochen? Mittendrin? Bevor … na ja … weißt schon.«

»Ja.«

»Cool. Zum Glück. Und stell dir mal vor, wie endpeinlich mir das gewesen wäre, wenn jemand von uns an dem Abend über die Hecke gelurt hätte und dich beim Poppen erwischt hätte! Wie wäre ich denn dann dagestanden? Vor Nathalie und Benni und den ganzen anderen?«

»Wie meinst du das? An welchem Abend denn? Als ich bei … bei Bambi Veicht war?« Max Pfeffer setzte sich gespannt in seinem Stuhl auf.

»Klar, da lief doch nebenan bei Benni Veicht die …«

»Benjamin Veicht wohnt nebenan? In Pullach? Bambi Veicht und Hans-Georg Veicht sind Nachbarn?«

»Ja, sicher. Die Veicht-Brothers, also der kopflose Herbert und der Brillenkrösus Hans-Georg, haben ihre Villen nebeneinander gebaut.«

»Du warst auf der Party nebenan? Die ich gehört habe?« Pfeffer durchzuckte es – das wäre wirklich der Gipfelpunkt aller möglichen Peinlichkeiten gewesen. Sein Sohn hatte es treffend formuliert: endpeinlich.

»Zum Glück haben wir offenbar euer Gestöhne übertönt!«

»Deren Gestöhne! Ja, zum Glück.«

»Apropos, wenn du dich mit Tim versöhnst, könntet ihr in Zukunft auch ein wenig leiser als bisher sein.«

Pfeffer wurde rot. »Wir sind immer leise!«

Cosmo lachte. »Reg dich ab, Dad. War auch nur ein Scherz. Übrigens, da wir gerade beim Thema sind, es gibt da so ein Gerücht, dass Benni und sein Onkel ein ganz besonderes Verhältnis gehabt hätten. Verstehste? Zwinker, zwinker.«

»Wer sagt das?«, fragte Pfeffer überrascht.

»Ist ein Gerücht. Laus hat es mir gesteckt. Ich meine, Benni wurde wohl von seinem Onkel ziemlich verwöhnt, und da denken manche halt, dass Benni was dafür tun musste. Nicht, dass ich so was glauben würde, denn Benni ist echt nicht der Typ dazu. Der ist so ein voll verwöhnter Berufssohn, der seinen Alten auf der Nase herumtanzt. Außerdem mochte der seinen Onkel auch nicht so arg.«

»Das ist ein übles Gerücht. Und wenn es wahr ist, macht es deinen Freund Benni nicht unverdächtig. Wieso feiert Benjamin Veicht, wenn sein Onkel eben ermordet wurde?«, sagte Pfeffer zu sich selbst. »Vielleicht genau deshalb. Du, ich möchte gerne wissen, wer sonst noch auf dieser Party war!«

»Warum?«

»Es hat mit meinem Fall zu tun. «

»Dad«, seufzte Cosmo und wusste nicht, ob er lachen oder weinen sollte. Er stand auf und stellte sich mit in die Hüften gestemmten Armen vor seinen Vater. »Du kapierst es echt nicht, oder? Genau das meinte ich vorhin unter anderem. Es ist Samstag. Hallo! Wochenende! Alle Welt ist an der Isar oder im Biergarten. Guck dich um, die Sonne lacht sich einen Ast am Himmel, wir sitzen hier im Garten und trinken Bier. Alles könnte so schön sein. Du könntest dich mit der Decke auf die Wiese legen und ein wenig braun werden. Lies was, miste den Keller aus, rupf Unkraut raus, mäh den Rasen, mach irgendwas Wochenendmäßiges. Aber nein, du arbeitest immer noch. Deinen Job kannst du ab Montag wieder machen, verdammt noch mal. Dein Mörder läuft dir nicht weg. Bulle sein ist auch nichts weiter als ein Job.«

Pfeffer gab nach und machte etwas Wochenendmäßiges. Er und Cosmo hatten einen Deal beschlossen: Der Sohn würde dem Vater eine Liste der Partygäste machen, wenn der Vater dafür mindestens einen Tag seinen Job vergessen würde. Also schrieb Max erst eine kurze SMS an seinen Tim, obwohl er wusste, dass er mit keiner Antwort rechnen konnte. Dann jätete Max Pfeffer ein wenig Unkraut und freute sich, dass die weißen und violetten Cosmeen so herrlich blühten, dass die Schwarzäugige Susanne und die Clematis an der Terrasse einfach eine Wucht waren. Mitten in der Arbeit merkte er, dass das Bier ihn ganz dösig und unkonzentriert machte. Kurzentschlossen zog er sich aus, legte sich zum Sonnenbaden auf eine Decke in den Garten und begann eines von den Büchern zu lesen, die seit Monaten beim Warten aufs Gelesenwerden verstaubt waren. Nach ein paar Seiten legte er das Buch beiseite, drehte sich auf den Rücken und verschränkte die Arme hinter dem Kopf. Er räkelte sich wohlig, blinzelte ein wenig in die Sonne und schloss die Augen. Er dachte an Tim und dass er ihm verziehen hatte und hoffte, dass es andersherum genauso laufen würde. Früher hatte er immer gedacht, er würde es nicht wissen wollen, wenn er mal betrogen worden wäre. Solange es ein Seitensprung war und kein dauerhaftes Verhältnis. Nun war er froh, dass er es wusste.

Er hörte die Amseln singen, die Meisen tschilpen, die Bienen summen und die Grashüpfer zirpen und er hatte plötzlich die absolute Gewissheit, dass irgendwie irgendwann alles wieder gut werden würde. Irgendwo ganz hinten in seinem Gehirn hatten zwei Synapsen beschlossen, es Pfeffer gut gehen zu lassen, und befahlen Endorphine auszuschütten. Pfeffer hatte zwar keine Ahnung, wie und wann alles gut würde, aber bevor er sich weiter Gedanken darüber machen konnte, war er mit diesem wohligen Gefühl in der Sonne eingeschlafen. Nur kurz rissen ihn plötzlich Cindy Wilson und Kate Pierson mit ihren wilden Stimmkapriolen in die Wirklichkeit zurück und quietschten zwischen lauten Kieksern zu einem Beatstakkato »*You're living in your own private Idaho*«. Cosmo hatte offensichtlich auf der Suche nach neuen Sampels, die er in seinen Raps verwursteln konnte, die Schallplattensammlung seines Vaters durchgeforstet und sich für die frühen Achtziger mit den B52's entschieden. Doch noch bevor Leadsänger Fred Schneider einstimmte, drehte Cosmo die Anlage leiser und Max Pfeffer erwachte erst dann wieder, als ihm sein ältester Sohn eine Badehose auf den Bauch warf und sagte: »Dad, zieh dir gefälligst was an. Gleich kommt Nathalie und es soll ja wohl nicht schon wieder endpeinlich werden.«

Pfeffer wollte sich aufsetzen, um sich die Badehose anzuziehen, dabei bemerkte er, dass auf der Decke neben ihm sein jüngerer Sohn Florian lag. Das Kind hatte seinen Kopf an die Schulter des Vaters gelehnt und schlummerte friedlich.

»Wie geht es eigentlich Frank?«, fragte Nathalie, als sie im Biergarten saßen und Obatzdn mit Brezn, Radi, Pommes und Spareribs aßen.

Florian hatte sich sogar eine Portion Gselchts mit Kren ausgesucht, was alle anderen ziemlich eklig fanden und auch kundtaten. Das wiederum spornte Florian an, mit demonstrativem Genuss sein geräuchertes Bauchfleisch mit Meerrettich zu verdrücken. Pfeffer hatte für den kleinen Florian eine Spezi und für das frisch verliebte Turtelpaar Cosmo und Nathalie eine gemeinsame Maß Russn ausgegeben. Nicht, dass es Max Pfeffer zu teuer gekommen wäre, er hätte auch jedem eine eigene Maß mit dem Mix aus Weizenbier und Zitronenlimo bestellt, doch Cosmo hatte darauf bestanden, dass er und Nathalie sich eine Maß teilen würden. Nathalie nippte an dem Getränk.

»Frank?«, wiederholte Pfeffer irritiert, auch er trank einen Schluck von seinem Russn. »Welcher Frank? Ach so, ja, der Frank, der mit dir im Auto war. Wir haben ihn damals vernommen und … Er war jedenfalls mit Sicherheit nicht eingeweiht. Seine Aussage deckt sich in jedem Punkt mit deiner. Aber er konnte erst vorgestern aus der Psychiatrie entlassen werden. Er hat Angstzustände und wird sicher eine längere Therapie brauchen. Seine Eltern wollen nun verständlicherweise gegen Veicht-Productions klagen.« Pfeffer zuckte mit den Schultern und knabberte weiter an seinen Spareribs, die vor Fett und Sauce trieften. Er würde morgen eine halbe Stunde länger joggen müssen, um das abzutrainieren. »Ich dachte, du hättest ihn vielleicht mal besucht in der Psychiatrie.«

»Wollte ich ja«, antwortete das Mädchen leise. »Aber irgendwie hat mir der Mut gefehlt. Na, ich habe eh gehört, dass er mittlerweile draußen ist. Hat sich wohl gut gefangen. Angeblich kommt er nächste Woche auch wieder in die Schule. Wobei sich das kaum noch lohnt. Sind ja bald Ferien.«

»Du warst bei der Party von Benni Veicht?«, fragte Pfeffer.

Cosmo sah seinen Vater strafend an.

»Ja, weiß selbst nicht, warum ich da hin bin.« Sie wühlte mit dem Messer im Obatzdn herum und schmierte sich dann eine dicke Schicht der würzigen Käsemasse auf ein Stück Breze. Dann sah sie Cosmo mit verliebten Augen an. »Ist ja auch egal, warum ich da hin bin, hat sich jedenfalls voll rentiert!«

»Finde ich auch«, sagte Cosmo und küsste das Mädchen innig.

Florian stöhnte auf und tat so, als müsse er würgen. »Kotz«, sagte der Junge, während er an einem Pickel auf der Stirn herumpulte. »Müsst ihr hier so rumschlabbern? Andere Leute sind noch beim Essen!«

»Klar, dass du kotzt, wenn du auch freiwillig Gselchts isst!«, antwortete Cosmo. »Fett macht fett, Spasti. Und Pickel.«

»Ist dir bei der Party irgend etwas aufgefallen?«, fragte Pfeffer Nathalie, um unnötige Kabbeleien seiner Söhne zu beenden.

»Aufgefallen? Nein, nicht dass ich wüsste. Was sollte mir denn auffallen – außer … Ihrem Sohn …« Nathalie sah verlegen nach unten, ein Hauch zarter Röte huschte über ihr Gesicht. Das Stück Breze mit dem angemachten Camembert hatte sie immer noch nicht gegessen. »Ich meine, da war Benni. Ich dachte zuerst, ich hätte das im Griff, aber das ging nicht. Es hat mich voll angenervt. In Benni habe ich mich echt total getäuscht. Nur weil er ein paar Jahre älter ist und … na ja … fett Kohle hat. Das hat mich schon kurz gereizt. Verstehe heute aber nicht mehr warum. Und dann dieser Jo, der Typ mit der Reisetasche. Benni und er kennen sich offenbar schon länger, das wusste ich aber nicht. Und ich finde, dass dieser Jo einen an der Klatsche hat, falls Sie verstehen, was ich meine.«

Pfeffer nickte.

»Sie können mich für verrückt halten, aber ich glaube nach wie vor, dass Jo was mit der Sache – also mit dem Mord zu tun hat. Der tickt nicht sauber.«

»Kannst du das irgendwie begründen? Weißt du vielleicht irgendwas?«

»Nein. Okay, das ist nur ein Gefühl von mir, ich kann nichts beweisen. Aber mein Bauch sagt mir, dass der Typ einen Schatten hat. Der ist auf Droge oder ein Psycho.«

»Und mein Bauch sagte mir, dass jetzt Wochenende ist«, mischte sich Cosmo ein. »Ich finde, Jo ist ein cooler Typ, der garantiert keinen an der Klatsche hat. Okay? So viel also dazu. Haben wir eine Abmachung, Dad, oder nicht? Also dann! War das Wetter nicht herrlich heute?«

»Cosmas …«

»Dad!«

»Hör mal …«

»Ja, Dad?!«

Pfeffer gab auf. Sein Sohn hatte recht. Es war Wochenende.

19

Sonntagnachmittag gegen siebzehn Uhr hielt es Pfeffer einfach nicht mehr aus. So herrlich die Zeit mit seinen Söhnen und Nathalie auch gewesen war, er konnte seine Neugier nicht mehr zähmen. Er ertappte sich ständig dabei, wie er über den Fall nachdachte. Während er die Blumen goss, sinnierte er über die Mitarbeiter von Veicht-Productions, die vom Ausstatter bis zur Sekretärin alle recht dichte Alibis für die Tatzeit vorweisen konnten. Es gab noch ein paar kleine Ungereimtheiten bei einigen, doch darum kümmerte sich Bella zuverlässig. Als Pfeffer etwas Unkraut aus dem Rosenbeet harkte, drehte sich sein Gedankenkarussell um den möglichen Tatort, den sie immer noch nicht gefunden hatten.

Wo konnte man am besten ungestört eine Leiche zerstückeln? Eigentlich überall, musste er zugeben. In jedem Singlehaushalt, der idealerweise über eine Badewanne verfügt. Und überhaupt: der Körper des Toten! Wo war der abgeblieben? Da der Fall große Öffentlichkeit nach sich gezogen hatte, wurden sogar einige Gewässer von Tauchern abgesucht. Es war mehr gezielter Aktionismus, der von oben angeordnet worden war, als gezieltes Suchen. Es ärgerte Pfeffer, und er hatte sich deswegen mit seiner Vorgesetzten Jutta Staubwasser gestritten, denn er war sich sicher, dass sie den Körper von Herbert Veicht nicht finden würden. Vorerst zumindest nicht. Und während Pfeffer über seinen Fall nachdachte, schob sich immer wieder Tim in sein Bewusstsein.

Pfeffer beschloss, dass es nun genug mit Wochenend und Sonnenschein war. Er musste etwas tun, er musste einfach zu den Veichts nach Pullach fahren. Es war immerhin schon Sonntagnachmittag, praktisch Abend und das konnte man letztlich bereits als Wochenanfang gelten lassen. Außerdem war sich der Kriminalrat sicher, dass er die Familie zu Hause antreffen würde, was unter der Woche vielleicht nur am Abend möglich gewesen wäre. Und er wollte alle Veichts antreffen. Und da er sich gerne noch etwas körperlich abreagieren wollte, fuhr er die ganze Strecke mit dem Fahrrad, auch auf die Gefahr hin, dass er verschwitzt ankommen würde. Einmal quer durch die Stadt und dann die Isar entlang. Pfeffer genoss die lange Fahrt. Er strengte sich nicht zu sehr an. Die letzten Kilometer radelte er extra langsam, damit er nicht zu sehr schwitzte.

Die beiden Villen grenzten tatsächlich direkt aneinander, wie Pfeffer nun feststellte. Dass ihm das nicht aufgefallen war! Andererseits achtete er bei den Vernehmungsprotokollen in der Regel nicht so sehr auf die Adressen. Er war im Nachhinein froh, dass er in jener Nacht seinen Dienstwagen vor dem anderen Nachbargrundstück abgestellt hatte, nicht vor Hans-Georg Veichts.

Wie der Kriminaler gehofft hatte, war die ganze Familie zu Hause. Eine Haushälterin führte Pfeffer durch das Anwesen, das identisch mit dem von Bambi Veicht war. Offenbar hatten die Brüder einst nur einen Architekten beauftragt. Doch entgegen der fast sterilen Schlichtheit im Haus nebenan herrschte in dieser Villa kitschige Prunksucht. Der Brillenmagnat, seine Gattin oder deren Innendekorateur mussten farbenblind oder geschmacksresistent sein. Wuchtige Polstermöbel mit schreiendfarbigen Seidenbezügen konkurrierten mit vergoldeten Metallschwänen, die Glasplatten hielten und so vorgaben, Tische zu sein. Keramikmohren mit vergoldeten Turbanen balancierten Lampen, die schwarze Lackkommoden mit Goldbeschlägen beleuchteten. Es troddelte und plüschte an allen Ecken und Enden. Mit all seinen finanziellen Mitteln unterstrich hier ein Neureicher, dass man Stil nicht kaufen konnte.

»Kriminalrat Pfeffer!« Hans-Georg Veicht empfing ihn auf der Terrasse mit einem Cocktailglas in der Hand. Seine Haare waren wie bei ihrer ersten Begegnung nach hinten gegelt. Er trug ein hellgrünes Polohemd und eine kurze Hose mit Bund- und Bügelfalte. Seine Füße steckten in weißen Socken und Birkenstocksandalen. »Welch Überraschung. Meine Frau und ich sind eben erst aus dem Tessin zurückgekommen. Sie sehen etwas echauffiert aus? Ja ja, die Hitze. Möchten Sie einen Drink?« Er machte eine einladende Geste auf die üppig bestückte mobile Bar, neben der er stand.

»Ja, danke«, sagte Pfeffer. »Ein Mineralwasser.«

»Na, nicht so bescheiden!«

»Danke, ich möchte wirklich nur ein Mineralwasser.«

»Meine Gattin Isolde kennen Sie bereits? Nein?« Der Brillenfabrikant stellte seine üppige Ehefrau vor, die eine Idee zu viel Make-up aufgelegt und ein wenig zu viele Cocktails getrunken hatte. Isolde Veicht ließ sich auf einem der Eisenstühle mit vergoldeter Zwischenstrebe an der Rückenlehne nieder, die zu den Unmengen an protzigen Möbeln gehörten, die die Terrasse zustellten. »Was kann ich für Sie tun?«

Pfeffer sah sich kurz im Garten um. Das Grundstück hatte dieselben Ausmaße wie das Nachbargrundstück. Auch hier gab es einen Pool, jedoch keine so aufwändige Wasserlandschaft, sondern nur ein klassisches rechteckiges Bassin. Im poolblauen Wasser tollten zwei junge Männer auf aufblasbaren Sesseln herum: Benjamin Veicht und Jonas Wagenbrenner.

Veicht bemerkte den Blick des Polizisten. »Mein Sohn hat einen Freund zu Besuch. Jonas. Er ist oft da, die beiden Jungs verstehen sich gut. Der arme Kerl hat ja keine Familie und wohnt irgendwo zur Untermiete. Da ist das hier natürlich das Paradies für ihn. Und es tut unserem Benni auch nicht schlecht, wenn er mal einen älteren Freund hat, der nicht mehr so viele Flausen im Kopf hat wie diese Teenager. Wissen Sie, ich mache mir manchmal Sorgen um unseren Jungen, dass wir ihn zu sehr verwöhnt haben. Da tut ihm der Umgang mit Menschen, die es im Leben nicht so gut hatten, bestimmt ganz gut.« Er winkte den beiden Jungs zu und rief: »Benni, komm doch bitte mal mit deinem Freund her, ja? Wir haben Besuch.«

Max Pfeffer überlegte sich, ob es klug wäre, gleich am Anfang eine Bombe platzen zu lassen. Dann beschloss er, dass ja. Er beobachtete die Jungs, wie sie sich abtrockneten, und fragte den Hausherren mit betont beiläufigem Tonfall: »Hatten Sie denn nichts dagegen, dass Ihr Sohn so kurz nach dem Tod ihres Bruders hier im großen Stil eine Party feiert? Während Sie und Ihre Frau Gemahlin im Tessin waren.«

»Wie bitte? Wovon reden Sie da?«, rief Veicht.

»Oh, hat Ihnen Ihr Sohn nichts davon erzählt? Hmmm, dann tut es mir leid, dass ich mich verplappert habe.« Pfeffer behielt die beiden jungen Männer im Auge, die zur Terrasse herüberschlenderten. Benni Veicht trug enge rote Badehose im Retrostil und Jo Wagenbrenner knielange gelbe Surfershorts. Pfeffer fiel auf, dass Jo einen sehr trainierten Körper besaß, ganz im Gegensatz zu Benni, dessen leicht schwabbelige Schlankheit bereits eine beginnende Verfettung erahnen ließ. »Letzten Donnerstag muss hier die Post abgegangen sein. Hat mir jedenfalls mein Sohn berichtet, denn der war hier auch eingeladen.«

»Benjamin!« Hans-Georg Veicht explodierte. »Komm sofort her! Was höre ich da? Wie kannst du es wagen, hier eine Feier zu machen, wenn dein Onkel Herbert wenige Tage zuvor brutal ermordet wurde?!«

»Hansi, bitte, denk an deinen Blutdruck!« Die Dame des Hauses griff zur Martiniflasche und schenkte sich ihr lippenstiftverschmiertes Glas randvoll ein. »Der Junge wird eine Erklärung dafür haben.«

»Das hoffe ich auch!«

Doch der Junge hatte keine andere Erklärung dafür, außer, dass er die Party schon lange geplant hatte und einfach Party machen wollte und keinen

Grund sah, wegen Onkel Herberts Tod die Party abzusagen. Die Schimpfkanonaden seines Vaters nahm er gelassen entgegen. »Mann, meine Freunde um mich haben, das war die beste Ablenkung überhaupt. So kann ich nun mal am besten mit der Trauer umgehen. Ich kann eben nicht trübsinnig dahocken und mir die Augen aus dem Kopf heulen. Außerdem ist das gar nicht in Onkel Herberts Sinn. Der wollte auch immer Party. Und ich habe drauf geachtet, dass hier niemand rumprollt.« Benni Veicht nahm sich Gin und Bitter Lemon von der Bar und mixte sich einen Longdrink. »Du auch, Jo?« Der Freund nahm an.

»Wo wir gerade von Party sprechen, es gibt etwas, das ich gerne mit Ihnen unter vier Augen besprechen möchte«, sagte Pfeffer zu Benjamin Veicht.

»Was denn?« Hans-Georg Veicht sah wie ein aufmerksamer Wachhund zwischen seinem Sohn und dem Polizisten hin und her.

»Kann es mir schon denken«, sagte Benni und machte keine Anstalten, sich mit dem Kriminalrat irgendwo hin zu verziehen, wo sie unter vier Augen sein konnten. »Die Gerüchte über mich und Onkel Herbert.«

»Stimmt«, sagte Pfeffer. »Und?«

»Welche Gerüchte denn?«, fragte Hans-Georg Veicht irritiert.

»Nichts und.« Benni zuckte mit den Schultern. »Da ist nix dran. Ehrlich.«

»Welche Gerüchte denn bitte?«, fragte Hans-Georg Veicht mit einem Anflug von Panik in der Stimme.

»Wirklich?«, hakte Pfeffer nach.

»Ja, wirklich.«

»Würde mir bitte endlich jemand sagen, um welche Gerüchte es hier geht?«, rief der Hausherr und knallte sein Glas auf den Terrassentisch.

Benni hatte die Longdrinks fertig und schlenderte langsam zu Jo hinüber. Die beiden Jungen prosteten sich zu und tranken. »Dass Onkel Herbert mich sexuell missbraucht haben soll«, sagte Benni gelassen ohne seinen Vater anzusehen.

»Wie bitte?« Alle Farbe war aus Hans-Georg Veichts Gesicht gewichen. »Wie bitte?«, wiederholte er und suchte wankend Halt. Er griff eine Stuhllehne und zog sich daran hinüber zu den anderen Sitzmöbeln. Langsam ließ er sich auf einen Stuhl sinken. »Mein Bruder hat dich vergewaltigt?«

»Eben nicht!«, rief Benni ungeduldig. »Das ist nur ein blödes Gerücht. Weil er so großzügig zu mir war.«

»Wir haben dich manchmal bei ihm drüben übernachten lassen. Du wolltest doch immer rüber. Mein Gott, wenn wir das geahnt hätten!« Bennis

Mutter leerte ihr volles Martiniglas in einem Zug und setzte sich neben ihren Mann. »Was hat er dir angetan? Dieses kranke Schwein!«

»Sagt mal, hört ihr mir eigentlich nicht zu?« Benni baute sich vor seinen Eltern auf. »Soll ich es euch buchstabieren: Da war nichts!«

»Aber so ein Gerücht entsteht nicht einfach so, mein Junge.« Hans-Georg Veicht fuhr sich mit zittrigen Fingern über die Augen und keuchte. »Meine Güte. Mein Bruder hat mir einmal erzählt, dass er früher, als er klein war, in diesem Internat … nun, da muss es einen Lehrer gegeben haben, der mit ihm … solche … schlimmen Dinge getan hat, wie man sie immer in der Zeitung liest. Ich habe ihm damals natürlich kein Wort geglaubt! Doch womöglich war es wahr! Es heißt doch immer, dass Jungen, denen so etwas angetan wurde, es später als Erwachsene mit anderen Jungen auch so machen.«

Benni Veicht hob resigniert die Arme. »Mann, ihr habt doch echt keine Ahnung! Natürlich ist Onkel Herbert früher im Internat missbraucht worden! Das hat jeder kapiert außer euch. Und okay, wenn ihr es genau wissen wollt. Ja, es war einmal was. Da war ich vierzehn und wir haben uns gestreichelt. Mehr nicht, okay? GE! STREI! CHELT! Er hat mich nicht vergewaltigt und nichts weiter mit mir getrieben, als mir einen runterzuholen. Er war danach auch total fertig und kleinlaut.«

»Und das haben Sie dann die folgenden Jahre ausgenutzt, nicht wahr?«, fragte Pfeffer.

»Ja, und?« Benni Veicht zuckte mit den Schultern. »Er war von da an immer sehr großzügig zu mir. Obwohl ich nie was gesagt habe und ihm nie was versprochen habe. Wir haben ein einziges Mal gemeinsam gewichst und mehr nicht. Das machen Jungs pausenlos.«

»Aber nicht mit Erwachsenen«, konstatierte Pfeffer. »Sie haben also Ihren Onkel erpresst.«

»Nein!«

»Deshalb hat er dir das Auto zum achtzehnten Geburtstag geschenkt«, rief Bennis Mutter atemlos dazwischen.

»Und als er sich dann nicht mehr erpressen ließ, haben Sie ihn ermordet und …«

»Nein! Sind Sie denn total irre geworden?«

»Wer außer Ihnen und Ihrem Onkel wusste davon?«

»Niemand! Ich schwöre es.«

»Herr Benjamin Veicht, ich möchte jetzt mal ein kleines Szenario entwerfen, das sich mir momentan aufdrängt.« Pfeffer ging zu mobilen Terrassenbar und wollte sich sein Wasserglas erneut füllen, doch dann entschied er sich anders und machte sich einen kleinen Martini on the rocks. »Ihr Onkel hat die letzten vier Jahre dafür gezahlt, dass er Sie einmal angefasst hat. Doch nun wollte er sich nicht länger erpressen lassen. Sie hatten ja auch nichts wirklich gegen ihn in der Hand. Aussage gegen Aussage im Zweifelsfall. Ich vermute mal, Sie hatten einen Streit, einen Streit, der dann eskaliert ist. Sie haben mit einem Küchenmesser zugestochen und ihn getötet. Dann mussten Sie natürlich seine Leiche entsorgen.«

»Jetzt drehen Sie aber total durch, Herr Kriminalrat, oder?«, fragte Benni.

Seine Eltern hielten einander an den Händen und starrten mit weit aufgerissenen Augen und herabhängenden Unterkiefern entgeistert abwechselnd den Polizisten und ihren Sohn an, als wären sie Zuschauer in einem absurden Avantgardetheaterstück. Jo Wagenbrenner lehnte mit unbeteiligter Miene an einer Terrassentür und kratzte sich fortwährend am Kinn.

»Sie haben den Leichnam zerstückelt und die Teile im Garten vergraben. Nur mit dem Kopf hatten Sie etwas Besonderes vor. Sie waren ja in den Vorbereitungen zu dem Gruselspektakel für diese Versteckte-Kamera-Sendung. Die Sendung, für die Sie Ihr Onkel engagiert hatte. Überall Zitate aus Horrorfilmen und dann auch noch als praktische Steilvorlage die Sache mit dem künstlichen Schädel in der Reisetasche. Warum nicht als besonderes Highlight die Tasche austauschen und einen echten Kopf herausplumpsen lassen? Den Schädel von dem Mann, den man plötzlich nicht mehr melken konnte.« Pfeffer nippte an seinem Martini. Er wusste, dass er keinerlei Beweise für seine Theorien hatte, doch es machte ihm einfach Spaß. Alles hier wirkte wie in einer Folge aus *Der Alte* oder *Derrick*, das klassische Freitagabend-Krimi-in-Grünwald-Ambiente, wenn auch auf der anderen Isarseite in Pullach. Protzige Villen, alkoholisierte Verwandte des Toten, viele Verdächtige und – und je mehr er darüber nachdachte, desto glaubhafter schien ihm das, was er kombinierte. In Fernsehkrimis lösten sie Fälle ständig auf die Art: Sie quatschten die Verdächtigen so lange mit Hypothesen zu, bis diese zusammenbrachen und alles zugaben; auch wenn es für den Fernsehzuschauer meist so aussah, als würden sie nur deshalb alles zugeben, um nicht weiter von tränensäckigen Inspektoren zugetextet zu werden.

»Sie haben echt ein Rad ab, Herr Pfeffer.« Es waren die ersten Worte, die Jo Wagenbrenner bisher gesagt hatte.

»Gut, dass Sie sich selbst ins Spiel bringen, Herr Wagenbrenner. Sie, als Freund der Familie, als Bennis Kumpel, waren sicher eingeweiht, oder? Sie wollten Benni helfen. Wer, wenn nicht Sie, hätte am einfachsten die Reisetaschen vertauschen können. Beziehungsweise Sie hätten sie gar nicht vertauschen müssen. Sie sind ja einfach von hier mit der Tasche, in der sich der Kopf von Herbert Veicht befand, losgegangen.«

»Originell.« Jo applaudierte kurz. »Leider voll daneben.«

»Macht nichts, einen Versuch war es wert.« Pfeffer zuckte mit den Schultern und leerte seinen Martini. »Sie sind oft hier, Herr Wagenbrenner?«

»Ja. Benni ist mein Freund.«

»Ich habe gehört, Sie haben keine Familie? Das haben Sie in unserem Gespräch im Präsidium neulich gar nicht erwähnt.«

»Sie haben es mich nicht gefragt. Ja, ich bin im Heim aufgewachsen. Im Waisenhaus, wenn es Sie interessiert. Ich wohne draußen hinter Taufkirchen bei einer Familie, die sich schon ein wenig um mich gekümmert hat, als ich noch ein Kind war. So eine Art Ersatzfamilie. Manchmal penne ich auch bei einem Kumpel in der Stadt, wenns mal später wird. Und ich bin oft bei Veichts.«

»Auch bei der Party, nicht wahr.«

»Da war ich auch, ja.«

»Ist Ihnen da etwas aufgefallen? Ihnen beiden, Herr Veicht und Herr Wagenbrenner?«

Die beiden jungen Männer sahen erst sich an, dann Pfeffer. »Nein, was soll uns den aufgefallen sein?«, fragte Benni.

»Hat jemand Fotos gemacht?«

»Nicht dass ich wüsste. Nein.«

»Es wurden aber Fotos gemacht. Von diesem Grundstück aus.«

»Ach, und was wurde fotografiert?«

»Das Nachbargrundstück. Das Anwesen Ihres Onkels. Aus den Büschen hier.«

Jo und Benni sahen sich wieder an, dann lachte Jo kurz. »Was soll es denn da Fotografierenswertes gegeben haben? Bambi und diesen russische Glatzkopf beim Grillen oder gar beim Poppen? Gott, wie langweilig. Die Party war doch hier! Und hier hat niemand fotografiert. Außerdem, lieber Herr Kriminalrat, war die Party lange nach dem Mord an Bennis Onkel.«

»Woher wussten Sie, dass Bambi und der Glatzkopf gegrillt oder gar gepoppt haben?« Pfeffer ließ sich nicht aus der Ruhe bringen.

»Machen die das nicht immer?«

Benni und Jo lümmelten wieder in den grünen Aufblasesesseln und ließen sich auf dem Pool treiben. Das herrlich kühle Wasser reichte ihnen gerade bis zum Nabel. Am Beckenrand stand eine aufgelöste Mutter, das Martiniglas bis zum Überschwappen gefüllt, und sagte fortwährend mit überschnappender Stimme: »Benni, komm bitte sofort heraus! Lass uns darüber reden, mein Junge! Bitte. Lass uns reden.«

Ab und an rief der Vater von seinem schattigen Terrassenplatz mit alkoholschwerer Zunge: »Hör auf deine Mutter, Benjamin. Davonlaufen ist auch keine Lösung.«

Jo spritzte mit der rechten Hand ein paar kleine Fontänen in Richtung Benni. »Warum hast du vorhin gelogen?«, fragte er dann.

»Was?« Benni hob überrascht den Kopf, und schirmte seine Augen mit der rechten Hand gegen die tiefstehende Sonne ab, um Jo besser sehen zu können. »Wieso soll ich gelogen haben?«

»Dein Onkel Herbert hat dich nie im Leben auch nur angefasst.«

»Sagst du.«

»Ja, sage ich. Von wegen einmal gewichst und dann jahrelang erpresst. Das glauben dir wirklich nur deine Eltern, Alter. Du hast doch nicht mal ansatzweise Ahnung davon, was es heißt, missbraucht zu werden.«

»Aber du!«

»Aber ich.«

»Gottchen, du Ärmster!«, rief Benjamin Veicht zynisch.

»Spar dir dein falsches Mitleid, Idiot. Womit hast du ihn wirklich erpresst? Sag ehrlich. Drogen? Weibergeschichten?«

»Ein bisschen von diesem, ein bisschen von jenem. Weißt du, Jo, es gab schon damals diese Stelle hier drüben.« Er deutete hinüber zu der dichten grünen Thujahecke. »Die Hecke sieht wirklich dicht aus, nicht wahr? Ich bin früher gerne untendrunter durch gekrabbelt, und genau da sind die Äste zur anderen Seite nicht richtig gewachsen, dort ist ein schönes Plätzchen für jemanden, um sich zu verstecken und das Nachbargrundstück zu beobachten. Man muss nur die Zweige auf der anderen Seite ein wenig beiseite schieben. Onkel Herbert hat schon früher gerne seine Poollandschaft für erotische Spielereien genutzt. Gut, das ließ etwas nach, nachdem ich ihn um eine kleine Aufbesserung meines Taschengeldes gebeten hatte, weil ich so schöne Fotos gemacht hatte von ihm und verschiedenen Damen, mit denen er nicht verheiratet war. Und das Auto zum Achtzehnten war dann fällig, als er die Fotos gesehen hat, die ich mit einer versteckten Kamera und Selbstauslöser gemacht habe. Denn Bambi war mal ganz heiß auf meinen damals sehr sehr minderjährigen Körper. Da hatten wir eine Menge Spaß, die Bambi und ich. Und zudem hat mich Bambi gleichzeitig sehr fotogen in die Kunst des Koksens eingeweiht.« Benni lachte dreckig. »Dass ich diese Bildchen ein paar Jahre aufbewahrt habe, bis ich sie eingesetzt habe, hat sich voll rentiert. Wenn ich gleich als Fünfzehnjähriger zu Onkel Herbert gerannt wäre, hätte ich höchstens ein Moped rausschlagen können, nicht wahr? Meine Fotos waren dann auch der Auslöser für die Scheidung. Nun ja, das ist ewig her. Und ich erzähle dir mit dem Loch in der Hecke auch nichts Neues.«

»Was soll das denn jetzt schon wieder heißen?«, rief Jo.

»Das, was ich sage.«

»Sprich nicht in Rätseln oder halt gleich die Schnauze, Benni!«

»Habe ich eine Digicam am Partyabend dabei gehabt oder du? Eine Kamera, die ich übrigens den ganzen Abend nicht im Einsatz gesehen habe, vor allem in der Zeit nicht, in der du wie vom Erdboden verschluckt warst, Alter. Zeig mir doch mal deine Partybilder, Jonas Wagenbrenner!«

»Du hältst jetzt besser wirklich dein dreckiges Schandmaul, Benjamin Veicht. Du käst mich an!« Jo Wagenbrenner ließ sich vom Sessel ins Wasser gleiten. »Ich verpiss mich jetzt«, sagte er scharf und schwamm mit kräftigen Zügen zum Beckenrand. »Du hast keine Ahnung, auf was für ein Spiel du dich da einlässt!«

20

Max Pfeffer radelte gemächlich den Weg an der Isar entlang und dachte leicht amüsiert an die Enthüllungen dieses Abends. Benni Veicht hatte ein Motiv, das war für ihn sicher. Vielleicht war Benni auch der Fotograf – oder Jo Wagenbrenner. Doch was hatte der mysteriöse Pfaffe bei dem Telefonat gestern gesagt? Dass Max Pfeffer nur zufällig auf das Bild gekommen war. Also gab es jemanden, der entweder Bambi Veicht oder Wanja Woroschin observierte, vielleicht auch beide. Doch weshalb? Welche Motive könnte Benni Veicht dazu haben? Womöglich wollte er nun die Stieftante weiter erpressen. Und Jo Wagenbrenner? Pfeffer musste zugeben, dass sie bisher viel zu wenig über den jungen Mann wussten. Was war überhaupt mit seinem Alibi? Er konnte sich nicht erinnern, darüber etwas in den Akten gelesen zu haben. Vielleicht hatten Bella oder Paul gar nicht danach gefragt, weil sie ihn für völlig unverdächtig hielten. Doch damit konnte sich Pfeffer erst am nächsten Tag im Büro befassen. Das Einzige was er nun tun könnte, wäre sich mit denen zu befassen, die mit ihm dem heimlichen Fotografen vors Objektiv geraten waren: Bambi und Wanja. Bambi saß in U-Haft, die lief ihm nicht davon. Also blieb Wanja Woroschin.

Da Cosmo mit Nathalie am Abend erst zum Griechen und dann ins Freiluftkino am Königsplatz gehen wollten und sich bereit erklärt hatten, Florian mitzunehmen, musste Pfeffer nicht nach Hause. Pfeffer verlangsamte sein Tempo, als er die Floßlände und Maria Einsiedel passierte. In der Höhe des Tierparks entschloss er sich, einen Stopp einzulegen und eine Kleinigkeit in einem Nahe gelegenen Asien-Biergarten zu essen. Sushi oder Thai-Curry und eine Maß bayerisches Bier unter mächtigen, uralten Kastanienbäumen, das erfolgreiche Gastronomiekonzept lockte zahllose Besucher an so einem herrlichen Sommerabend an. Pfeffer fand nach langem Suchen einen freien Platz und genoss bald sein kühles Bier mit California-Rolls, Avocado-Makis und Sashimis. Nur kurz wurde er wehmütig, als ihm klar wurde, dass er der einzige im Biergarten war, der alleine unterwegs war. Er vermisste Tim plötzlich so sehr, dass ihm das Herz stach.

Er griff sich an die Brust und verdrängte mit aller Konzentration den Gedanken an die Einsamkeit. Bloß nicht jetzt den Zusammenbruch zulassen. Es war Sommer und es ging ihm gut, sagte er sich so lange, bis er es glaubte.

Später radelte er gemütlich über die Wittelsbacherbrücke hinüber nach Untergiesing. Vor dem Haus, in dem Wanja wohnte, schloss er sein Rad ab und blieb unschlüssig stehen. Sollte er wirklich klingeln? Er machte ein paar Schritte die Straße hinunter. Was sollte er den Russen fragen? Pfeffer zündete sich eine Zigarette an und lehnte sich gegen die Litfaßsäule, die am Straßenrand stand. Er hörte, wie eine Tür aufgerissen wurde und drehte sich um. Wanja Woroschin stürmte aus dem Haus, wutrot im Gesicht.

»*Samoltschi, starik!* Schweig, alter Mann!«, rief er über seine Schulter nach hinten. »Ich will deinen Unsinn nicht mehr hören!«

Pfeffer versteckte sich hinter der Litfaßsäule und beobachtete, was vor sich ging. Der Russe schloss sein Fahrrad auf und schwang sich auf den Sattel. Nun rannte ein weiterer Mann aus dem Haus.

»Warte, mein Junge! Ich möchte doch nur, dass du verstehst!«, rief der Mann. Pfeffer erstarrte, denn dieser Mann war der mysteriöse »Pfarrer«, der ihm den Umschlag mit den Fotos gebracht hatte. Der alte Mann lief kurz neben dem Fahrrad von Wanja her. Der Russe bremste abrupt ab.

»Hör zu, alter Narr«, zischte der Russe. »Ich weiß, was ich zu tun habe, okay? Also lass mich in Ruhe. Ich kenne meine Aufgabe zur Genüge! Sorge du lieber dafür, dass du ihn findest!« Dann trat er in die Pedale.

Der Alte stand einen Moment unschlüssig auf dem Gehsteig. Dann ging er langsam Richtung Straße. Pfeffer beschloss, den Alten nicht entkommen zu lassen und sprintete hinter der Litfaßsäule hervor.

»Auf ein Wort, Herr Pfarrer!«, rief er und spurtete hinaus auf die Straße. Der Angesprochene drehte sich erstaunt um, erkannte Pfeffer und rannte wie von der Tarantel gestochen winkend los. Für einen alten Mann legte er dabei ein mehr als erstaunliches Tempo vor. Ein dunkler BMW der obersten Preisklasse kam aus einer Ausfahrt geschossen und hielt mit quietschenden Bremsen vor dem Alten. Bevor Pfeffer ihn erreichen konnte, saß der Mann auf dem Beifahrersitz. Der Chauffeur ließ den Motor aufheulen und brauste mit qualmenden Reifen davon. Pfeffer musste auf die Seite springen, um nicht überfahren zu werden. Schwer atmend sah er dem Wagen nach, der ohne den Blinker zu setzen bei der nächsten Gelegenheit scharf links einbog. Pfeffer überlegte kurz, ob es Sinn machen würde, dem Auto mit dem Fahrrad zu folgen. Doch bis er es aufgeschlossen hatte … Der BMW musste nun sicher schon in der Humboldtstraße sein, vermutlich raste er eben den Giesinger Berg hoch. Von dort hatte der Fahrer jede Menge Möglichkeiten in welche Richtung auch immer zu entkommen. Stattdessen versuchte Pfeffer wider besseres Wissen sein Glück mit der Verfolgung von Wanja.

Er schwang sich auf das Fahrrad und radelte in die Richtung, in die der Russe verschwunden war. Der Weg führte bald an der Isar entlang. Dass Wanja eine andere Richtung eingeschlagen hatte, war zwar möglich, doch Pfeffer entschied für sich, dass er auf der richtigen Spur war. Als er an der Museumsbrücke ankam, beschloss er, den Berg hinauf zum Gasteig zu fahren. Vielleicht wollte der Russe ja nach Haidhausen oder nach Bogenhausen oder … Natürlich hätte er genauso gut über die Isar in die Innenstadt oder Richtung Norden nach Schwabing oder Richtung Süden nach Sendling … Zu viele Möglichkeiten, doch obwohl er die Sinnlosigkeit seines Unterfangens klar vor Augen hatte, fuhr Pfeffer den Berg hoch, raste durch die Innere Wiener Straße und kam nach einigen Minuten schweißgebadet am Max-Weber-Platz an. Nun gestand er sich ein, dass es an der Zeit war aufzugeben. Er zündete sich, während er den Berg beim Maximilianeum wieder hinunter fuhr, eine Zigarette an und trat gemütlich in die Pedale, als er rauchend die Isar überquerte. Kaum erreichte Max Pfeffer den Radweg, der auf dieser Isarseite Richtung Norden führte, stieg er vor Überraschung so sehr in die Bremsen, dass es ihn beinahe vornüber geschleudert hätte. Zwar senkte sich die Dämmerung langsam über die Stadt, doch trotz des abnehmenden Lichts konnte er es genau sehen: Dort, unter den Bäumen, radelte Wanja ganz relaxt vor sich hin. Er hielt sich die Hand ans Ohr. Es dauerte einige Sekunden, bis Pfeffer klar wurde, dass der Russe telefonierte. Einige hundert Meter fuhren Verfolgter und Verfolger nun langsam.

Dann beendete Wanja sein Telefonat, steckte das Handy weg und stieg urplötzlich mit Kraft in die Pedale.

Dass der Bulle ganz zufällig hinter ihm aufgetaucht war, schien Wanja zunächst zwar möglich, doch mehr als unwahrscheinlich. Fest stand jedenfalls, dass er den Bullen hinter sich gesehen hatte. Noch während er mit Claudia telefonierte, arbeitete sein Hirn fieberhaft. Er würgte das Gespräch mit dem Mädchen schnell ab, denn mehr als dass er sie liebte, wollte sie sowieso nicht von ihm hören. Also sagte er ihr, wie sehr er sie liebe, und dass sie sich bald sehen würden. Nur müsse er eben heute Abend dringend etwas erledigen. Claudia war so süß. Fast tat es Wanja ein wenig leid, dass er ihr nicht die Wahrheit sagen konnte. Zumindest hatte sie bisher nicht gemerkt, dass er die Schlüssel hatte nachmachen lassen. Wer weiß, vielleicht gab es sogar eine gemeinsame Zukunft, wenn alles erledigt war, wer weiß! Zum ersten Mal in seinem Leben konnte sich Wanja Woroschin vorstellen, mit einer Frau sesshaft zu werden und Kinder in die Welt zu setzen.

Doch nun war der Bulle hinter ihm. Gefährlich. Wenn es Zufall war, dann hätte Max Pfeffer ja auch gemütlich an ihm vorbeiradeln können – ein kurzer Gruß, und weg wäre er gewesen. Doch dass der Bulle stehen blieb und ihn beobachtete, bedeutete für den Russen nur Eines: Er wurde verfolgt und einen Verfolger konnte er momentan genauso brauchen wie ein Loch im Kopf. Er hatte etwas zu erledigen. Für einen kurzen Moment erwog er einen frechen Frontalangriff – einfach auf Max Pfeffer zu zufahren und kurz plauschen und ganz harmlos tun. Er könnte es auch auf eine harte Konfrontation ankommen lassen. Dann entschied er sich dagegen. Er beendete das Telefonat, verstaute sein Handy und stieg mit voller Kraft in die Pedale. Das Rennen würde heiß werden, das war Wanja klar. Der Bulle war bestens trainiert, was Kraft und Ausdauer anging. Aber Pfeffer seinerseits musste auch wissen, dass es andersherum genauso war.

Die Fahrradstrecke an der Isar entlang war bestens ausgebaut. Schnell erreichte er eine Spitzengeschwindigkeit, die ihm das Gefühl gab, er würde fliegen ohne abzuheben. Er sauste dahin, überholte viele Radler und manchmal auch Fußgänger, die sich auf den Radweg verirrt hatten. Eine kaum wahrnehmbare Kopfbewegung, ein Schielen aus den Augenwinkeln genügte völlig, um zu sehen, ob Pfeffer noch mithalten konnte. Für seinen Verfolger musste es den Eindruck machen, als würde Wanja nur so aus Spaß mit Mördertempo radeln, denn der Russe drehte nie auffällig den Kopf herum. Das war nur einer der kleinen Tricks, die er aus dem Effeff beherrschte, seit er in Israel war: Das schnelle Orientieren an sogenannten Superzeichen. Im Prinzip machen das alle, doch die wenigsten bewusst. Wanja hatte es in Israel systematisch gelernt. Verkehrsschilder sind die bekanntesten und augenfälligsten Superzeichen, ebenso Piktogramme und Logos – kleine, allgemeinverständliche Kürzel, die für etwas sehr Komplexes stehen. Aber auch im Umgang mit Mitmenschen erkennt man einen Bekannten auf große Distanz in einer Menge, weil man ihn auf eine Einzigartigkeit oder Auffälligkeit reduziert: seine Haltung, seine Kleidung, seine Frisur. Wenn der beste Freund sich die Haare färbt oder einen Bart wachsen lässt, erkennt man ihn auf Anhieb nicht mehr, weil das Superzeichen, das bisher für ihn stand, zerstört wurde. Für Wanja war Pfeffer in diesem Moment reduziert auf einen grauen

Haarschopf, eine dunkle Sonnenbrille und ein naturweißes Hemd auf einem Rad. Wanja würde seinen Verfolger sofort und überall erkennen, und sei es aus den Augenwinkeln in Sekundenbruchteilen.

Die Ausbildung in Israel hatte Wanja natürlich nicht nur den leichten Umgang mit optischen Merkmalen gebracht. Und diese Ausbildung hatte absolut nichts mit Archäologie zu tun gehabt, wie es offiziell in den Akten stand. So ein Fahrradrennen war nur einen kleine Demonstration für Wanjas Fähigkeiten. Neben beängstigender Schnelligkeit bei allen wichtigen Aufgaben, vor allem beim Töten, und Ausdauer in allen anderen Lebenslagen, vor allem beim Warten auf neue Aufgaben, hatte man ihm beim Mossad Verzicht beigebracht, vor allem den totalen Verzicht auf Gefühle. Doch was seine Ausbilder damals nicht ahnen konnten, war, dass Wanja Woroschin das So-tun-als-Ob perfektioniert hatte. Wanja liebte und hasste und fühlte mit, wenn ihm danach war, wenn sein Herz es befahl, aber seine zur Schau gestellte Abgebrühtheit hatte alle beeindruckt und sein Innerstes geschützt, wie schon all die Jahre zuvor im Waisenhaus.

Doch nun liebte er das süße Mädchen Claudia, all die Monate, die er mit Bambi verbringen musste, war sein Herz bei Claudia gewesen. Wenn Bambi wüsste, wie sehr er sie verabscheute! Aber auch den Bullen, den er nun abhängen musste, mochte er. Deshalb wollte er alles vermeiden, was auf eine körperliche Konfrontation hinauslaufen würde. Denn im Zweifelsfall hätte auch ein noch so gut austrainierter Bulle keinerlei Chancen gegen Wanja, der kleine, völlig unspektakulär aussehende Griffe beherrschte, die einen schnellen Tod brachten.

An der Kreuzung Widenmeyer- und Tivolistraße sprang die Ampel für Radfahrer auf Rot. Der Russe flitzte schnell über die Kreuzung, denn noch hatte er Pfeffer nicht wirklich abgehängt. Ohne sich umzudrehen nahm Wanja wahr, dass Pfeffer ebenfalls bei Rot über die Straße geradelt war, denn er hörte Autoreifen quietschen, wütendes Hupen und ein keifendes »Verreck, Hundsbua, damischer!«. Der Russe nahm mit einer kaum merklichen Kopfbewegung auch wahr, dass Pfeffer bei seiner riskanten Aktion hatte abbremsen müssen. Wanjas Vorsprung wuchs. Er schoss die Ifflandstraße hinunter. Die abendliche Dunkelheit nahm zu, bald würden die Straßenlaternen angehen. Nur noch wenige Meter, dann endete die Ausbaustrecke parallel zur Isar, dann bog die Straße Richtung Schwabing ab und geradeaus begann der ausgedehnte Nordteil des Englischen Gartens. Nur noch wenige Meter, dann flitzte Wanja Woroschin in die schützende Dunkelheit des

Parks. Er sauste mit Höllentempo durch die weitläufige Anlage, auch wenn er ständig Fußgängern und anderen Radlern ausweichen musste, denn an einem so herrlichen Sommerabend war der Englische Garten nahezu übervölkert. Wanja raste erst nördlich Richtung Aumeister, dann zurück zum Kleinhesseloher See, dann ein wenig nach Süden zum Chinesischen Turm, dann wieder östlich Richtung Isar und schließlich, als er sich sicher war, dass er den Bullen endlich abgehängt hatte, lenkte er sein Fahrrad in die ursprüngliche Richtung und verließ bei der Biedersteinstraße den Englischen Garten. Er trieb sich noch ein wenig im engen Straßengewimmel rings um die Münchner Freiheit herum, immer wachsam, doch Pfeffer war nicht in Sicht. Dann radelte Wanja Woroschin langsam seinem ursprünglichen Ziel entgegen: dem Schwabinger Krankenhaus.

Max Pfeffer tanzten Sternchen vor den Augen. Er lehnte mit seinem Fahrrad im Dunkeln an einem dicken Baumstamm neben einem Weg in einem wenig frequentierten Teil des Englischen Gartens und schnappte keuchend nach Luft. Er hatte sich immer für gut trainiert und ausdauerstark gehalten. Der Russe hatte ihn eines Besseren belehrt. Selbst wenn er ihn nicht aus den Augen verloren hätte, er hätte ihn nicht mehr lange mit diesem Tempo verfolgen können. Seine Oberschenkel hatten bereits zu zittern begonnen. Er hätte auch nie gedacht, dass Wanjas Muskeln mehr als nur Schau waren. Langsam kam er wieder zu Atem. Er stand noch eine Weile im Dunkeln und sammelte sich. Sein Herz beruhigte sich mit jeder Minute.

Ab und an schlenderten schemenhafte Gestalten vorbei. Manchmal merke Pfeffer, dass er von den Vorbeigehenden gemustert wurde. Pfeffer zündete sich eine Zigarette an. Ein Mann tauchte in diesem Moment wie aus dem Nichts zwischen den Bäumen auf, blieb kurz stehen und sah den Polizeibeamten lange an, der lässig am Baum lehnend kurz vom warmen Feuerzeuglicht beleuchtet wurde.

Der Mann näherte sich und sagte: »Hi.«

»Hi«, antwortete Pfeffer verdutzt.

»Hast du mal Feuer für mich?«

»Klar.« Pfeffer zündete sein Feuerzeug und hielt dabei seine Handen schützend um die kleine Flamme. Im Licht der kleinen Flamme schien das Gesicht des Unbekannten zu leuchten, der Mann war ein Schrank von einem Kerl, er sah aus wie ein Boxer, wie ein dritter Klitschko-Bruder – gebrochene Nase und hohe Wangenknochen. Doch nichts Aggressives ging von ihm aus. Dann merkte Pfeffer zu seiner Überraschung, dass der Boxer mit nacktem Oberkörper unterwegs war. Mehr noch, er trug offenbar nur eine kurze Short. Auch der Fremde musterte Pfeffer neugierig, bevor er die Zigarettenspitze in das Feuer tauchte und ebenfalls seine Hände schützend um die Flamme hielt. Klar, dass er dabei Pfeffers Hände kurz in seine nahm. Bei der Berührung rauschte eine Welle von Wärme durch Pfeffers Körper.

»Willst du hier? Mir macht es ja nichts aus, wenn jemand zuguckt.« Der Mann, der wie ein Boxer aussah, inhalierte tief und deutete dann zum Gebüsch. »Oder gehen wir ein bisschen weiter?«

Max Pfeffer begriff endlich. »Ich bin in letzter Zeit zu oft zu weit gegangen«, sagte er matt.

»Na denn!«, sagte der Fremde und demonstrierte, dass er die Worte mehr als missverstanden hatte, indem er schwungvoll seine Hose bis zu den Knöcheln hinabgleiten ließ. »Dann gehts hier weiter.«

»Nein«, wollte Pfeffer sagen und sich auf sein Fahrrad schwingen. Irgendwie ging es aber nicht. Es war sicherlich nicht der denkbar günstigste Augenblick, doch den Augenblick konnte sich Max Pfeffer eben nicht aussuchen. Diesen Augenblick, in dem sich die Pforten öffneten, in dem alles plötzlich mit Vehemenz auf ihn einstürmte, was er in den letzten Tagen erlebt und verdrängt hatte. Alles purzelte hervor und baute sich auf, bis es wie eine geschlossene Wand vor ihm stand: der Mord an Herbert Veicht, die Nacht mit Bambi und Wanja, der Streit mit Cosmo, der Ärger mit Sepp Kurt und dem mysteriösen Pfarrer, die Vision mit der Muttergottes, die Umarmung mit dem Universum, die aber nichts weiter als eine Temporallappenepilepsie war. Und dann natürlich Tim. Tim. Tim. Tim. Immer wieder Tim.

Eine Wand von Unverarbeitetem baute sich bedrohlich vor ihm auf, höher und immer höher. Schließlich, als Pfeffer glaubte zu ersticken, stürzte die Wand auf ihn nieder, riss ihn um, begrub ihn unter sich. Pfeffer schnappte panisch nach Luft, kämpfte gegen den weißen Schwindel an, der sich in seinem Hirn drehte. Die Zigarette fiel ihm aus dem Mund. Pfeffer kippte nach vorne und musste sich an dem Fremden festhalten.

»Hey, nicht so stürmisch«, sagte der Mann schmunzelnd.

Pfeffers versuchte sein Zittern und das Karussell in seinem Kopf zu kontrollieren, während seine Hände die breiten, muskelharten Boxerschultern umklammerten. Der Fremde grunzte und Pfeffer knickte ein. Er glitt langsam an dem Mann hinunter. Dabei nahm er nur am Rande wahr, dass der Fremde keine Unterhose trug und nach Seife und Weichspüler roch.

Pfeffer spürte borstiges Kraushaar an seiner Schläfe knistern und registrierte die glühende Härte, die erwartungsfroh pulsierend gegen seine Wange gepresst wurde. Alles, nur das nicht! Er schnappte verzweifelt nach Luft. Der Boxer stöhnte: »Oh, mach schon!«

Pfeffer wusste, dass etwas anderes gemeint war, doch alles, was er machen konnte, war nach hinten umzukippen.

»Scheiße«, sagte der Boxer und beugte sich über Pfeffer. »Bist du okay?«

»Geht gleich wieder«, antwortete Pfeffer leise und versuchte sich aufzurichten.

»Sicher?«

»Sicher.«

»Na dann.« Der Fremde reckte sich, sah unschlüssig an sich herunter und zog schließlich seine Hose wieder hoch. »Machs gut. Nix für ungut.«

»Ja. Nix für ungut«, sagte Max Pfeffer leise, dann begann er zu heulen.

»Hey, ist jetzt wohl nicht so angesagt, wenn ich einfach abhaue«, sagte der Fremde zögerlich mit weicher Stimme und setzte sich neben ihn auf die Erde. Dass er tröstend seinen muskulösen Arm um Pfeffers Schultern legte, ließ Pfeffer jede Scham vergessen. Er flennte hemmungslos, wie lange, wusste er nicht, es kam ihm wie eine Ewigkeit vor. Tatsächlich war es kaum eine Minute.

»Hey, fertig?«, sagte der Boxer leise, als Pfeffer seine Tränen trocknete. »Jetzt erzähl. Scheiße gebaut oder Scheiße erlebt?«

»Eher Scheiße gebaut«, antwortete Pfeffer. Es tat so unendlich gut zu erzählen. Der Boxer war ein hervorragender Zuhörer und wenn er etwas fragte, regte der warme Klang seiner Stimme zum Weiterreden an.

Als alles erzählt war, verabschiedeten sie sich. »Tut mir leid, dass ich dir die Nacht versaut habe«, sagte Pfeffer verlegen.

»Versaut? Hey, das war die bisher heißeste Nacht meines Leben«, antwortete der Fremde. »Danke.«

»Nein, ich danke dir.« Pfeffer knuffte ungelenk die Schulter der Boxers. Sie gingen eine kurze Weile schweigend den Weg entlang.

»Die Liebe ist ein dummes Spiel ...«, sang der Boxer plötzlich leise.

»... c'est trop pour moi, too much, zu viel«, ergänzte Pfeffer, überrascht, dass der Fremde dieses Chanson von De-Phazz kannte, das Pfeffer liebte, weil es eine extrem gute Hommage an die Knef war. Sie erreichten eine Laterne. Im Licht sah der Fremde viel jünger aus, als Pfeffer gedacht hatte. Und auch erheblich zierlicher und kleiner. Im Dunkeln hatte er den Eindruck gehabt,

der Kerl sei ein durchtrainierter Schrank. Er hatte sich auch so angefühlt, als Pfeffer bei ihm Halt gesucht hatte. Doch stattdessen ging ein schlanker Junge neben ihm. Nun auch bemerkte Pfeffer, dass der Boxer wirklich nichts außer einer Short trug, nicht einmal Schuhe.

Der Boxer lachte leise, dann sang er lauter den Refrain weiter: *»Die Liebe ist ein Karussell …«*

»… im Kreis herum und viel zu schnell.«

»Lässt mich die Liebe untergehn …«

»… hüll ich mein Herz in Neopren!« Der Kriminaler schwang sich auf sein Rad.

Eigentlich wäre das Lied nun mit *»Die Liebe ist ein Schundroman …«* weitergegangen, doch der Fremde sah Pfeffer ernst an und sagte: »Tu das nie. Bitte, bloß nie! Hüll dein Herz in nichts außer Liebe.« In diesem Moment kam es Pfeffer so vor, als sei der Boxer ein schlacksiger Teenager, kaum älter als sein Sohn Cosmo.

Pfeffer drehte sich kurz weg. Was sollte er darauf erwidern? Nichts. Also ließ er es. Einerseits war es so kitschig, dass es krachte, andererseits so wahr, dass es weh tat. Als er sich wieder umdrehte, war der Fremde weg. Der Weg lag leer im fahlen Laternenlicht. Überrascht fuhr Pfeffer mit seinem Rad einige Meter hin und her. Doch von dem Fremden war weit und breit nichts mehr zu sehen.

21

Der alte Mann starrte auf die erleuchteten Fenster jenseits des Gartens. Dort drüben saßen sie. Nicht wie früher mit Zucht und Ordnung in großen Sälen, sondern mit Playstation und Sexheftchen in modernen Zweibettzimmern. Der Mann rieb sich die geröteten Augen. Er hatte sie heute schon mehrfach mit einem Mittel aus der Apotheke beträufelt. Es nutzte nichts, seine Augen juckten. Vielleicht hatte er sich irgendwo Zug geholt, oder vielleicht blühte auch irgendwas, gegen das er allergisch war. Der Alte saß im Dunkeln am Fenster und versuchte im fahlen Licht der Sterne die Uhrzeit auf seiner Armbanduhr zu erkennen. Mitternacht war schon durch, und immer noch brannte in einigen Fenstern dort drüben Licht. Was waren das nur für Zeiten! Der alte Mann beschloss, am nächsten Morgen sofort ein sehr ernstes Wörtchen mit dem Verantwortlichen zu reden. Nach zehn Uhr hatte allgemeine Bettruhe zu herrschen, so war das früher und so war das richtig. Denn er wusste nur zu gut, was die Burschen abends trieben, wenn man sie nicht hart an die Kandare nahm. Wie sie sich in Worten und Taten besudelten, wie sie ihre jungen Körper entweihten und das als Sport ansahen. Er sah sie regelrecht vor sich, wie sie sich entkleideten … Der Alte verkrampfte seine Hände im Schoß. Seine Finger kämpften miteinander. Seine linke Hand rieb schließlich fordernd über die Hose. Doch seine Rechte gab ihm selbst eine schallende Ohrfeige. Sein Unterkiefer bebte und mahlte vor Wut über sich selbst. Der Alte schlug sich mit der geballten Faust in den Schritt.

»Lass mich endlich in Ruhe, du Teufel«, zischte er. Er hatte sich normalerweise gut im Griff. Normalerweise! Doch wenn er so provoziert wurde, wurde es auch nach all den Jahren immer schwierig für ihn. Er durfte sich nicht diesen Einflüssen aussetzen. Erst heute Nachmittag hatten zwei Burschen mit knappen T-Shirts und engen Hosen alles getan, um seine Aufmerksamkeit zu bekommen. Wie sie ihre Körper zu Schau gestellt hatten! Wie sie ihm durch Gesten und Blicke alles Erdenkliche versprochen hatten, diese kleinen brünftigen Verführer. Eigentlich hatten sie ihn gar nicht sehen können, sie hatten gar nicht wissen können, dass er sie beobachtete, denn er saß im Schatten einer alten Kastanie, und die Jungen hockten auf einem Mäuerchen beim Kräutergarten und unterhielten sich angeregt. Doch der Alte wusste Bescheid, er fiel nicht auf die harmlose Tour herein. Er kannte IHN, er wusste, wie ER arbeitete. Warum sonst hätten sich die beiden Burschen so präsentiert? Sie wollten, dass er es sah. Und er hatte alles sehen können durch den dünnen Stoff ihrer Sommerhosen. Sie zeichneten sich ganz deutlich ab, diese teuflischen Organe, die so verwerflich und doch so köstlich waren. Immer wieder waren die Hände der Burschen flink hinuntergefahren und hatten sich gekratzt oder etwas sortiert. Doch der Alte hatte im Schatten der Kastanie auch dieser Anfechtung standgehalten, zumindest eine Weile.

Der Alte ärgerte sich maßlos über seine Vergesslichkeit. Wie hatte das nur passieren können, dass er sein probates Mittel gegen die Versuchung nicht eingepackt hatte. Doch der Aufbruch musste so schnell erfolgen, nachdem er die bestürzenden Nachrichten aus München gehört hatte, dass er es irgendwie vergessen hatte – sein Stück Stacheldraht. Seine wirkungsvolle Geißel, mit der er sich sonst von unzüchtigen Gedanken befreien konnte. An diesem Nachmittag hatte er schwer atmend fliehen und sich statt des Stacheldrahts mit einem Ledergürtel züchtigen müssen. Beinahe wäre er dabei auch noch von seinem neugierigen Gastgeber überrascht worden, oben in seiner Stube. Was hieß überhaupt Stube – auch darüber musste er morgen mit diesem aufgeblasenem Popanz reden, der seit Kurzem das Sagen hier hatte. Denn er hatte Anspruch auf eine etwas standesgemäßere Unterkunft. Nicht nur so ein armseliges, einfach möbliertes Zimmer mit angeschlossenem Badezimmer, das gerade so groß war, dass man sich einmal darin umdrehen konnte. Die Ausrede mit Umbauarbeiten und dass man außerdem nicht auf seinen Besuch vorbereitet gewesen wäre, ließ er nicht gelten. Man hatte gefälligst immer mit seinem Besuch zu rechnen! Er hatte in der Vergangenheit zu sehr die Zügel schleifen lassen, das hatte er nun davon. Der Alte hatte keine Lust, die Tage hier in diesem Loch zu fristen. Er hatte viel zu erledigen, und da war es wichtig, dass wenigstens die Unterkunft etwas Erholung bot. Er war außerdem wer. Er hatte Anspruch auf ein gerütteltes Maß an Komfort. Schließlich hatte er erst gestern mit dem Ministerpräsidenten, seinem Duzfreund, zu Abend gespeist.

Als das Telefon klingelte, saß der alte Mann immer noch am offenen Fenster in seinem Sessel. Doch das Klingeln riss ihn aus seinen Träumen, er war im Sitzen eingeschlafen. Er schielte mit verquollenen Augen auf die Uhr. Dreiviertel fünf in der Früh. Er räusperte sich und nahm erwartungsvoll das Gespräch an.

»*Pronto*!«

»Ich weiß, wo er ist!«

»Gott sei mit dir!« Der Alte hob erfreut seine rechte Hand wie zum Segen. »Aber warum flüsterst du? Ich verstehe dich kaum. Sprich lauter!«

»Ich … das geht jetzt nicht. Hör zu, ich sage dir nun, wo du ihn finden kannst. Aber du musst dich beeilen. Fahr so bald als möglich los, hörst du? Hast du Stift und Papier? Gut, dann hol es … Bist du bereit? Also, schreib bitte mit …«

22

Bella Scholz hatte sich am Wochenende selbst aus ihrer »Verlassen«-Depression geholt, denn sie hatte Freitagnacht alleine eine Flasche guten Bordeaux gesüffelt und sich geschworen, an sich zu arbeiten. Samstag verscheuchte sie den leichten Kater mit zwei Aspirin, duschte eiskalt und griff zur Schere. Sie hatte erst jüngst eine Biographie über die mexikanische Malerin Frida Kahlo gelesen, die sich immer, wenn sie sich von ihrem Mann Diego Rivera getrennt hatte (was öfter vorkam), die langen Haare abgeschnitten hatte. Bella Scholz trennte sich am Samstagvormittag von ihrer Lockenmähne, sie schor sich und verließ das Haus auf der Suche nach einem Friseur, der ihre Aufmachung irgendwie retten könnte. Seit sie vor einigen Jahren vom tristen Moosach mitten ins Herz von München gezogen war, konnte sie sich über mangelnde Auswahl an Haarkünstlern nicht mehr beklagen. Das Glockenbachviertel besaß die wohl größte Friseurdichte pro Quadratmeter in Europa, wenn nicht gar in der Welt. Egal, welcher alteingesessene Laden zwischen Sendlinger Tor und Auenstraße auch dichtmachte, ob Drogerie, Änderungsschneider, Reisebüro, Gemüseladen oder Schuhmacher – stets eröffnete einige Wochen später ein Coiffeur seine Pforten in den Räumen. Nicht nur Bella fragte sich, wie sich die Friseure bei dem Konkurrenzdruck überhaupt halten konnten. Doch momentan genoss sie den Überfluss und ließ sich von einem türkischen Friseur an der Ecke für wenig Geld einen vernünftigen Kurzhaarschnitt à la garçonne mit fransigem Nacken und kecken Seitenscheitel machen. Danach ging Bella Scholz einkaufen, ohne Freundin und ohne Pfeffer. Zwar rief Tina auf dem Handy an und wollte mit ihr Stadtbummeln, doch Bella wollte das alleine durchziehen. Sie ließ sich bei Beck am Rathauseck kostenlos eine Stilberatung geben und dazu noch ein kleines Probe-Make-up auflegen. Eine exaltierte Tunte, die femininer war, als Bella je sein konnte, schminkte sie und gab spitze Schreie von sich, als sie Bellas Frisur lobte, weil so kurze Haare den allerwenigsten Frauen stünden, aber sie eine so schöne Kopfform habe und einfach entzückend aussehe. Und tatsächlich standen Bella die kurzen Haare hervorragend. Bella Scholz freute sich auf die Chancen, die ihr das Leben nun schenken würden.

Und das Leben schenkte: Ihr Kollege Paul Freudensprung rief überraschend an. Er lud sie spontan zu einem Kaffeeklatsch mit Zwetschgendatschi und Schlagsahne am Nachmittag ein. Denn Pauls Schwager in spe, der türkische TV-Star Levent Demir, war momentan ebenfalls solo, und da hatten Paul und seine Freundin Aische die blendende Idee gehabt, man könne vielleicht Levent und Bella verkuppeln. Dass Levent eigentlich viel zu südländisch für Bella war, denn bisher hatte es die Kommissarin mehr mit blonden Männern, und dass er rauchte, hatte letztlich nicht verhindert, dass die beiden schon am selben Abend im Bett gelandet waren. Entgegen ihrer guten Vorsätze. Denn einen Vorzug hatten südländische Machogockel wie Levent nach Bellas Ansicht: Sie gaben Frauen das Gefühl ein kostbares, begehrenswertes Juwel zu sein – zumindest so lange sie das Objekt ihrer Begierde umbalzten. Levent hatte Bella dieses herrliche Gefühl gegeben. Und seine Tabak-Rotwein-Küsse hatten köstlich geschmeckt. Noch dazu hatte sie feststellen können, dass hinter der Machofassade ein sensibler, intelligenter Künstler steckte, der gerne die klassischen Theaterrollen spielen wollte, doch nur als Actionheld vermarktet wurde.

Zudem hatten sie am nächsten Morgen auch noch toll gefrühstückt. Dass sich Levent seitdem nicht mehr gemeldet hatte, beunruhigte sie kaum. Es war erstens kaum einen Tag her und zweitens machte sie sich nichts vor. Doch ein gutaussehender, erfolgreicher Schauspieler hatte ihr seine Gunst geschenkt, ihr, Bella Scholz, die von ihrem langjährigen Freund so schmählich verlassen worden war, sobald die Hochzeit in Sicht kam. Ihre Freundinnen würden vor Neid platzen, schließlich zählte Levent Demir ganz offiziell zu den Top Five der leckersten, vernaschenswertesten Sahneschnitten, die Bella und ihre Freundinnen bei einem lustigen Abend einst aufgestellt hatte – neben Brad Pitt, George Clooney, Kai Pflaume und Gerard Depardieu, wenn er mal gerade nicht Übergewicht hatte. Levent Demir hatte in einem knappen Punktsieg Eros Ramazotti und Jude Law geschlagen.

Die Nachwirkungen der Nacht mit Levent ließen Bella Scholz am Montagmorgen regelrecht ins Büro schweben.

Paul Freudensprung war noch nicht da, dafür ihr Chef. Max Pfeffer saß lässig auf seinem Schreibtisch und schaute Video. Als Bella hereinkam, sagte er kurz »Morgen« und »schschsch«. Er trug ein sportives Poloshirt zur Leinenhose – diesmal alles in Schwarz. Bella merkte sofort, dass ihr Chef völlig übernächtigt war und wie durch den Fleischwolf gedreht aussah. Sie traute sich nicht, es zu kommentieren. Bella sah auf den Monitor: die Aufzeichnung einer Diskussionsrunde. Eben redete eine sympathisch wirkende rothaarige Frau, die einen eleganten nachtblauen Hosenanzug trug.

»Hören Sie, werter Kardinal Radlkofer, wir gehen heute davon aus, dass psychische und neurobiologische Phänomene einheitlich erklärbar sind. Was keinesfalls bedeutet, dass alles geistige Geschehen nur das Produkt physiologischer Vorgänge ist. Denn wenn Geist und Materie eins sind, dann ist nicht zwangsläufig der Geist das Gehirn. Es könnte ja auch umgekehrt sein, dass das Gehirn reiner Geist ist. Da wäre ich sehr zurückhaltend! Nur weil viele meiner Kollegen bekennende Materialisten sind und manche Neurotheologen behaupten, dass alle Heiligen Epileptiker …«

»Natürlich!« unterbrach sie da ein Mann, dessen Kopf nun groß von der Kamera eingefangen wurde. »Dieses Totschlagargument musste ja kommen. Die sogenannte heilige Krankheit. Dazu, meine liebe Frau Doktor Södermann, lassen Sie mich folgendes sagen: Die Behauptung, dass beispielsweise Paulus bei seiner Begegnung mit dem auferstandenen Christus vor Damaskus nur einen epileptischen Anfall gehabt habe, ist beileibe nicht neu. Verschonen Sie mich also mit diesem Unsinn. Er selbst, jawohl, Paulus selbst schreibt von einem ›Pfahl im Fleisch‹, an dem er leide. Doch wir wissen bis heute nicht, unter welcher Krankheit er konkret litt.«

»Ah! Auf einmal doch!«, riss die rothaarige Wissenschaftlerin das Wort wieder an sich. »Jetzt wollen Sie also damit sagen, dass Sie womöglich gar kein Problem damit haben, dass die Bekehrung des Apostels nur eine epileptische Attacke war? Wollen Sie das sagen, Kardinal Radlkofer? Eminenz?«

»Das ist doch überhaupt nicht entscheidend, Doktor Södermann. Von mir aus können alle Heiligen Epileptiker gewesen sein! Ja, ich sehe es Ihnen an. Das hätten Sie gerne, dass dem so sei! Dann könnten Sie die ganze christliche Lehre als das Machwerk Geisteskranker abtun. Sie und Ihre gottlosen Freunde. Aber dem ist nicht so! Denn nicht das neurophysiologische Geschehen ist wichtig, sondern die dahinter stehende Wirklichkeit, der Inhalt der Erfahrung, die sich offenbart. Nicht das WIE zählt! Sondern das WAS!«

»Hören Sie mich widersprechen?«, sagte die Neurobiologin mit einem süffisanten Lächeln und lehnte sich entspannt zurück.

»Sie sind vor einiger Zeit mit der gewagten These an die Öffentlichkeit getreten, der Mangel an Kirchenbesuchern heutzutage sei auch ein architektonisches Problem, Doktor Södermann«, sagte der Moderator der Sendung mit unsicherem Lächeln.

»Meine Güte!«, rief der Kardinal und rang überdramatisch die Hände. »Nun auch noch dieser Hokuspokus!«

»Kein Hokuspokus, Eminenz«, entgegnete die Wissenschaftlerin freundlich. »Wie Sie sicher wissen, hat mein kanadischer Kollege Michael Persinger bereits in den Achtzigern nachgewiesen, dass in bestimmten elektromagnetischen Feldern übersinnliche Wahrnehmungen auftreten.«

»Kommen nun die Wünschelrutengänger? Auf dieser Ebene diskutiere ich nicht.«

»Keine Sorge, Eminenz. Ich halte von esoterischem Gedöns noch weniger als Sie, Eminenz, denn ich kann die wissenschaftliche Logik hinter Phänomenen sehen, die Wünschelrutengänger esoterisch verbrämen. Konkret an einem einfachen Beispiel gesagt: Wenn es in einem alten Schloss angeblich spukt, so ist das, was manche Menschen als Gespenst oder Erscheinung beschreiben, in Wahrheit ein Trugbild, das uns das Hirn vorgaukelt – evoziert durch bestimmte elektromagnetische Felder im sehr niedrigen Frequenzbereich, die sogenannten Schumann-Wellen. Wellen, die vor allem in Gegenden mit extrem vielen Bodenschätzen oder in Gegenden, wo diese völlig fehlen, auftreten. Verstärkt also in bestimmten Gegenden Großbritanniens.«

»Frau Doktor!«, rief der Kardinal und kramte sein Mobiltelefon heraus. Er presste es sich gegen das Ohr und verdrehte verzückt die Augen. »Ja! Ich höre Gott. Denn die starken elektromagnetischen Felder meines Handys gaukeln meinem Hirn ein Trugbild vor. Hui!« Er sah beifallheischend in die Runde.

»Eminenz.« Doktor Södermann faltete die Hände im Schoß und sah geduldig ihr Gegenüber an. »Die Frequenz, von der ich spreche, liegt weit unterhalb der des Telefons. Doch zurück zu meiner Architekturtheorie. Statt mit dem Handy können Sie durch einen Kirchgang Ihren Geist elektromagnetisch mit den Harmonien des Kosmos in Gleichklang bringen …«

»Meine Rede.« Der Kardinal setzte sich selbstzufrieden grinsend zurück.

»Lassen Sie mich bitte aussprechen, Eminenz.« Doktor Ruth Södermann lehnte sich vor und hob den Zeigefinger. »Denn das Gotteshaus, von dem ich rede, muss groß sein, am besten gotisch, und über eine Orgel mit gewaltigen Pfeifen verfügen. Denn dann kommt buchstäblich Schwung ins Spiel: Infraschall. Das ist eine stehende akustische Welle mit der für unser Ohr nicht mehr wahrnehmbaren Frequenz von neunzehn Schwingungen pro Sekunde. Infraschall kann die visuelle Wahrnehmung stören, die Atmung beschleunigen, die Muskulatur verkrampfen lassen und panische Angstzustände hervorrufen. Die NASA experimentierte übrigens lange mit Infraschall. Und auch ich habe dazu ein interessantes Experiment gemacht. Wir haben siebenhundertfünfzig Probanden zu einem Konzert in eine mächtige gotische Kathedrale, den Regensburger Dom, geladen. Es wurden vier moderne Orgelwerke aufgeführt. Zwei davon unterlegten wir mit nicht hörbarem Infraschall aus einer eigens dafür gebauten, sieben Meter langen Orgelpfeife. Achtundzwanzig Prozent aller anschließend Befragten gaben an, dass etwas mit ihnen geschehen sei. Einige fühlten sich nur unwohl oder Kälteschauer auf ihren Rücken, andere spürten plötzlich tiefe Trauer aufsteigen oder grundlose Angst, andere berichteten, dass etwas, das sie nicht beschreiben konnten, da gewesen sei.«

»Doktor«, sagte der Kardinal mit gelangweiltem Gesicht, »nun wollen Sie also allen Ernstes auch noch behaupten, dass eine Gotteserfahrung durch die Architektur eines Gebäudes hervorgerufen wird. Sie machen sich lächerlich, wogegen ich im Prinzip nichts habe ...«

»Ich war noch nicht ganz fertig, werte Eminenz.« Die Wissenschaftlerin hielt sich wacker. »Es steht jedenfalls fest, dass Infraschall in großen Räumen durch Luftströmungen hervorgerufen wird. Also auch und vor allem in Kathedralen und Schlössern. Bauen Sie wieder Kathedralen und keine kleinen Betonbunker und schon werden die Gläubigen beim Kirchenbesuch mehr transzendentale Erfahrungen machen. Sie werden Gott neu entdecken.«

»Sie verallgemeinern, meine Dame.«

»Da habe ich in Ihnen ja ein gutes Vorbild, meine Eminenz.«

»Es gibt nur eine Wahrheit! SEINE Wahrheit!«

»Jeder hat seine eigene Wahrheit, Eminenz, das dürfte auch zu Ihnen durchgedrungen sein.«

»*Jesus spricht zu ihm: Ich bin der Weg und die Wahrheit und das Leben; niemand kommt zum Vater denn durch mich.* Johannes 4, 16. Das, Doktor, dürfte auch zu Ihnen durchgedrungen sein!«

»Der von Ihnen bereits zitierte kanadische Neuropsychologe Michael Persinger behauptet, er könne jedem beliebigen Menschen mittels Magnetfeldern religiöse Erfahrungen vermitteln«, sagte der Moderator in die entstandene Pause.

»Und?«, rief sofort der Kardinal. »Was soll daraus folgen? Was wollen diese sogenannten Wissenschaftler damit beweisen? Ist ein künstlich erzeugtes Gefühl ein echtes Gefühl? Eine neurophysiologische Betrachtung von religiösen Erlebnissen kann deren Echtheit nicht beweisen. Ich weiß, wovon ich spreche, schließlich habe ich einst die Gnade erlebt, eine Begegnung mit unserer Muttergottes zu haben!«

»Na, darauf haben wir gewartet!«, seufzte Doktor Södermann.

»Spotten Sie nur. Künstliche mystische Gefühle bringen jedenfalls noch keinen religiösen Inhalt.«

»Wollen wir wetten?«, rief Doktor Södermann. »Ich habe Probanden ...«

»Wollen Sie etwa damit sagen, dass Sie solche Studien auch hier in Ihrem Labor betreiben?« Der Kardinal warf empört die Hände in die Luft und bebte vor Erregung. »Doktor Södermann! Was geschieht hier? Sie vergreifen sich an der Schöpfung. Sind Sie ein moderner Frankenstein, der hier im Max-Planck-Institut wütet? Ein ganz neuer Prometheus? Finanziert von einem halbscharigen Fernsehproduzenten, dem die Menschheit schon zur Genüge höchst zweifelhaftes Gedankengut verdankt? Oh ja, ich habe davon gehört, dass Sie eifrig an dem Beweis für die Nichtexistenz Gottes arbeiten. Doch ich kann Sie beruhigen, Doktor Södermann. Denn dass Gott existiert ist so sicher wie das Amen in der Kirche. Sie provozieren Gott, Frau Doktor! Das kann fürchterliche Konsequenzen haben, nicht nur für Sie! Sirach sagt in den Apokryphen: ... *welcher Gott fürchtet, der wird mit Ehren bestehen; welcher aber Gottes Gebote übertritt, der wird zu Schanden.*«

»Oh, Kardinal Radlkofer. Nun mal halblang. Sie betreiben plumpen Populismus und das wissen Sie ganz genau. Auf dieses Niveau lasse ich mich nicht ein. Und drohen Sie mir bitte nicht, auch wenn Sie, wie ich weiß, der Katholischen Glaubenskongregation angehören. Die Nachfolgeorganisation der Inquisition, nicht wahr? Die finsteren Zeiten der Inquisition sind längst vorbei, also bitte, Eminenz. Ich erschaffe keine neuen Menschen, ich erschaffe auch keine neuen Götter. Ich kann nichts erschaffen, was nicht ohnehin schon im Gehirn meiner Probanden ist.« Sie tippte sich an die Stirn. »Alles ist bereits hier drin, werter Kardinal Radlkofer. Auch bei Ihnen.«

Die nächste Kameraeinstellung zeigte wieder den Kardinal in Großaufnahme, wie er zum nächsten Argument ansetzte. Pfeffer drückte auf den Pause-Knopf der Fernbedienung. Das Portrait des Mannes mit der Stirnglatze sowie den blockwartkittelgrauen Haaren und Augen fror auf dem Bildschirm ein. Da das Bild etwas zitterte, konnte man die eben eingeblendete Unterzeile *»Kardinal Ansgar Radlkofer, Vatikanische Glaubenskongregation«* nur mit Mühe entziffern.

»Äh, Chef«, sagte Bella Scholz, »ich habe jetzt ehrlich gesagt nicht so ganz mitgekriegt, worüber die geredet haben.«

»Ich schon«, sagte Pfeffer und stand auf. »Besorg mir bitte von dem Mann ein Bild. Ihr könnt doch von einem Video ein, wie heißt das, ein Videostill machen, oder?«

»Klar, aber wozu?«

»Es ist immer gut, ein Bild vom Feind zu haben.«

»Was? Wer ist der Typ?«

»Das ist der Mann, der mir Erbauliches zusteckt. Der Mann, der mir droht. Hans Müller, mein neuer Pfarrer«, sagte Pfeffer mit einem eigentümlichen Lächeln, das Bella Scholz einen Schauer den Rücken hinunter jagte. Nun bemerkte sie auch, dass der sanfte, samtbraune Kuscheleffekt in seinen Augen verschwunden war und durch ein trauriges, sprödes Herbstlaubbraun ersetzt worden war. Bella vermutete sofort, dass es ihrem Chef irgendwie richtig dreckig gehen musste.

»Übrigens, Bella, schickes Outfit«, fuhr Pfeffer fort. »Steht dir. Echt. Viel femininer, viel mehr Bella. Weiter so. Und ich habe selten eine Frau gesehen, der superkurze Haare so gut gestanden haben. Das mit der Brille kriegen wir auch noch hin.« Alle Gedanken an die möglichen Probleme ihres Chefs waren wie weggewischt, Bella nestelte verlegen am Gürtel ihrer neuen, figurbetonenden Sommerhose herum.

23 »Ich war gut! Die Sache mit dem Hund … nun ja. Man muss Opfer bringen, oder? Trotzdem war ich verdammt gut!«

»Bravo, diese Einstellung gefällt mir. Weiter so. Sei du selbst. Sei radikal. Sei mein Werkzeug. Nur wenn du dich selbst völlig hingibst, werden wir erfolgreich sein.«

»Sie werden nichts gegen mich unternehmen können, nicht wahr?«

»Verlass dich drauf. So lange ich bei dir bin, können sie dir nichts anhaben. Alles, was du bisher getan hast und noch tun wirst, war richtig. Doch nun geh und lerne. Studiere, was ich dir aufgetragen habe.«

»Langsam. Erst muss ich mich noch um eine Versicherung kümmern.«

24

Tim de Fries schlug verärgert mit der flachen Hand auf das Lenkrad seines Audis. Er hatte sich schon wieder verfahren, keine Frage. Dabei war er sich eigentlich absolut sicher, dass er die Wegbeschreibung eingehalten hatte. Warum hatte er sich auch noch immer kein Navigationssystem geleistet? Dummer holländischer Kaufmann, schalt er sich, immer am falschen Ende sparen! *Goed koop is duur koop.* Billig kaufen heißt in Wahrheit teuer kaufen, das hatte sein Vater schon immer gepredigt.

Tim hatte keine Ahnung, wo er war. Irgendwo in der tiefsten Pampa zwischen Kirchseeon und Oberpframmen östlich von München. Tim fluchte. Um neun Uhr sollte das Seminar losgehen, nun war es bereits kurz nach acht. Der Typ am Telefon hatte ihm zwar eine Wegbeschreibung gegeben, und für Tim hatte die auch ganz einfach geklungen, doch nun kurvte er schon seit einer halben Stunde im Nirgendwo auf Feld- und Wirtschaftswegen herum, immer auf der Suche nach dem Weiler Kreuthsriedern. Dort sollte sein Vorgespräch für das Seminar stattfinden. Eine kirchliche Einrichtung für Behinderte wollte sich von ihm im Herbst drei Tage lang in Sachen Mitarbeiterführung und Konfliktbewältigung coachen lassen. Nur neun Personen. Kreuthsriedern – kein einziges Ortsschild weit und breit verzeichnete diesen Namen. Und unter der Telefonnummer, die der Mann ihm gegeben hatte, ging heute früh niemand ran.

Am Wochenende, das Tim in einem noblen Hotel mitten in München verbracht hatte, hatte er sich eigentlich auf dieses Seminar vorbereiten wollen, doch seine Gedanken hatten sich ständig um Max gedreht. Das Gedankenkarussell hatte Tim bis zur Übelkeit mit sich gerissen. Sich am Samstagabend in der Hotelbar konsequent mit teurem Absinth zuzusaufen hatte nicht wirklich zur Lösung seiner Probleme beigetragen. Die SMS, die Max ihm geschickt hatte, ließ Tim absichtlich unbeantwortet, auch wenn ihm der Wortlaut schier das Herz brach: »Ein Leben ohne dich ist die Hölle, ich liebe dich mehr, als ich sagen kann. M.« Dabei wusste Tim in seinem Innersten längst, dass er zurückkehren würde und wollte. Er hatte sich damals in den Bullen verliebt, der ihn wegen Drogenbesitz festgenommen hatte, und er wusste so sicher wie nie zuvor, dass er mit diesem Bullen alt werden wollte.

Vielleicht müsste er Max einfach die Freiheit lassen, auch mal mit Frauen … Er wagte es nicht, den Gedanken zu Ende zu denken. Denn mit einer Frau konnte er nicht konkurrieren, das war die Crux. Jedes Mal, wenn Tim sich sicher war, dass er eine Zukunft mit Max Pfeffer haben wollte, drängten sich üppige Silikonmöpse vor sein inneres Auge. Gut, Max hatte versichert, er habe »abgebrochen«, da sei nichts weiter passiert. Er hatte behauptet, es hätte ihn angekotzt. Doch Worte waren geduldig, die Fotos sprachen eine andere Sprache. Und hatte Max nicht noch etwas von einer Marienerscheinung gefaselt? Tim war sich sicher, dass er sich verhört haben musste. Religiösen Wahn traute er seinem Max als Allerletztes zu. Es gab verdammt viel zu diskutieren, wenn er Max wiedersah.

Links stoppelte ein abgemähtes Rapsfeld, rechts stand dicht an dicht der Mais und geradeaus kam wieder ein Einödhof in Sicht. Je näher Tim de Fries kam, desto weitläufiger zeigte sich der Hof. Es war eher ein Weiler mit mehreren großen Gebäuden. Wenn das nicht Kreuthsriedern ist, dachte sich Tim, dann kehre ich sofort um, heim zu Max. Scheiß auf den Job.

Der Beschreibung nach musste er hier absolut richtig sein. Aber das kleine grüne Schild am ersten Haus sagte, dass er im Gut Kaisereck gelandet war. Okay, dachte sich Tim, einmal frage ich noch, dann ist endgültig Schluss.

Die Wirtschaftsgebäude sahen leicht heruntergekommen aus. Nur das Haupthaus strahlte frisch renoviert, rote Geranien blühten üppig in den Blumenkästen vor den Fenstern. Sonnenblumen und eine mächtige Engelstrompete wuchsen neben den Treppenstufen. Tim de Fries lenkte seinen Audi langsam zur Eingangstür. Er stieg aus. Das wütende Gebell von Hunden drang an sein Ohr. Er hatte keine Angst vor Hunden, also ging er auf das Gebäude zu. Neben dem Eingang prangte ein großes, blankpoliertes Messingschild, das verkündete »Gut Kaisereck – Heimat der Rottweiler. Mitglied im ADRK und VDH«.

Bevor Tim klingeln konnte, hörte er ein freundliches »Grüß Gott, kann ich Ihnen helfen?« hinter sich. Tim drehte sich um. Vor ihm stand ein junger Mann mit weißem Unterhemd, Jeans und Gummistiefeln, der an einer kurzen Leine einen hechelnden Rottweiler hielt. Der Typ war gut einen Kopf kleiner als der Zweimetermann Tim. Eine rote Baseballmütze beschirmte sein Gesicht. Trotzdem konnte Tim sehen, dass der Mann ein geschwollenes blaues Auge hatte.

»Grüß Gott«, sagte Tim. »Entschuldigen Sie, aber ich habe mich verfahren. Können Sie mir sagen, wie ich nach Kreuthsriedern komme?«

»Sicher.« Der junge Mann deutete kurz auf den Hund und wischte sich über die Stirn. Tim bemerkte, dass der Mann völlig durchgeschwitzt war und am Arm einige blutige Kratzer hatte. »Ich muss nur schnell Herkules in den Zwinger bringen, sonst haut der mir auch noch ab. Eben ist nämlich Kronos durchgegangen. Den muss ich gleich suchen gehen, damit er nicht von einem übereifrigen Jäger drüben im Wald abgeknallt wird. Scheißköter, haben eben ihren eigenen Kopf.« Der Mann, der erstaunlich gut durchtrainiert war, was Tim mit Kennerblick goutierte, zog den Hund mit sich über den Hof, dabei humpelte er leicht. Er verschwand in einer Stallung, aus der lautes Gebell klang, als die Tür aufgemacht wurde. Nach einer Weile kehrte der junge Mann zurück und wusch sich an dem Wasserhahn neben der Stalltüre die Hände. Die Leine hatte er sich lässig um den Hals gelegt. Er wischte sich die Hände an der Hose ab und nahm die Leine in die Linke.

»Sorry, aber ich bin heute Vormittag alleine hier und mit den Hunden ist das eine Heidenarbeit! Sie wissen ja, all die Auflagen vom Veterinäramt und Tierschutz und so weiter. Na, wir sind ein angesehener Zuchtbetrieb. Mitglied im Allgemeinen Deutschen Rottweiler Klub und im Verband des Deutschen Hundewesens. Wir haben prämierte Rassehunde vom Feinsten. Kronos vom Kaisereck ist unser bester Zuchtrüde, er hat erst im März wieder eine Goldmedaille geholt. Und jetzt ist er abgehauen, das Mistvieh. Leider ist der ziemlich aggressiv.«

»Verstehe.« Tim interessierte sich nicht einen Deut für Hundezucht. »Ich möchte Sie auch gar nicht lange aufhalten …«

»Soll ich Ihnen mal unseren jüngsten Wurf zeigen?«

»Nein, danke.« Tim lächelte säuerlich. »Ich muss wirklich auf schnellstem Weg nach Kreuthsriedern.«

»Ja, klar. Sagten Sie bereits. Also …« Der junge Mann zog Tim am Arm mit sich und zeigte den Weg zwischen den Gebäuden hinunter. »Schauen Sie, Sie fahren erst ein Stück geradeaus …« Tim war so konzentriert auf die Wegbeschreibung, weil er sich nicht noch einmal verfahren wollte, dass er die schnelle Bewegung links hinter sich nicht wirklich bemerkte. Der junge Mann zog Tim de Fries die lederne Leine so schnell und fest um den Hals, dass Tim keine Möglichkeit der Gegenwehr blieb. Er lockerte seinen Griff erst, als sein Opfer bewusstlos war.

25

»Das könnte eine Nummer zu groß für uns sein, Chef«, sagte Paul Freudensprung. »Das Nummernschild des Wagens, mit dem der Kardinal dich beinahe zusammengefahren hätte, ist auf das Erzbistum München und Freising zugelassen. Aber die wollten mir ums Verrecken nicht sagen, wo sich der Kardinal momentan aufhält, weil seine Eminenz angeblich zu einem besonders schützenswerten Personenkreis zählt.« Er schnaufte demonstrativ und sah zum unzähligsten Male irritiert seine Kollegin an. Ihr neuer Look lenkte ihn ab. Die kurzen Haare ließen Bella so verdammt sexy aussehen. »Ich meine, die Vatikanische Glaubenskongregation! Hör mal, ich kenne mich zwar nicht so gut damit aus, aber das ist die Nachfolgeorganisation der Heiligen Inquisition! Du weißt, was das bedeutet. Die waren nie zimperlich. Die lassen jeden über die Klinge springen, du kennst doch die Kirche. Die Trennung von Kirche und Staat ist bei uns in Deutschland leider nur Theorie … Und Kardinal Radlkofer …«

»… ist so etwas wie der Chef für die innere Sicherheit«, ergänzte Max Pfeffer. »Ich habe schon ein wenig über ihn recherchiert. Eine schillernde Figur, die gerne mal mit kernigen Aussagen zitiert wird. Konservativer Hardliner und ab und an gerngesehener Gast in Talkshows, weil er schlagfertig und rhetorisch top ist. Wobei er sehr selten im Fernsehen auftritt. Und wenn ich mich nicht täusche, ist er der Chef des Geheimdiensts, den der Vatikan immer leugnet zu haben. Deshalb hat er sich auch getraut, mir zu drohen.«

»Wie das?«, fragte Freudensprung neugierig.

»Rein theoretisch, was wäre, wenn es irgendwelche Unterlagen gäbe, die meiner Reputation gar nicht gut täten?«

»Oh, nein, Chef«, seufzte Freudensprung. »Du hast doch nicht etwa Scheiße gebaut? Bitte sag mir, dass das nicht wahr ist! Bitte nicht.« Ihm war klar, was das bedeutete. Wieder drängten sich ihm Bilder vor sein inneres Auge, in denen sein Chef mit Bambi und Wanja nicht nur Halma spielte. Er fragte das seiner Ansicht nach Naheliegendste: »Fotos?«

»Ich meine ja nur rein hypothetisch.«

»Also haben sie dich fotografiert, als du bei Bambi und Wanja warst! Jetzt sitzt du ganz schön tief in der Scheiße. Oh Mann.« Freudensprung ließ sich auf den Stuhl fallen und Bella Scholz blickte verständnislos vom einen zum anderen.

»Nicht, dass mich jemand aufklären müsste, worüber ihr sprecht«, sagte sie mit einem resignierten Schulterzucken.

»Ich sagte doch: rein theoretisch. Welche Vorteile könnte sich ein führendes Mitglied der Glaubenskongregation davon erhoffen, mich zu erpressen?«

»Du hast dich zu weit in seine Interessenbereiche vorgewagt, würde ich sagen«, antwortete Freudensprung.

»Er hat mir gesagt, er wäre dem Täter auf der Spur und würde ihn auch bestrafen. Was bedeuten würde, der Täter käme aus einem kirchlichen Umfeld. Aber warum? Und vor allem wer?«

»Es kann auch bedeuten, dass sich dieser Kardinal irrt, Chef.«

»Okay, wir haben folgende Möglichkeiten.« Pfeffer ging zum Clipboard und zückte einen Edding, dann schrieb er seine Theorien auf das große karierte Papier.

Täter: Benjamin Veicht
Motiv: sexueller Missbrauch und anschließende Erpressung.
mögl. Mittäter: Jonas Wagenbrenner

Täter: Bambi Veicht
Motiv: Scheidung, Angst vor finanziellem Absturz, Drogengeschäfte
mögl. Mittäter: Wanja Woroschin

Täter: Wanja Woroschin
Motiv: Drogengeschäfte, Veicht kam dahinter
mögl. Mittäter: Bambi Veicht

»Mager, oder? Momentan sind das unsere drei Hauptverdächtigen. Sicher, es gibt auch die Möglichkeit, dass jemand aus der Produktionsfirma einen Hass auf den Chef geschoben und ihn gemeuchelt hat. Womöglich gar Dieter Koziol selbst. Vielleicht wollte er auch die Geschäfte alleine übernehmen.« Pfeffer kaute auf dem Edding herum.

»Alle, wirklich alle Alibis der Fernsehleute haben wir gründlich überprüft. Nicht einer dabei, der kein stichhaltiges hätte, Chef«, warf Bella Scholz ein. »Auch Koziol ist mehrfach gecheckt worden. Wasserdicht bis fünfhundert Meter Tiefe. Aber, wenn du willst, kann ich noch einmal bei allen nachhaken.«

»Tu das bitte, Bella. Hat nicht Koziol etwas von einem Abt in Kloster Schladern erzählt? Ich glaube, ich mache heute mal einen Ausflug nach Schladern. Der Kardinal hat mir gesagt, dass Veicht wohl deshalb sterben musste, weil er für irgendwas viel Geld ausgab«, sinnierte Pfeffer. »Für was gab er Geld aus? Geschäftlich gesehen für schlechte Fernsehproduktionen, ansonsten für Drogen, die Erpressungen seines Neffen Benjamin und den Forschungsauftrag im Max-Planck-Institut.«

»Und vergiss die Frauen nicht, Chef«, warf Bella ein.

»Danke, Bella, ein weiterer Punkt. Es ist trotzdem, wie Gaudi zu Recht zu bedenken gab, nur die Theorie des Kardinals. Oder eine bewusste falsche Fährte. Mir stellt sich auch die Frage, warum jemand neulich Nacht diese Fotos gemacht hat. Dass ich darauf geraten bin, war angeblich nur Zufall, also hatten sie es gar nicht auf mich abgesehen. Blieben nur Bambi und Wanja.«

»Also doch, Chef«, rief Freudensprung mit verzweifeltem Stirnrunzeln und schüttelte den Kopf. »Also doch! Du hast …«

»Gaudi, ich habe einen Job für dich, geh bitte zu deinem Freund Sepp Kurt und erkunde dich, ob die Ikonen aus Herbert Veichts Appartement auch aus Koks bestanden. Warum ist der Kardinal an Bambi und Wanja oder nur einem von beiden interessiert?«

»Ja, aber …«

»Jetzt gleich, bitte.«

»Ich ruf ihn schnell an.«

»Von mir aus, aber geh dazu bitte nach nebenan.« Pfeffer wollte den Kollegen einfach loswerden. Freudensprungs permanente anklagende Halbsätze zum Thema Poolparty mit Botox- und Anabolika-Junkies gingen ihm auf die Nerven. Er wollte fünf Minuten Ruhe. »Und noch etwas, Paul, ich möchte doch zu gerne wissen, warum Wanja offenkundig so gute Verbindungen zur katholischen Kirche hat. Als Russe.«

»Wie du meinst, Chef.« Paul Freudensprung verabschiedete sich ungehalten.

»Warum ist Wanja gestern Abend wie eine gesengte Sau durch München gefetzt, nachdem er einen Streit mit dem Kardinal hatte?« Pfeffer ging wie eine gefangene Raubkatze in seinem Büro auf und ab. »Bleibt wohl nichts anderes übrig, als noch mal mit dem Russen zu reden«, fuhr er fort. Bella schwieg. »Okay, das mache ich später«, sagte Pfeffer und öffnete die Bürotür genau in dem Moment, in dem Oberstaatsanwalt Bauer draußen anklopfen wollte. Der Oberstaatsanwalt und der Kriminalrat starrten sich eine Sekunde überrascht an.

»Zu Ihnen wollte ich eben, Herr Pfeffer«, sagte der Oberstaatsanwalt dann und senkte die immer noch zum Klopfen erhobene Hand.

So hatte Max Pfeffer den leitenden Oberstaatsanwalt Norbert Bauer noch nie erlebt. Sie kannten sich schon seit Jahren, die beiden Männer. Schon seit Pfeffer noch kein Kriminalrat, und Bauer noch kein leitender Oberstaatsanwalt war. Daran, dass die beiden unter vier Augen sprechen wollten, war nichts Ungewöhnliches, deshalb verließ Bella ohne Widerrede das Büro, als man sie darum bat. Doch dass Bauer eines Tages sein Büro spazieren würde und wie ein verlegener Schuljunge herumdrucksen würde, hätte Pfeffer sich nie vorstellen können. Er kannte den Oberstaatsanwalt als sehr zielstrebigen Mann. Als einen im besten Sinne pflichtbewussten Mann, der seinen Job ernst nahm, auch wenn er im Zweifelsfall mal Fünfe gerade sein lassen konnte. Sie hatten gemeinsam schon manchen Deal haarscharf an der Legalität vorbei ausgeklüngelt, wenn es darum ging, einen Zeugen zu schützen oder einen geständigen Tatbeteiligten ein gerütteltes Maß an Strafverschonung zu gewähren.

Und dass dann dieser Oberstaatsanwalt Norbert Bauer ihn eines Tages massiv unter Druck setzen würde, hätte Pfeffer nie erwartet. Es gäbe da Interessenskonflikte, hatte Bauer zunächst schwammig gesagt, und angedeutet, dass er den Fall Herbert Veicht vielleicht aus Pfeffers Zuständigkeit abziehen und dem LKA geben würde.

»Was sagt Frau Staubwasser dazu?« fragte Pfeffer trocken.

»Ich … äh … bin noch nicht dazu gekommen, mit Ihrer Vorgesetzten darüber zu sprechen, Herr Pfeffer«, sagte der Oberstaatsanwalt und musterte seine blankpolierten Schuhspitzen. »Ich wollte außerdem erst mit Ihnen reden.«

»Steckt Kardinal Ansgar Radlkofer dahinter?«, fragte Pfeffer unumwunden und sah den Oberstaatsanwalt zusammenzucken.

»Wie kommen Sie darauf, Kriminalrat Pfeffer?«

»Man macht sich so seine Gedanken. Mir wurde nämlich von einem Geistlichen, der sich nicht zu erkennen gegeben hat, den ich aber mittlerweile als Kardinal Ansgar Radlkofer von der Heiligen Inquisition identifiziert habe, genau das nahe gelegt, was Sie mir nun noch einmal nahe legen: schlampig zu arbeiten und anderen das Feld überlassen. Hören Sie, Oberstaatsanwalt Bauer, ich habe Sie bisher als ein Musterbeispiel von Integrität geschätzt. Ich bin über Ihr Ansinnen, gelinde gesagt, entsetzt.«

Der Oberstaatsanwalt wand sich auf dem Stuhl. »Sie verstehen mich miss! Ich würde Ihnen nie drohen, Kriminalrat Pfeffer. Ich bitte Sie nur zu bedenken, dass Sie nicht wissen, nicht wissen KÖNNEN, worauf Sie sich einlassen«, sagte er dann leise. »Radlkofer verfügt über exzellente Verbindungen. Verbindungen, die Sie sich gar nicht vorstellen können. Glauben Sie mir, ich kenne ihn schon seit meiner Zeit in Schladern ...«

»Sie waren in Kloster Schladern?«, rief Pfeffer.

»Ja, eine ausgezeichnete Schule. Damals war Radlkofer einer unserer Lehrer. Und deshalb sage ich Ihnen, Max Pfeffer, dass der Mann gefährlich ist. Ja, er hat mich gebeten, mit Ihnen zu reden, was ich hiermit getan habe.« Der Oberstaatsanwalt stand auf und seufzte schwer. »Wir verstehen uns? Ich habe mit Ihnen nur allgemein geredet. Alles andere überlasse ich Ihnen, Sie leiten die Soko Veicht. Ich habe momentan keine Absicht, Ihre Vorgesetzten in diese Angelegenheit einzubeziehen. Es fällt mir nicht leicht, das zu sagen, aber ich habe gehört, dass es in Ihrem Privatleben den einen oder anderen Punkt gibt, der Ihrer weiteren Karriere nicht zum Vorteil gereichen könnte«, sagte er gedehnt.

Pfeffer baute sich breit vor dem kleinen, dicklichen Oberstaatsanwalt auf. »Habe ich das eben richtig gehört? Sie wollen mir doch jetzt nicht etwa erzählen, dass das eben keine Drohung gewesen ist, Herr Bauer? Könnten Sie das noch einmal wiederholen?« Er machte eine Kunstpause und sah den Oberstaatsanwalt lauernd an. Dann sagte Pfeffer: »Alles, was mein Privatleben betrifft, ist – wie der Name schon sagt – mein Privatleben. Und falls Sie oder irgendwer vorhaben sollte, mich damit zu erpressen, dass ich mit wem auch immer geschlafen habe, dann kann ich nur eines dazu sagen: Ich lasse mich nicht erpressen. Mit nichts! Weder von Ihnen noch von einer Polizeidirektorin noch von einem Kardinal noch vom Papst selbst. Haben wir uns verstanden?«

»Ich habe nichts dergleichen gesagt, Herr Pfeffer.« Oberstaatsanwalt Bauer bemühte sich um Haltung, er legte versöhnliche Wärme in seiner Stimme. »Mensch, Pfeffer, ich habe noch mal die Akten durchgesehen und man muss wirklich sagen, dass die Ermittlungsergebnisse bisher nicht berauschend sind. Wir haben keinen Tatverdächtigen, wir haben nicht mal eine komplette Leiche. Trotz großangelegter Suchaktion.«

»Ich habe von vornherein nichts von dieser Suchaktion gehalten«, warf Pfeffer ein.

»Ich habe Anweisungen gegeben, dass es vorerst keine Pressekonferenz mehr zum Fall Veicht geben wird. Damit halte ich Ihnen den Rücken frei,

Pfeffer. Es ist wirklich nichts dabei, wenn Sie die Ermittlungen nun ein wenig schleifen lassen und einfach abwarten. Sie sind momentan etwas überarbeitet. Machen Sie Urlaub. Bald sind große Ferien, dann fahren Sie mit Ihren Kindern für ein paar Wochen in den Süden. Ich bin sicher, dieser Fall löst sich dann von selbst. Ganz ohne Ihr Zutun. Sie können dabei mit meiner vollsten Unterstützung rechnen.«

»Das freut mich zu hören.«

»Wir sind uns also einig?«, fragte Oberstaatsanwalt Bauer und sah das erste Mal seit er das Büro betreten hatte, Pfeffer direkt in die Augen. Hoffnung glimmte in seinem Blick.

»Sagen wir mal so«, antwortete Pfeffer, »Sie haben mich jetzt wirklich neugierig gemacht. Sehr neugierig.«

25

»Hat man Sie nicht vor mir gewarnt?«, fragte der Abt mit schelmischem Grinsen. »Hat Sie niemand darüber aufgeklärt, dass ich ein treuer Gefolgsmann von Kardinal Radlkofer bin?«

Pfeffer schüttelte den Kopf. »Nein.«

Der Abt lachte dröhnend. »Dann vergessen Sie das auch schnell wieder. Ist nämlich kein Wort von wahr.« Der Mann war Mitte Fünfzig und hatte ein sympathisches, kantiges Gesicht mit wachen blauen Augen. Obwohl er eine braune Kutte trug, konnte man erahnen, dass er sportlich und drahtig war. »Wissen Sie, Herr Pfeffer, ich wurde vor knapp einem Jahr zum Abt in Klostern Schladern gewählt. Ja, ich galt bis dahin als Anhänger von Kardinal Ansgar Radlkofer. Das Image habe ich auch all die Jahre gepflegt, es hat mich zwar viele Freunde und auch nicht wenige Sympathien gekostet, doch es war leider bitter nötig. Manchmal ist es besser, man legt sich zum Feind ins Bett, wenn man etwas erreichen will. Ich konnte nur etwas erreichen, wenn ich Abt werden würde. Nur dann hatte ich eine Chance, hier etwas zu ändern. Und so habe ich mit dem Wolf Radlkofer geheult, bis ich Abt wurde. Ach, was heißt schon Feind, sind wir nicht alle Brüder und Kinder Gottes?«

»Zweifelsohne«, sagte Pfeffer und sah zu Bella Scholz hinüber, die sich entweder Notizen machte oder einfach auf dem Block herumkritzelte. »Aber deshalb sind wir eigentlich nicht gekommen, Herr Kästner. Äh, entschuldigen Sie, aber ich weiß nicht, wie man einen Abt üblicherweise anredet.«

»Abt Ludwig, bitte. Normalerweise nur Abt und dann der christliche Vorname. Denn einen Familiennamen kann jeder haben, einen christlichen Vornamen dagegen nicht, so war zumindest früher die Begründung. Aber Herr Kästner ist für mich auch völlig in Ordnung. Denn, machen wir uns nichts vor, einen christlichen Vornamen kann heute wirklich jeder haben.« Der Abt von Schladern machte eine ausholende Geste und setzte sich auf seinen Schreibtischstuhl.

Das Büro von Abt Ludwig entsprach nicht den Erwartungen, die Pfeffer und Bella gehabt hatten. Statt schwerer alter Möbel und einem wuchtigen Schreibtisch aus massiver Eiche standen moderne Stahl- und Glasregale voller Aktenordner sowie ein federleicht wirkender Arbeitstisch aus hellem Holz mit Telefonanlage und Laptop in dem großzügigen Raum. Die gotische Madonna mit Kind aus Lindenholz und ein üppig gerahmtes frühbarockes Gemälde mit einer ungewöhnlichen *Maria lactans*, einer Maria, die dem Jesuskind die Brust gibt, waren die einzigen Antiquitäten. Sie harmonierten hervorragend mit dem modernen Ambiente. Pfeffer starrte das Gemälde an und wunderte sich erheblich weniger über die mutige Darstellung einer halbnackten Gottesmutter, die ein Baby säugte, als darüber, dass er das Bild so ruhig anschauen konnte – ohne Schweißausbrüche oder Zitteranfälle. Er hatte seine eigene Begegnung mit der erheblich korrekter gekleideten Maria offenbar doch schon weiter verarbeitet, als er sich zu erträumen wagte.

»Sie fragten mich, ob ich mich noch an Herbert Veicht erinnere«, sagte der Abt. »Sicherlich tue ich das! Schließlich waren wir bis zuletzt befreundet. Wir waren Klassenkameraden. Herbert Veicht, Dieter Koziol und ich. Ach, und übrigens auch Norbert. Norbert Bauer. Ich bin sicher, Sie kennen den leitenden Oberstaatsanwalt Bauer? Dachte ich es mir doch. Wir schliefen damals im selben Schlafsaal.«

»Hatte Veichts Bett zufälligerweise die Nummer 45?«, fragte Pfeffer dazwischen.

»Nein.«

»Das ist ewig her. Wie können Sie da so sicher sein?«

»Weil ich Bett Nummer 45 hatte. Ganz einfach, Dieter hat mich erst vorgestern deswegen angerufen. Herbert hatte 34, wenn ich mich recht erinnere. Ich habe ein recht gutes Zahlengedächtnis. Wissen Sie, Herbert war ein Hitzkopf, ein Treibauf. Ständig hat er sich mit den Lehrern angelegt. Und er wurde hart bestraft. Sehr hart!« Der Abt seufzte und sah traurig aus dem Fenster. »Aber so war er, der Herbert. Immer auf Provokation, da hat sich bis zu seinem Tod nichts geändert. Das hat Ihnen Dieter sicher längst erzählt.«

»Hat er«, bestätigte Pfeffer. »Doch kommen wir zu Kardinal Ansgar Radlkofer …«

»Herbert hat ihn gehasst.« Abt Ludwig trommelte mit den Fingern seiner rechten Hand wütend auf die Schreibtischplatte.

»Und warum?«, fragte Bella Scholz ohne von ihrem Block aufzusehen.

»Ehrlich gesagt, ich weiß es nicht.«

»Das sollen wir Ihnen glauben?« Bella sah zu ihrem Chef hinüber und kaute auf ihrem Bleistift. »Herr Kästner, Entschuldigung, Abt Ludwig, Sie waren im Jahrgang mit Herbert Veicht und Dieter Koziol. Es gibt gewisse

Hinweise, die uns vermuten lassen, dass es Übergriffe auf Jungs gegeben hat, die ...«

»Reden Sie nicht um den heißen Brei herum, gute Frau«, sagte der Abt. Sein Tonfall war nicht aggressiv, eher resigniert. »Ja, ich weiß, dass es damals sexuelle Übergriffe auf einige Schüler gegeben haben soll. Derartige Vorwürfe hagelt es heutzutage ja regelrecht gegen kirchliche Internate.« Er machte eine abwehrende Handbewegung. »Sagen Sie nichts, bitte. Sicher sind diese Vorwürfe meist gerechtfertigt. Doch alles, was ich dazu sagen kann, ist, dass ich persönlich nie von einem Lehrer oder Mönch belästigt wurde. Nie. Nie!«

»Redest du dir es da nicht ein wenig schön?«, sagte da eine Stimme hinter Max Pfeffer. Alle Köpfe drehten sich überrascht zur Tür. Dort stand der schwergewichtige Dieter Koziol neben einer dürren ältlichen Frau, die verzweifelt die Hände rang. »Entschuldige, Ludwig, dass ich hier so hereinplatze. Aber deine Sekretärin wollte mich nicht anmelden, weil du Besuch hast. Und ich dachte, wenn der Herr Kriminalrat mit seiner attraktiven Kollegin da ist, dann sollte ich auch mitmischen.«

»Natürlich, komm herein, Dieter.« Der Abt lächelte freundlich, stand auf und machte eine einladende Geste. »Danke, Frau Kreuder, Sie können jetzt gehen«, sagte er dann streng zu seiner Sekretärin, die sich unterwürfig entfernte. »Hast du auch dein Filmteam mitgebracht, Dieter?«

»Sicher, die warten unten.«

»Filmteam?«, fragte Pfeffer.

»Ja, Dieters Leute drehen hier in den nächsten Tagen eine Dokusoap über das Klosterleben.«

»Das hier ist das einzige Kloster in der ganzen Gegend, in der es mehrere Brüder gibt, die noch unter vierzig sind«, ergänzte Dieter Koziol. »Wir wollen schließlich was Knackiges bieten. Okay, ich weiß, Ludwig! Ich nerv dich nicht schon wieder damit, dass wir deine Jungs auch mal beim Duschen filmen wollen.« Er lachte dröhnend. »Aber doch wenigstens oben ohne bei der Gartenarbeit?«

»Dieter, bitte.« Der Abt schmunzelte und verdrehte die Augen.

»Dann konnen wir die Quote vergessen.« Der Filmproduzent seufzte geziert. »Doch gut, dass ich eben gekommen bin.« Sein Ton wurde plötzlich ernst. »Ludwig, du wurdest vielleicht tatsächlich nicht belästigt. Damals. Doch wir beide wissen, dass Herbert sehr wohl mehr als einmal mit einer gewissen Autoritätsperson mitgehen musste. Dass er seine schlimmste Hölle nicht im Dunkelkarzer erlebte, sondern als es diesen neuen Lehrer am Internat gab!«

»Das hat er zumindest gesagt.« Der Abt nickte bedächtig. »Doch du weißt, dass er eine sehr lebhafte Phantasie hatte und …«

»Herrgott nochmal, Ludwig«, brauste Dieter Koziol auf. »Herbert hat sich nichts aus den Fingern gesogen! Und er war nicht der Einzige! Auch das weißt du ganz genau. Peter, Michael eins und Michael zwo …« Krebsrot im Gesicht lehnte sich der dicke Mann in seinen Sessel zurück. »UND DIETER NICHT ZU VERGESSEN!«, schrie er dann mit explodierender Kraft, während sein massiger Körper erbebte. Alle zuckten zusammen.

»Dieter?«, fragte der Abt irritiert. »Aber es gab doch keinen weiteren Dieter bei uns …«

»Bravo, Herr Abt! Clever kombiniert!«

»Meine Güte!« Die Abstufungen des schnellen Erbleichens des Abtes konnte man mitverfolgen. Er schlug die Hand vor den Mund. »Dieter, ich hatte keine Ahnung. Ich hatte wirklich keine Ahnung, dass auch du …« Er begann zu zittern.

»Natürlich, du hattest keine Ahnung, dass auch ich zweimal mitgehen musste.« Der TV-Produzent machte eine wegwerfende Handbewegung. »Das glaube ich dir sogar, Ludwig. Als er mich erwischt hat, warst du auf der Krankenstation. Nur habe ich aus welchen Gründen auch immer offenbar Glück gehabt, denn er hat mit mir nicht das gemacht, was er mit Herbert getrieben hat. Offenbar war ich ihm … keine Ahnung … zu fett. Weißt du, was wir uns damals gefragt haben? Wir haben uns gefragt, warum du nie mitgehen musstest. Dabei warst du damals von uns allen der Hübscheste.«

»Weil ich …«, begann der Abt und sprang auf. Er stützte sich mit beiden Armen auf die Schreibtischplatte. Er sah kurz zu Bella Scholz hinüber und ließ den Kopf hängen. »Entschuldigen Sie, Herr Kriminalrat, würde es Ihrer Kollegin vielleicht etwas ausmachen, kurz draußen zu warten?«

»Tut mir leid«, entgegnete Pfeffer. »Meine Kollegin sollte alles, was hier gesagt wird und mit dem Fall zu tun hat, auch hören.«

»Herr Kriminalrat Pfeffer«, sagte der Abt mit bebender Stimme und fixierte weiterhin die Tischplatte. »Ich wiederhole noch einmal meine Bitte, dass Ihre Kollegin für fünf Minuten nach draußen geht. Bitte. Ich lasse sie sofort wieder herein rufen, wenn … wenn …«

Pfeffer sah Bella an. Die stand mit einem Schulterzucken auf und ging wortlos hinaus.

»Gut.« Der Abt hob wieder den Kopf. »Das habt ihr euch also damals gefragt, Dieter. Warum nicht ich? Hier ist die Antwort: Weil ich damals sehr wohl mitgehen musste, Dieter! Noch vor Herbert und den anderen. Lange vorher! Eben weil ich der Hübscheste von uns allen war! Bei mir hat er nicht die Nacht abgewartet. Was glaubst du, warum ich ständig sogenannte Nachhilfestunden hatte? Nachhilfestunden! Ha! Bemerken Sie die Perfidität?! Er hat es tatsächlich so genannt! Ja, ich weiß ganz genau, was er mit Herbert gemacht hat, weil er es vorher an mir ausprobiert hat. Seine kranken Spielchen mit ...« Er brach ab, seine Nasenlöcher blähten sich auf, dann fuhr er mit gepresster Stimme fort: »Und dann hat er mir gesagt, mit wem er es nachts wiederholen wird. Ich wusste immer vorher, wer dran war. Ist das nicht pervers? Ich war quasi sein Mitwisser! Und soll ich dir sagen, warum dann plötzlich alles aufhörte? Weil ich zum Abt gegangen bin! Weil ich im Gebet die Kraft gefunden habe, mich zu wehren! Damals habe ich Gott gefunden und beschlossen, mein Leben Gott zu weihen, wenn alles aufhört! Wie du siehst, hat mir Gott geholfen, und ich habe mein Wort gehalten. Herbert hat sich nur uns anderen offenbart, aber keinem Lehrer. Dazu war er zu feige. Im Gegensatz zu mir. Ich habe dem damaligen Abt alles erzählt und auf die Bibel schwören müssen, dass ich nie in meinem Leben irgendeiner Seele etwas darüber verraten werde! Also habe ich auch euch gegenüber immer geschwiegen. Habe so getan, als wüsste ich nicht, wovon ihr sprecht. Der alte Abt hat damals sofort gehandelt. Sein Wort galt etwas. Ich bin sicher, du erinnerst dich noch sehr gut daran, dass wir von einem Tag auf den anderen von dem Schwein befreit waren.«

Ein Schweigen legte sich über den Raum. Der Abt ließ sich langsam wieder in seinen Stuhl zurück gleiten. Schließlich räusperte sich Pfeffer und sagte: »Sie haben also alle unter dem Missbrauch durch Ansgar Radlkofer gelitten?«

Die Männer sahen sich an und sagten kein Wort.

»Auch Norbert Bauer, der heute Oberstaatsanwalt ist?«

Wieder keine Antwort.

»Warum gehen Sie nicht gegen Ansgar Radlkofer gerichtlich vor?«

»Heute?«, fragte Dieter Koziol mit überschnappender Stimme, als hätte Pfeffer eine völlig irrsinnige Idee von sich gegeben. »Wozu? Damit alles aufkocht? Ich habe die Zeit vergessen, verstehen Sie?«

»Sie wären nicht alleine«, gab Pfeffer zu bedenken. »Ich meine, denken Sie an die Ereignisse im Priesterseminar von St. Pölten. Die Öffentlichkeit ist sensibilisiert.«

»Lassen Sie es gut sein, Kriminalrat Pfeffer«, sagte Abt Ludwig Kästner. »Ich habe längst verziehen. Ich habe kein Interesse mehr an Rache. Das überlasse ich einer höheren Gewalt. Und seien Sie sicher – Seine Eminenz wird für seine Taten bezahlen. Außerdem ist das juristisch längst verjährt.«

»Wie lange war Ansgar Radlkofer Lehrer an dieser Schule?«, fragte Pfeffer schließlich.

»Eineinhalb Jahre«, antwortete der Abt kurz angebunden.

»Und was passierte dann?«

»Nichts«, sagte der Abt. »Wir haben unsere Schulzeit ohne weitere Übergriffe …«

»Ich meinte Ansgar Radlkofer. Wurde er bestraft?«

»Der?« Dieter Koziol zog müde eine Augenbraue nach oben. »Ach, Herr Kriminalrat, was passiert mit Menschen wie Ansgar Radlkofer? Menschen, die eine Pest sind, die niemand leiden kann? Die skrupellos und intelligent sind?«

»Lassen Sie mich raten«, sagte Pfeffer und wusste längst die Antwort, denn mit Sicherheit ging es in kirchlichen Kreisen nicht anders zu als bei der Polizei oder großen Industriekonzernen. »Sie werden befördert, weggelobt.«

»Bingo.« Der Abt streckte den Daumen nach oben. »Radlkofer hatte schon damals ein Faible für schmutzige Details aus dem Privatleben anderer Menschen. Ich bin sicher, das hat ihm bei seiner erstaunlichen Karriere nicht unerheblich genutzt. Heute hätte Radlkofer wahrscheinlich keine ruhige Minute, wenn er als pädophiler Lehrer auffliegen würde. Wir hatten hier im Internat vor einigen Jahren einen ähnlichen Fall, der für Schlagzeilen gesorgt hat und der dem Ruf unserer Schule leider nachhaltig geschadet hat. Obwohl damals sofort Maßnahmen ergriffen wurden und die Kirche erhebliche Geldmittel für die Opfer zur Verfügung gestellt hat. Aber damals – damals hätte es für uns Kinder gar keine Öffentlichkeit gegeben.«

»Und nun sind Sie Abt dieses Klosters und gleichzeitig Leiter von Schule und Internat?«, fragte Max Pfeffer. »Ich möchte nicht unhöflich sein, aber Sie wissen, was man von Opfern sexueller Gewalt sagt.«

Der Abt machte eine wegwerfende Handbewegung. »Ich weiß. Was erwarten Sie jetzt von mir?« Er sprang aus seinem Schreibtischstuhl auf und ging mit großen Schritten auf Pfeffer zu. »Ich habe mein Leben Gott geweiht, weil ich schlimme Dinge erlebt habe. Und glauben Sie mir, bevor ich dem Kloster beigetreten bin und meinen Schwur eingelöst habe, habe ich meine Sexualität gründlich erforscht und ausgelebt, weil ich wissen wollte, ob das, was mit Radlkofer passierte, wirklich alles sein sollte. Ob das wirklich gottgewollt ist, ob mein Körper … ob ich wirklich ein Werkzeug des Satans bin, wie er immer behauptet hat. Und siehe da, in meiner Sexualität hatten kleine Jungs definitiv nichts zu suchen! Und schon gar keine großen Jungs. Radlkofer ist die Sorte Mensch, die den Begriff des Zölibats nur auf die Ehelosigkeit reduzieren. Und verheiratet ist der Mann ja nun wirklich nicht. Ich hingegen verstehe darunter auch Verzicht auf Sex und ich kann nicht behaupten, dass es mir schwer fällt. Im Gegenteil.«

Der Abt stand nun so dicht vor dem Kriminalrat, dass Pfeffer beinahe seine Hand zur Abwehr erheben wollte.

»Keine Sorge, mein Herr, ich tue Ihnen nichts.« Abt Ludwig drehte sich weg, ging zurück zum Schreibtisch und drückte auf eine Taste an der Telefonanlage. »Frau Kreuder, schicken Sie bitte die Kommissarin wieder herein, danke.« Sofort betrat Bella Scholz den Raum. »Wie dem auch sei«, fuhr der Abt fort, »als ich glaubte, Radlkofer sei endlich Schnee von gestern, tauchte er plötzlich wieder auf. Mächtiger als je zuvor. Zum Kardinal hatte man ihn gemacht, mit Sondervollmachten. Seine Eminenz ist offiziell nur dem Papst unterstellt und ich bin sicher, dass der Heilige Vater keine Ahnung hat, was Radlkofer so treibt. Kommen Sie, meine Herrschaften, machen wir einen kleinen Spaziergang.«

Überrascht von der Aufforderung folgten Max Pfeffer, Bella Scholz und Dieter Koziol dem Abt, der mit wehender Kutte erst durch das Sekretariat und dann durch eine schier endlose Abfolge von langen Gängen vorauseilte, bis sie schließlich ein einem prachtvollen Garten zum Stehen kamen.

»Sehen Sie sich um, meine Damen und Herren«, sagte Abt Ludwig mit einem indifferentem Grinsen. »Kloster Schladern mit Internat, Alexandrinum und allem, was dazu gehört.«

Sie sahen sich um. Die Klosteranlage war beeindruckend groß und prächtig, ein Meisterwerk der Baukunst aus der Zeit der Gegenreformation. Kein Wunder, dass sie in jedem Reise- und Kunstführer zu finden war. Der Garten, in dem sie standen, war eine gepflegte, großzügige Parkanlage im strengen Barockstil, um die herum sich die Gebäude sammelten. Links von ihnen befand sich der Haupttrakt mit dem monumentalen Portal, in dem die Schule untergebracht war, daneben schloss sich das langgezogene, eher schlicht gehaltene Klostergebäude an, in dem einst die Mönche lebten und arbeiteten. Nun bewohnten die Klosterbrüder nur noch ein Stockwerk, der Rest gehörte zum Internat. Rechts thronte mächtig und würdevoll die Kirche St. Benedikt, die angeblich mehrere echte Reliquien des Namenspatrons beherbergte und jährlich Tausende von Pilgern anzog. Das vierte Gebäude, das den Garten umgrenzte, war das Alexandrinum.

»Mein Reich«, sagte der Abt mit einem Schmunzeln. »Ich leite ein Kloster, eine Schule und ein Internat, dazu verwalte ich Ländereien, eine Brauerei, eine Mineralwasserquelle und diverse Verpachtungen, wovon vielleicht die Gaststätte vorne neben der Schule die bekannteste ist. Glauben Sie mir, meine Herrschaften, ich habe einen Sechzehnstundentag – mindestens – und das alles für Gotteslohn, im wahrsten Sinne des Wortes. Ich kann von einem Managergehalt der freien Wirtschaft nur träumen. Aber ich träume ja nicht davon. *Ora et labora.*« Er deutete hinüber zum Alexandrinum.

»Das Alexandrinum, meine Herrschaften«, leierte der Abt nun scherzhaft demonstrativ im Tonfall eines gelangweilten Reiseleiters herunter, der zum millionsten Mal dieselbe Geschichte erzählte, »war einst ausschließlich für arme Waisenkinder da. Sie wurden hier aufgenommen und dazu erzogen, ein gottgefälliges Leben zu führen. Es fehlte ihnen an nichts. Das Abitur gab es bei entsprechender Begabung noch gratis dazu. Heute ist das eigentliche Alexandrinum nur noch ein kleiner Teil des Internats. Die meisten Kinder, die heute hier leben, sind keineswegs Waisen.« Der Abt machte eine kleine vielsagende Grimasse. Dann änderte sich sein Gesichtsausdruck. Der Abt sah sich vorsichtig um. »Was ich Ihnen jetzt sage, ist völlig inoffiziell. Ich würde es im Zweifel sofort leugnen, und Sie werden nie, und damit meine ich wirklich nie, eine Bestätigung für das, was ich jetzt sage, von kirchlicher Seite bekommen. Genau genommen sind die Waisen, die es hier gibt, gar keine echten, sondern nur Scheinwaisen. ›Hmmm, Scheinwaisen‹, werden Sie jetzt sagen. ›Was ist denn eine Scheinwaise?‹ Ich verrate es Ihnen. Ein Alexandrinum beherbergt seit seiner Gründung 1502 ausschließlich Scheinwaisen, also Waisen, die keine sind. Was heißen will, die Kinder haben sehr wohl Mütter und, welch Überraschung, auch Väter. Doch sie haben Väter, die keine sein dürfen! Des Rätsels Lösung finden Sie im Namen dieser Einrichtung, denn da haben sich die Verantwortlichen mal wirklich ein nettes kleines Spiel einfallen lassen. Ich sage nur: Seine Heiligkeit Alexander VI.«

»Der Vater von Lucrezia Borgia und diesem anderen, dem Mörder …«, platzte Bella Scholz heraus, und Max Pfeffer blickte seine Kollegin verwundert an. »Manchmal weiß ich eben solche Sachen«, sagte sie mit einem Schulterzucken. »Dann ist ein Alexandrinum ein Heim für Pfarrerskinder, oder?«

»Kompliment, die Dame.« Der Abt machte eine übertriebene Verbeugung. Sofort wurde er wieder ernst. »Papst Alexander VI. war auf dem Stuhle Petri eine der schillerndsten Figuren – um es mal ganz vorsichtig zu formulieren. Als er 1492 zum Papst gewählt wurde, verdankte er das nur einem ausgeklügelten Plan an Ämterverteilung und Radlkofer-Methoden. Alexander, der als Rodrigo de Borgia geboren wurde, dachte nicht im Traum daran, sein weltliches Leben im Vatikan aufzugeben. Mit seinen zahlreichen Mätressen zeugte er insgesamt neun Kinder. Zwei davon erlangten traurige Berühmtheit: die von Ihnen erwähnte Lucrezia, die Seine Heiligkeit Alexander VI. als eine Art dynastische Handelsware nach Gutdünken kreuz und quer durch Europa immer wieder neu verheiratete, und sein Sohn Cesare, den wir als skrupellosen Mörder und Intriganten bis heute kennen. Für Alexander war die Kirche nur eine Phrase, der ganze Vatikan nur ein endloses Kostümfest. Er wurde ein Jahr, nachdem er diese segensreiche Einrichtung des Alexandrinums geschaffen hatte, also 1503, vermutlich vergiftet, wobei es heißt, das Gift sei eigentlich für einen Kardinal bestimmt gewesen, und Alexander habe es irrtümlich selbst genommen. Kritiker bezeichnen ihn noch heute als perfekten Verbrecher und Sohn des Chaos. Wie gesagt, all das sagen die bösen Kritiker. Wie käme ich dazu, einen Papst zu kritisieren.«

Der Abt lachte schelmisch und machte mit beiden Händen eine abwehrende Bewegung. »Es gibt weltweit um die hundert solcher Heime. Je katholischer die Länder, desto mehr Heime gibt es dort. In Irland unterhalten wir sogar fünf. In Deutschland sind wir mittlerweile das einzige, das in Aachen hat vor zehn Jahren geschlossen. Das Alexandrinum-Werk nimmt sich der Ergebnisse des schwachen Fleisches meiner Mitbrüder an. Im Prinzip nichts Schlimmes, im Gegenteil. Doch nun kommt Radlkofer ins Spiel. Wobei es egal ist, wie er heißt. Seit einigen Jahren ist es eben Seine Eminenz Ansgar Radlkofer, vorher war es ein anderer, dem das Alexandrinum untersteht. Denn hier werden nicht nur Kinder von Priestern aufgezogen, es ist gleichzeitig eine Art Kaderschmiede für die Kirche. Viele Zöglinge werden tatsächlich Geistliche. Doch andere sucht sich Radlkofer persönlich aus und zieht sie zu Aufgaben heran, die nicht unbedingt im seelsorgerischen Bereich liegen. Manche sagen, es gäbe so etwas wie einen straff organisierten Geheimdienst des Vatikans, der in der Ausbildung eng mit dem israelischen Mossad zusammenarbeitet …«

Er machte eine demonstrative Geste des Nichtwissens und ließ den Satz unvollendet. Plötzlich ertönte schrill eine Schulglocke. »Meine Herrschaften, leider habe ich nun keine Zeit mehr für Sie, denn ich muss nun für einen erkrankten Kollegen einspringen und in der 8b Latein unterrichten. Daher noch in Kürze: Ein Alexandrinum ist nicht zwangsweise an ein Benediktinerkloster gebunden. Es können auch Franziskaner oder Trapisten oder die Englischen Fräulein sein. Manche Heime existieren ohne Klosteranbindung. Das ist das Raffinierte daran. Immer schön schwer fassbar bleiben. Normalerweise sollten die Schulleiter die Mitarbeiter von Ansgar Radlkofer über vielversprechende Schüler informieren. Schüler und wohlgemerkt auch Schülerinnen, die für Spezialaufgaben ausgebildet werden könnten. Egal, ob sie tatsächlich Waisen sind oder nicht. Doch ich habe Kardinal Radlkofer darüber informiert, dass es zumindest hier in Schladern nun vorbei ist mit der Kaderschmiede für seine seltsame Geheimdienstarmee, oder was das sein soll. Seitdem gibt es sehr interessante Gespräche mit ihm und seinen Mitarbeitern. Und der Kardinal ist sehr erzürnt darüber, dass sich in meiner Vita keine Ausschweifungen dokumentieren ließen. Falls ich morgen tot aufgefunden werden sollte, glauben Sie bitte nicht, es sei ein schlichter Herzstillstand.« Abt Ludwig lachte, doch seine Augen blieben ernst und besorgt. »Nun, er wird es nicht wagen, so lange er Gast in meinem Haus ist.«

Pfeffer und Bella Scholz wechselten vielsagende Blicke. Hier hielt sich also der Kardinal auf. Die Bemerkung des Abtes hatte ihnen mühsame Rechercheearbeit abgenommen.

»Doch zum Glück ist Schladern nicht irgendein kleines Kloster, sondern eine Institution, und der Abt von Schladern hat etwas zu sagen in diesem komplizierten Räderwerk der Kirche«, fuhr Abt Ludwig fort und reckte sich demonstrativ. »Der Abt von Schladern hat nicht nur etwas zu sagen, man hört ihm im Vatikan auch zu! Denn er hat traditionell mächtige Freunde. Ich bin nicht allein. Einige Alexandrinum-Leiter in aller Welt haben sich zusammengeschlossen, um dem einen Riegel vorzuschieben. In Dublin, Marseille, Sevilla, Budapest … ach, was weiß ich … in Florenz und Moskau. Wir sind mittlerweile viele …«

»Sagten Sie eben Moskau?«, unterbrach Max Pfeffer den Abt.

»Sicher. Dort gibt es auch ein Alexandrinum.«

»Aber sind die dort nicht orthodox?«

»Nicht alle. Dort gibt es auch zwei kleine katholische Gemeinden. Jedenfalls wurde nach dem Zusammenbruch der Sowjetunion ein kleines Kinderheim im Süden Moskaus Schlag auf Fall zum Alexandrinum.« Abt Ludwig schüttelte allen schnell die Hände. »Ich muss nun leider. Dieter, du weißt Bescheid. Fangt im Dormitorium zu drehen an, Bruder Anselm kommt gleich und führt euch.« Kaum hatte er zwei Schritte Richtung Schule gemacht, drehte er sich noch einmal um. »Ich weiß nicht, wo ich meinen Kopf habe. Was ich noch sagen wollte: Herbert Veicht hat seine ganz subtile Rache an Radlkofer nehmen wollen. Herbert hat im Gegensatz zu mir durch die Ereignisse seinen Glauben verloren, und er wollte den wissenschaftlichen Beweis, dass Gott nicht existiert. Deshalb hat er eine neurobiologische Einrichtung finanziert und Seine Eminenz auf die Palme gebracht. So, jetzt bin ich aber …« Er rannte davon.

»Halt!«, rief ihm Max Pfeffer hinterher. Dem Kriminaler war eben etwas eingefallen. »Sagt Ihnen der Name Jonas Wagenbrenner etwas?!«

Der Abt legte eine Vollbremsung ein. »Sicher!«, rief er über die Schulter und lief wieder los. »War Radlkofers letzte wirklich erfolgreiche Rekrutierung hier im Hause Schladern!«

»Ich hatte ja keine Ahnung«, sagte Dieter Koziol und wischte sich mit einem Taschentuch über die Stirn. Seine schlecht gefärbten Haare klebten in feuchten Strähnen an den Schläfen.

Sie saßen im Schatten der mächtigen Kastanien des Biergartens der Klosterwirtschaft und warteten auf die Kellnerin, die sie geflissentlich übersah. Eine leichte Brise wehte vom Inn her, der unten am Hügel träge vor sich hin floss. Nach der drückenden Gluthitze der letzten Tage kam allen das frische Lüftchen wie eine Erlösung vor. Am Nebentisch hatte sich die Filmcrew versammelt und machte Brotzeit mit Weißwürsten und Weißbier. Der Mönch, der sie abholen sollte, war immer noch nicht aufgetaucht.

Pfeffer schüttelte es, wenn er die in Bayern weit verbreitete Unsitte sah, vormittags Alkohol zu trinken.

»Ich hatte wirklich keine Ahnung«, wiederholte der TV-Produzent. »Dass auch Ludwig … mein Gott! Und dass Herbert eine wissenschaftliche Studie zur Nichtexistenz Gottes … Sie sehen mich absolut sprachlos. Ich dachte immer, er sei mein bester Freund. Er hat mir nur erzählt, dass er sich für Neurobiologie interessiert und deshalb die Arbeit von Doktor Södermann unterstützt.«

Endlich kam die Kellnerin vorbei und geruhte die Bestellung aufzunehmen. »Weißwürscht für alle, dazu Brezn. Habts ihr einen g'scheiten süßen Senf? Daran nicht sparen. Und eins, zwei, drei Weizen. Schadet übrigens nix, wenn das ein bisschen flott geht«, sagte Koziol barsch, ohne die anderen nach ihren Wünschen zu fragen. »Ihr seid natürlich eingeladen. Ach, und noch einen doppelten Espresso für mich!«

Die Kellnerin grunzte unflätig im typisch bayrischen Grant, was manche Reiseführer als charmantes Brauchtum bezeichneten.

»Danke für die Einladung, aber für mich ohne Bier«, antwortete Max Pfeffer.

»Zu Weißwürscht gehört ein Weizen. Noch dazu wo es hier das gute Schladerner Kloster-Weizen gibt!«

»Nicht bei mir, danke. Eine Apfelsaftschorle, bitte.«

»Für mich lieber auch«, sagte Bella und Koziol zuckte mit den Schultern. »Nein, halt, ein Mineralwasser.«

»Wussten Sie, dass Jonas Wagenbrenner in Schladern zur Schule gegangen ist?«, fragte Pfeffer nachdenklich.

»Sicher«, entgegnete der TV-Produzent. »Deshalb haben wir ihn genommen. Schladerner halten zusammen. Übrigens ist auch unser Requisiteur Sigi Roß ein Schladerner. Das gehört sich doch einfach, dass man füreinander da ist, oder? Aber glauben Sie mir, dass ich keine Ahnung hatte, dass der Wagenbrenner zu Radlkofers Leuten gehört. Meinen Sie, man wollte uns unterwandern?«

»Würde Sie das wundern?«, fragte Pfeffer zurück. »Jedenfalls sollten wir uns diesbezüglich noch mal ausführlicher mit dem jungen Mann unterhalten, oder, Bella? Und Sigi Roß hat meines Wissens auch kein Sterbenswörtchen über Schladern gesagt. Warum auch, beim damaligen Stand der Ermittlungen. Befragst du ihn bitte noch einmal, Bella?«

»Ach, Chef. Alles, was du willst.« Die Kommissarin hatte mit geschlossenen Augen dagesessen und sich den Wind um die nach oben gereckte Nase wehen lassen. Sie seufzte leise, öffnete die Augen und zog ihr Handy aus der Hosentasche. Um in Ruhe mit dem Ausstatter Sigi Roß telefonieren zu können, stand sie auf und lief ein paar Schritte hinüber zur Gaststätte.

Dieter Koziol hatte offenbar beschlossen, dass die frische Luft dringend einer Duftbereicherung bedurfte und zündete sich eine dicke Zigarre an. Die Kellnerin brachte den doppelten Espresso. Koziol schnupperte mit zufriedenem Grinsen an dem Kaffee, bevor er ihn in kleinen, schnellen Schlucken trank.

»Eines würde mich zudem sehr interessieren, Herr Koziol.« Pfeffer sah dem Fernsehmann in die Augen. »Ich habe mich ein wenig mit der Forschung von Doktor Södermann beschäftigt und bin auf die sehr interessante Studie zum Thema Grusel per Knopfdruck gestoßen. Es hat zwar nicht unmittelbar mit dem Fall zu tun, aber nur der Vollständigkeit halber: Haben Sie mit Infraschall gearbeitet, um den Kindern noch mehr Schrecken einzujagen?«

Dieter Koziol nickte, saugte Rauch ein und entließ ihn mit einem zufriedenen Keuchen. »Ja, Herbert fand diese Infraschall-Sache sehr spannend. Er hat mit unseren Technikern bei verschiedenen Aufzeichnungen immer wieder mit wechselndem Erfolg Infraschall eingesetzt. Besonders in unserem *Voll geschockt!*-Format. Sie wissen ja, dass das nicht immer bei allen Menschen gleich wirkt. Meist hat es aber den Grusel verstärkt.«

»Sieht jedenfalls so aus, als habe Kardinal Radlkofer den Kampf mit Herbert Veicht für sich entschieden«, sagte Max Pfeffer. »Doktor Södermann muss ihre Arbeit nun wohl einstellen.«

»Ich glaube kaum«, warf der Fernsehproduzent ein. »Ich war heute früh bei der Testamentseröffnung. Dort habe ich Doktor Södermann getroffen, und die hat allen Grund zufrieden zu sein. Herbert hat als Haupterben eine Stiftung eingerichtet, die die neurobiologischen Studien am Max-Planck-Institut weiter finanziert. Die Frau kann also wie bisher in den Hirnen ihrer Probanden nach der Nichtexistenz Gottes suchen oder ihnen transzendentale Erlebnisse per Elektroschock verschaffen. Übrigens war es sehr gut, dass die trauernde Witwe, also unsere geliebte Bambi, einsitzt und nicht zur Testamentseröffnung kommen konnte. Die hätte sonst öffentlich Galle und Botox gespuckt, weil sie nur den Pflichtteil bekommt und die Geschäftsanteile mir zufallen. Das wird zwar steuerlich für mich heftig, aber wenigstens muss ich nicht mit einer Plastikpuppe arbeiten.« Dieter Koziol lehnte sich zufrieden zurück und rieb sich demonstrativ die wulstigen Hände.

Bella Scholz kam zum Tisch zurück und verstaute ihr Mobiltelefon. »Wie Herr Koziol schon sagte – Sigi Roß ist Schladerner und hat deshalb den Job bei Veicht-Productions bekommen. Und außerdem verdankt er dieser Connection auch noch zwei weitere wichtige Kunden im Filmbusiness. Er betont aber erneut, dass er Herbert Veicht nicht nur als Auftraggeber schätzte sondern auch als Mensch. Nun ja. Schladerner halten eben zusammen.«

Koziol grunzte zustimmend. Eben näherte sich die Kellnerin mit dem Getränketablett. Der Dicke riss ihr sofort das Weißbier aus der Hand und prostete Max Pfeffer und Bella Scholz zu. »Auf eine rosige Zukunft. Sehr aparte Frisur, übrigens, Frau Kommissarin.«

27

»Sollen wir also wirklich bei Adam und Eva beginnen? Ich dachte, wir wären schon viel weiter! Du enttäuschst mich.«

»Nein. Das darfst du nicht denken. Ich bin deinen Anweisungen gefolgt. Glaube mir. Ich habe mich diesmal kundig gemacht, obwohl ich so viel zu tun hatte. Bibel, Apokryphen, Talmud. Keine Sorge, ich verlasse mich nie mehr auf das, was man uns beigebracht hat. Diese beschränkten Lügen.«

»So gefällst du mir. Also, was war das für eine Geschichte mit Adam und Eva? Berichte von deinen Studien.«

»Folgt man dem jüdischen Kalender, der mit der Erschaffung der Erde beginnt, war es der sechste Tag im Jahre 3761 vor Christus, als Gott seiner Schöpfung die Krone aufsetzen wollte. Er nahm einen Erdkloß, formte daraus nach seinem Ebenbild einen Mann und *›blies in seine Nase den Lebenshauch‹*. Doch der Urmann, der Mensch, der den Namen Adam seiner Konsistenz verdankt, denn das hebräische *adama* bedeutet Erde, fühlte sich verdammt einsam. Gott ließ Adam einschlafen und formte aus einer seiner Rippen eine Frau, die zunächst namenlos blieb und erst später Eva genannt wurde. Adam war entzückt: *›Das ist endlich Bein von meinem Bein und Fleisch von meinem Fleisch.‹* Paradiesische Zeiten hätten nun im Garten Eden anbrechen können, wäre das Weib nicht den Verlockungen des gefallenen Ex-Erzengels Luzifer erlegen und ein schöner Plan geriet ins Wanken.«

»Luzifer, der Lichtgeborene! So ein Talent! Kein einfacher Erzengel, einer der Serafim. Doch über die Hierarchie können wir uns später unterhalten. Ja, er war der schönste und stolzeste unter allen Engeln. Und er ist es bis heute. Schön, meine ich. Schlangengleich mit sechs Flügeln, wie ein fliegender Drache – so sind sie, die höchsten aller Engel, die Serafim. Diese Tölpel, die aus dem bocksbeinigen Gottessohn Dionysos den Teufel gemacht haben und ihn mit Luzifer, dem Lichtgeborenen, gleichsetzen. Doch ich schweife ab. Nun, wie wir gleich sehen werden, hat weder Luzifer noch sonst ein teuflisches Wesen etwas mit der Geschichte zu tun. Du erzählst besser als früher. Hast du geübt? Doch es klingt viel zu sehr nach einem Referat. Du musst lernen, noch freier zu sprechen. Wie willst du sonst die Menschen von deiner Mission überzeugen? Wie dem auch sei. Zurück zu Adam und Eva. Soweit die landläufig bekannte Geschichte. Doch es ist blanker Hum-

bug, der nur dazu dient, der männlichen Eitelkeit zu schmeicheln und der Frau ihren Platz als minderwertiges Geschöpf zuzuweisen! Gut, sie kommt in der Bibel ja noch relativ gut weg. In alten Mythen gelingt es dem Teufel nämlich, Erzengel Michael, der die Rippe Adams bewachen sollte, zu überlisten. Er stiehlt den Knochen. Der verzweifelte Michael schafft es gerade noch, dem satanischen Dieb den Schwanz auszureißen, der dann als Modelliermasse für das Weib herhalten muss. So war es ein leichtes, Evas Töchtern und Enkelinnen teuflische Eigenschaften wie Hinterlist und Bosheit anzudichten und sie zu diskriminieren.«

»Bist du Feminist?«

»Nein. Humanist.«

»Entschuldige. Doch was mich verwirrt, ist der andere Schöpfungsbericht in Genesis 1. Demnach schuf Gott den Menschen nämlich *›nach seinem Bilde, nach dem Bilde Gottes schuf er ihn, als Mann und Frau‹*. Zwei gleichberechtigte Partner teilten sich demnach die Krone der Schöpfung, von einer Rippengeburt kein Wort!«

»Endlich bist du wachsam! Und schon haben wir sie wieder beim Lügen und Betrügen erwischt. Das ganze Geheimnis dahinter ist, dass Genesis 1 gut fünfhundert Jahre nach Genesis 2 von einem progressiveren Autor verfasst wurde. Und was machen sie daraus? Sie behaupten, die gleichberechtigte Partnerin aus Genesis 1 war ein Fehlgriff und keinesfalls identisch mit dem demutsvollen Weibchen Eva in Genesis 2. Hast du den Talmud gelesen? Dann weißt du, dass sie Adams erster Frau den Namen Lilith verpassten. Spielen wir dieses absurde Spiel mit und nennen wir sie also Lilith. Da Lilith ihrem Mann in jeder Hinsicht ebenbürtig war, erwachten in Adam Minderwertigkeitskomplexe und andere Urängste beschränkter Männlichkeit. Daran hat sich bis heute nichts geändert. Ein erfülltes Zusammenleben als gleichgestellte Partner wurde unmöglich. Zudem kämpfte Lilith angeblich eisern um den ihr zustehenden Platz in der Schöpfung. Als er ihr von höchster Stelle verweigert wurde, zog sie sich an die Ufer des Roten Meeres zurück. Sie amüsierte sich dort lieber mit Dämonen als mit ihrem langweiligen Gatten. Drei von Gott gesandte Engel drohten ihr, man werde sie im Meer ertränken, wenn sie nicht sofort zurückkäme und sich Adam unterordne. Doch Lilith blieb hart und verteidigte ihren Anspruch. Eine solche Emanze hatte im Garten Eden nichts mehr zu suchen. Lilith wurde für immer verbannt und machte Karriere als Oberdämonin. Sie versuchte in zweiter Ehe ihr Glück als erste der vier Frauen des Teufels. Eine köstliche Geschichte, in der Tat. Natürlich dumm und völlig unlogisch, außerdem eine Watsche für jeden allmächtigen Gott. Doch so sind Menschen eben, sie können sich unter Allmacht nichts vorstellen

und erfinden kleine dumme Geschichten, die dann erschütternde Folgen für die Menschheit haben!«

»Und dann?«

»Mal sehen, was sie sich sonst noch aus den Fingern gesogen haben … Laut Talmudlegende schuf Gott nach dem Fehlschlag Lilith nun die willfährige Eva. Das hatte schon was, oder? Der tonangebende Mann und die unkomplizierte Frau sollten nun als Idealbild zwischenmenschlicher Beziehungen dienen. Die geschasste Lilith rächte sich fortan an Evas Nachkommen, indem sie Neugeborene fraß. Ist dir übrigens bei deiner Lektüre aufgefallen, dass nirgendwo erwähnt wird, ob Adam und sein Weib verheiratet waren!«

»Aber egal welche Quellen wir heranziehen, letztlich erwies sich doch auch Eva als Missgriff. Schließlich hörte sie auf Satan …«

»Mach deine Hausaufgaben, Tor! Selbst in der Bibel steht kein Wort vom Satan! Was steht da?«

»Die Schlange – sie hörte auf die Schlange.«

»Eben! Denk bitte mit. Du solltest wissen, dass in altbabylonischer Zeit die Schlange das Symbol der Weisheit war und erst durch übereifrige Kommentatoren zum Satanswerkzeug oder Teufel selbst verkam. Weil es immer gut ist, Weisheit zu verteufeln, das finden wir bis heute in der ganzen Welt. Nur so kann man die Masse dumm halten. Ergänze bitte den Satz! Es steht geschrieben, dass die Schlange …«

»… listiger als alle Tiere des Feldes war.«

»Danke sehr. Mehr nicht! Sie war LISTIGER.*«*

»Dennoch musste sie mit der misstrauischen Eva lange diskutieren, bis diese den verbotene Apfel vom Baum der Erkenntnis genoss.«

»Apfel? Welcher Apfel? Wo steht das? Meinst du den legendären Apfel, den Paris der schönsten aller Frauen geben sollte, und damit den trojanischen Krieg auslöste? Oder verwechselst du mal wieder die goldenen Äpfel der Hesperiden, die ewige Jugend brachten, mit der Frucht der Erkenntnis? Nun, da bist du beileibe nicht allein. Doch was macht unser Adam, das großkotzige Unschuldslamm? Der musste erst gar nicht verführt werden. Da er ›bei ihr war‹, also die volle Diskussion mit der Schlange mitbekommen haben muss, naschte er bedenkenlos mit. Er stellte keine kritischen Fragen. Hauptsache futtern. Erst kommt das Fressen, dann die Moral – wer hat das gesagt? Egal. Geliebt hat er seine Eva ohnehin nicht, warum sonst hätte er sie sofort und ohne Reue vor Gott als Schuldige hingestellt? Sie allein war danach für alle Zeiten für den Sündenfall und seine Folgen inklusive Krankheit und Tod verantwortlich. Übrigens ein Glück für Lilith – da sie

vor dem Sündenfall das Paradies verließ, blieb sie unsterblich. Doch da es Lilith sowieso nie gegeben hat, kann sie auch nie sterben. Weiter.«

»Adams Schuldzuweisung half ihm nicht viel. Samt Gattin wurde er aus dem Paradies verjagt. Cherubim mit Flammenschwertern bezogen Posten, um eine Rückkehr der Menschen zu verhindern. Jetzt erst verlieh der Mann seinem namenlosen Weib den Namen Eva.«

»Gnädig von ihm, nicht? Womit wir allerdings beim Knackpunkt wären. Denn Evas Name ist ein echtes Schmankerl. Da haben wir ein Wortspiel erster Güte.«

»Wieso Wortspiel? Eva bedeutet nach dem Hebräischen *hawwah* doch ›Mutter aller Lebendigen‹.«

»Richtig, soweit die harmlose Version. Aber wer beherrschte einst die antike Welt, bevor die Griechen und Römer kamen? Richtig, die Phönizier. Und das Phönizische h(a)v(a)t *und alle anderen altarabischen verwandten Worte weisen Eva als Schlangengöttin aus, also als Göttin der Weisheit!«*

»Das wusste ich nicht.«

»Darum erzähle ich es dir. Lesen wir mal zwischen den Zeilen bei Adam und Eva und filtern wir die Essenz heraus: Da trifft also der unwissende Mensch, Adam, auf die Inkarnation der Weisheit, Eva. Mehr steht da nicht! Und klar, dass das schief gehen muss! Wissen ist schließlich Macht. Du lernst wirklich dazu. Langsam machen die Diskussionen mit dir Spaß. Weiter so. Lese und lerne. Du begreifst, dass es richtiger ist, mein Wort zu hören als deren. Ist es nun endlich so weit, dass du bereit für den nächsten Schritt bist?«

»Ich habe den nächsten Schritt längst in Arbeit. Diesmal wird die Öffentlichkeit wohl begreifen, was wir wollen. Ich habe die personifizierte Lüge auserwählt.«

»Verkörpert er noch stärker die Verdorbenheit der Welt als dieser Herbert Veicht?«

»Er übertrifft ihn bei weitem. Er ist der Inbegriff aller Laster. Und ich habe eine Maßnahme ergriffen, die mich vor der Verfolgung der Bluthunde schützen wird.«

»Hast du wieder getötet?«

»Warum fragst du?«

»Weil ich das aus deinem Mund hören muss.«

»Ja.«

»Du lügst. Ich weiß, dass er nicht tot ist. Du bist ein elender Versager. Warum verschwende ich eigentlich meine Zeit mit dir?«

28

Doktor Ruth Södermann stand in den Trümmern ihres Forschungsprojekts und sah sich hilflos um. Ein Kloß saß ihr im Hals, sie hätte gerne geweint, doch sie konnte nicht. Noch vor wenigen Stunden hatte alles nach einer rosigen Zukunft ausgesehen. Sie hatte sich schon gewundert, warum sie von dem Notar zur Testamentseröffnung eingeladen worden war. Dann, als der Passus verlesen worden war, der die Finanzierung ihrer Arbeit betroffen hatte, war ihr diese wohlige Wärme durch den Körper gekrabbelt. Herbert Veicht hatte über seinen Tod hinaus dafür gesorgt, dass sie weiterarbeiten konnte. Doch nun das!

»Gut«, sagte sie mit schwacher Stimme und räusperte sich. »Gut, machen Sie ruhig Ihre Arbeit.« Sie sah den Polizeibeamten traurig in die Augen. »Meine beiden Assistentinnen werden Ihnen zur Seite stehen und alle Ihre Fragen beantworten.« Sie nickte zu zwei verschreckt dreinblickenden jungen Doktorandinnen, die in der Früh das verwüstete Labor entdeckt hatten. »Und Sie, meine Damen – Claudia, Anke, hören Sie mir bitte kurz zu! Sie darf ich bitten, darauf zu achten, dass hier nicht noch mehr kaputt geht.«

Doktor Södermann stützte sich neben der Kaffeemaschine auf das Fensterbrett und starrte in die traurigen Überreste des Aquariums. Der Boden und ein Teil der Seitenwände des Gefäßes waren heil geblieben. Daher stand noch mehrere fingerbreit hoch das Wasser darin. Ruth Södermann holte mit spitzen Fingern die größten Glasscherben heraus und hob vorsichtig den noch schwach zappelnden Körper ihres dicken Goldfisches hoch. Das Tier hatte offenbar genug Wasser zum Überleben gehabt. Die Wissenschaftlerin legte Hartmut in die heil gebliebene gläserne Kaffeekanne. Sie ging zum Waschbecken und füllte die Kanne mit Leitungswasser. Das Glas mit Goldfisch Hartmut an sich gepresst stieg sie über die zertrümmerten Computermonitore und verließ das Labor.

»Danke, dass Sie so schnell gekommen sind, Herr Kriminalrat«, sagte sie zu Max Pfeffer, der vor der Tür gewartet und sich mit den Kollegen vom Einbruch unterhalten hatte. »Ich weiß, dass Sie für Vandalismus nicht zuständig sind, aber …«

»Ich glaube, ich bin für diesen Fall von Vandalismus doch irgendwo zuständig«, sagte der Kriminaler, der sich nur zu gut an die Verfolgungsjagd entlang der Isar erinnern konnte. Richtung Norden war Wanja Woroschin gestern Abend geradelt, und dann durch den Englischen Garten. Dass er auf dem Weg zum Max-Planck-Institut im Gelände des Schwabinger Krankenhauses gewesen war, fand Pfeffer mehr als nur wahrscheinlich. Er hätte sich ohrfeigen können. Und angesichts der Zerstörung im Institut vergaß er auch seine Wut auf den Kardinal. Denn eben in Klostern Schladern hatte Pfeffer sich von diensteifrigen Mitarbeitern des Kirchenfürsten abwimmeln lassen müssen. Wohl oder übel hatte er glauben müssen, dass Seine Eminenz beliebte, nicht im Hause zu weilen. »Doch deshalb bin ich ursprünglich nicht gekommen. Sie erinnern sich? Wir wollten meine Marienerscheinung fotografieren.«

Endlich lachte die Wissenschaftlerin kurz. Sie schüttelte ihre roten Locken. »Nein, das wollten wir nicht, Herr Pfeffer. Wir wollten einen Test machen. Außerdem hat unser nächtlicher Besucher gründliche Arbeit geleistet. Alle Apparate zu bildgebenden Verfahren sind komplett zerstört. Eigentlich muss ich deshalb nicht traurig sein, weil Herbert Veicht mit seiner Stiftung für den Fortbestand meiner Arbeit sorgen wird, aber es macht mich so unglaublich wütend! Diese sinnlose Zerstörung!«

»Für den Täter war sie sicher sinnvoll.«

»Sie glauben nicht, dass es ein Akt von plumpem Vandalismus war?«

»Nein. Auf keinen Fall.«

»Aber Ihre Kollegen vermuten, dass es Jugendliche gewesen sein könnten, die vom Wachdienst überrascht wurden.«

»Was wurde zerstört? Ihr Labor und Ihr Büro, richtig? Nichts weiter. Und nach Art und Weise der Zerstörung hat es der Täter gezielt auf die Mittel Ihrer Hirnforschung abgesehen. Jemand wollte, dass Sie nicht weiterarbeiten können. Irgendwie drängt sich mir der Verdacht auf, dass ein gewisser Kardinal da seine Finger im Spiel haben könnte.«

»Kardinal Ansgar Radlkofer? Seine Eminenz, mein liebster Feind? Ich dachte, der sitzt in Rom. Und außerdem hat er sich weniger auf meine Arbeit mit der Bildgebung gestürzt als vielmehr auf meine Versuche, transzendentale Erlebnisse künstlich zu evozieren. In welchem Teil des Hirns der Glaube zu Hause ist, war ihm egal. Ihm ging es nur um meinen Ansatz, dass Glaube reine Nervensache ist. Und falls er tatsächlich jemanden beauftragt hat, mein Labor zu zerstören, dann hat er nicht genug getan. Gut, mein kleines altes Labor mit dem einfachen Helm ist zerstört, aber … Kommen Sie mit.« Doktor Södermann nahm Max Pfeffer am Ellenbogen und zog ihn mit. Sie liefen den blankgebohnerten Flur entlang zu einem Treppenabgang. Ein Stockwerk tiefer blieben sie vor einer Tür ohne Nummerierung stehen. Die Wissenschaftlerin zückte einen großen Schlüsselbund, wählte zielsicher einen Schlüssel und schloss die Tür auf. Grelles Neonlicht blinkte auf, als sie den Schalter betätigte.

Der kleine Raum war karg eingerichtet. Möbel wie vom Sperrmüll standen herum. Dazu Computer, die museumsreif schienen. Auf dem Computertisch stellte Doktor Södermann die Glaskanne mit Goldfisch Hartmut ab. Eine Tür führte in einen weiteren, noch kleineren Raum, dessen Wände schalldicht isoliert waren. In der Mitte des Raumes stand ein bequemer alter Ledersessel, darauf lag eine Art Motorradhelm, aus dessen Scheitelpunkt zahllose Kabel ragten, die über eine Aufhängevorrichtung an der Decke mit einem Computer und einem Schaltpult im vorderen Raum verbunden waren.

»Kein gemütliches Eck«, sagte Doktor Södermann trocken. »Aber was wir hier untersuchen, braucht keine Gemütlichkeit. Das ist unser Ausweichlabor, das wir für den neuen Helm nutzen. Diese Apparate hier haben wir im Wesentlichen auch oben gehabt. Mit einem kleinen, aber feinen Unterschied. Oben hatten wir einen Helm mit vier Magnetspulen, über die wir sehr schwache Magnetfelder einspielen, die etwa ein Mikrotesla betragen. Das entspricht etwa einem Zwanzigstel des Erdmagnetfelds. Der Helm war ein von mir selbst gebasteltes Konstrukt, zugegeben. Aber so etwas bekommt man eben nicht bei Obi …«

Max Pfeffer ging mit federnden Schritten durch den Raum. Er nahm den Helm hoch. Im Inneren befanden sich zahlreiche Elektroden, besonders am Stirn- und Schläfenbereich.

»Das ist auch Marke Eigenbau. Ich habe ihn mir bei Persingers berühmtem Octopus-Helm abgeschaut«, erläuterte die Neurobiologin. »Der hier hat nicht nur vier, sondern acht Magnetspulen. Damit können wir das Magnetfeld um den ganzen Kopf rotieren lassen. Wir haben Probanden oben und hier unten getestet. Ich hatte vor, mit Ihnen einen Versuch zu machen. Doch ich glaube, dazu bin ich heute nicht in der Lage.«

»Ich ehrlich gesagt auch nicht«, sagte Pfeffer und starrte in den Helm. Irgendetwas meldete sich ganz hinten in seinem Hirn, ein noch nicht fassbarer Gedanke. »Ich wollte Ihnen sowieso absagen, Doktor. Ich glaube nicht, dass ich eine weitere Begegnung mit der Muttergottes haben will. Wie auch immer, und sei es nur künstlich hervorgerufen. Ich … ich möchte einfach nicht.« Er wusste nicht, wie er es erklären sollte. »Ich habe über Ihren Talkshow-Auftritt nachgedacht. Die Sache mit den Gespenstern und dem Infraschall. Ihr Experiment beweist, dass man mit Infraschall künstlich Grusel erzeugen kann und Geistererscheinungen auftreten können. Konjunktiv! Doch das bedeutet im Rückschluss nicht, dass es nicht auch tatsächlich Gespenster gibt, oder? Infraschall ist offenbar nur eine Möglichkeit.«

»Sie erstaunen mich nicht, Kriminalrat Pfeffer.«

»Wie meinen Sie das?«

»Weil ich wusste, dass Sie nicht dumm sind. Sie denken mit.«

»Ich bemühe mich.« Die beiden lachten. »Doch andererseits, Doktor, denke ich noch weiter. Früher waren sich die Menschen sicher, dass Blitz und Donner nur von den Göttern erzeugt werden konnten. Für unsere Vorfahren gab es daran keinerlei Zweifel. Heute wissen wir, dass etwas völlig Ungöttliches, naturwissenschaftlich einfach Erklärbares dahinter steckt.«

»Worauf wollen Sie hinaus, Herr Pfeffer?« Die Wissenschaftlerin sah ihn schmunzelnd an.

»Das es nur eine Frage der Zeit sein wird, bis Ihre Kollegen zweifelsfrei beweisen können, dass es Gespenster nicht in realiter gibt.«

»Sie erstaunen mich wirklich nicht, Max Pfeffer!«

Dann fiel Pfeffer plötzlich ein, weshalb der Helm wichtig war. »Diese Elektroden werden auf der Kopfhaut befestigt, nicht wahr?«

»Ja, mit einem Trägergel. Das Verfahren ist transkranial, also nicht wie bei der Elektrodeneinführung intrakranial. Es entsteht ein kleines Vakuum unter dem Saugnapf, der die Elektrode fixiert. Aber keine Sorge, davon entstehen keine Blutergüsse oder so. Dazu ist der Druck viel zu schwach.«

»Es könnten aber kleine Spuren bleiben, oder?« Pfeffer rief sich die Polizeifotos von Herbert Veichts Kopf in Erinnerung. Er dachte an das Telefonat mit der Gerichtsmedizinerin Gerda Pettenkofer und wie sie ihn auf die ganz schwach sichtbaren Druckstellen an den Schläfen aufmerksam gemacht hatte.

»Ja, unmittelbar nach dem Test können in seltenen Fällen bei schwachem Bindegewebe noch Druckstellen sichtbar sein, aber das ist marginal.«

»Herbert Veicht war nicht nur Ihr Finanzier, er war auch einer Ihrer Probanden«, sagte Pfeffer und musterte die Wissenschaftlerin.

»Ja, sicher.« Sie zuckte mit den Schultern.

»Das haben Sie aber nie gesagt.«

»Sie haben mich nie gefragt, Herr Pfeffer. Sie wollten wissen, ob ich ein Alibi für die Tatzeit habe. Und Sie wollten wissen, ob Sie verrückt geworden sind, nur weil Sie eine Marienerscheinung hatten. Sie wollten wissen, ob ich ein Verhältnis mit Herbert Veicht hatte. Alle Fragen habe ich zu Ihrer Zufriedenheit beantwortet. Ich dachte nicht, dass das mit Herbert Veicht wichtig ist. Wir haben zahllose Probanden, mit denen wir solche Experimente machen. Er gehörte zu denen, die wir hier unten mit dem achtspuligen Octopus getestet haben. Es gab andere, die wir nur oben unter den vierspuligen Helm gesteckt haben. Die meisten kenne ich nicht persönlich und ich möchte sie auch nicht kennen, weil es sonst vielleicht meine Bewertung der Aussagen beeinflussen könnte. Ich habe drei Assistentinnen und einen Assistenten, die mir helfen. Die Probanden sollten nach Möglichkeit so anonym wie möglich für uns sein. Ich kenne daher kaum die Namen. Ich habe deshalb nur einmal selbst Herrn Veicht ausgewertet. Die anderen Male hat das eine Assistentin gemacht.«

»Sein Auftrag an Sie war die Nichtexistenz Gottes zu beweisen.«

»So hat er das nie gesagt, Herr Pfeffer! Vielleicht war es seine Intention, doch zu mir hat er das nie gesagt. Und es ist auch völliger Humbug, das klingt nach einer populistischen Pöbelei meines liebsten Feindes Radlkofer.«

»Und? Was brachten die Tests mit Veicht?«

»Wenig bis nichts.« Doktor Södermann setzte sich hinter das Schaltpult und den Computer. »Er war ein Phänomen. Ziemlich unempfindlich für Visionen und Göttliches. Ich vermute schwerstens, er hatte eine Schädigung im Scheitellappen. Doch er weigerte sich, sein Kortex untersuchen zu lassen. Er hörte in unseren Tests manchmal eine Frauenstimme, die ihm befahl seinen Teller leerzuessen. Nicht sehr transzendental, wenn Sie mich fragen. Aber solche Probanden sind die Ausnahme, höchstens zwanzig Prozent. Wir haben bei vielen anderen prägnante Gotteserfahrungen feststellen können. Einige begegneten auch Dämonen oder Clowns oder Engeln oder Heiligen. Manche spüren nur eine Präsenz, andere hören Stimmen. Einige hatten wir, die überzeugt waren, mit dem Teufel gesprochen zu haben.«

»Wenn Sie sagen, Sie kennen die Namen meistens nicht, wie unterscheiden Sie dann die Probanden?«

»Mit Nummern.«

Pfeffer traf es wie ein Schlag. »Zum Beispiel fünfundvierzig«, flüsterte er.

»Nein.« Die trockene Antwort von Ruth Södermann holte ihn auf den Boden zurück. »Das ist etwas komplizierter. Sehen Sie, wir vergeben eine sechsstellige Nummer, die sich aus meiner Kennziffer im Institut, 374, und dem jeweiligen Projekt zusammensetzt. In diesem Fall ist es die 591. Dazu kommen das Jahr und dann die individuelle Nummer der Assistentin, in diesem Fall ist es Claudia, also 934. Diese Nummer dient zur Abrechnung und zum Arbeitsnachweis. Die haben alle Probanden. Zum Beispiel für dieses Projekt die 374 591-04-934. Dazu kommt dann für den jeweiligen Probanden eine dreistellige Endnummer …« Sie brach ab und schaltete den Computer an. »Ich weiß nicht, welche Endnummer sich …« Man hörte den Rechner hochfahren. Die Wissenschaftlerin starrte auf den Bildschirm und klickte mit der Maus herum.

Pfeffer wusste, was kommen würde, doch er ließ der Frau Zeit.

»Sie haben Glück und Recht, Herr Pfeffer«, sagte Doktor Ruth Södermann letztlich. »Glück, weil die PCs hier noch funktionieren und zumindest ein paar Daten erhalten geblieben sind. Nachdem die Rechner oben kaputt sind, geht natürlich unser Netzwerk nicht. Und Recht haben Sie, weil die persönliche Nummer von unserem Probanden Herbert Veicht 374 591-04-002-045 war. In den Auswertungen meiner Assistentin taucht er als fünfundvierzig auf.«

»Herbert Veicht hatte noch die Abdrücke der Elektroden an seinem Kopf, als er ermordet wurde. Das bedeutet, dass er an seinem Todesabend hier war. Wussten Sie das?«

Die Wissenschaftlerin schüttelte energisch den Kopf. »Wie ich Ihnen bereits sagte, war ich an dem Abend mit meinem Mann in der Oper. Terminabsprachen mit den Probanden und die Dokumentation der Tests sind bei meinen Assistentinnen wirklich in guten Händen. Ich bin nicht immer dabei.«

»Zumindest haben wir nun herausgefunden, was Veicht in seinen letzten Stunden gemacht hat. Da gab es nämlich noch eine Lücke zwischen dem Zeitpunkt, als er sein Büro verlassen hat und seinem Tod. Weil nichts in seinem Terminkalender vermerkt war. Da wird sich der Staatsanwalt freuen. Hören Sie, Doktor Södermann, ich schicke gleich eine Kollegin vorbei, die Ihre Assistentinnen vernehmen werden. Und geben Sie mir bitte alle Namen Ihrer Probanden.«

»Das geht nicht.« Die Frau machte eine hilflose Geste in Richtung Computer. »Hier sind nur die Kennziffern gespeichert, weil wir die Namen nicht brauchen. Aber … natürlich … die Buchhaltung. Sicher, Herr Pfeffer, ich kann das veranlassen. Sie bekommen sofort Ihre Liste.«

»Gut«, antwortete Pfeffer zögerlich und starrte auf den Helm in seinen Händen. Wann, wenn nicht jetzt?, fragte er sich und setzte sich den Helm auf. Dann ließ er sich langsam in dem alten Ledersessel nieder.

»Sie wollten doch nicht …«, sagte die Wissenschaftlerin überrascht.

»Bitte, Doktor Södermann, tun Sie Ihren Job. Verkabeln Sie mich, oder was auch immer. Aber beeilen Sie sich, bevor ich es mir anders überlege.«

Pfeffer musste noch eine dunkle Brille aufsetzen, dann wurde die Tür zum Testraum geschlossen. Bald wurde in dieser Dunkelheit alles unglaublich licht und leicht. Ein Strom von Gesichtern zog an Max Pfeffer vorbei. Die meisten lächelten, doch es gab auch aggressive Fratzen und böse Blicke. Wie in eine Gloriole gehüllt schwebte schließlich die Jungfrau Maria vor ihm und Pfeffer fühlte wieder das Einswerden, diese herrliche Ruhe und die Wonne, die ihn durchzuckte. Doch diesmal fehlte das gewaltige Tosen, der unergründliche Lärm, den er beim ersten Mal gehört hatte.

»Hier bin ich«, sagte die Muttergottes klar und deutlich. Ihre Stimme war ein sanftes Surren, einschmeichelnd und herrlich, verführerisch und trostspendend. Sie trug die gleiche Kutte wie bei ihrer letzten Begegnung. Auch diesmal flammte ein rotes Herz vor ihrer Brust.

»Ja, da bist du, und diesmal kann ich dich hören«, antwortete Max Pfeffer. »Doch du bist nichts weiter als ein Hirngespinst. Du bist nur in meinem Kopf.«

»Ja und? Reicht das denn nicht?« Die Madonna lachte ein warmes, glockenhelles Lachen, das kein Auslachen war sondern voller Verständnis. *»Glaubst du wirklich, dass ich die Äonen überstanden hätte, wenn ich nur ein Hirngespinst wäre? Ich, die Mutter alles Lebens? Eva und Lilith, Isis und Hera, Pandora und Maya, Baba Jaga und Frau Holle, Artemis und Aphrodite, Durga und Kali und wer ich nicht sonst noch alles war in euren kleinen Köpfen? Glaubst du also, ich bin nur eine Gaukelei deiner kleinen grauen Zellen?«*

»Ja, das glaube ich.«

»Du bist hartnäckig, armer Tor. Was mach ich nur mit dir?«

»Nichts. Lass mich einfach mein Leben leben.«

»Du bist sehr bescheiden, Max Pfeffer, und das ehrt dich sehr. Aber ich denke nicht daran! Willst du nicht wissen, was ich dir zu sagen habe?«

»Nein.«

»Was soll das, Max Pfeffer? Ich bin nicht hier, um mit dir zu diskutieren! Ich bin eine Vision.«

»Du musst dich nicht rechtfertigen. Ist schon in Ordnung. Du bist einfach in meinem Kopf …«

»Max Pfeffer, du bist wie dieser Ansgar Radlkofer. Der brüstet sich damit, dass ich ihm erschienen sei, was ich zugegebenermaßen auch bin, jeder macht schließlich mal Fehler. Doch er wollte mir nicht zuhören.«

»Was hast du ihm denn gesagt?«

»Dass er umkehren muss. Warum willst du nicht hören, was ich zu sagen habe?«

»Weil du mich eh nur bitten wirst, dir zu Ehren eine Kirche zu bauen.«

»Du bist amüsant, Max Pfeffer.« Sie lachte. *»Das sage ich in der Regel tatsächlich, weil es die Menschen anspornt, zumindest einmal im Leben eine Aufgabe zu erfüllen.«*

»Ich werde dir keine bauen und ich werde dir nicht zuhören, weil ich zu lange auf das gehört habe, was deine Diener auf Erden sagen.«

»Meine Diener?! Ha! Welche? So viele behaupten, es zu sein. Wer mich hört, muss nicht auf irgendwelche Pfaffen hören! Neulich habe ich dir bereits alles gesagt, aber du konntest meine Botschaft nicht vernehmen, weil du zu sehr auf das verführerische Rauschen des Universums gehört hast. Doch nun spreche ich zu dir. Höre …«

»Nein.« Pfeffer riss sich den Helm vom Kopf und holte tief Luft. Sein Herz raste, er war regelrecht benommen, kurz vor der Ohnmacht, aber trotzdem fühlte er sich gut, befreit. Langsam nahm er die dunkle Brille ab und bemühte sich, nicht das Bewusstsein zu verlieren. Seine Augen versuchten sich an das Halbdunkel, das ihn umgab, zu gewöhnen. Vor ihm war nichts außer der kahlen Laborwand. Er streckte zitternd die rechte Hand aus. Nichts. Es passierte wirklich nur in seinem Kopf, aber er war nicht verrückt.

»Das war aber kurz!«, rief Doktor Södermann, während sie die Tür öffnete. Sie sah besorgt aus. »Was ist passiert? Wir haben doch eben erst mit dem Versuch begonnen. Geht es Ihnen gut?«

»Ja, danke.« Pfeffer sammelte seine Kräfte, er wollte aufstehen. Nach einigen Anläufen schaffte er es und stellte fest, dass seine Beine eingeschlafen waren. Staksig versuchte er sie aufzuwecken. »Danke, Doktor Ruth Södermann. Ich bin etwas benommen, aber ich fühle mich herrlich.«

»Das kommt, weil ich Ihre linke Hirnhälfte sanft stimuliert habe. So können wir positive, angenehme Gefühle evozieren.«

»Und rechts?«

»Bei Probanden, die wir rechts stimulierten, hat sich das eingestellt, was wir ein Ego-Alien nennen. Die Menschen spüren eine Wesenheit neben sich, die ihnen fremd ist und die sie als bedrohlich empfinden. Das Ego-Alien scheint ihnen eine Art böses Selbst zu sein.«

»Dann danke ich Ihnen für die angenehme Marienerscheinung. Trotzdem war das diesmal wirklich … unheimlich. Schön und unheimlich!«

»Nein, Max Pfeffer, das war ganz natürlich.«

»Ja. Sie haben Recht. Es war ganz natürlich. Mehr wollte ich nicht wissen. Haben Sie eigentlich je …?«

»Sicher. Immer wieder!«

»Und?«

»Ich dachte schon, Sie fragen nie.« Die Wissenschaftlerin trat so nahe an Max Pfeffer heran, dass er ihr angenehmes Parfum mit der frischen Grünteenote deutlich riechen konnte. Ihre meerblauen Augen suchten Halt in seinen rehbraunen. »Für mich persönlich gibt es seitdem nur eine Antwort: Nein, er, sie, es existiert nicht. Punkt.«

»Das beruhigt mich.«

Bella Scholz glühte, als sie die SMS las. Levent Demir wollte sie wiedersehen! Er wollte sie für den Abend zum Essen einladen. Bella las die Nachricht wieder und wieder. Sollte es doch sein, dass sie einen Glücksgriff gemacht hatte? Was würden ihre Freundinnen sagen, wenn sie das nächste Mal mit einem bekannten TV-Star händchenhaltend auftauchen würde? Oder sollte sie den Schauspieler ein wenig zappeln lassen? Nur nicht zu schnell zusagen, sich rar machen, hieß es in allen Ratgebern. Doch sie wusste, dass das nach hinten losgehen konnte. Gutaussehende Männer, noch dazu Schauspieler, hatten es nicht nötig, auf eine Frau zu warten … Das Klingeln ihres Handys riss sie aus den Gedanken.

»Geh endlich ran, Bella«, raunzte Paul Freudensprung von seinem Schreibtisch aus. »Vielleicht ist es der Chef und schafft dir Arbeit an.«

Es war der Chef. »Sag Gaudi, wir treffen uns in fünf Minuten bei Wanja Woroschin. Die Adresse hat er. Und du schnappst dir einen Kollegen und befragst die Assistentinnen von Doktor Ruth Södermann im Max-Planck-Institut. Eine von denen, sie heißt Claudia Irgendwie, war wohl die letzte, die Herbert Veicht lebend gesehen hat. Außer dem Mörder natürlich. Zackig!« Am Rauschen konnte Bella feststellen, dass ihr Chef vom Handy aus telefonierte.

»Alles klar, Chef«, sagte sie, doch er hatte bereits aufgelegt. Bella drückte angesteckt von der Hektik ihres Chefs schnell die Taste mit dem kleinen roten Hörer, oder auch knapp daneben auf eine der anderen Tasten. Jedenfalls merkte sie sofort, dass eben eine absolute Katastrophe passiert war. Sie hatte die Kurznachricht von Levent Demir gelöscht. Und damit auch seine Mobilnummer.

»Scheiße«, brüllte sie.

»Was denn?« Freudensprung sah genervt von dem Bericht auf, den er gerade las. Endlich hatte er alle Informationen zusammengetragen, die eine Erklärung für Wanja Woroschins Verbindung zur römisch-katholischen Kirche geben konnten. Endlich gab es Neuigkeiten, die Licht in das Dunkel des Falles bringen konnten. »Was sagt der Chef?«

»Wie?« Bella starrte ihren Kollegen an. »Ach so, der Chef. Du sollst sofort zur Wohnung von diesem Russen kommen. Am besten fliegen.«

»War das alles?«

»Ja, und jetzt nerv mich nicht! So eine Kacke!« Bella drückte hektisch auf den Tasten ihres Mobiltelefons herum.

Paul Freudensprung tippte sich an die Stirn, als der das Büro verließ. Er eilte die Treppen hinunter und hörte daher nicht mehr, wie kurze Zeit später die Tür aufgerissen wurde und Bella ihm verzweifelt hinterher rief: »Halt, Gaudi! Hast du nicht die Handynummer deines Schwagers?! Bitte!«

29

Tim bemerkte diesen metallischen Geschmack von Blut in seinem Mund, als er zu sich kam. Sein Atem ging schnell und stoßartig, er hatte das Gefühl, nicht genügend Luft zu bekommen. Sein Hals schmerzte höllisch, so als hätte man ihm einen Strick darum gelegt und mit Wucht zugezogen. Wo war er? Was war passiert? Er konnte sich nicht sofort erinnern. Langsam kehrten Bruchstücke zurück – Kreuthsriedern, Max, die Hunde, Max, der junge Mann, Max, die Leine, die um seinen Hals gezogen wurde …

Ruckartig setzte sich Tim de Fries auf. Um ihn herum herrschte dämmriges Dunkel, seine Augen gewöhnten sich nach und nach an die sehr schwachen Lichtverhältnisse. Links über ihm gab es einen Spalt, durch den ein schmaler Lichtstrahl hereinfiel, in dem vergnügt Staub tanzte. Viel gab es nicht zu sehen. Es handelte sich offenbar um einen Kellerraum oder einen gemauerten Schuppen. Er saß auf einer Art Pritsche, die hart und unbequem war. Zwei Wolldecken lagen daneben. Die Ausmaße seines Gefängnisses konnte er nicht erfassen, dazu gab es zu wenig Licht. Der Raum war jedenfalls nicht klein. Er war gefangen, das war ihm klar. Eingesperrt, gefesselt an Händen und Füßen. Um jedes Handgelenk eine Schelle, die mit dem anderen Gelenk über eine zirka fünfzig Zentimeter lange Kette verbunden war. Von der Schelle am rechten Handgelenk führte eine lange Kette zur Wand, wo sie in einer festen Metallverankerung endete. An den Füßen gab es eine ähnliche Konstruktion. Dennoch konnte er sich bewegen, die Ketten an den Füßen ließen es zu, dass er aufstehen und ein paar Schritte machen konnte. Doch nicht die Fußkette riss ihn zurück, sondern würgende und stechende Schmerzen am Hals. Keuchend ließ sich Tim de Fries auf seine Lagerstatt zurückfallen, seine Hände tasteten an den Hals. Er konnte nicht glauben, was er spürte: eine Würgekette mit scharfen Metallzacken, wie sie für aggressive Hunde verwendet wurde. Die Kette war so angebracht, dass die Metallzacken nach innen zeigten, sich in seinen Hals fraßen, wenn er sich falsch bewegte. Tim de Fries blieb wie versteinert sitzen. Das konnte nicht wahr sein. Vorsichtig zog er die Kette lockerer. Dabei merkte er, dass seine Handfesseln ihm einen großen Spielraum ließen. Er stützte sich mit der rechten Hand an der Wand ab, er fühlte groben Putz. Dann stutzte er. Er hatte etwas gehört und spitzte angestrengt die Ohren. Schritte näherten sich, jemand kam. Tim straffte seine Muskeln und drückte sich angespannt gegen die Wand. Die Schritte waren noch gedämpft, doch eindeutig in seiner Nähe.

Zu seiner eigenen Überraschung stellte Tim de Fries fest, dass etwas fehlte. Erst wusste er nicht was, doch dann wurde ihm klar, dass er keine Angst hatte. Er war ruhig, egal, was kommen sollte.

Was kam, war, dass eine Tür rechts von ihm aufgeschlossen und aufgerissen wurde und grelles Neonlicht plötzlich den Raum durchflutete. Tim konnte nicht schnell genug seine Augen schließen. Er hob instinktiv abwehrend die Hände. Dass eine Person hereingekommen war, hatte er noch registriert. Doch mehr als die groben Umrisse konnte er nicht wahrnehmen, denn seine Augen waren vom plötzlichen Lichteinfall verblitzt. Er hörte ein kurzes metallisches Geräusch. Es klang wie das Klicken eines Fotoapparats. Er wollte etwas sagen, mit seinem Entführer reden. Kommunikation war sein Geschäft, und es wäre doch gelacht, wenn er nicht … Doch so schnell, wie es hell geworden war, war es wieder dunkel. Die Tür wurde wieder verschlossen.

Tim war wieder mit sich allein. Er lauschte. Nichts. Doch. Da war in der Ferne ein Bellen. Gut Kaisereck, die Rottweiler-Zucht. Er erinnerte sich nun deutlich. Der gutgebaute junge Mann mit dem blauen Auge, das er durch die tief ins Gesicht gezogene Baseballmütze zu verbergen suchte. Er hatte etwas von einem entlaufenen Hund erzählt, der nach irgendeinem griechischen Gott benannt war, und ihn dann bewusstlos gewürgt. Aber warum?

Tim stellte dieses »Warum« in den Raum und lauschte dem Klang seiner Stimme nach. Er war nicht reich, jedenfalls nicht reicher als viele andere. Er hatte auch sonst nichts zu bieten, weshalb man ihn entführen könnte. Vielleicht hatte es auch nichts mit ihm direkt zu tun. Vielleicht hatte es etwas damit zu tun, dass er einen Bullen liebte. Einen Bullen, auf den vermutlich alle möglichen Gewaltverbrecher einen Hass schoben. Einen Bullen, an dem sie sich rächen wollten, indem sie seinen Lebensgefährten …

Tim stoppte sein Gedankencocktail. Es war zu absurd. Spekulationen würden ihm nicht helfen. Er seufzte und schloss die Augen. Er gab sich der Stille hin. Wozu hatte er vor vier Jahren schließlich drei Wochen in einem buddhistischen Kloster in Thailand Meditationstechniken gelernt. Er würde sich ganz in sich selbst zurückziehen. Er hockte sich im Lotussitz auf die Pritsche und ließ seine Hände mit den Handflächen nach oben locker auf den Knien ruhen. Er konzentrierte sich auf seinen Atem und bemühte sich, seinen

Gedanken nicht mehr nachzuhängen, den Grüblerweg vom Hundertsten ins Tausendste zu verlassen. Wie war das noch mal? Tim musste doch kurz nachdenken, damit ihm das gängige Mantra wieder einfiel. Irgendwas mit »om« oder so. Tim zermarterte sich das Hirn, es lag ihm auf der Zunge. »*Om mani padme hum.*« Das war es. »*Om mani padme hum.*« Gebetsmühlenartig wiederholte er das Mantra, um die Leere zu erfahren, den puren Geist zu spüren, der nicht durch Gedanken oder Empfindungen getrübt ist. Theoretisch ein Klacks, doch er stellte fest, dass das anstrengender war, als er gedacht hatte.

Und dann merkte Tim de Fries, dass doch noch jemand im Raum war.

30

»Der russische Zar Nikolaus II. mochte die Katholen irgendwie«, erklärte Freudensprung und schielte auf seine Unterlagen. Jedenfalls war es dieser Zar, der 1905 die Religionsgesetze lockerte, so dass die kleine Gemeinschaft russisch-katholischer Christen nach byzantinischem Ritus geduldet wurde. Diese wurden 1917 in ein apostolisches Exarchat zusammengefasst, das – kaum gegründet – kurze Zeit später in den Wirren der Oktoberrevolution fast gänzlich vernichtet wurde. Viele flohen nach China, wo am 24. Mai 1928 ein zweites Exarchat errichtet wurde, doch blieb diese Kirchengemeinschaft immer sehr klein und zählt Anfang des 21. Jahrhunderts etwa dreitausendfünfhundert Gläubige. Als unierte Kirche untersteht die russisch-katholische Kirche dem Vatikan. Um die Ausbildung eines eigenen Klerus zu gewährleisten, gründete der Vatikan in 1929 in Rom das Russicum, das, beaufsichtigt von den Jesuiten, Missionare in diese Gebiete aussendet.

»Die Kirchengemeinschaft, deren Exarchate bis heute nicht wieder hergestellt wurden, unterhält heute rund dreißig russisch-katholische Gemeinden in den USA, zwei in Sibirien, eine in St. Petersburg, drei in Frankreich, eine in Italien, eine in Brasilien und in Melbourne sowie zwei in Moskau – womit wir den Kreis zu Wanja Woroschin geschlossen hätten,« beendete Paul Freudensprung seine Ausführungen. Er sah von seinen Unterlagen hoch. Sein Chef hatte ihm kaum Zeit zum Luftholen gegeben, als er vorhin vor der Wohnung des Russen eingetroffen war. Freudensprung musste sofort im Treppenhaus seine Rechercheergebnisse zusammenfassen.

»Erstaunlich«, sagte Pfeffer. »Gut gemacht, Gaudi. So kommt also die Verbindung zwischen ihm und dem Kardinal zustande. Er war auf dem russischen Alexandrinum. Und was sicher eine Rekrutierung von Ansgar Radlkofer. Daher der Israel-Aufenthalt, daher Rom, daher die problemlose Einbürgerung als Russlanddeutscher. Der gute Mann sollte uns nun einiges erklären. Er muss da sein.« Pfeffer lauschte angestrengt an der Wohnungstür von Wanja Woroschin. Von drinnen drangen Stimmen und Musik heraus. »Da läuft zumindest der Fernseher oder das Radio.«

»Vielleicht vergessen auszumachen«, antwortete Freudensprung und setzte sich auf die Holzstufen des Treppenhauses. »Okay, während du dir weiterhin den Finger auf der Klingel blutig drückst, erzähle ich dir was über die beiden Ikonen, die unsere Freunde bei Herbert Veicht in der Wohnung sichergestellt haben. Beide bestehen aus gepresstem Kokain. Wie schon vermutet. Übrigens gibt es dazu auch schon eine Aussage von Bambi Veicht, die es im Knast wohl gar nicht knuffig findet. Die sagte erst, dass sie keine Ahnung davon gehabt habe, dass die Ikonen aus Kokain bestehen. Man hätte sie reingelegt und so weiter. Das Übliche. Als ob unser kleiner türkischer Drogenkönig Erdogan bei Bambi echte Ikonen kaufen wollte!«

Paul Freudensprung tippte sich an die Stirn. »Dann hat unsere Witwe kapiert, dass ihr die Unschuldsnummer niemand abkauft, vor allem, dass es genug Beweise gibt. Jetzt behauptet sie, dass ihr damaliger Noch-Gatte Herbert Veicht sie zum Dealen gezwungen hätte. Er habe ihr keinen Unterhalt gezahlt, dafür aber immer die sogenannten Ikonen abgekauft. Dem gegenüber steht natürlich die Aussage von unserem Russen, den ich in diesem Fall sogar für glaubwürdiger halte. Er hat gesagt, dass er Bambi die Kontakte zum Ikonenhersteller verschafft hat, und Herbert Veicht nichts damit zu tun hatte. Was meinst du, Chef?«

»Ach Gott. Ich schätze mal, eine Kombination aus beidem. Wanja bringt Bambi zum Dealen, weil sie Geld braucht. Dabei zweigt er für sich einen Batzen ab. Bambi bekommt kein Unterhalt, also verdient sie sich ihr Geld so. Und sie versorgt ihren Noch-Gatten mit Koks. Bambi wurde beim Dealen im großen Stil festgenommen, Herbert Veicht ist hingegen nie aufgefallen.«

Freudensprung kramte einen Kaugummi aus seiner Jackentasche und schob ihn sich in den Mund. Plötzlich wurde die Tür der Nachbarwohnung aufgerissen und eine alte Frau mit fettigen Haaren und käsigem Bulldoggengesicht steckte ihren Kopf heraus. Mit ihr stürmte ein Schwall abgestandener Luft ins Treppenhaus, der nach Muff, Kohl, ungewaschenen Menschenleibern und Zigaretten roch.

»Was machen Sie da?«, keifte die Alte und fügte ohne eine Antwort abzuwarten hinzu: »Wenn Sie nicht sofort gehen, rufe ich die Polizei! Das ist ein anständiges Haus. Das Haus gehört schließlich der Kirche!« Ein feiner Spuckeregen begleitete ihre Worte.

Max Pfeffer und Paul Freudensprung tauschten einen amüsierten Blick, dann klärte der Kriminalrat die Alte über ihre Identität auf und fragte nach Wanja Woroschin. Die alte Frau wurde die Servilität in Person. »Sehr wohl, Herr Rat«, keuchte sie ergeben. »Der Wanja. Ja ja, so ein guter Junge. Und so eine nette junge Freundin! So ein natürliches Mädchen.«

»Natürlich?«, fragte Pfeffer. Die Alte konnte entweder eindeutig nicht von Bambi Veicht sprechen oder sie war stockblind. »Meinen Sie die Schwarzhaarige, Aufgedonnerte, Ältere? Die immer so leicht bekleidet herumläuft?«

»Wie meinen, Herr Rat?« Den Polizisten drängte sich immer mehr der Verdacht auf, dass die alte Frau mit ihrem Faible für Titel und Unterwürfigkeit wohl Österreicherin sein musste. »Nein, eine Schwarze ist es nicht. Die ich meine, hat so dunkelblonde, schulterlange Haare, ein junges, hübsches Ding mit guten Manieren. Und sie ist immer sehr adrett angezogen. Claudia heißt sie.«

»Claudia«, wiederholte Pfeffer. »Und wie noch?«

»Ach, Herr Rat, das kann ich Ihnen leider nicht beantworten. Was ist denn eigentlich mit dem Wanja?«

»Wir müssten mit ihm sprechen. Er ist ein ... Zeuge in einem Fall, in dem wir ermitteln.«

»Verstehe, Herr Rat, verstehe. Ich habe ihn heute allerdings noch nicht gesehen, den Wanja. Aber heute Nacht war er sicher da. Da haben er und sein Mitbewohner, der, na, wie heißt er gleich, der Jonas, also der Wanja und der Jonas haben ziemlichen Radau gemacht. Wollte schon fast rübergehen und fragen, was los ist. Aber dann war auch schon Ruhe. Junge Leute halt, gell, Herr Rat. Da ist immer was los.«

»Sicher.« Pfeffer wischte sich leicht angeekelt die Spucketröpfchen der Alten vom Arm. »Jonas, und wie weiter?«, fragte er pro forma, obwohl er die Antwort längst wusste.

»Irgendwas mit Auto oder so«, antwortete die Alte in dem Moment, in dem Pfeffers Mobiltelefon klingelte. Es war Bella.

Die Viertelstunde Wartezeit in der Wohnung der alten Frau brachte Max Pfeffer und Paul Freudensprung an den Rand ihrer Leidensfähigkeit. Der Gestank nach allem möglichen legte sich wie ein Film über ihre Atemwege, die Luft war regelrecht zu schmecken. Die olfaktorische Vorhut im Treppenhaus hätte schon gereicht, doch in den Räumen kam noch eine saftige Prise Katzenpisse hinzu, obwohl weit und breit keine Katze zu entdecken war. Alles an Mobilem und Immobilem klebte – Möbel, Türstöcke, Wände, selbst die überall herumliegenden Zeitungen schienen wie aus Klebefolie. Der angebotene Kaffee war dünn und vermutlich Ersatzkaffee aus Zichorie. Mehr als einen Höflichkeitsschluck hatten die Kriminaler ohnehin nicht heruntergebracht, weil keiner Herpes riskieren wollte. Als schließlich Bella

Scholz in Begleitung der jungen Frau, die Pfeffer schon im Labor von Doktor Södermann gesehen hatte, ankam, stürmten die Männer so schnell aus der Wohnung, dass es mehr als unhöflich war.

Bella Scholz glühte vor Stolz, dass sie durch hartnäckiges Nachfragen so schnell einen entscheidenden Beitrag zur Klärung des Einbruchs und der Verwüstung des Labors beigetragen hatte. Denn die Doktorandin Claudia Wagner, die bei Doktor Ruth Södermann als Assistentin arbeitete und bei den Tests mit verschiedenen Probanden zu tun hatte, hatte schnell zugegeben, dass sie sich mit einem Probanden auf mehr als nur Hirnströme messen eingelassen hatte. Claudia hatte sich in den durchtrainierten Glatzkopf mit der schrillen Tätowierung auf der Brust verliebt.

»Wanja Woroschin war Proband bei den Tests von Doktor Södermann?«, fragte Max Pfeffer ungläubig.

»Ja«, sagte Claudia Wagner leise. »Sicher. Spielt das denn eine Rolle?«

Niemand antwortete auf die Frage. Die drei Polizeibeamten sahen sich nacheinander an. Bella bemerkte, dass das Braun in Pfeffers Augen erheblich weniger stumpf war als noch vor Tagesfrist. Ein gutes Zeichen. Er plüschte langsam wieder.

»Das ergibt aber keinen Sinn, oder?«, sagte Pfeffer dann.

»Wanja ist schon seit einem halben Jahr Proband bei uns. Ich habe mich gleich beim ersten Mal in ihn verguckt.« Claudia sah verschämt zu Boden. Sie war wirklich genau so, wie sie die alte Nachbarin beschrieben hatte, ein junges, hübsches Ding mit langen dunkelblonden Haaren. Ein sympathischer Hauch von Naivität umhüllte sie. »Ein toller Mann. Und wenn er dann *ja lubju tebja* sagt … Russisch ist so eine romantische Sprache. Er hat auch immer die schönsten Visionen. Ihm erscheint der Erzengel Gabriel …«

»Frau Wagner, mich würde mehr interessieren, warum er wohl das Labor zerstört haben kann«, unterbrach Pfeffer die junge Frau.

»Wanja?« Ein ungläubiges Lachen hallte durch das Treppenhaus, in dem die kleine Gruppe noch immer stand. »Wieso sollte er etwas damit zu tun haben?«

»Das möchte ich eben von Ihnen wissen, Frau Wagner. Sie haben doch die Laborschlüssel. Ist es nicht möglich, dass er die mal stibitzt und nachgemacht hat? Ich wette mit Ihnen jeden Betrag, dass Sie ihn immer oben in den Labors getestet haben, nicht wahr? Oben mit dem vierpoligen Helm.«

»Ja, aber was …«

»Er hatte keine Ahnung, dass unten noch eine Kammer mit dem achtpoligen Octopus-Helm existiert. Also hat er nur oben alles zerstört.« Für Pfeffer standen Täter und Tathergang eindeutig fest. »Fragt sich nur, warum.« Die Assistentin aus dem Max-Planck-Institut zuckte verstört mit den Schultern. Auch Bella Scholz und Paul Freudensprung sahen ihren Chef fragend an.

»Gibt es eigentlich schon Studien über mögliche Langzeitwirkungen oder Schäden, die durch die elektromagnetische Stimulation der Glaubenszentren im Hirn auftreten können?«

Wieder zuckte die junge Frau hilflos mit den Schultern. »Wir achten jedenfalls darauf, dass unsere Probanden keine psychischen Auffälligkeiten in ihrer Vita haben. Und wir lassen alle vorher eingehend von Kollegen auf mögliche Hirnschädigungen untersuchen. Wir sind ja praktischerweise mit der Psychiatrie in einem Haus.«

»Das beantwortet meine Frage nicht«, sagte Pfeffer verärgert. »Oder doch. Sie haben sich also nie mit möglichen Folgeschäden befasst. Was, wenn sich Visionen verselbständigen? Was, wenn die Muttergottes künftig nicht mehr nur durch den Helm mit mir sprechen würde, wenn sie mir jeden Tag etwas sagen würde ...« Pfeffer knetete seine Unterlippe.

»Äh, Chef«, unterbrach Bella. »Was meinst du bitte?«

»Das war nur ein Beispiel. Ach, noch eine Frage, Frau Wagner. Sie haben offenbar mit Herbert Veicht, Endnummer 45, als Letzte einen Test gemacht. Wie ging es ihm danach? War er okay, als er ging? Wurde er abgeholt?«

»Nein.« Die junge Frau drehte eine Locke zwischen Zeige- und Mittelfinger. »Nein, er wurde nicht abgeholt. Ich habe ihn allerdings nur innerhalb des Gebäudes gesehen, ob er auf dem Parkplatz erwartet wurde, weiß ich nicht. Er hatte übrigens wie üblich keine Vision und war darüber wie üblich höchst amüsiert und erfreut.«

»Danke, Frau Wagner«, sagte Max Pfeffer. »Okay, *here we go:* Bella, du checkst alle Probanden durch, ob jemand dabei ist, den wir kennen oder der sonstwie auffällig ist. Lass dir die Protokolle von den Visionen geben, die Wanja hatte. Scan bitte durch alle anderen Protokolle. Ich könnte mit vorstellen, dass da einer ausgetickt ist und sich im göttlichen Auftrag wähnt. Gaudi, ich möchte sofort diesen Kardinal haben. Egal wie, schaff ihn bei. Der Kerl ist uns einige Antworten schuldig. Und dann sollten wir uns natürlich ganz ausführlich mit dem starken Wanja unterhalten. Frau Wagner, haben Sie zufälligerweise einen Schlüssel zu seiner Wohnung?«

Die junge Frau sah verlegen weg. »Nein, das war so ein Knackpunkt in unserer Beziehung. Er wollte mir nie den Schlüssel zu seiner Wohnung geben.«

»Gut, dann geht es auch anders.« Pfeffer taxierte das Schloss zu Wanjas Wohnung. Es stammte eindeutig noch aus der Zeit, als das Haus gebaut worden war. Von moderner Sicherheitstechnik keine Spur. Pfeffer überlegte nicht lange, er trat mit Wucht in Schlosshöhe gegen die Tür. Nichts. Ein dumpfes Boing dröhnte durchs Treppenhaus.

Wie der muffige Luftschwall verriet, hatte die alte Frau wieder neugierig die Tür geöffnet.

»Dürfen Sie denn das?«, fragte Claudia Wagner mit Panik in der Stimme.

»Und wenn schon«, antwortete Bella Scholz, während Pfeffer erneut Schwung holte. Er kannte solche alten Türen, wenn man den richtigen Winkel erwischte, bekam man sie mit einem gezielten Schlag oder Tritt auf. Er trat erneut zu, diesmal etwas höher. Die Tür schnappte nach innen auf.

Sie hatten sich nicht getäuscht – im Wohnzimmer lief der Fernseher. Eine billige Dokusoap zum Thema optimale Wohnraumgestaltung mit einfachsten Mitteln. Gerade wurden aparte Dekotipps mit tuffigen Tüllgardinen gegeben. Wanja Woroschin, der halbnackt vor dem Fernseher lag, hatte zwar die Augen weit offen, doch er plante sicher nicht, seine Fenster mit Tülltuff zu umkränzen, denn er konnte dem Programm nicht wirklich folgen. Dazu arbeitete sein Körper schon viel zu stark auf absoluter Sparflamme und sein Geist hatte sich schon zu weit in die hintersten Winkel seines Innersten zurückgezogen, um zu überleben.

31

»Jetzt bist du tot!«, schrie Cosmo und sprang aus dem Bett. Nathalie raffte verschreckt die Bettdecke und hielt sie sich vor die blanke Brust. Eben noch hatten sie sich zärtlich geliebt, sie hatte sogar ihre Ballettstunde an diesem Nachmittag sausen lassen, um bei Cosmo zu sein. Er hatte seine Kumpels von der *Vollen Härte* versetzt und die Probe für den großen Auftritt am folgenden Tag in der Daily Soap *Mein Block* ausfallen lassen, um mit Nathalie zusammen zu sein. Sie mussten den Nachmittag nutzen, denn Nathalies Eltern fanden es überhaupt nicht witzig, dass das Mädchen eine Nacht außer Haus geblieben war, und hatten Stubenarrest verhängt.

Sie hatten sich so glücklich und wohl gefühlt – allein im Haus. Nun, eigentlich hätten sie es besser wissen müssen, doch sie hatten es in ihrem Rausch verdrängt, dass sie nicht alleine waren. Kaum, dass sie erschöpft und verschwitzt aufeinander gelegen hatten, hatte Cosmos Handy Laut gegeben, dass eine Nachricht eingegangen war. Das Piepsen war kaum zu hören gewesen, denn für die Atmo hatte Cosmo die passende musikalische Untermalung aufgelegt, etwas zum Chillen und Kuscheln, verlässliche Klangteppichklassiker von Kruder/Dorfmeister.

Gerade lief der Donaudampfschifffahrtsgesellschaftskapitänskajütenremix von »Donaueschingen« – Cosmo liebte das Lied schon allein für diesen Untertitel –, Cosmo hatte schläfrig den Kopf gedreht und zu seinem Rucksack geschielt, der neben der Tür stand. Dort hatte er bemerkte, dass sie nicht allein waren. Im Türspalt war sein Blick auf die weit aufgerissenen Augen seines kleinen Bruders Florian getroffen. Aus dem Bett springen und sich auf den Kleinen stürzen, war für Cosmo eins.

Florian flitzte den Flur entlang und hastete die Treppen hinunter. Es nützte ihm nichts, sein älterer Bruder war schneller. Cosmo packte Florian am T-Shirt, das dem plötzlichen Ruck nicht standhielt und am Kragen einriss. Cosmo schnappte sich den linken Arm seines Bruders und drehte ihn mit Gewalt nach hinten. Der Junge schrie vor Schmerz auf.

»Du mieser kleiner Spanner!«, brüllte Cosmo. »Geilst dich an uns auf.«

»Ich hab doch gar nichts gesehen«, wimmerte Florian. »Ich wollte doch nur ...«

»Halt deine Schnauze, du perverses Schwein.«

»Ihr seid doch pervers. Ihr dürft das doch gar nicht.«

»Ach, aber du darfst spannen? Jetzt bist du fällig.« Cosmo schlug seinen Bruder mit der Faust immer wieder auf dieselbe Stelle am Oberarm. Florian schrie wie am Spieß.

»Bittebittebitte«, jammerte Florian.

»Mädel nicht rum, du kleiner Wichser. Jetzt hilft die keiner.« Cosmos Wut verrauchte langsam. Er drehte Florian noch einmal kräftig den Arm um. Dann stieß er ihn mit verächtlichem Gesichtsausdruck von sich. Florian stürzte der Länge nach auf das Parkett und blieb liegen.

»Hey, lass ihn doch in Ruhe, Cosmo«, rief Nathalie da vom Treppenhaus. Sie hatte sich ihren Slip und ein T-Shirt angezogen. »Der ist doch noch ein Kind.«

»Schon klar, der kleine Spanner wird uns in Zukunft verschonen.« Cosmo merkte erst jetzt, dass er noch nackt war und er stellte fest, dass er sich diesmal nicht mehr vor Nathalie schämte. Er und seine Freundin gingen in sein Zimmer zurück. Die Kurznachricht, die der Auslöser für den Bruderkampf gewesen war, blieb vorerst vergessen.

»Fuck, der miese kleine Spanner!«, sagte Cosmo und warf sich aufs Bett.

»Vergiss es, Cosmo.« Nathalie legte sich zu ihm. »Hast du eigentlich am Donnerstag schon was vor?«

»Nö, halt, doch, da sind die Söhne Mannheims im Zenith, und die Jungs und ich wollten mal checken, ob wir da noch auf die Schnelle Karten kriegen.«

»Ach so«, sagte Nathalie mit schlecht überspielter Enttäuschung in der Stimme. »Ich habe nämlich Karten für einen Schubert-Liederabend mit Jessye Norman …«

»Jessye Norman? Die große dicke Schwarze?«

»Du kennst sie? Ich dachte …«

»Ich interessiere mich für vieles.« Cosmo hatte zwar nicht wirklich Ahnung, was ihn erwartete, aber er hatte schon ab und an über die schwarze Operndiva gelesen und tat einfach so, als sei er völlig im Bilde. Hatte nicht auch Tim eine oder zwei CDs von ihr? Er glaubte sich zu erinnern, auch schon mal eine mitgehört zu haben. Er hatte im Gegensatz zu seinen Kumpels – wieder ein Grund mehr für seine innere Einsamkeit – überhaupt nichts gegen klassische Musik. Im Gegenteil, schließlich würde er ab nächstem Schuljahr in der Kollegstufe sein, und einer seiner Leistungskurse war

Musik. Er müsste die CDs schnellstmöglich finden und konzentriert anhören, damit er mitreden konnte. »Die ist gut. Klar gehe ich mit.«

»Echt? Fett!« Nathalie küsste Cosmo. »Was war denn nun mit deinem Handy?«

»Ach, wird wohl nur eine SMS von Laus sein, wo ich bleibe. Warte, ich schreib nur schnell, dass die mich heute vergessen können.« Cosmo wühlte sein Handy aus dem Rucksack, dabei fiel ihm auch ein weißer Umschlag in die Hände. Er betrachtete ihn mit gerunzelter Stirn. Dann fiel es ihm ein: Das war der Umschlag mit der Textänderung, die ihm der Aufnahmeleiter von *Mein Block* für den Drehtag am Dienstag gegeben hatte. Cosmo legte das Mobiltelefon beiseite und riss den Umschlag auf. Ungläubig starrte er auf die Textzeilen.

»Was soll die Scheiße«, sagte er laut. Er weigerte sich, das zu kapieren, obwohl es eindeutig war: Sie hatten seinen Liedtext geändert! Sie hatten aus dem harten »Diss-Kussion« eine schnulzige Liebeskacke gemacht:

Warum sollt ich dich vermissen?
Willstes wirklich wissen?
Denn mir gehts echt beschissen,
wenn wir uns nicht küssen …

»Diese miesen Wichser«, sagte er laut zu Nathalie, die nicht ganz verstand. Cosmo scherte sich nicht darum. Sofort Laus eine SMS schicken! Oder die beantworten, die er gerade erhalten hatte. Also rief Cosmo die eben eingegangene Nachricht auf.

»Komisch«, sagte er mit gerunzelter Stirn. Auf dem Display stand als Absender »Tim Mobil«. Cosmo überlegte kurz, ob das nach dem Streit mit Vater etwas Gutes oder Schlechtes bedeuten konnte. Egal, schnell lesen und dann mit Laus die Lage wegen der Textänderung besprechen. »Hey, cool, von Tim«, sagte Cosmo mehr zu sich selbst. »Na, mal schauen, was der schreibt.«

Doch Tim schrieb nichts, die Nachricht war ein Bild. Cosmo kapierte erst beim dritten Hinschauen, was er sah. Dann bekam er eine Gänsehaut und begann zu zittern. Schlagartig schämte er sich seiner Nacktheit, weil er sich nun so verletzlich fühlte.

Max Pfeffer fuhr Karussell. Ihm war so schlecht, dass er nicht einmal mehr kotzen konnte. Er hielt sich an der Tischkante fest und versuchte, irgendwie die Kontrolle über sich zurückzugewinnen. Noch nie war ihm so ohne jegliche Vorwarnung der Boden unter den Füßen weggezogen worden. Noch nie hatte er sich so hilflos und verzweifelt gefühlt. Doch wem nutzte es, wenn er hilflos und verzweifelt war? Der Schwächeanfall dauerte deshalb genau zweieinhalb Minuten. Dann war Pfeffer wieder da. Er straffte die Schultern und pumpte Sauerstoff bis in die letzte Faser seines Körpers.

Nachdem Cosmo mit dieser Panik in der Stimme angerufen hatte und bei seinem eigenen Handy die Textnachricht eingegangen war – auch hier der Absender: »Tim Mobil«, der Täter benutzte also Tims Handy – war Pfeffer nach Hause gerast, weil er das MMS-Bild mit eigenen Augen sehen wollte. Pfeffer gehörte zu dem aussterbenden Menschenschlag, für die ein Mobiltelefon im Wesentlichen als Telefon zu dienen hatte. Alles andere fand er völlig überflüssigen Schnickschnack. Nun verfluchte er sich dafür, dass er kein modernes, MMS-taugliches Mobiltelefon hatte, dann wäre das Bild vermutlich an ihn gesendet worden. Doch so hatte es Cosmo gesehen und Pfeffer hatte Angst vor den Folgen, die sich für den Jungen daraus ergeben konnten.

»Was geschieht nun?«, fragte Cosmo mit leiser Stimme und drückte seinen kleinen Bruder an sich. Florian sah seinen Vater mit verheulten Augen an.

»Überlasst das mir.« Pfeffer war wieder voll da. Er musste handeln, so schnell wie möglich. Und er durfte die Kinder nicht unnötig beunruhigen. »Bring deine Freundin heim … nein, halt, auf keinen Fall. Das nicht. Weder du noch dein Bruder verlässt vorerst das Haus. Wenn ich später aus dem Haus sein sollte, öffnet niemand von euch irgendjemandem die Tür. Verstanden? Ich rufe Nathalies Eltern an, dass sie sie abholen sollen.«

»Nein«, sagte Nathalie. »Die wissen doch nichts von … ich habe Stubenarrest und wenn …«

»Hör zu, Nathalie«, sagte Pfeffer mit aller ihm zur Verfügung stehender Beherrschung. »Du hast in letzter Zeit auch einiges durchgemacht und wirst deshalb sicher verstehen, dass dein Hausarrest mir momentan so was von scheißegal ist …, tut mir leid, aber ich habe zur Zeit andere Sorgen.« Er brauchte einen Anhaltspunkt, irgendeine Telefonnummer, eine Adresse, einen Hinweis darauf, welchen Auftrag Tim für diese Tage angenommen hatte, in welchem Hotel er das Wochenende verbracht hatte, um loslegen zu können.

Pfeffer schickte die Kinder in ihre Zimmer und tigerte durch das kleine Büro, das sich Tim im Erdgeschoss eingerichtet hatte. Vom Fenster aus sah man die Brombeersträucher, die die Mauer zum Nachbargarten verdeckten. Tim liebte Brombeeren. Pfeffer hatte Hemmungen, irgendetwas in dem

Raum zu berühren. Es war Tims Reich. Seine Unterlagen waren für Pfeffer tabu, das musste nie ausgesprochen oder festgelegt werden. Es war einfach so. Pfeffer hätte es nie gewagt, in Tims Sachen zu wühlen. Doch nun musste er es tun, sollte er eine Chance haben, Tim da raus zu holen.

Das Foto auf dem Telefondisplay hatte sich in Pfeffers Hirn gegraben. Tim mit panisch zugekniffenen Augen und halb geöffneten Mund, die Hände mit Ketten gefesselt, die Gelenke wundgescheuert. Und dann das Würgehalsband um den Hals, Metallzacken, die sich in die Muskeln graben, Blut an der Kehle. Pfeffer hätte auch ohne die Textnachricht, die ihn erreichte, gewusst, was Sache war. »Wer sollte sein Engagement überdenken? Wer möchte Leben retten? Lass mich in Ruhe, und du wirst deine Ruhe haben«, hatte der Entführer geschrieben. Pfeffer wusste tief in seinem Innersten, dass das gelogen war. Tim würde nicht überleben, weil der Entführer nie sicher sein konnte, dass Pfeffer wirklich die Ermittlungen schleifen lassen würde. Der Verbrecher hätte keinerlei Garantie, dass Pfeffer nicht wieder aktiv werden würde, wenn er Tim freilassen würde. Also galt es, Tim so schnell wie möglich zu finden, so lange er noch lebte.

Max Pfeffer zögerte noch immer. Er betrachtete die Bücherregale, als könnten sie ihm einen Hinweis geben. Er nahm die große weiße Porzellanfigur von Mao Tsedong in die Hand, die auf Tims Schreibtisch stand. Sie war Tims Lieblingsstück seiner Sammlung von Diktatorenkitsch. Pfeffer wog die Figur schwermütig in der Hand und stellte sie dann zurück. Es half nichts. Er musste es tun. Die Telefonnummer von Tims Kollegin herausfinden, mit der er manchmal zusammenarbeitete, war eine Kleinigkeit. Pfeffer kannte den Namen, und die Frau stand im Telefonbuch. Doch wie nicht anders zu erwarten, hatte sie keine Ahnung, wo Tim sein könnte. Dann ließ Pfeffer Tims Computer hochfahren. Was er genau suchte, wurde ihm erst klar, als er das Mailprogramm geöffnet hatte. Tim hatte gesagt, dass die letzte Anfrage kurzfristig reingekommen war. Wie Max seinen Freund kannte, bedeutete kurzfristig wirklich kurzfristig, also höchstens eine Woche her. Dennoch las er den Mail-Verkehr der letzten zwei Wochen durch. Nichts, was auch nur annähernd nach einem kurzfristigen Auftrag aussah. Keine Anfrage, keine Bestätigung. Nichts.

Dafür fand er das, was er verdrängt hatte: Die Bestätigung für Tims Seitensprung. Wie war noch sein Name gewesen? Michael. Mehr hatte Tim nicht verraten. Es reichte auch, denn Pfeffer las drei Mails von Michael. Elektronische Briefe voller Sehnsucht und Leidenschaft, die Pfeffer das

Herz zuschnürten. Er brach im Lesen ab, dazu war keine Zeit. Anhand der E-Mail-Adresse den Namen und die Telefonnummer dieses Michaels herauszufinden, kostete Pfeffer nur einen Anruf bei seinen Kollegen. Kurze Zeit später wählte er die Privatnummer. Nach dreimal Tuten sprang ein Anrufbeantworter an. Max Pfeffer knallte den Hörer auf die Gabel. Also die Arbeitsnummer.

»Gebhard und Söhne, mein Name ist Michael Tanner, was kann ich für Sie tun?«, säuselte routiniert eine angenehm tiefe, maskuline Stimme. Pfeffer hatte die beiden ja einmal gesehen und musste zugeben, dass diese Stimme zu dem gutaussehenden Mann, der ihm seinen Tim hatte wegschnappen wollen, ausgezeichnet passte. Tim hatte eben Geschmack.

»Mein Name ist Max Pfeffer«, sagte der Kriminalrat. Das kurze Schweigen am anderen Ende der Leitung war beredt genug. »Machen wir es kurz, Sie wissen, wer ich bin, und ich weiß, wer Sie sind.« Pfeffer bemühte sich um einen sachlichen Ton.

»Was wollen Sie von mir?«, kam es kalt aus dem Hörer. »Tim hat sich für Sie entschieden. Also lassen Sie mich in Ruhe. Ich betrachte dieses Gespräch als beendet.«

»Nicht so schnell, Herr Tanner. Es gibt einen anderen Grund, warum ich Sie anrufe.«

»Da bin ich aber gespannt.«

»Tim ist seit einigen Tagen nicht aufzutreiben. Und ich fürchte, dass ihm etwas zugestoßen sein könnte.« Gab er nun zu viel preis? Schlagartig blitzte in Pfeffers Hirn ein Szenario auf, in dem sein Telefonpartner eine entscheidende Rolle spielte. Was, wenn der verschmähte Liebhaber Tim entführt hatte? Was, wenn dieser Michael Tanner das Foto verschickt hatte? Für einen Sekundenbruchteil war Pfeffer versucht, das Gespräch sofort zu beenden und mit einem Sondereinsatzkommando die Wohnung von diesem Kerl zu stürmen. Dann besann er sich. Selbst wenn dem so war, er musste es im Zweifelsfall riskieren. »Ich wollte Sie fragen, ob er Ihnen gegenüber vielleicht etwas erwähnt hat, wo er diese Woche unterwegs ist. Bitte, es ist sehr wichtig.«

»Selbst wenn ich es wüsste, warum sollte ich es Ihnen sagen? Warum sollte ich Ihrem Glück dienen? Es wird Sie wohl kaum interessieren, dass er mir das Herz gebrochen hat, oder?«

»Würde Sie es beruhigen, wenn ich Ihnen versichern würde, dass er es auch mir gebrochen hat?«

Am anderen Ende der Leitung herrschte kurz irritiertes Schweigen, dann lachte der Mann trocken. »Sie sind gut, Max Pfeffer. Hören Sie, Sie klingen wirklich besorgt, also werde ich Ihnen helfen. Er sagte etwas von einer Anfrage von einer kirchlichen Einrichtung in so einem Kaff. Er sollte dort zu einem Vorgespräch hin. Er hat mich sogar gefragt, ob ich weiß, wie man dort hinkommt. Kreuthsriedern. Jetzt weiß ich es wieder. Kreuthsriedern hieß der Ort. Keine Ahnung, wo das ist.«

»Das werde ich schon herausfinden. Jedenfalls danke ich Ihnen.«

»Ist mit Tim etwas passiert?«

»Das weiß ich noch nicht.«

»Sie … Lieben Sie Tim, Max Pfeffer?«

»Ja.«

»Er liebt Sie auch. Sie müssen verdammt glücklich sein, Max Pfeffer. Wenn Sie es nicht sind, verdienen Sie einen Mann wie Tim nicht. Und jetzt entschuldigen Sie mich bitte.« Er legte schnell auf, doch das kurze Schluchzen konnte Pfeffer noch hören.

32

Wanja Woroschin betrachtete alles aufmerksam. Wie sie sich um ihn bemühten! Es hatte schon etwas Rührendes. Er lachte in sich hinein. Einzig Claudia tat ihm leid. Er liebte sie, und es schmerzte ihn zu sehen, wie sie weinend neben dem Bett saß und seine Hand hielt.

»*Ja lubju tebja*«, sagte er, wohl wissend, dass sie es nicht hören konnte. Sobald er wieder der Alte war, musste er es ihr wieder und immer wieder sagen, zur Not auch auf Deutsch: »Ich liebe dich.« Doch noch konnte er nicht mehr tun, als sie und sich zu beobachten. Claudia hatte ihm einmal das Geheimnis dessen erklärt, was er nun erlebte.

»Nahtoderfahrungen sind nach Ansicht von Doktor Södermann nur ein Artefakt unserer Kulturation«, sagte Claudia einst, als sie im Bett lagen und postkoital über alles Mögliche philosophierten. Sie ließ dabei die Kuppe ihres rechten Zeigefingers um seine harte Brustwarze kreisen, dann fuhr der Finger zärtlich über Wanjas Brust, indem er den Windungen des Irrgartens folgte. »Da machen ein paar Geschäftemacher ein riesen Brimborium darum. Doch sie lassen sich ganz einfach erklären. Pass auf, Wanja, stell dir mal vor, du wärst im Schwimmbad. Du ziehst ein paar Bahnen. Es ist traumhaftes Wetter. Wie siehst du dich? Aus der Schwimmerperspektive oder von außen?«

»Aus der Schwimmerperspektive.«

»Was?« Claudias Finger, der schon seine Brust verlassen hatte, hielt kurz vor dem Nabel inne. »Sicher? Nun gut, da gehörst du also zu einer Minderheit von zwanzig Prozent. Denn die meisten Menschen sehen sich von außen, wenn man ihnen sagt, sie sollen sich in einer bestimmten Situation vorstellen. Wie mit den Augen eines anderen. Typischerweise sogar aus der Vogelperspektive.«

»Ja und?« Wanja atmete den Duft ihrer Haare ein. Er stupste mit der Nase zärtlich gegen ihren Kopf.

»Das bedeutet, dass wir uns jederzeit aus einem anderen Blickwinkel betrachten können. Wir können aus uns selbst heraustreten. Das ist nichts besonderes, sondern eine ganz normale Fähigkeit, die allerdings permanent unterdrückt wird. Bedingt durch unsere Kultur der Ich-Bezogenheit.«

»Willst du damit sagen, dass Menschen in Extremsituationen, also bei Out-of-Body-Erfahrungen, nur eine künstlich antrainierte Selbstwahrnehmung ablegen und zu einer Art ursprünglichen Wahrnehmung zurückkehren?«

»Klingt verrückt, oder?«

»Nein, klingt ganz vernünftig. Wenn ich kurz vor dem Abnippeln bin, gebe ich also meine krampfhafte Perspektive der Körper-Ich-Bezogenheit auf und kehre zu den Wurzeln zurück.«

»Ja. Apropos zu den Wurzeln zurückkehren …« Claudias Finger hatte den Aus- oder Eingang der Labyrinths erreicht, wo sich eine Wurzel gen Himmel reckte, und Wanja konzentrierte sich in diesem Fall lieber völlig auf seine Körper-Bezogenheit.

Hieß das also, dass er starb? Nur weil er sich in diesem Krankenhausbett liegen sah, verkabelt und verkathedert und verschlaucht. Dazu gut bewacht von zwei Polizeibeamten, die vor der Türe standen. Sein Zeitgefühl hatte er längst verloren. Ihm kam es wie wenige Sekunden vor, seit er beinahe zu Tode geprügelt worden war. Es gab einiges, was Wanja noch erzählen wollte. Vor allem dem netten Bullen, seinem *drug* Maximilian Pfeffer. Er wollte ihm unbedingt sagen, was Sache war. Wer hinter all dem steckte. Doch dazu müsste er in seinen Körper zurückkehren. Und irgendwie klappte das nicht so recht, egal wie sehr er sich anstrengte. Ein paarmal war es ihm schon gelungen, für einige Momente in seinem Körper zu sein, doch jedes Mal hatte ihn das Fleisch wieder ausgespuckt. Wobei – Wanja hatte den Eindruck, dass er sich die beiden letzten Male schon deutlich länger in sich drin halten konnte. Er musste also nur eifrig trainieren.

Tim horchte. Keine Frage, dass da noch jemand war. Jemand der ganz flach atmete. Mittlerweile hatten sich seine Augen schon so gut an die Dunkelheit gewöhnt, dass er den ganzen Raum zumindest schemenhaft ausmachen konnte. An der Wand ihm gegenüber befand sich eine ähnliche Pritsche wie seine. Von dort kam das Atmen.

»Hallo«, sagte Tim laut. »Hallo, Sie! Ich höre Sie. Antworten Sie mir.«

Nichts.

»Ich weiß, dass da jemand ist. Also lassen Sie bitte diese Spielchen. Mein Name ist Tim.«

Wieder nichts. Tim starrte angestrengt ins Dunkle. Er wollte gerne aufstehen und hinübergehen, allein sein Würgehalsband hielt ihn davon ab. Er tastete noch einmal an seinen Hals und verfolgte mit klammen Fingern den Verlauf der Kette. Dann fühlte er etwas, was er kaum für möglich halten konnte: einen Karabinerhaken. Einen ganz normalen Karabinerhaken, der seine Halskette mit einer an der Wand verschraubten Leine verband und sich einfach öffnen ließ. Ein Handgriff, und Tim war zwar nicht das Würgehalsband los – das müsste er sich irgendwie noch über den Kopf ziehen – dafür gab es keinen Zug mehr auf der Leine. Er saß einen Augenblick verwundert da und fragte sich, warum man ihn nur mit einem einfachen Karabiner … Die Antwort kam ihm schneller, als ihm lieb war. Die Fesseln, die ihn halten sollten, waren an seinen Händen und Füßen, das Würgeband um den Hals hatte nur einen Zweck gehabt: Ihn zu demütigen.

»Arschloch«, sagte Tim laut. »Verdammter Scheißkerl!«

»Was?«, meldete sich leise krächzend eine Stimme aus dem Dunkel.

»Hallo?« Tim sprang von seinem Lager auf. Keine Frage, dass das die Person sein musste, die er hatte atmen hören. Wahrscheinlich war der andere bewusstlos gewesen und kam zu sich. »Hallo, hören Sie mich? Sind Sie okay?«

»Ich … oh, mein Gott! Wo bin ich hier? Was ist passiert? Was ist das? Ich blute! Hilfe, helfen Sie mir.«

»Ganz ruhig.« Tim setzte langsam einen Fuß vor den anderen. Er hatte keine Lust im Dunkeln über etwas zu stolpern und sich das Genick zu brechen. Er näherte sich der anderen Pritsche, doch er kam nur bis auf Armeslänge heran, dann spannten seine Fußfesseln. »Hören Sie, ich kann nicht näher heran kommen. Können Sie aufstehen? Wenn ich Ihnen helfen soll, müssten Sie ein paar Schritte zu mir herkommen. Folgen Sie einfach meiner Stimme, wenn Sie nichts sehen.«

»Ich kann nicht aufstehen«, antwortete der andere matt. »Wer sind Sie eigentlich?«

»Tim de Fries«, sagte Tim lakonisch. »Angenehm.«

»Oh. Dann hat er also … dann hat er ganze Arbeit geleistet. Was hat dieses kranke Hirn nur angerichtet?! Unter diesen Umständen lerne ich Sie also kennen.«

»Ich würde Ihnen gerne folgen, *Mijnheer*. Kennen wir uns?«

»Ich kenne den Mann, mit dem Sie sich an Gottes Schöpfung versündigen. Max Pfeffer. Das dürfte wohl reichen. Mein Gott, warum?! Warum schickst du mir diese harte Prüfung? Gefangen mit einem bemitleidenswerten, kranken Sünder.«

»Gut, ich will nicht unhöflich erscheinen, aber das hier ist nicht der Ort und nicht die Gelegenheit, irgendwelche Rätselspiele zu veranstalten. Wer sind Sie bitte?«

»Kardinal Ansgar Radlkofer. Nennen Sie mich bitte Eminenz.«

»Als kranker Sünder kann ich mich beherrschen, Herr Radlkofer.« Tim drehte sich vorsichtig um und ging den Weg zu seiner Pritsche zurück. Er setzte sich. Was, wenn die anderen Fesseln auch nur mit einem Karabiner befestigt sind?, fragte er sich plötzlich. Dann könnte er in null Komma nichts frei sein. Hektisch tastete er die Ketten entlang und wurde enttäuscht. Die Hand- und Fußfesseln endeten jeweils in einem Metallring, der fest in der Wand verankert war. Seufzend ließ er sich der Länge nach auf die Pritsche fallen. Langsam funktionierte sein Körper wieder normal, was sich darin äußerte, dass er Hunger bekam. Durst hatte er sowieso schon die ganze Zeit. Tim war es gewohnt, jeden Tag mindestens drei Liter Wasser zu trinken. So wie es immer empfohlen wurde. Aber noch mehr nervte ihn die Dunkelheit. Er war als kleines Kind auf der Karibikinsel Curaçao aufgewachsen, bevor seine Eltern nach Amsterdam umgezogen waren. Und seit damals vermisste er die Sonne. Er war ein Kind der Sonne. Amsterdam war schon grenzwertig genug, da ließ es sich in einer vergleichsweise sonnenverwöhnten Stadt wie München schon eher aushalten. Doch seine Zeit in dunklen Räumen zu verbringen grenzte für ihn an Folter – mal ganz abgesehen davon, dass das hier tatsächlich Folter war.

»Er hat mich hereingelegt«, sagte der Kardinal leise. »Er muss gewusst haben, dass wir ihm auf den Fersen waren. Wanja hat ihn offenbar nicht aufhalten können. Er hat mich in die Falle gelockt. Er war das am Telefon! Und ich bin darauf reingefallen.« Dann erzählte er langsam mit rauer Stimme, wie er geschnappt worden war.

Der Kardinal hatte nach dem Telefongespräch am frühen Morgen seinen Chauffeur aus dem Schlaf gerissen und zur Eile angetrieben. Endlich hatten sie herausgefunden, wo sich der Gesuchte versteckte. Es war an der Zeit, ihn zur Rede zu stellen und aus dem Verkehr zu ziehen. Radlkofer hatte bis zuletzt gehofft, dass diesen Teil der Arbeit jemand anderes übernehmen würde, doch nun musste er das selbst tun. Er hatte keine Angst, denn im Zweifelsfall konnte der Fahrer kräftig zulangen. Der Kardinal saß im Fond des dunklen BMWs, die hingekritzelte Wegbeschreibung, die ihm zuvor telefonisch durchgegeben worden war, hielt er wie eine Schatzkarte in der Hand. Gelegentlich gab er dem Fahrer barsche Richtungsanweisungen. Der schwere BMW fuhr die Landstraße schneller entlang, als die Geschwindigkeitsbegrenzung zuließ. Ein paarmal hatte sich Radlkofer der Eindruck aufgedrängt, dass sie verfolgt wurden. Doch der dunkle Golf, den er in Verdacht hatte, überholte sie in einem Waldstück mit Affenzahn und verschwand hinter der nächsten Wegbiegung.

Sie rasten weiter. Bis hinter einer scharfen Kurve plötzlich ein großes Tier aus dem Dickicht hervorsprang und über die Straße hetzte. Der Chauffeur riss das Steuer herum und erwischte das Tier dennoch. Es prallte links vorne gegen den Kühler, wurde gegen die Windschutzscheibe geschmettert und dann wieder nach vorne auf die Straße geschleudert. Währenddessen drehte die große Limousine einen Halbkreis um die eigene Achse, rutschte gegen einen Straßenpfosten und knallte mit dem Heck gegen einen Baum, dann überschlug sie sich eineinhalbmal und prallte mit dem Dach gegen eine Buche. Der Chauffeur hatte keine Chance. Obwohl sich alle Airbags sofort öffneten, brach ihm das eingedrückte Dach das Genick. Der Kardinal, der wie üblich unangeschnallt auf der Rückbank saß, wurde aus dem Wagen geschleudert. Er wollte sich aufrappeln, doch irgendwie versagten ihm seine Beine den Dienst. Dann hörte er Laub rascheln und sich nähernde Schritte. Er drehte den Kopf und sah schemenhaft einen Mann aus dem Walddickicht kommen.

»Dann wurde alles schwarz«, endete der Kardinal krächzend. »Und als ich wieder zu mir kam, lag ich hier in einem dunklen Verließ. Alles tut mir weh.« Er war verletzt, am schwersten hatte es dabei seinen Stolz erwischt.

33 »Was soll das heißen?«, schnauzte Pfeffer ins Telefon. Gab es denn heute gar keine guten Nachrichten?

»Ich kann doch auch nichts dafür, Chef«, antwortete Bella Scholz und Pfeffer konnte deutlich hören, dass sie gekränkt war. Und es war wirklich nicht ihre Schuld. »Es gibt keine Unterlagen mehr zu Wanja Woroschin im Max-Planck-Institut. Er hat alles, was seinen Vorgang betraf, mitgenommen und dann wahrscheinlich noch irgendwo vernichtet.«

»Leben wir nicht im Zeitalter von Hightech?«, fragte Pfeffer. »Das muss doch alles auch in den Computern gespeichert sein. Jetzt komm mir nicht damit, dass er die total geschrottet hat. Das sollen unsere Jungs von der Technik mal checken. Lass die Teile ins LKA bringen und die Daten nach Möglichkeit wiederherstellen.«

»Schon in die Wege geleitet, Chef. Das interessante ist aber, dass Wanja, so er denn wirklich der Täter sein sollte, noch mehrere andere Vorgänge hat verschwinden lassen. Das betrifft Probanden mit den Endnummern 12, 29, 31, 45, 77, 84 und 86.«

Pfeffer horchte auf. »Und? Wer sind die? 45 war Herbert Veicht, das wissen wir ja nun.«

»Tja, du weißt ja, dass die hier nicht unbedingt die Namen ihrer Kandidaten kennen. Datenschutz und so. Aber …«

Pfeffer erinnerte sich, das hatte ihm Doktor Ruth Södermann schon erzählt. Er seufzte. »Okay, geh über die Buchhaltung, die müssen wissen, wer die Nummern hat. Oder quetsch die Mädels dort ein bisschen länger aus. Die wussten zum Beispiel auch, dass die Nummer 45 zu unserem ermordeten Herbert Veicht gehörte.«

»Chef, lass mich einmal ausreden.« Bella Scholz hob ihre Stimme. »Ich weiß bereits, wer sich hinter den Nummern verbirgt. Ich schätze mal, dass der Täter einfach mutwillig einige Vorgänge mitgenommen hat, um uns zu verwirren. Die einzige Nummer, die zählt, ist wahrscheinlich die 31. Ein alter Bekannter.«

»Bella, wenn du mich weiterhin auf die Folter spannen willst, ist das momentan ein denkbar ungünstiger Zeitpunkt.«

»Es ist Jo Wagenbrenner.«

Es gab kein Kreuthsriedern, weder in der Nähe noch in der Ferne von München. In ganz Deutschland existierte kein Ort mit diesem Namen, nicht mal ein Weiher oder Einödhof. Sie waren so schlau wie zuvor. Max Pfeffer hatte beschlossen, diesem Michael Tanner, der ihn auf die offenbar falsche Kreuthsriedern-Fährte gebracht hatte, später mit einem SEK zu besuchen. Er würde die Bude des Kerls auseinander nehmen lassen, er würde den Kerl verhaften lassen und dafür sorgen, dass der Kerl in den schlimmsten Knast kommen würde, wo er von Lebenslänglichen gleich beim allerersten Duschgang zur allgemeinen Hure gemacht werden würde, er würde … nichts dergleichen tun. Sein Sohn hatte Recht: Hass zog runter, Mann.

Erst galt es Jonas Wagenbrenner aufzutreiben. Paul Freudensprung lenkte den Dienstwagen der beiden Polizeibeamten auf der Bundesstraße Richtung Osten. Kurz nach Zorneding bogen sie in einen Wirtschaftsweg ein. Die Männer sprachen kein Wort miteinander. Zu sehr waren sie in ihre jeweiligen Gedanken vertieft. Freudensprung in seinen Misserfolg, den Kardinal aufzutreiben, der wie vom Erdboden verschluckt schien; Pfeffer in seine grenzenlose Sorge um Tim.

»Chef«, unterbrach Freudensprung das Schweigen. »Mir ist gerade noch was eingefallen. Du bist der leitende Ermittler in diesem Fall. Und Tim ist dein Lebensgefährte … Ich meine, die Staubwasser wird früher oder später …«

»Scheiße!«, entfuhr es Pfeffer. Daran hatte er noch gar nicht gedacht. Keine Frage, er würde sofort von dem Fall abgezogen werden. Das fehlte noch! Er durfte es nicht zulassen. Er würde sicherlich nicht ruhig zu Hause sitzen und irgendwelche Kollegen die Arbeit machen lassen. Er musste sich schnellstmöglich etwas einfallen lassen.

Ein Einödhof kam endlich in Sicht. Der Wagen fuhr zu schnell, als dass man das halb von hohem Gras verdeckte, kleine grüne Namensschild hätte lesen können. Mit quietschenden Reifen kam das Auto vor dem Hauptgebäude zum Stehen. Die beiden Männer stiegen aus und sahen sich um. Das Anwesen machte einen leicht verwahrlosten Eindruck, die Nebengebäude und Stallungen hatten dringend eine Generalüberholung nötig, einzig das Wohnhaus schien halbwegs renoviert. Rote Geranien blühten üppig in den Blumenkästen vor den Fenstern. Sonnenblumen und eine mächtige Engelstrompete wuchsen neben den Treppenstufen. Ein wilder Kanon von Hundegebell hallte herüber. Bevor die Kriminaler die Stufen zur Eingangstür hinaufgehen und klingeln konnten, wurde die Tür aufgerissen, und eine Frau mit rosigen Wangen trat heraus. Sie trocknete sich die Hände an einer blau-weiß gestreiften Küchenschürze ab und kniff die Augen zusammen, als sie die Männer betrachtete. Nachdem sie sich vorgestellt hatten, huschte Besorgnis über das freundliche Gesicht der Frau. Sie schob eine Strähne ihrer kastanienbraunen Haare zurück in den roten Gummi, der ihren Pferdeschwanz hielt, und streckte ihre Hand zum Gruß aus.

»Ich bin Nina Valentin«, sagte sie. »Was kann ich für Sie tun?«

»Sie kennen Jonas Wagenbrenner? Er hat uns gegenüber diese Adresse als seinen Hauptwohnsitz angegeben.«

»Ja, das ist richtig.« Die Frau kam die Stufen hinunter. »Er wohnt manchmal auch bei einem Freund in der Stadt, ein Russe, ich weiß nur, dass der Wanja heißt. Und ich habe die Telefonnummer von diesem Wanja.«

Pfeffer nickte aufmunternd und Freudensprung beobachtete zum ungezählten Mal voller Neid, wie sein Chef auf Frauen wirkte.

»Wissen Sie«, plauderte die Frau drauflos, »wir Schladerner halten zusammen. Sie kennen Kloster Schladern? Nun, mein Mann und ich waren dort Schüler. Wie Sie vielleicht wissen, sind die meisten dort Waisen. Wir haben uns im Alexandrinum kennen und lieben gelernt. Und wir haben hier viel Platz. Deshalb nehmen wir gerne ab und an Untermieter auf. Seine Eminenz Kardinal Radlkofer empfiehlt uns gelegentlich einen seiner besonderen Schützlinge. So wie Jo, ein ganz ein lieber Kerl. Ein wenig eigenbrödlerisch, aber er hilft uns, wo er nur kann. Natürlich nur, wenn es sein Studium erlaubt. Denn eine solide Ausbildung geht in jedem Fall vor. Aber so ein Betrieb kann jede helfende Hand gebrauchen.« Sie machte ein paar Schritte und zeigte mit ausladender Geste über den Hof. Das Hundegebell, das kurzzeitig nachgelassen hatte, schwoll wieder an.

»Sie züchten Hunde?«, fragte Pfeffer und folgte der Frau in den Schatten einer mächtigen Kastanie.

»Ja, wir haben erstklassige Rassehunde. Warum? Sind Sie interessiert?«

»Nein danke.« Der Kriminalrat schmunzelte und sah hinüber zu Freudensprung, der langsam in Richtung der Nebengebäude ging und sich prüfend umsah. »Nun aber zurück zu Jo Wagenbrenner. Könnten Sie ihn bitte rufen?«

»Das würde ich gerne, aber er ist nicht hier. Ich habe ihn schon seit Tagen nicht mehr gesehen, und sein Auto ist auch weg. Er hat irgendwas von einem

Ausflug erzählt. Fragen Sie mich nicht wohin, denn da höre ich immer nur mit halbem Ohr zu. Meistens geht es ums Surfen.«

»Das Semester ist doch noch gar nicht zu Ende«, warf Pfeffer ein. »Und da fährt er mal eben für ein paar Tage zum Surfen.«

»Da haben Sie recht!«, rief die Frau halb verwundert, halb empört. Sie spielte mit dem kleinen goldenen Kreuz, das sie um den Hals trug. »Aber, wie gesagt, es kann auch etwas anderes sein. Ich habe nicht richtig zugehört. Ich weiß nur, dass er diese Woche ganz weg bleiben wird.«

»Dann, Frau Valentin, würden wir jetzt gerne mal einen Blick in sein Zimmer werfen.«

»Brauchen Sie dazu nicht einen Durchsuchungsbefehl, oder so?« Nina Valentin sah Max Pfeffer mit großen Augen unsicher an.

»Sicher. Doch beim derzeitigen Stand der Dinge, liebe Frau Valentin, appelliere ich einfach an Ihre Kooperationsbereitschaft. Andernfalls werde ich mit einem SEK zurückkommen und hier alles, aber wirklich alles auseinander nehmen.« Pfeffer lächelte die Frau freundlich an.

Sie lächelte irritiert zurück und griff sich an die Brust. »Sicher, Herr Pfeffer, sicher«, stammelte sie. »Schauen Sie sich ruhig um. Wo Sie wollen. Ich habe nichts dagegen. Wir sind schließlich anständige Leute, wir haben nichts zu verbergen.«

Das Ergebnis des Umschauens und Blickewerfens unterschied sich nicht wesentlich von dem in Wanjas Wohnung. Jonas Wagenbrenner hatte hier wie dort nur ein wenig frische Wäsche deponiert. Hier wie dort fanden sich so gut wie keine anderen persönlichen Sachen, außer ein paar Fotos, die Jo an irgendwelchen, nicht identifizierbaren Traumstränden mit anderen Surfern zeigten. Nur der alte, abgeknuddelte Teddy im Bett belegte, dass Jo sich offenbar hier eher zu Hause fühlte. Ein paar Bücher zum Thema Informatik standen im Regal. Doch anders als in der Wohnung von Wanja fanden sich hier viele Bücher zum Thema Religion. Pfeffer blätterte zwei bis drei Titel durch und entdeckte jede Menge unterstrichener Stellen und an den Rand gekritzelter Kommentare. Die Hundezüchterin zeigte ihnen zuletzt noch im Keller die Sportgeräte von Jo Wagenbrenner, doch das brachte keinerlei Anhaltspunkte.

»Komisch war er schon, der Jonas«, sagte Nina Valentin, bevor sich die Polizeibeamten verabschiedeten. »Er hat in den letzten Wochen jede Menge religiöse Literatur zusammengetragen. Sogar den Koran, aber das habe ich ihm verboten. So ein Buch dulde ich nicht unter meinem Dach. Am Ende wird er noch einer dieser Bombenbastler, wenn er so was liest. Aber Apokryphen, Talmud und Sekundärliteratur – lauter so Zeugs eben, das muss ich ja wohl dulden, oder? Ich habe ihn halt gefragt, was er damit wollte.«

»Und?«

»Er sagte, er wolle Licht ins Dunkel seines Glaubens bringen. Er müsse etwas über Adam und Eva recherchieren. So ein Unfug! Als ob es darüber etwas zu recherchieren gäbe, dass Eva dem Teufel auf den Leim ging und die Erbsünde über die Menschen brachte. Aber Jo sagte, er hätte einen Disputpartner, der sehr streng sei und ihn sehr fordere. Mit der Muttergottes hatte er es dann auch und mit dem Heiland. Mehr war nicht aus ihm herauszukriegen. Ich sagte ja bereits, dass er ein verschlossener Mensch ist. All die Bücher, die er gelesen hat. Was soll das denn bringen, frage ich Sie. Bücher verwirren oft nur den Kopf. Man sollte nicht alles so frei zugänglich in den Büchereien bereithalten. Aber das kontrolliert heute ja niemand mehr. Selbst Kinder werden dort auf satanistische Gedanken gebracht mit diesem Harry Potter. Das ist meine Meinung. Aber mein Mann und ich waren immerhin froh, dass Jo Gott gefunden hat und seinen Glauben sehr ernst nimmt. Nicht so wie die anderen Jugendlichen.«

»Hatte die ein Rad ab oder nicht?«, fragte Freudensprung, als sie wieder im Auto saßen. »Kam mir vor wie irgendwo im tiefsten Bible-Belt drüben in den Staaten. Gegen die ist ja unser Ministerpräsident ein linksliberaler Agnostiker.«

Max Pfeffer schmunzelte höflichkeitshalber und zückte sein Mobiltelefon. Er war froh, dass Freudensprung den Wagen lenkte. So hatte er Zeit und Gelegenheit, mit Doktor Södermann zu sprechen. Noch war es sein Fall, noch konnte er entscheiden.

»Wie geht es Hartmut?«, fragte er zur Begrüßung.

»Danke. Er erholt sich langsam. Ich habe ihm ein neues Aquarium gekauft.«

»Das wird ihm sicher gefallen.« Pfeffer räusperte sich und kam ohne Umschweife zum Thema. »Angenommen, wenn Testperson Nummer 31 sagt, sie habe einen Disputpartner, der sie sehr fordere, dann ist es doch nicht abwegig, dass Person 31 damit einen Disputpartner meint, der nicht von dieser Welt ist, oder?«, fragte Pfeffer.

»Hören Sie, Herr Kriminalrat«, die Wissenschaftlerin machte keinen Hehl daraus, dass sie sich zu Unrecht angegriffen fühlte, »wie ich bereits sagte, ist das durchaus möglich, aber nicht wahrscheinlich. Auch Nummer 31, also dieser Jonas Wagenbrenner, ist von uns gründlich untersucht worden. Ja, ich gebe zu, dass er einer der Probanden ist, die am häufigsten unter unseren Helm kamen. Aber er wollte das! Er war ganz heiß drauf. Wir haben zwar unsere Unterlagen nicht mehr vollständig, doch ein paar Äußerungen von ihm sind mir durchaus noch gegenwärtig. Seine Angaben zu den Visionen, die ich ihm bereitet habe, unterscheiden sich kaum von denen anderer Probanden. Da gab es keine Auffälligkeiten, die mich hätten stutzig machen können.«

»Wer ist ihm denn erschienen, wenn er bei Ihnen war?«

»Gott. Zumindest empfand er es so.«

»Doktor Södermann, ist Ihnen nie die Idee gekommen, dass sich diese von Ihnen im Labor erzeugten Visionen verselbständigen könnten? Dass es so etwas wie Nebenwirkungen geben könnte?«

»Natürlich habe ich auch schon darüber nachgedacht. Aber es gab dafür nie irgendwelche Anzeichen. Auch meine Kollegen in den USA haben nie so einen Fall erlebt …«

»Irgendwann ist immer das erste Mal«, warf Pfeffer trocken ein.

»Wie dem auch sei, bei Jonas Wagenbrenner gab es auch keinerlei Anzeichen. Er hat nie den religiösen Eiferer heraushängen lassen oder Äußerungen von sich gegeben, die impliziert hätten, er hätte weitergehende Visionen. Falls dem so war, hat er sie sehr gut versteckt. Es gibt generell ein großes Problem bei Gotteserfahrungen jeglicher Art. Denn meistens empfindet jeder Mensch seine Begegnung mit dem Göttlichen als die absolut richtige, einzig gültige Form der Begegnung. Was folgt in bitterer Konsequenz daraus? Die eigene Erfahrung wird über alles andere gestellt, eine autistische Weltanschauung wird die *Ultima Ratio.* Und daraus folgt im harmloseren Fall ein Missionierungswunsch. Oder im weniger harmlosen Fall religiöser Fanatismus mit Gewaltexzessen gegen die sogenannten Andersgläubigen. Leider bin ich nicht die Erste, die festgestellt hat, dass das Gott-Paradigma so mächtig werden kann, dass Menschen aus Glaubensgründen andere töten. Aber egal, wie Sie oder ich es moralisch bewerten, eines ist nach dem Stand meiner Forschung klar: Jede dieser Erfahrungen kann als so real bewertet werden wie die dingliche Realität! Was aber offiziell als real empfunden und gesellschaftlich als solches akzeptiert werden kann, hat mit Sozialisation zu tun. Darüber haben wir uns schon ausführlich unterhalten, Herr Kriminalrat.«

»Das heißt, wenn ein Geisteskranker sich regelmäßig mit Gott auf einen Plausch verabredet, dann …«

»… ist das für den sogenannten Geisteskranken genauso real wie für Sie das Handy, mit dem Sie eben telefonieren. Bezogen auf Jonas Wagenbrenner hieße das, seine Begegnungen mit Gott sind für ihn so echt, wie Ihre Begegnung mit der Muttergottes für Sie, vergessen Sie das nicht. Alles das ist aber letztlich nicht wichtig, wichtig ist nur, was man daraus macht!«

»Nicht die Form zählt, sondern der Inhalt.«

»Exakt, Max Pfeffer. Und eines können Sie getrost als wahr annehmen, Herr Kriminalrat: Wenn jemand außerhalb meines Labors täglich nette Diskussionsrunden mit Gott abhält, ist er entweder ein Mystiker oder ein Geisteskranker.«

»Da sagen Sie etwas, Doktor Södermann. Da sagen Sie was.«

Kriminalrat Max Pfeffer beendete das Telefonat und sah schweigend aus dem Fenster. Da draußen lief also ein religiöser Spinner herum, der sich vermutlich im göttlichen Auftrag wähnte. Dann war der Mord an Herbert Veicht sicher als eine Art Zeichen zu sehen. Sonst hätte der Mörder nicht auf so spektakuläre Weise den Kopf auffinden lassen.

»Er hat Herbert Veicht als Symbol für unsere dekadente TV-Kultur hingerichtet, oder?«, sagte Pfeffer laut. »Ein Fanal sollte das sein. Diese ganzen Reality-Sendungen, in denen Menschen sich erniedrigen lassen, nur um einmal im Fernsehen zu sein, das ist für Jonas Wagenbrenner die Versinnbildlichung des Bösen. Weil es ihm sein Gott im Hirn einredet.«

»Kann sein, Chef«, antwortete Freudensprung. »Ich stecke nicht in seinem Kopf drin.«

»Ich auch nicht, aber es gibt ja so viel Verderbtheit in dieser Welt, dass er noch zahllose Zeichen setzen muss, oder? Er wird also nicht aufhören können.«

»Aber warum entführt er dann deinen Mann? Ich meine, das ist doch einfach wahnsinnig. Wie kann er glauben, dass er damit davon kommt.«

»Keine Ahnung. Vielleicht, weil er glaubt, er sei im göttlichen Auftrag unterwegs. Da fühlt er sich unverwundbar, weil er ja von ganz oben beschützt wird. Ich weiß es einfach nicht. Ganz offensichtlich ist er wahnsinnig. Und untergetaucht.« Pfeffer schloss die Augen, weil ihm bei dem Gedanken, dass sein Freund in den Händen eines Psychopathen war, schwindelig wurde.

»Halt an, Gaudi«, presste er heraus. Pfeffer hatte die Tür schon geöffnet, bevor der Wagen zu Stehen gekommen war. Er sprang auf den Feldweg, stützte die Arme in die Seiten und atmete tief durch. Freudensprung beobachtete schweigend und gegen den Wagen gelehnt seinen Chef mit sorgenvollem Blick.

Pfeffer stand einfach nur da und sog Luft in seine Lungen. Nach einigen Minuten atmete wieder ruhiger und nahm sein Mobiltelefon heraus. Mit fester Stimme gab die Fahndung nach Jonas Wagenbrenner sowie Kardinal Ansgar Radlkofer raus. Kaum hatte er aufgelegt, klingelte sein Handy und seine Chefin forderte ihn mit knappen Worten auf, so schnell wie möglich in ihr Büro zu kommen. Es gäbe Klärungsbedarf in einer wichtigen Angelegenheit.

Pfeffer schwitzte. Nun war es so weit. Er hatte noch keine Idee, wie er seine Vorgesetzte, Kriminaldirektorin Jutta Staubwasser, davon überzeugen konnte, dass er am Ball bleiben musste. Ein Kloß saß ihm im Hals, ganz oben am Kehlkopf. Das durfte nicht passieren. Für einen langen Moment war seine Sorge um Tim von der Sorge um die Einsatzleitung verdrängt. Es musste einfach einen Ausweg geben. Doch Max Pfeffer konnte keinen klaren Gedanken fassen. Er fühlte sich wie in einem Wattekokon. Das Bedürfnis, sich selbst zu zwicken, um sich zu spüren, überkam ihn. Er starrte auf seine nackten Unterarme, die kräftigen Venen, die an den Gelenken sichtbar waren. Am Ende war es wirklich besser, wenn er sich aus dem Fall zurückziehen … Nein, das durfte er nicht einmal denken. Er musste Jonas Wagenbrenner finden. Sofort. Er zwickte sich kräftig in den linken Arm. Der Schmerz brachte ihm nicht die erhoffte Wirkung, doch er holte ihn so weit in die Gegenwart, dass er sich ärgerte, dass er sich in der Früh rasiert hatte. Auf einer Weihnachtsfeier vor etlichen Jahren hatte ihm nämlich Jutta Staubwasser, nun seine Chefin, damals noch eine ranghöhere Kollegin, ziemlich angeschickert verraten, dass sie Männer mit Dreitagebart irgendwie anziehend fände. Seit sie seine Chefin geworden war, hatte Pfeffer sich vor wichtigen Besprechungen, an denen er seine Position durchsetzen wollte, nicht rasiert. Meist mit Erfolg. Dass er nun an solche Begebenheiten dachte, ließ ihn lächeln. Er war also doch wieder voll da.

»Alles wieder in Ordnung, Paul«, sagte er zu seinem Kollegen und stieg in den Wagen. »Weiter gehts.« Dann fiel ihm jemand ein, der vielleicht wissen konnte, wo sich Jo Wagenbrenner verstecken konnte. Er wählte die Nummer von Benjamin Veicht. Doch auch der Junge konnte nicht mehr sagen, als dass er seit Tagen von dem Verschwundenen nichts gehört hatte und dass er bei einer Familie leben würde, die Hunde züchtete. Jo liebte nämlich Hunde und konnte hervorragend mit ihnen umgehen. Pfeffer bedankte sich bei Benni Veicht und wusste nun nicht mehr, was er noch tun konnte. Außer warten und hoffen.

34

Das Gebell der Hunde konnte Tim mittlerweile gut ausblenden. Es störte ihn nicht. Ganz anders verhielt es sich hingegen mit dem Geschwätz des anderen. Tim war bei seinem Klosteraufenthalt in Thailand nicht wirklich tief in die Geheimnisse der buddhistischen Meister vorgedrungen und hatte auch nie wirklich ausgiebig meditiert, doch ein bisschen für den Hausgebrauch hatte er gelernt. *»Om mani padme hum.«* Das klappte selbst hier in dem Kerker meist recht gut. Und noch eines hatten ihm die drei Wochen im Kloster gebracht: Er regte sich so leicht über nichts mehr auf, weil er erkannt hatte, dass es andere Dinge gab, die zählten, als nur die schnelle Hatz nach persönlichem Glück. Und war es nicht stets die schnelle Hatz nach persönlichem Glück, die Menschen im Guten wie im Schlechten handeln ließ? Gut, als er die Fotos von Max mit dieser Barbiepuppe und diesem Steroidhengst gesehen hatte, da hatte er sich tierisch aufgeregt, auch wenn es da ja nur um ein kurzes Glück gegangen war, das sich Max Pfeffer gegönnt hatte. Selbstkritisch sah Tim bei sich deutliche Defizite, was die Gleichmütigkeit betraf. Er konnte durchaus noch explodieren. Wie zum Beispiel jetzt, als der andere im Dunkeln mit seiner larmoyanten Stimme wieder laut zu beten anfing. Eigentlich war es kein Gebet, sondern eine endlose Litanei an absurden Vorwürfen gegen Gott und die Muttergottes.

»Geht das auch leise?!«, zischte Tim wütend. »Ich bin sicher, dass Gott Sie selbst dann hört, wenn Sie telepathisch mit ihm sprechen. Außer, Ihr Gejammere geht ihm genauso auf die Nerven wie mir. Dann würde Ihnen nicht mal ein Megaphon nutzen, um Gehör zu finden.«

»Was wissen Sie schon von der Gnade unseres Herrn?«, kam es aggressiv aus der dunklen Ecke zurück. »Die heilige Mutter unseres Herrn Jesus Christus hat schließlich einst zu mir gesprochen und mich an ihrer göttlichen Weisheit teilnehmen lassen.«

»Das haben Sie mir jetzt schon mindestens dreihundertachtundneunzig Mal erzählt, Ansgar. Ich werde dich jetzt einfach duzen, Ansgar. Schließlich verrotten wir hier gemeinsam, also brauchen wir uns nicht mit irgendwelchen Formalitäten aufhalten.« Tim löste seine Beine aus dem Lotussitz, in dem er auf der Pritsche gesessen hatte, und streckte die Beine aus. Mittlerweile herrschte im Raum finsterste Dunkelheit, woraus Tim schloss, dass draußen Nacht sein musste. »Und die Maria hat dir gesagt, dass du auf dem richtigen Weg bist. Hast du auch schon dreihundertachtundneunzig Mal gesagt, Ansgar. Und genauso oft glaube ich dir kein Wort, Ansgar!«

»Ist das alles, was Sie können? Ihren Körper der Sünde weihen und schnippische Bemerkungen über andere Leute machen? Nun, es wundert mich keineswegs. Ich hätte es mir denken können, was Sie für einer sind, gleich als ich die Fotos von Ihrem sauberen Herrn Beischläfer mit diesem liederlichen Flittchen und Wanja gesehen habe ...«

»Du hast was?« Tim de Fries sprang auf, seine Ketten rasselten vernehmlich. »Du hast diese Fotos gesehen?«

»Ich habe sie in Auftrag gegeben«, entgegnete der Kardinal. Für Tim klang sein Tonfall mehr als gehässig. »Wanja und Jonas sind verlässliche Mitarbeiter für mich. Spitzenmänner, die ich in Israel habe ausbilden lassen und die mir und damit der Heiligen Mutter Kirche treu ergeben sind. Doch es ist nie verkehrt, mehr über seine Mitarbeiter zu erfahren. Natürlich sollte Jonas ein Auge auf Wanja haben.«

»Du hast diesen Wanja mit dem Flittchen fotografieren lassen, um etwas gegen ihn in der Hand zu haben, oder? Gott, was für ein mieser Charakter, Ansgar Radlkofer.«

»Hüten Sie Ihre Zunge. Der Ministerpräsident ist schließlich einer meiner besten Freunde.«

»So viel zum Thema mieser Charakter, was? Das spricht für keinen von euch beiden. Und dann ist Max zufällig an diesem Abend dabei und kommt mit auf die Fotos.«

»Nun, nicht ganz so zufällig. Ich hatte auf so etwas gehofft. Wanja hatte Anweisung, sich für Maximilian Pfeffer so attraktiv wie nur irgend möglich zu machen. Was letztlich auch geklappt hat. Dieser Pfeffer folgt wie ein räudiger Straßenköter nur seinem elendigen Trieb. Wanja sollte übrigens seinerseits ein Auge auf Jonas haben.«

»Na, und das hat ja erst mal prima geklappt! Wenn ich mal davon ausgehe, dass dieser Jonas der ist, der uns hier so lauschig zusammen eingesperrt hat. Super Aktion, Ansgar Radlkofer. Bravo. Weiter so.«

»Sie wagen es, mir mit Ihrem Mund, der sich der unaussprechlichen Sünde und Fleischeslust hingegeben hat – mit diesem ekelhaften Mund ...«

»Erstaunlich, wie gut du dich da auskennst, Ansgar. Und dann ist Wanja also ein Heiliger, wenn er seinen Körper in deinem Dienst entweiht? Bigottes Gewäsch eines überheblichen … Ach, dich beleidigen hieße Eulen nach Athen tragen. Du bist mit deiner kleingeistigen Angstwelt, in der du leben musst, gestraft genug. Du versteckst dich so gerne hinter deinen Zitaten, also, hier ist eins speziell für dich! Sagt nicht David zu seinem Freund Jonathan in 2. Samuel 1, 26: *Es ist mir leid um dich, mein Bruder Jonathan, ich habe große Freude und Wonne an dir gehabt; deine Liebe ist mir wundersamer gewesen, als Frauenliebe ist.*«

»Wagen Sie es nicht!« keifte der Kardinal. »Sie versündigen sich schon wieder – auch in Worten. Pfui. Wie widerlich, die Worte des Herrn so auszulegen. Was verstehen Sie schon! Wanja hat sich schon mehrmals geopfert, weil es um viel mehr geht, um das Wohl der Heiligen Mutter Kirche. Was bedeutet schon der Körper eines einzelnen gläubigen Mannes, wenn es um die ganze Kirche geht?«

»Sie haben einen Dachschaden, werte Eminenz. Entweder Arschficken ist Sünde oder es ist keine. Aber du findest ja auch, dass Töten und Töten nicht dasselbe ist. Wer bin ich schon, dass ich mich mit theologischen Hintertürchen auskenne. Ich persönlich weiß jedenfalls, es ist keine Sünde. Ficken meine ich, nicht das Töten.«

»Wissen? Was wollen Sie schon wissen?! Sie verschließen sich der Wahrheit, also können Sie nichts wissen.«

»Welche Wahrheit meinst du nun ganz genau?«

»Die Wahrheit, SEINE Wahrheit. Es gibt nur diese eine, die absolute. Gottes Wort, wie es uns die Bibel überliefert hat.«

»Ach, DIE Wahrheit. Sicher, eine von vielen. Ich kenne noch einige andere.«

»Wozu diskutiere ich mit Ihnen solche Themen, Tim de Fries!«

»Weil du sonst niemanden hast, Ansgar Radlkofer. Weil dich niemand sonst hört mit deinem Gewinsel. ER hört dich nicht. ER antwortet dir nicht. Die Leere in dir ist alles, was dir bleibt. Darum diskutierst du mit mir, weil du das Schweigen in dir nicht ertragen kannst. Weil du dich selbst nicht ertragen kannst!« Tim wusste, wie verletzend seine Worte sein konnten. Es kümmerte ihn nicht. Sie saßen in einem dunklen Loch und hatten Zeit totzuschlagen. Da konnte ein wenig Sich-fetzen für Abwechslung sorgen. Außerdem sollte der alte Mann ruhig leiden.

»Sie sind nur so aggressiv, weil Sie sich selbst nicht in Ihrer Sündhaftigkeit ertragen können«, kam es höhnisch zurück.

»Oh, oh. Ganz böser Fehler, Ansgar. Eine schwächere Argumentation, als das zurückzugeben, was einem vorgeworfen wird, gibt es kaum. Das ist Kindergarten. Du bist blöd. Nein, du bist noch viel blöder. Nein, du bist am blödesten.« Tim de Fries lachte, nun war er doch wieder bei einem Konfliktlösungsseminar. Er hatte keine Lust darauf. Arbeit ist Arbeit und Schnaps ist Schnaps und Gefangenschaft ist Gefangenschaft.

»Der Heilige Vater sagt, wir sollen Mitleid mit kranken Menschen wie Ihnen haben. Nun, mein Mitleid sei Ihnen gewährt. Aber öffnen Sie endlich Ihr Herz für die frohe Botschaft unseres Herrn Jesus.«

»Damit ich ein so froher, offenherziger Mensch wie du werde? Verzichte dankend, Ansgar. Lass mal stecken.« Tim ließ sich der Länge nach auf sein Lager fallen. Weil der andere nichts sagte, schwieg auch er. Dann hörte er, wie der Kardinal offenbar an seinen Fesseln rüttelte und zerrte.

»Spar dir deine Kräfte, Ansgar«, sagte Tim. Er hatte bereits mehrfach versucht, die Verankerung in der Wand herauszureißen. Keine Chance. Die Ringe bestanden aus Eisen und waren tief im Mauerwerk verankert. Offenbar wurden an ihnen normalerweise Tiere angekettet.

»Ich habe solchen Durst«, sagte der Kardinal mit weinerlichem Unterton.

»Ich auch!«, rief Tim wütend. Er hatte noch nie in seinem Leben solchen Durst gehabt. In der Zeit, in der er ein wenig seinem Atem folgen und in sich hineinhorchen konnte und so etwas wie eine tiefere Meditation zustande gebracht hatte, waren ihm Hunger und Durst ziemlich egal gewesen. Erst die Auseinandersetzung mit dem alten Mann hatte ihn wieder an seiner körperlichen Bedürfnisse erinnert. Also beschloss Tim, dass er sich am besten wieder versenken würde, um das zehrende Gefühl in seiner Kehle und das wütende Knurren seines Magens zu vergessen. Er war siebenunddreißig Jahre alt und gesund. Unter seinen Vorfahren hatte es kräftige Sklaven, zähe Bauern, abenteuerlustige Kaufleute und harte Seemänner gegeben. Er war eine widerstandsfähige holländische Kolonialware. Und wenn er den Erzählungen seines Großvaters mütterlicherseits Glauben schenkte, dann hatte er sogar einen waschechten Piraten als Ahnen. Er würde es schaffen, dessen war er sich sicher. Ein Mensch konnte ohne Wasser zwar nur ein paar Tage überleben, aber im Zweifelsfall, da machte sich Tim nichts mehr vor, würde er auch seinen eigenen Urin trinken. Tim hatte den Entführer gesehen, also könnte er ihn beschreiben – und das bedeutete, er würde sein Gefängnis nicht lebend verlassen. Es ging darum, möglichst lange zu überleben, denn Tim war sich sicher, dass Max oder seine Kollegen ihn irgendwann finden würden. Lebend finden. Wenn es ihm gelingen würde, wie ein Asket die Bedürfnisse nach Essen und Trinken weitgehend auszublenden, würde er seine

Gefangenschaft ertragen. Noch wichtiger war es jedoch, dass er den Kardinal komplett auszublenden lernte. Angst vor wem oder was auch immer hatte er zu seiner eigenen Überraschung nach wie vor keine. *»Om mani padme hum.«*

Als hätte ihr Bewacher ihr Verlangen nach Nahrung gehört, wurde plötzlich die Tür aufgesperrt und das gleißende Licht erfüllte wieder den Raum. Tim blinzelte, doch mehr als einen Schemen, der auf ihn zukam und etwas vor ihn hinstellte, konnte er nicht ausmachen. Zu schnell ging alles vor sich, zu schnell ging das Licht wieder aus und zu langsam hatten sich seine Augen umstellen können. Tim tastete vorsichtig in der Richtung auf dem Boden herum, wo sich der Schemen gebückt hatte. Da standen ein Blechbecher mit einer kalten Flüssigkeit und eine Blechschale mit gekochtem Reis. Tim führte den Becher vorsichtig an die Nase und schnüffelte daran. Es roch nach nichts. Er nahm einen kleinen Schluck. Kaltes, klares Wasser rann seine Kehle hinunter. Es schmeckte köstlich. Den warnenden Gedanken, dass es am Ende vergiftet sein könnte, ließ er ganz hinten in seinem Hirn vergraben. Wenn schon! Irgendwie müssen alle sterben.

»Was ist?«, fragte der Kardinal schwach.

»Wasser und Reis«, antwortete Tim. »Schau mal, muss irgendwo vor deinem Bett stehen.«

»Wo?«

Tim hörte Ketten rasseln, laut auf den Boden patschende Hände und unterdrückte Schmerzenslaute, offenbar war der alte Mann doch schwerer verletzt. Jedenfalls schien er auf allen Vieren den erreichbaren Radius rund um sein Lager nach Wasser und Reis abzusuchen.

»Da ist nichts«, sagte Kardinal Radlkofer nach einer Weile resigniert. »Da ist nichts …«, wiederholte er mit einem enttäuschten Schluchzen, das in ein hechelndes Greinen überging.

»Bist du sicher?«, fragte Tim ungläubig. Dann fiel ihm ein, dass der Schemen sehr schnell hereingekommen war und nur bei ihm etwas abgestellt hatte. Konnte es sein, dass das Absicht war?

»Ich habe solchen Durst«, weinte der Kardinal. Die Geräusche verrieten, dass er sich zurück zu der Pritsche schleppte. »Oh Gott, Barmherzigkeit, Barmherzigkeit …« Dann zitierte er laut aus der Bibel: *»Der Gerechte isst, dass seine Seele satt wird; der Gottlosen Bauch aber hat nimmer genug.«*

Tim sah in seinen Wasserbecher, nicht, dass er wirklich etwas darin hätte erkennen können, dazu war es zu dunkel, doch er sah zumindest in die Richtung. Ein Becher Wasser war nicht viel, aber immerhin mehr als nichts. Ein Napf Reis ebenfalls. Der Kardinal schien wirklich schwach zu sein, vermutlich war er ernsthaft verletzt, wenn er diesen schrecklichen Autounfall gehabt hatte. Tim überlegte nicht lange, mit dem Napf in der Linken und dem Becher in der Rechten tappte er vorsichtig Richtung Kardinal. Als seine Fußkette spannte, streckte er den Arm mit dem Becher aus und sagte: »Komm her, Ansgar. Vorsichtig, irgendwo vor dir ist meine Hand mit einem Becher Wasser. Ja, hier, komm.« Er hörte den anderen herankriechen, spürte die kalte Hand, die zögernd seine Finger betastete und ihm den Becher abnahm. Tim hörte die gierigen Schlucke.

»Halt, langsam, Ansgar«, sagte er, dann kam die tastende, fordernde Hand wieder und holte den Reisnapf.

»Hey, lass mir gefälligst was übrig!« Tim fuchtelte mit den Armen im Dunkel vor sich herum. Schließlich bekam er den Becher zu fassen, der ihm entgegengestreckt wurde. Kurz darauf erhielt er den Reisnapf zurück.

»Tut mir leid, ich hatte solchen Durst«, sagte der Kardinal mit vollem Mund. »Vergelts Gott.«

»Du hast alles ausgetrunken?«, fragte Tim mit rauer Kehle und streckte einen Zeigefinger in den Becher. Er erreichte den Blechboden ohne nass zu werden.

»Ich sagte doch, dass ich solchen Durst hatte. Aber ein wenig Reis müsste noch da sein, obwohl ich wirklich Hunger habe. Sehen Sie, es ist doch nicht so schwer, den Weg des Herrn zu beschreiten und Barmherzigkeit zu zeigen. Hat es wirklich wehgetan, einmal Verzicht zugunsten eines Mitgeschöpfs zu üben? Sie sind auf dem richtigen Weg, Ihr sündiges Dasein zu beenden. *Der Gottlose borgt und bezahlt nicht; der Gerechte aber ist barmherzig und gibt.* Ein herzliches Vergelts Gott. «

Tim de Fries stand noch ungefähr eine halbe Stunde lang sprach-, fassungs- und regungslos in der Mitte des Raums.

35

»Ich habe einen kleinen Test für sie. Ich gebe nur dem jungen Mann Wasser und etwas zu Essen. Jeden Tag eine Portion. Nicht mehr. Ich bin gespannt, wie sie damit zurechtkommen.«

»Sei kein Narr. Er wird natürlich teilen.«

»Da bin ich mir nicht so sicher. Wer wird mit Kardinal Radlkofer teilen wollen?«

»Möchtest du, dass der Kardinal verhungert oder verdurstet?«

»Es geschähe ihm recht, nicht wahr? Er hatte Zeit seines Lebens diesen widerwärtigen Hunger, den er auf Kosten anderer gestillt hat. Da wäre Verhungern eigentlich passend. Doch er ist bei dem Autounfall schwer verletzt worden. Ich habe seine Wunden behandelt, aber ich bin kein Fachmann. Ich gehe davon aus, dass er die nächsten Tage wohl nicht überleben wird. Wenn er schon auf der Straße tot gewesen wäre, hätte ich ihn einfach liegen lassen.«

»Das war aber nicht vorgesehen. Und es wäre kein Zeichen gewesen, du Narr. Du hast diesen Fernsehproduzenten geköpft, um ihnen zu zeigen, wie hirnlos dieser Zirkus ist. Jetzt sorge dafür, dass die Welt erfährt, wie krank das Fleisch der Amtskirche ist. Opfere eines der verlogensten Schafe dieser blöde blökenden Herde. Wenn ich nur an jenen denke, der es gewagt hat, sich mir gleich zu setzen! Unfehlbarkeit! Ha! Was für ein Popanz kommt auf diese Anmaßung? Nur ein Verrückter! Pius IX., wer sonst. Dabei haben sie alle gewarnt: Ferdinand Gregorovius, Franz Xaver Kraus, Maxime Duchamp, Bischof Dupanloup von Orleans, Bischof Maret, Bischof Clifford von Clifton, selbst der Erzbischof Ginoulhiac von Lyon – alle waren sich einig, dass dieser Papst Pius IX. verrückt war. Und dann? Sind sie alle umgefallen wie die Dominosteine. 1870 wurden sie Verräter! Merke dir dieses Datum, 31, diesen Schandfleck. Sie haben anno domini 1870 die Unfehlbarkeit des Papstes abgesegnet. Warum musste ich so lange warten, bis ein Mensch wie du kamst, um ihnen ihren Frevel deutlich zu machen? Vergiss nie, 31, ich verlasse mich hundertprozentig auf dich.«

36

Jutta Staubwasser stand mit auf dem Rücken verschränkten Händen am Fenster und sah hinaus in den wolkenlosen Sommerhimmel. Sie trug eines ihrer klassischen Escada-Kostüme, die ihre weiblichen Formen betonten und gleichzeitig die ungeliebten Pölsterchen kaschierten. »Diese Hitze«, sagte sie, ohne sich umzudrehen. »Einfach unglaublich. Ich habe seit Tagen Beschwerden mit den Atemwegen wegen der Ozonbelastung.«

»Das geht vielen so, Frau Staubwasser«, sagte Max Pfeffer und studierte seine Fingernägel.

»Sicher.« Endlich wendete die Direktorin sich zu Pfeffer um. Sie schob sich ihren Schreibtischstuhl zurecht und setze sich so langsam, dass klar wurde, dass sie nur Zeit schinden wollte. Jutta Staubwasser galt bei den Kollegen als gradlinig und taff. Wenn auch viele ihre Kompetenz bezweifelten, schließlich war allgemein bekannt, dass der Gatte der Kriminaldirektorin als Staatssekretär im Innenministerium arbeitete. Dennoch waren sich die meisten darin einig, dass die Chefin zumindest das Herz am rechten Fleck hatte und dass man mit ihr über so ziemlich alles reden konnte. Jutta Staubwasser setze ihre Lesebrille auf, nahm einen Aktendeckel vom Schreibtisch und blätterte in den Unterlagen.

»Diese Entführung von diesem … äh … Tim der Fries«, sagte sie schließlich ohne aufzusehen und Pfeffer setzte sich kerzengerade hin. »Das ist mir ein Rätsel, Kollege Pfeffer. Was könnte der Mörder von Herbert Veicht von diesem Holländer wollen? So, wie ich diese Berichte verstehe, besteht offenbar irgendein Zusammenhang.«

»Ich weiß nicht …«, begann Pfeffer, doch seine Chefin ließ ihn nicht zu Wort kommen.

Während sie einen weiteren Aktendeckel zur Hand nahm, sah sie Pfeffer über ihre Brille hinweg scharf an. »Sie wissen nicht? Herr Pfeffer, jedem anderen Kollegen würde ich das glauben. Aber wir kennen uns einen Tick zu lange, als dass ich Ihnen ein ›Ich weiß nicht‹ durchgehen lassen könnte. Sie wissen, Herr Pfeffer, Sie wissen!«

Max Pfeffer hielt ihrem Blick fast trotzig stand und schwieg. Seine Chefin blätterte in dem zweiten Akt herum und las laut vor: »Tim der Fries geboren am … ach, ist egal, … in Willemstad. Wo ist das denn?« Sie sah kurz überrascht auf und vertiefte sich wieder in das Schriftstück, aus dem sie referierte. »Ah so, Curaçao, Niederländische Antillen. Abitur in Amsterdam … blabla. Ich glaube, Sie wissen das alles besser als ich, Kollege Pfeffer. Denn Tim de Fries wurde vor ziemlich genau acht Jahren von einem gewissen Maximilian Pfeffer wegen Vergehens gegen das Betäubungsmittelgesetz verhaftet. Da Herr de Fries zu diesem Zeitpunkt bereits eine unbefristete Aufenthaltsberechtigung für die Bundesrepublik Deutschland hatte, konnte ihm eh nicht viel passieren. Das Verfahren wurde sowieso wegen Geringfügigkeit eingestellt. Und seit diesem Zeitpunkt ist Herr de Fries Ihr Lebensgefährte, Herr Pfeffer.«

»Steht das auch in Ihren Unterlagen?«

»Nein.«

»Gut, dann sehe ich keinen Grund, warum Sie mich sprechen wollten.« Pfeffer wusste, dass er sich momentan nicht sehr geschickt verhielt. Allein, ihm war noch nichts eingefallen, wie er den Fall behalten konnte. »Ich habe Herrn de Fries damals verhaftet, richtig. Doch woher wollen Sie wissen, dass er mein Lebensgefährte ist? Ich behaupte einfach das Gegenteil.«

»Herr Pfeffer, machen Sie es uns doch nicht so schwer.« Kriminaldirektorin Staubwasser schloss die Aktendeckel und warf sie mit einer nachlässigen Bewegung neben sich auf den Boden. Sie lehnte sich zurück. Das Sonnenlicht, das durch das Fenster hinter ihr hereinfiel, ließ ihre blondierten Haare golden aufleuchten. »Was glauben Sie denn? Natürlich spricht man über Sie und Ihre Lebensumstände. Ja, ich weiß das alles nur vom Hörensagen, doch ich weiß es eben! Ich kann gar nicht anders! Ich muss Sie von diesem Fall abziehen, Herr Pfeffer. Es ist doch nur zu offensichtlich, dass man Ihren Freund entführt hat, um Sie unter Druck zu setzen. Sie sind emotional viel zu stark involviert. Sie tragen eine Schusswaffe. Wer garantiert mir, dass Sie nicht ausrasten, wenn Ihrem Lebensgefährten etwas zustößt?«

»Ich.«

»Mein Gott, ich glaube Ihnen das sogar!« Jutta Staubwasser warf verzweifelt die Hände in die Höhe. »Ich kenne Sie als sehr beherrschten Kollegen, als kühlen Kopf und ich schätze Ihre Arbeit sehr. Aber …«

»Wenn Sie mich abziehen, hat der Täter sein Ziel erreicht, Frau Staubwasser.«

»Ich weiß.« Sie seufzte. »Das ist natürlich wahr. Doch die Vorschriften …«

»Wir sind nicht verheiratet, Tim und ich. Wir sind weder verwandt noch verschwägert. Wenn es etwas nützt, schwöre ich hier auf alles, was Sie wollen, dass wir längst kein Paar, keine eheähnliche Gemeinschaft mehr sind. Dann sind Sie aus dem Schneider. Wir haben uns getrennt. Ich bin emotional völlig von Tim de Fries gelöst.« Pfeffer wusste, dass er Unsinn redete.

»Sie reden Unsinn, Max Pfeffer.« Seine Chefin bestätigte seine Selbsteinschätzung. »Auch wenn ich Sie nur zu gut verstehen kann. Ich würde mich wie Sie verhalten, wenn mein Mann …« Sie beendete den Satz nicht. Für eine Weile schwiegen die beiden und vermieden es sich anzusehen.

Dann öffnete Max Pfeffer seinen Schulterhalfter, zog ihn aus und legte ihn mit Waffe vor seine Chefin auf den Schreibtisch. Er holte tief Luft. Ihm war eine Idee gekommen und sie reifte noch, während er zu reden begann.

»Sie haben mich auf anstehende Beförderungen angesprochen …«

»Ich bitte Sie, Herr Pfeffer, vergessen Sie doch das Thema. Darüber können wir uns nächste Woche noch unterhalten.«

Pfeffer lächelte und sah seine Chefin direkt an. »Sie haben mich auf anstehende Beförderungen angesprochen«, wiederholte Pfeffer ruhig. »Es gibt eigentlich nur eine, über die wir uns detaillierter unterhalten sollten. Paul Freudensprung. Er sollte meiner Ansicht nach Erster Leitender Hauptkommissar werden. Ich werde ihn außerdem für die Führungsakademie empfehlen, wenn er sich gut macht.«

»Ich kann Ihnen momentan leider nicht so ganz folgen, Kollege.« Die Kriminaldirektorin zog irritiert die Augenbrauen nach oben und setzte die Brille ab.

»Freudensprung ist ein guter Mann, doch ich bin der Auffassung, dass ihm noch ein wenig die Erfahrung als verantwortlicher Beamter, als Führungskraft fehlt. Wir beide wissen doch, dass Führungspositionen andere Anforderungen stellen, als man sich das als kleiner Beamter gemeinhin vorstellt.«

Jutta Staubwasser nickte zögerlich. »Wenn ich Sie recht verstehe, dann sollte Paul Freudensprung die Ermittlungen in einem Fall selbstständig leiten. In diesem Fall, meinen Sie, nicht wahr?«

»Ja.«

»Das kann ich nicht machen … Freudensprung ist sicher ein guter Mann, doch dieser Fall ist einen Tick zu groß für einen jungen Kollegen.«

»Freudensprung leitet die Ermittlungen, er wird kommissarischer Leiter der Soko Veicht. Wir können ihm noch einen Kollegen für sein Team geben, wenn es die Personalsituation zulässt. Schröder oder Kampmeier wäre dafür geeignet. Freudensprung fällt alle Entscheidungen, er arbeitet völlig ohne meine Einmischung. Aber um zu beurteilen, ob er die Beförderung jetzt schon verdient, muss ich natürlich permanent anwesend sein. Ich werde als Supervisor alles beobachten und in ständiger Rücksprache mit Ihnen stehen.«

»Das …« Die Kriminaldirektorin schwieg und sah auf die Schreibtischplatte. Ihre Wangenmuskeln arbeiteten.

Pfeffer schob ihr seine Dienstwaffe näher zu und lehnte sich zurück. »Ich werde bei den weiteren Ermittlungen wie ein kleines Mäuslein sein. Ein waffenloses Mäuslein, das nur beobachtenden Status hat. Nichts weiter. Das widerspricht keinen Vorschriften. Sollte ein Zugriff erfolgen, sind Sie nach Möglichkeit selbstverständlich mit dabei. Außerdem lasse ich Ihnen natürlich die abschließende Pressekonferenz.«

Jutta Staubwasser entspannte ihren Nacken und ließ kurz den Kopf hängen. Als sie aufsah schmunzelte sie. »Ich komme aus Niederbayern, Herr Pfeffer. Wissen Sie, wie man bei uns zu Hause Menschen wie Sie nennt?«

»Vermutlich genauso wie hier in München: einen Hund?«

»Richtig.«

»Merci.«

»A Hund sans scho, Maximilian Pfeffer. Und was für einer.« Sie griff sich die Dienstwaffe des Kriminalrats und steckte sie in eine Schublade ihres Schreibtischs. »Ich weiß nicht, warum ich mich eigentlich auf so etwas Hirnverbranntes einlasse … dennoch, ich erwarte Sie täglich um siebzehn Uhr hier in meinem Büro zu einem persönlichen Rapport über die Arbeit von Kollege Freudensprung als kommissarischer Leiter der Soko Veicht. Wenn Sie die Termine nicht einhalten können, sollten Sie eine verdammt gute Ausrede haben.«

37 Eine schlaflose Nacht lag hinter Max Pfeffer. Er hatte sich hin- und hergewälzt, bis es vier Uhr früh war, dann hatte er sich mit Kaffee vollgepumpt, sein Fitnessprogramm durchgezogen und die Kinder zur Schule gebracht. Er hatte gewartet, bis sie im Gebäude waren, was keinen wirklichen Schutz bedeutete, ihn aber irgendwie beruhigte. Er beschloss auf der Fahrt ins Büro, mit seinen Kollegen einen Fahrdienst für die Kinder zu arrangieren. Jemand musste sie von der Schule abholen und am Nachmittag Cosmo zu seinen Dreharbeiten nach Geiselgasteig bringen. Pfeffer wusste, dass das nur Aktionismus war, weil niemand davon ausgehen konnte, dass die Kinder tatsächlich gefährdet waren, doch er brauchte diesen Funken Sicherheit.

Als Bella Scholz und Paul Freudensprung zur Arbeit kamen, saß der Kriminalrat auf seinem Schreibtisch und starrte abwesend aus dem Fenster.

»Hier, Chef.« Freudensprung stellte eine blaue Tupperdose vor Pfeffer auf den Schreibtisch und strahlte ihn erwartungsvoll an. Der Kriminalrat öffnete neugierig den Behälter und schnupperte den süßen Duft einer Backware.

»Hat Aische für dich gemacht. Baklawa«, sagte Freudensprung stolz und gleichzeitig ein wenig verlegen. »Das isst du doch gerne. Und sie hat gemeint, dass du was Leckeres brauchen kannst, jetzt, wo du … wo es dir nicht so gut geht. Zucker ist Nervennahrung.«

»Danke«, stammelte Pfeffer ehrlich überrascht. Beinahe hätte er einem Impuls nachgegeben und Paul Freudensprung umarmt.

»Was sagst du dazu, Chef?«, fragte Bella und hielt Pfeffer eine Boulevardzeitung unter die Nase. »Klingt doch interessant für uns, oder?«

Pfeffer warf einen kurzen Blick auf die Zeitung und sah wieder zum Fenster hinaus. Dann senkte er noch einmal den Blick und las die Schlagzeile erneut. Es konnte doch wohl nicht wahr sein! »Warum erfahre ich das erst heute aus diesem Käseblatt?« Er sprang von seinem Schreibtisch. »Warum steht das heute in der Zeitung, und ich weiß keinen Piep davon?!« Er riss sich sofort zusammen, auch wenn er sich nicht wirklich beruhigt hatte. »Entschuldigung, Paul. Macht der Gewohnheit.«

»Schon klar, Chef.«

»Du bist jetzt Chef.«

»Ebenfalls klar, Chef. Ist noch immer total neu für mich, dass ich jetzt …« Freudensprung wusste nur zu gut, dass die Übertragung der Ermittlungsleitung an ihn kaum mehr als eine Farce war. Doch er wollte trotzdem seine Chance nutzen. Er sah Bella an. »Also, warum erfahre ich das jetzt erst?

»Keine Ahnung, Gau … Paul, aber wenn du es genau wissen willst …«, sagte Bella mit einem Schulterzucken. Sie schnappte sich den Telefonhörer und wählte eine Nummer, während Pfeffer den Artikel überflog. »Scholz, Mordkommission, guten Morgen … Ja, nur eine kurze Frage, die Fahndung nach Kardinal Ansgar Radlkofer ist doch gestern rausgegangen … Ja … verstehe … hmmm … und da kommen Sie nicht auf die Idee, dass es womöglich einen Zusammenhang gibt? Aha … Natürlich, die Presse informieren kann wichtiger sein, als die Kollegen … Na, wenn Sie meinen, Kollege … ach so, nicht gelesen … hmmm, ja, wir haben auch so viel zu lesen … Vielen herzlichen Dank auch, Kollege.« Sie knallte den Hörer auf. Freudensprung und Pfeffer sahen sie erwartungsvoll an.

»Die Kollegen haben den Unfall im Wald aufgenommen und der Presse als normalen Verkehrsunfall mit Todesfolge verkauft. Und sie haben erst heute von der Fahndung nach Kardinal Radlkofer erfahren«, fasste sie das Telefonat zusammen. »Sie haben ja so viel zu lesen, da kann mal was liegenbleiben. Außerdem hat mir der nette Kollege eben erklärt, dass wir ja nur den Kardinal suchen würden, nicht hingegen seinen Chauffeur, der tot aufgefunden wurde. Und von einem Kardinal sei ja weit und breit keine Spur gewesen. Wenn wir auch den Chauffeur zur Fahndung …«

»Danke, Bella, das reicht.« Freudensprung winkte wütend ab.

Pfeffer schenkte sich noch einen Kaffee ein. »Ich will eine sofortige Obduktion der Leiche, Protokolle vom Unfallhergang, jedes Laubblatt und jede Erdkrume von der Unfallstelle, Expertisen, etcetera pepe und so weiter. Das alles sofort und jetzt. Und von mir aus auch alles gegen den Willen von Oberstaatsanwalt Bauer!«

»Langsam, Chef. Runterkommen«, sagte Freudensprung geduldig aber bestimmt. »Ich kümmere mich darum.«

»Verdammt, tut mir leid, Paul. Wird nicht wieder vorkommen. Ich verspreche es.« Pfeffer nippte am Kaffee und schalt sich selbst, er musste sich wirklich zusammennehmen.

»Rauch erst mal eine, Chef.« Kaum, dass Freudensprung es ausgesprochen hatte, sahen sich die drei Kollegen irritiert an. Allen fiel plötzlich ein und auf, was sich an Pfeffer seit ein paar Tagen noch verändert hatte: Er rauchte nicht mehr. Pfeffer selbst bemerkte es erst jetzt. Die Zigarette nachts im Park, die ihm aus dem Mund gefallen war, als er bei dem seltsamen, halbnackten Boxer mit der gebrochenen Nase Halt gesucht hatte, war seine letzte gewesen. Rauchen, hieß es ja immer, war eine Kopfsucht. Er hatte es nicht mal gemerkt, er hatte keine Entzugserscheinungen gehabt, keinen Affen geschoben. Jetzt da es ihm bewusst wurde, vermisste er es auch nicht.

38

»Ich kenne das Gefühl der Versuchung sehr gut«, flüsterte Kardinal Radlkofer in die schweigende Dunkelheit. Seine Stimme klang schwach und brüchig. »Ich weiß, wie es ist, wenn das Fleisch dem Geist nicht gehorcht.« Er hustete trocken und deklamierte hysterisch wie ein Schmierenkomödiant auf einer Provinzbühne: *»Seid nüchtern und wachet; denn euer Widersacher, der Teufel, geht umher wie ein brüllender Löwe und sucht, welchen er verschlinge.«*

Tim stützte sich auf. Er hatte versucht zu meditieren, den Durst und den Hunger auszugrenzen, und es war ihm immer wieder für einige Augenblicke gelungen. Für immer längere Augenblicke, wie lange konnte er nicht sagen, aber die Phasen des Nicht-anwesend-Seins überwogen mittlerweile. Und er hatte geschlafen. Wie lange, wusste er nicht, doch von draußen fiel wieder ein schwacher Lichtschimmer herein. Es musste also Tag sein. Er fühlte sich matt, aber insgesamt gut, den Umständen entsprechend. Leider verpestete der Kardinal nicht nur mit seinem Gefasel und wilden Bibelzitaten die Atmosphäre, sondern auch mit seinen Exkrementen. Irgendwann in der Nacht hatte der alte Mann irgendwohin gekackt. Tim konnte sich nicht wirklich darüber aufregen, denn es war klar, dass früher oder später auch er das bisschen an Nahrung, das er noch in sich hatte, wieder ausscheiden musste. Dass er momentan unter Verstopfung litt, empfand er in seinem Zustand als glückliche Fügung.

Er hatte auch beschlossen, sich nicht mehr über das Gerede des Kardinals aufzuregen, so sehr ihn die Provokation am Vortag auch Spaß gemacht hatte und seinen Überlebenstrieb angefeuert hatte. Tim fand es einfach nicht richtig, einem alten Mann ständig Kontra zu geben und sich um Begrifflichkeiten zu streiten.

»Hallo, Sie! Schlafen Sie noch?«, fragte der Kardinal. »Auch egal. Ich habe jedenfalls den teuflischen Stachel des Begehrens gespürt. Immer wieder. Ich weiß, wie es ist, wenn der Beelzebub sich verkleidet und vor dir seinen verlockenden Tanz aufführt. Wenn er sich schöner Knaben bedient, um den standhaften Charakter zu versuchen.«

Schlagartig war Tim hellwach. »Wessen bedient sich der Teufel?«

»All der Knaben, denen es immer wieder gelungen ist, mich zu verführen. All meine Gebete haben nichts genutzt. Ständig diese Prüfungen. Sie waren mit ihrem diabolischen Leib stärker. Wie sie ihre zarten Körper im Waschsaal präsentierten, um mich in den Wahnsinn zu treiben. Wie sie mir trotzige Blicke schenkten, um mich auf den Genuss, den ihre Unschuld bieten würde, vorzubereiten. Diese Unschuld war natürlich nur vorgegaukelt!«

»*Jongens* … Knaben haben Sie verführt?«

»Jaja, all die teuflischen kleinen Verführer. Sie kamen zu mir des Nachts. Ich konnte nichts tun. Ja, es wird Sie freuen, das zu hören, ich habe mich versündigt wider der Natur und es zugelassen, dass diese kleinen geilen Satansbraten meinen Körper entweihen. Wie sie mir lüstern ihre Hinterteile präsentierten, diese grundverdorbene Brut, Söhne Liliths. Böse bis an den Grund ihrer Existenz.« Dann sang er mit dünner misstönender Stimme: *»Ziehet an den Harnisch Gottes, dass ihr bestehen könnet gegen die listigen Anläufe des Teufels.«*

»Du bist so krank, Ansgar Radlkofer, so krank, dass ich dich nicht mehr duzen werde«, spuckte Tim de Fries angeekelt aus. »Warum erzählen Sie mir das, Sie ehrwürdige Eminenz, Sie?«

»Weil Sie mich verstehen«, keuchte der Alte. »Sie sind wie ich! Sie haben auch …«

»ICH HABE NICHT! NIE!«, schrie Tim so laut, dass sich seine Stimme überschlug. Er spürte, wie seine Halsschlagader pulsierend anschwoll. »Ein Kind ist ein Kind und kein Sexspielzeug, schon gar kein Werkzeug des Teufels, Sie feige Sau! Ich bin nicht Mitglied einer jahrtausendealten Gruppierung von potenziellen und tatsächlichen Kinderfickern wie Sie! Wagen Sie es nicht, mich mit Ihresgleichen zu vergleichen. Wagen Sie das nicht, sonst sprenge ich die Ketten hier und vergesse mich!« Er riss mit bebenden Fingern an seinen Wolldecken herum, an einer Ecke lösten sich die Fäden ein wenig. Er zog stärker, fetzte Wolle ab und rollte sich zwei Kügelchen.

»Ich vergleiche mich natürlich nicht mit Ihnen, denn Sie leben für die Sünde. Für Sie ist das Alltag. Sie sind sogar ausgeschamt genug, in diesem Sündenpfuhl zwei Knaben groß zu ziehen, nein, diese unschuldigen Engel zu Ihresgleichen heranzuziehen! Die armen Kinder haben eine Zukunft in Sünde vor sich! *Also ein jeglicher guter Baum bringt gute Früchte; aber ein fauler Baum bringt arge Früchte* – Matthäus 7, 17. Gott, wo ist unsere Gesellschaft nur gelandet?! Sie, Gottloser, Sie suchen diese kranke Körperlichkeit. Ich jedoch floh vor ihr! Aber überall, wo ich hinkam, waren sie schon da. Diese kleinen Bestien. Sie haben mich verfolgt. Doch ich habe stets dafür gebüßt. Ich habe mich kasteit. Und Gott hat mir den rechten Weg gewiesen. Manchmal gelang es mir auch, einen dieser kleinen Teufel auf den rechten Weg zu führen. So wie Jonas oder Wanja.«

»Sie sind so krank«, wiederholte Tim und zwirbelte die Wollfäden zusammen. Langsam waren die Knäulchen groß genug. Er steckte sie sich wie Oropax in die Ohren. Sie dämmten den Klang der nölenden Stimme. »Mir ist egal, was Sie sagen, alter Mann. Ich werde Ihnen nicht mehr zuhören. Ich werde Ihnen vor allem keine Absolution für Ihr Leben erteilen. Sparen Sie sich Ihre Luft für den letzten Atemzug. Und seien Sie sich in einem sicher, *Mijnheer,* ich glaube nicht viel, aber das glaube ich sehr wohl – nämlich dass es eine ausgleichende Gerechtigkeit gibt. *Om mani padme hum. Om mani padme hum …«*

Tim drehte sich mit dem Gesicht zur Wand und rollte sich wie ein Embryo ein. Das Gebrabbel des Alten drang leise durch seine Ohrstöpsel, wütende Tiraden gegen die Fleischeslust wechselten sich mit wimmernden Gebeten und öligen Bekehrungslitaneien ab. Tim de Fries konzentrierte sich auf das gleichmäßige Rauschen seines Blutes und beschloss, an die schönsten Ereignisse zu denken, die er erlebt hatte. Er saß mit Max in aller Herrgottsfrühe an dem einsamen Strand auf Koh Samui, ihre nackten Zehen spielten mit dem feinen weißen Sand. Leise schlugen die Wellen gegen den Strand. Jenseits der langgestreckten Bucht konnte man schemenhaft den riesigen goldenen Buddha in der Nachbarbucht erkennen. Die Kinder schliefen zum Glück, die Tropenluft war süß und noch nicht so drückend heiß. Am Horizont glühte rotorange der Sonnenball auf. Die Palmen über ihren Köpfen wiegten sich leicht in der Meerbrise. Gerade als sie sich aneinander lehnten und den kurzen, aber dramatisch schönen Sonnenaufgang genossen, riss Tim das Aufschließen der Gefängnistür aus den Träumen. Das grelle Licht flutete den Raum. Da Tim die Augen ohnehin geschlossen hatte, störte es ihn kaum.

»Oh, schon wieder Fütterung«, murmelte er halblaut in einem Anfall von Sarkasmus. Doch diesmal war es irgendwie anders als am Vortag. Der Unbekannte kam nicht herein. Stattdessen bellte eine Stimme: »Umdrehen zur Wand!«

»Noch weiter zur Wand drehen kann ich mich nicht«, entgegnete Tim und nahm sich die Wollstöpsel aus den Ohren.

»Nicht du, Tim. Alter, dreh dich um. Ja, so ist es gut.«

»Ich habe so Hunger und Durst«, wimmerte der Kardinal.

»Schön zu hören.« Der Mann kam herein und Tim hörte, wie zwei Blechgefäße neben seine Pritsche gestellt wurden. Seine Gedanken schossen wild durcheinander. Sollte er etwas sagen, sollte er sich mit dem Entführer solidarisieren? Stockholm-Syndrom nannte man das. Es würde sicher seine Überlebenschancen erhöhen, wenn er sich mit dem Entführer gut verstand. Wie hieß noch der Hund, von dem er gesprochen hatte? Ein griechischer Gott oder so.

»Kronos«, sagte Tim leise. Er hörte, wie der Mann, der bereits auf dem Weg zurück zur Tür war, innehielt. »Wie geht es Kronos, Ihrem Hund?«

»Er …«, mehr antwortete der Mann nicht. Er verließ den Raum. Das Licht ging aus, der Schlüssel klapperte im Schloss.

Tim tastete nach den Blechgefäßen vor seiner Pritsche. Wieder ein Becher Wasser und ein Napf gekochter Reis. Er hörte, dass auch der Kardinal seine Umgebung nach etwas zu Essen und Trinken absuchte.

»Er hat mir nichts gebracht«, heulte der alte Mann los. »Warum ist er so grausam zu mir?«

»Was glauben Sie?«, zischte Tim. »Ein teuflischer Knabe, der Sie zur Fleischeslust verführt hat, ist als Erwachsener natürlich zu noch mieseren Tricks fähig, oder?«

»Sicher!«, rief der Kardinal. »Sie haben Recht! Diese grausame Bestie.«

»Vielleicht ist das auch gottgewollt, oder?«

»Oh, wenn ja, warum?! Warum prüft er mich so?«

Tim antwortete nicht und wog die beiden Blechgefäße in seinen Händen. Er brachte es einfach nicht fertig, er brauchte gar nicht überlegen. Auch wenn sein Magen tobte und stach, auch wenn seine Kehle wie Feuer brannte. Er würde natürlich wieder teilen, doch diesmal klüger. Erst aß er mit seinen Fingern langsam die Hälfte von dem Reis, dann trank er in kleinen Schlucken das Wasser. Mit seinem Zeigefinger maß er mehrfach nach, und als er ungefähr den halben Becher geleert hatte, stand er auf. Er platzierte die Gefäße wie am Vortag möglichst nahe an der Pritsche des anderen und kehrte zu seiner zurück.

»Es ist so wenig«, jammerte kurze Zeit später der Kardinal. »Was haben Sie nur gemacht? Wie soll ich davon satt werden, Sie Egoist?«

39

»Gut, Bulle, *drug*«, sagte Wanja und sah Max Pfeffer an. »Ich werde dir alles erzählen. Bist du bereit?« Es sprudelte einfach so aus ihm heraus. »*Sluschaj*, das Heim, in dem ich aufgewachsen bin, gehörte der Kirche, der römisch-katholischen, nicht der orthodoxen. Ja, auch zu Sowjetzeiten hatte die Kirche ihre Stützpunkte in Moskau. Natürlich im Geheimen, und das Heim, das später dem Alexandrinum-Werk angegliedert wurde, war wirklich sehr klein. Es gab nur wenige katholische Priester und dementsprechend wenige Kinder. Doch nach Gorbatschow änderte sich alles, und für zwei Jahre kam Ansgar Radlkofer als Gesandter Roms an unser Haus. Er hat mir die Augen geöffnet und die Wahrheit gezeigt, nämlich, dass ich ein Werkzeug des Teufels war. Ein Verführer und Lüstling. Er hat mich auf den rechten Weg gebracht und für meine Ausbildung gesorgt. Genauso wie bei Jonas Wagenbrenner. Nun, wir leben unser Leben hinter einer bürgerlichen Fassade wie jeder andere auch. Wenn es nötig ist, leugnen wir sogar gläubig zu sein. Jede Wette, dass Jo dir gegenüber behauptet hat, er sei nicht gläubig! Wenn es nötig ist, können wir auch unsere Körper jeder Form der Sünde opfern. Seine Eminenz erteilt uns dafür die Absolution. Denn wenn wir gebraucht werden, sind wir zur Stelle. Natürlich hat jeder auch sein kleines Geheimnis. Meine Nebengeschäfte mit Kokain hast du ja selbst entdeckt. Wie sollte ich sonst meinen Traum von meinem eigenen Discobetrieb verwirklichen?«

Er lachte verschmitzt. »Seine Eminenz hat immer gesagt, es ist nie verkehrt, sich zum Feind ins Bett zu legen. Er hat uns beide angewiesen, uns in das Forschungsprojekt von Doktor Södermann einzuschleichen. Seine Eminenz hat diese Forschungen als satanisch und Herbert Veicht, den Finanzier von Doktor Södermann, als den Leibhaftigen selbst bezeichnet. Deshalb jobbte Jonas dann bei Veicht-Productions. Wir konnten so Seine Eminenz über den Fortgang der Forschungen informieren. Doch dann muss irgendetwas schief gelaufen sein. Denn Jonas wurde immer zurückgezogener und redete manchmal nachts wirr, wenn er bei mir schlief. Er behauptete einmal, dass er nicht nur bei Doktor Södermann unter dem Helm mit Gott reden würde. Ich dachte mir anfänglich nichts dabei, denn im Gebet spreche ich ja auch mit Gott. Ich sollte ein Auge auf Jonas haben. Seine Eminenz vermutete gleich, dass einer von uns beiden mit dem Tod an Veicht zu tun hatte, doch er wusste nicht wer. Stell dir vor, Bulle, er verdächtigte sogar mich. Er hat uns beide streng verhört, wir mussten beichten. Ich habe noch nie getötet, Bulle, auch wenn ich es gelernt habe. Jonas ist dann verschwunden, bevor wir seiner habhaft werden konnten. Ob er seine Tat gebeichtet hat, weiß ich nicht genau. Ich vermute es. Für Seine Eminenz war es jedenfalls klar, wer der Mörder ist und warum es zu dieser grausamen Tat gekommen war. Ich weiß, dass er dir gedroht hat, Bulle, doch du musst wissen, dass wir uns wirklich um die Angelegenheit gekümmert hätten. Ich wollte Jonas aus dem Verkehr ziehen und seiner Bestrafung zuführen. Wir haben Einrichtungen für unsereinen, der nicht mehr in der Realität zu Hause ist. Das hätte dich alles nicht kümmern müssen. Doch er war weg!

Dann habe ich im Auftrag Seiner Eminenz die Labors von Doktor Södermann zerstört, damit niemand mehr mit dem Helm gefoltert werden kann. Denn etwas anderes als Folter ist das nicht. Ich habe immer gedacht, mir erscheint der Erzengel Gabriel, doch Seine Eminenz hat mich darüber aufgeklärt, dass das nur ein trügerisches Gaukelbild des Teufels ist, hervorgerufen durch Doktor Södermanns Technik. Wir mussten sichergehen, dass Jonas nie wieder den Helm aufsetzen und dem Teufel zuhören konnte. Als ich an dem Abend nach Hause kam, muss er bereits in der Wohnung gelauert haben. Er hat mich leider überrascht und überrumpelt. Nun, ich habe mich gewehrt so gut es ging. Doch – sieh mich an! Nun, es wird ihm nicht viel nützen, denn Seine Eminenz hat noch andere fähige Männer, die sich nun um Jonas kümmern werden. Ich hoffe, dass ich dir ein wenig helfen konnte, Bulle. Vergiss Jonas Wagenbrenner. Er wird von Seiner Eminenz bestraft werden. *Naslaschdajsja schisnju,* genieße dein Leben, Bulle, *drug. Sabud eto, drug,* vergiss das hier.«

Wanja sah zufrieden um sich. Er fühlte sich so herrlich gelöst und frei. Es tat gut, alles erklärt zu haben. Auch wenn der Bulle dabei die ganze Zeit kein Wort gesagt und nichts gefragt hatte. Kein Wunder, wahrscheinlich hatten ihm die Enthüllungen die Sprache verschlagen. Wanja grinste und sah Claudia an, die wieder auf der Bettkante saß und seine Hand streichelte. Dann verließen ihn seine Kräfte, er musste wieder loslassen und seinen Körper verlassen. Von oben sah alles noch harmonischer aus. In diesem Moment betrat ein Arzt das Zimmer und Pfeffer drehte sich zu ihm um.

»Machen Sie sich keine großen Hoffnungen«, sagte der Arzt leise zu dem Kriminaler. »Ohne die Beatmungsmaschine wäre er längst tot. Eigentlich ist er so gut wie tot. Erstaunlich, welchen Lebenswillen er noch hat, so wie er zugerichtet wurde.«

»Irgendwie hatte ich eben den Eindruck, als wollte er mir eben etwas sagen«, sagte Pfeffer. »Es gäbe vieles, was wir ihn fragen müssten. Ich glaube, er könnte mir tatsächlich einiges erzählen. Glauben Sie, dass er noch einmal zu sich kommt?«

Der Mediziner schüttelte bedauernd den Kopf. »Das müsste schon mit dem Teufel zugehen.«

Vor dem Zimmer der Intensivstation wartete Bella Scholz und telefonierte. Als Max Pfeffer herauskam, reichte sie ihm das Mobilgerät.

»Gaudi für dich, Chef. Es gibt Neuigkeiten!« Sie strahlte ihren Chef an.

»Gaudi ist der Chef«, sagte Pfeffer.

»Gaudi ist Gaudi, und du bist der Chef«, antwortete Bella mit einem Schulterzucken.

»Hör mal, Chef«, begann Freudensprung. »Ich weiß ja nicht, warum du immer wieder diesen Russen besuchen musst, wo er doch eh im Koma liegt. Aber sei es drum. Ich denke, dich interessiert als mein Supervisor sicher, dass Forstbedienstete in einem Waldstück bei Moosach eine Art frisches Grab gefunden haben. Totaler Zufall. Sie hätten es beinahe übersehen, aber direkt daneben stehen zwei kranke Bäume, die gefällt werden sollten.«

Pfeffer hielt den Atem an. Bitte nicht! Lass sie nicht Tim gefunden haben! Aber dann hätte ihn Bella sicher nicht so angestrahlt. Er entspannte sich wieder.

»Darin lag ein großer Hund«, fuhr Freudensprung fort. »Vermutlich ein Rottweiler.«

»Und?«, fragte Pfeffer, erst jetzt wirklich erleichtert. »Was will uns das sagen?«

»Der Hund war schwer verletzt. Und diesmal waren die Kollegen vor Ort schlau genug, in München nachzufragen – der Unfallwagen von Kardinal Radlkofer weist deutliche Spuren von einem Zusammenstoß mit einem großen Tier auf. Die Jungs vom LKA meinen, wahrscheinlich ein Hund. Es gibt genug Haare am Wagen, um einwandfrei zu klären, ob der tote Hund mit dem Unfall in Zusammenhang steht.«

»Dann wurde der Unfall also mit dem Hund provoziert«, sagte Pfeffer.

»Jede Wette. Der Kadaver ist schon auf dem Weg ins Labor.«

»Halt mich bitte auf dem Laufenden, Gaudi.« Pfeffer war auf einmal gelöster als die Tage zuvor. Ein Hoffnungsschimmer. Endlich ging etwas voran, endlich gab es eine Art Spur. Doch kein so erfolgloser Tag, auch wenn es schon schwer auf Abend zuging. »Und denk bitte daran, dass du Cosmo gleich um fünf Uhr von den Filmstudios in Geiselgasteig abholst. Danke.«

»Gib mir bitte Bella noch einmal«, sagte Freudensprung und Pfeffer reichte das Handy weiter.

Ein Hund. Ein Hund. Ein Hund. Pfeffer ging grübelnd neben Bella die Stufen hinunter. Hunde.

Seine Kollegin hielt das Mobiltelefon an ihr Ohr gepresst und wurde während des Telefonats immer einsilbiger. Mehr als ein »Hmmm« oder »Sicher, Paul« brachte sie nicht hervor. Als sie das Gespräch beendet hatte, presste sie die Lippen aufeinander. Freudensprung hatte ihr deutlich genug zu verstehen gegeben, wer nun das Sagen hatte und sich Kommentare wie »Gaudi ist Gaudi« freundlich aber bestimmt verbeten. Bella Scholz musste zugeben, dass sie sich mehr über sich selbst ärgerte als über Gaudihupf. Er hatte recht und er hatte seine Kritik ruhig und sachlich rübergebracht. Sie musste sich an die neue Situation schnellstmöglich gewöhnen.

»Bella. Alles klar?«, fragte Pfeffer mechanisch, weil er in Gedanken in Wirklichkeit nicht bei ihr, sondern immer noch bei den Hunden war. Bevor die Kollegin antworten konnte, traf es ihn wie der Blitz. Ein Einödhof, der viele Nebengebäude hatte, in denen man jemanden gefangenhalten, und sicherlich auch töten und zerteilen konnte, ohne dass es groß jemand auffiel. Jo Wagenbrenner konnte so gut mit Hunden, hatte die Frau auf dem Einödhof gesagt. Die Frau, die auf dem Einödhof Hunde züchtete.

Minuten später schoss ein Dienstwagen der Münchner Kripo mit Blaulicht über den Mittleren Ring, raste weiter auf der Ausfallstraße Richtung Haar, fegte nach Zorneding und dann die Landstraße nach Aying entlang. Die Autoreifen wirbelten Steinchen und Staub auf dem Wirtschaftsweg zwischen den Feldern auf, und als sie den Einödhof erreichten, musste Pfeffer so stark bremsen, dass der Wagen auf dem Kies einen halben Kreis drehte. Natürlich hatten sie keinen Grund und erst recht keine Genehmigung für diese Blaulichtfahrt mit Martinshorn, was sollte es. Pfeffers Vermutung war nichts mehr als eine Vermutung, aber auch eine Hoffnung. Niemand würde sie dafür zur Verantwortung ziehen. Es gab Kollegen, die ständig »blau« fuhren und sich köstlich darüber amüsierten, wenn andere Autofahrer Ausweichmanöver machten. Außerdem hatte Freudensprung telefonisch sein Okay für die Aktion gegeben.

»Was ist denn los?«, rief die Frau, die von dem Lärm aufgeschreckt aus einem der Nebengebäude in den Hof lief. Sie trug wieder eine blau-weiß gestreifte Schürze.

»Frau Valentin, wo sind Ihre Hunde?« Pfeffer stürmte auf die Frau zu, Bella Scholz hatte Mühe, ihrem Chef schnell genug zu folgen. Max Pfeffer packte die Hundezüchterin beim Ellenbogen und zog sie mit sich in das Gebäude, aus dem Gekläff ertönte. »Kann es sein, dass Sie einen von Ihren Hunden vermissen?«

»Wie bitte? Ich weiß nicht … nein, wir vermissen keinen Hund, Herr Kriminalrat«, stotterte die Frau und sah sich um. »Wirklich nicht.«

Pfeffer folgte ihrem Blick, und mit einem Mal war alle Energie aus seinem Körper verpufft. »Was sind denn das für Viecher?«, fragte er und deutete auf die kleinen weißen Fellknäule, die in mehreren großzügigen Gehegen herumwuselten.

»Westhighland Terrier«, antwortete Nina Valentin und rieb sich den Ellenbogen. »Wir züchten sie. Hier, Trixie von Falkenberg, Falkenberg heißt nämlich unser Gut, Trixie ist unser erfolgreichster Champion.« Sie deutete voller Stolz auf eines der weißen Fellknäule, aus denen rosa Zungen hechelten.

»Westhighland«, echote Pfeffer langsam. »Keine Rottweiler.«

»Rottweiler?« Nina Valentin lachte ungläubig. »Nein, vor denen würde ich mich doch fürchten. Ich dulde keine Hunde auf meinem Hof, die größer sind als ein Westhighland.«

Pfeffer ging gebeugt nach draußen. Es hatte alles so gut gepasst. Alles war perfekt gewesen. Er hatte sich so unglaublich nah am Erfolg gefühlt, so nah an Tims Rettung. Er setzte sich die Sonnenbrille auf, weil das grelle Tageslicht schmerzte. Oder schmerzte etwas anderes in ihm? Bella berührte vorsichtig seine Schulter, ein kurzes Zeichen des Verständnisses und des Mitgefühls.

»Gibt es hier in der Nähe einen Rottweiler-Züchter?«, fragte Bella. »Oder jemanden, der Rottweiler hält?«

»Züchter gibt es nicht«, antwortete die Frau. »Ich kenne nur die Kollegen, die auch Westhighlands züchten. Sicher, die Leute hier in der Gegend haben viele Hunde! Ha!« Sie warf die Hände in die Höhe. »So viele Hunde. Alle Rassen und bestimmt auch jede Menge Rottweiler. Wenn Sie da einen bestimmten suchen, dann können Sie gleich eine Nadel im Heuhaufen suchen.«

»Die Nadel finden wir schon, Chef«, sagte Bella Scholz. »Und wenn es Tage dauert.«

»Es darf nicht Tage dauern, Bella«, sagte Pfeffer. »Es darf einfach nicht Tage dauern! Lass uns zurückfahren.«

Doktor Gerda Pettenkofer zündete eine neue Zigarette mit dem glimmenden Stummel an, den sie eben noch geraucht hatte. Sie inhalierte tief und ließ zwei Rauchringe aus ihrem Mund aufsteigen.

»Wie, du rauchst nicht mehr?«, sagte sie wütend und hustete rasselnd. »Was soll die Scheiße, Maxl? Willst du mich jetzt fertig machen? Du warst immer mein leuchtendes Vorbild, was unbeugsame Nikotinsucht und Raucherhusten mit Auswurf von der Konsistenz eines Wackelpuddings angeht. Wie kannst du nur?«

»Es ist einfach passiert«, sagte Pfeffer mit einem Schulterzucken. Er schnupperte nach dem Rauch, der Geruch störte ihn nicht, er törnte ihn aber auch nicht an. Er hatte keinen Bock auf Zigaretten. »Nachts im Park. Einfach so.«

»Einfach so. Klar.« Die Gerichtsmedizinerin tippte sich an die Stirn. »Und was machst du bitteschön nachts im Park? Erzähl mir nichts, ich kenne euch Männer.« Sie hob abwehrend die Hand, und Freudensprung, der bisher schweigend zugehört hatte, lachte laut. »Hör mal, ich weiß, was mit deinem Süßen passiert ist, also dass er verschwunden ist. Und dass das alles irgendwie mit dem Unfall von gestern zu tun hat und mit einem vergrabenen Hund und mit einem ebenfalls verschwundenen Kardinal und mit dem abgehackten Kopf von neulich und überhaupt.«

Pfeffer nickte. »Treffender hätte ich es auch nicht formulieren können. Du weißt, dass ich den Fall nicht mehr unter mir habe?«

»Sicher, Maxl, sicher. Du beobachtest nur. Ich bin Gerichtsmedizinerin, ihr beiden Bullen, keine Veterinärin. Aber ich kann eins und eins zusammenzählen.« Die schwergewichtige Frau wuchtete sich aus dem Stuhl hoch, auf dem sie gesessen hatte. »Wie ihr euch denken könnt, hat es einen Grund, warum ich euch hergebeten habe.« Sie ging voraus durch den weißgekachelten Raum, vorbei an Sezlertischen aus blankpoliertem Edelstahl. Auf einem lag ein Körper unter einem weißen Leinentuch. »Der Chauffeur«, erklärte Gerda Pettenkofer im Vorbeigehen. »Keine Frage, er IST an den Folgen des Unfalls gestorben. Schnell und vermutlich ohne zu leiden.« Sie blieb vor einem Tisch stehen, auf dem ein aufgeschnittener Hundekadaver lag; groß, dunkelbraun, schwarz und rot. Die Bauchdecke war geöffnet und klaffte wie ein riesiges, wundes Maul auseinander. Die Eingeweide lagen fein säuberlich voneinander getrennt in Stahlschalen neben dem Tier. Nur Lunge, Herz und Magen befanden sich noch im Inneren.

»Der Köter hier hat es in sich«, sagte die Gerichtsmedizinerin. »Im wahrsten Sinne des Wortes. Die Kollegen vom LKA sind darüber gestolpert und haben dann mir den Kadaver überlassen.« Sie nahm eine große Pinzette und fischte einen kleinen Knochen aus dem aufgeschnittenen Magen des Rottweilers. Sie hielt den Knochen gegen das Licht.

»Kahnbein«, sagte sie und ließ das Knöchelchen in eine glänzende nierenförmige Metallschale fallen. Sie holte noch einen kleinen Knochen hervor. »Mondbein. Und hier haben wir noch das Erbsenbein.« Sie sah Max Pfeffer triumphierend an. Der machte eine hilflose Geste und grinste entschuldigend.

»Kahnbein. Mondbein. Erbsenbein. Schöne Namen, nicht? Klingt nach etwas Romantischem, finde ich. Ist es aber nicht. Das sind Handwurzelknochen«, sagte die Gerichtsmedizinerin. »Diese drei sind ganz erhalten. Ich habe jedoch noch weitere Knochensplitter entdeckt. Jede Menge kleingekaute Knochen, dazu natürlich Fleisch.« Sie sah Pfeffer herausfordernd an, der wechselte mit Freudensprung einen vielsagenden Blick.

»Du meinst also, dieser Hund hat eine Hand gefressen?«, fragte Paul Freudensprung fassungslos.

»Und noch mehr. Der Hund wurde meiner Ansicht nach in der letzten Zeit mit Menschenfleisch ernährt.« Sie knallte die Pinzette mit Schmackes auf den Seziertisch. »Und weil wir vor einiger Zeit darüber nachgedacht haben, wo denn wohl der Körper eines gewissen Kopfes abgeblieben sein könnte, habe ich ein paar Tests gemacht.«

»Lass mich raten.« Max Pfeffer starrte auf die kleinen Knöchelchen, die neben dem großen dunklen Hund auf dem polierten Edelstahl lagen. »Wir haben also Herbert Veicht zum Teil wiedergefunden.«

»Ausführlicher Bericht kommt postwendend an dich, Maxl, äh, natürlich an dich, Paul. Es ist spät.« Gerda Pettenkofer gähnte demonstrativ. »Auch dicke Frauen brauchen ihren Schönheitsschlaf. Ich packe zusammen. Gehen wir. An deiner Stelle, lieber leitender Gaudihupf, würde ich mir jetzt was Nettes für die Hinterbliebenen ausdenken.«

40

Noch eine schlaflose Nacht zerrte an Max Pfeffers Nerven. Gelegentlich nickte er erschöpft ein, doch stets erwachte er nach wenigen Minuten wieder schweißgebadet. Aber was blieb ihm übrig, als zu warten. Was hätte er am Abend denn noch tun können? Die Ergebnisse der Gerichtsmedizinerin hatten ihn nur noch mehr darin bestätigt, dass ihnen die Zeit davonlief. Der Hund würde sie weiterbringen, das hatte er im Urin. Pfeffer war klar, dass die Sache mit den Züchtern nur eine Option war. Rottweiler waren gerade bei der ländlicheren Bevölkerung beliebt. Gute Wachhunde für abgelegene Häuser. Sie mussten wirklich die Nadel im Heuhaufen suchen. Bevor er nach Hause gegangen war, hatte er mit Freudensprung dessen weiteres Vorgehen besprochen und war dabei, als sein Kollege mit der Staatsanwaltschaft sprach. Vorbereitende Gespräche über mögliche Hausdurchsuchungen, die im Zuge der Ermittlungen anfallen würden. Dabei hatte Pfeffer interessanterweise erfahren, dass sich Oberstaatsanwalt Bauer krank gemeldet hatte und alles, was den Fall Veicht betraf, von einem Kollegen bearbeiten ließ, mit dem man sehr gut zusammenarbeiten konnte.

Pfeffer stand um zwei Uhr nachts auf und ging nach unten. Vielleicht sollte er ein Bier trinken, das würde ihn schläfrig machen. In der Küche traf er auf Cosmo, der nur mit Boxershorts bekleidet an der Spüle lehnte und einen Joghurt löffelte.

»Kannst nicht schlafen, hmmm?« Was für eine überflüssige Frage, schalt sich Pfeffer im selben Augenblick. »Wie war dein Dreh für *Mein Block* heute?«

»Ging schon«, sagte Cosmo. »Haben den Text geändert, die Schweine. Aber ich bin Profi. Hab die Sache nicht platzen lassen. Kam gut rüber.«

Pfeffer nickte.

»Aus unserem Urlaub wird wohl nichts?«, fragte Cosmo dann. Pfeffer machte eine vage Geste. »Meine ja nur. Nächste Woche gehen die großen Ferien los, und ich glaube, ich würde gerne irgendwohin ganz weit weg, wenn das hier vorbei ist. Mit Nathalie durch die Türkei trampen oder so. Bei *Mein Block* habe ich den ganzen August keinen Drehtermin. Das würde sich doch anbieten, oder?«

»Stimmt. Aber ich habe die Ferienwohnung schon abgesagt, als Tim und ich … als plötzlich alles offen war«, sagte Pfeffer. »Wenn … wenn alles vorbei ist, könnt ihr sicher ein paar Tage irgendwo ausspannen, keine Sorge.«

»Ums Ausspannen mache ich mir echt keine Sorgen, Dad.« Der Junge bekam trotz der warmen Nacht eine Gänsehaut. »Warum hat er sich Tim geschnappt?«, brach es plötzlich verzweifelt aus Cosmo heraus.

»Keine Ahnung. Weil er krank ist. Weil er denkt, er kann mich damit erpressen.«

»Aber du lässt dich doch nicht erpressen, oder, Daddy?«

»Nein, sicher nicht.«

»Mann, wenn man bedenkt, dass ich mit dem Scheißkerl beinahe auf die Kapverden geflogen wäre! Der wollte mit mir in den großen Ferien zum Surfen.«

Pfeffer wollte sich nicht vorstellen, was passiert wäre, wenn sein Sohn in die Fänge des Verbrechers gelangt wäre. Er musste etwas tun. »Okay, ich fahre los.« Er lief in den Flur und holte sich den Wagenschlüssel vom Sideboard.

»Was? Wohin?« Cosmo war seinem Vater gefolgt und starrte ihn entgeistert an.

»Keine Ahnung. Hundezüchter in der Gegend abklappern. Ich kann nicht warten.«

»Mitten in der Nacht? Hey, Dad, dreh nicht völlig ab. Das hat doch keinen Sinn. Willst du mich mit Aktionismus beeindrucken? Vergiss es. Außerdem leitet Gaudihupf die Ermittlungen. Gib mir den Schlüssel. Das bringt doch nichts.«

»Es bringt mir die Gewissheit, dass ich nichts unversucht gelassen habe.« Pfeffer öffnete die Haustür.

»Du hast nur eine Unterhose an, Dad. Außerdem bringt es mehr, wenn du morgen ausgeschlafen an die Sache rangehst.«

Pfeffer ließ die Schultern hängen und zog die Tür zu. Blinder Aktionismus. Sein Sohn hatte Recht. Schon wieder. Elender Besserwisser. Er ließ den Autoschlüssel auf das Flurmöbel fallen. »Mein Sohn ist ein Schlaumeier«, sagte er.

»Du hast den Körper, ich das Hirn«, antwortete Cosmo trocken.

Pfeffer holte sich ein Bier aus dem Kühlschrank und öffnete es.

»Ich versuch dann mal wieder zu schlafen«, sagte Cosmo und ließ seinen Vater in der dunklen Küche allein. Pfeffer nahm sein Bier und ging hinaus in den Garten. Er nahm sich ein Polster von der großen Sitzbank und legte sich darauf mitten auf den Rasen. Die laue Nacht war nicht sternenklar, aber hell. Er trank das Bier und beobachtete die Wolken, die im Mondlicht vorbeizogen.

Als er aufwachte, sangen die Amseln, die Ameisen hatten seinen Körper als Spielwiese beschlagnahmt, und das Telefon schrillte penetrant.

»Es tut mir leid, so leid«, nuschelte Gerda Pettenkofer ins Telefon. »Hör zu, Maxl, es tut mir echt so unglaublich leid!«

»Gerda, was soll das?« Pfeffer rieb sich die Augen und versuchte irgendwo in der Nähe ein Uhr zu finden. Auf dem Display des Videorekorders leuchteten die Ziffern 04:13. »Pettenkoferin, was ist los? Hast du getrunken?« Er merkte, dass seine Stimme noch nicht ganz auf Betriebstimbre lief und räusperte sich.

»Ja. Nein. Ach, was solls? Ja, ich habe ein bisschen … ein wenig … geht dich doch gar nichts an, Maxl. Das ist nicht dein Bier. Das ist meins. Meins.« Sie schnaufte schwer.

»Gerda, du bist betrunken. Brauchst du Hilfe? Wo bist du?«

»Wo ich bin? Ich bin hier in meinem Dings. Du weißt schon, da wo die Toten herumliegen. Wo es kalt, voller Kacheln und Edelstahl ist. Da, wo niemand sonst freiwillig hin geht. Da, wo ich … Es tut mir so leid, Maxl, dass ich nicht früher daran gedacht habe. Du bist vor Sorge ganz irre, und ich denke nicht mit.«

»Wenn du mir erklären würdest, wovon du redest. Gerda.« Pfeffer nahm das Telefon mit nach draußen und legte sich wieder auf das Polster in der Wiese. Mitten in der Nacht Telefonseelsorge für eine betrunkene, unglückliche Gerichtsmedizinerin zu betreiben, ging über Pfeffers momentane Kräfte.

»Ich habe diese Freundin, die kennt sich mit Hunden aus. So ein bisschen jedenfalls. Habe mit ihr telefoniert. Die hat mich darauf gebracht. Da gibt es seit kurzem eine Möglichkeit, Rassehunde so zu kennzeichnen, dass man sie immer und überall identifizieren kann, verstehst du? Dass man sie identifizieren kann, wenn sie abhanden kommen. Wenn sie weglaufen oder gestohlen werden oder so. Nur, wer stiehlt schon einen Hund?! Dazu muss man ja schwerstens gestört sein, oder?«

Schlagartig war Pfeffer hellwach und er glaubte sich an etwas zu erinnern. »Du meinst so eine Tätowierung im Ohr! Dass ich daran nicht gedacht habe! Das ist aber nicht neu, das haben schon meine Großeltern …«

»Nein, Maxl, Tattoos sind Schnee von gestern. Was ich dir sagen will, Maxl, ich sitze hier bei dem aufgeschlitzten Hund. Ja, ich bin ein klein wenig beschwipst und ich rede wirr. Aber ich weiß jetzt, wie wir alles über den Hund und seinen Besitzer erfahren. Es tut mir so leid, Maxl, dass ich gestern nicht daran gedacht habe. Dann hättest du deinen Liebsten sicher schon gefunden. Aber ich bin keine Veterinärin. Wie hätte ich denn darauf kommen sollen?!«

»Pettenkoferin!« Pfeffer schnaufte hörbar durch die Nase. Sein Herz schlug bis zu den Haarspitzen. »Bitte. Du kennst mich. Kurzform! Und bitte in einfach verständlichen Worten.« Dann presste er noch ein »Bitte« zwischen den Zähnen hervor.

»Es ist ein Chip. Nicht größer als ein Reiskorn. Er wird mit einer Spritze ins Fettgewebe des Hundehalses geschossen. In Österreich und ein paar anderen Ländern ist das schon Pflicht. Der Chip trägt eine sechs- bis elfstellige Nummer, die man mit einem Scanner ablesen kann. Wie im Supermarkt an der Kasse. Wenn du dann die Nummer beim Zentralregister in Bonn abrufst, hast du den Besitzernamen, seine Adresse, den Züchter, die Krankheitsgeschichte – kurz, du hast den gläsernen Hund. Ich taste hier am Hals von dem Vieh herum und spiele momentan mit einem reiskorngroßen Ding, das ich da hinter dem linken Ohr unter der Haut ertastet habe.«

»Du meinst also …« Pfeffer setzte sich kerzengerade auf der Decke auf. »Gläserner Hund. Wir können den Besitzer oder Züchter finden! Wir können den finden, der den Hund ins Auto gehetzt hat. Bleib wo du bist, Gerda, und schneid ihm das Ding aus dem Hals!«

»Ich bin immer hier, Maxl, das weißt du doch«, antwortete die Gerichtsmedizinerin leise. »Wo sollte ich denn sonst auch hin. Aber du musst nicht herkommen, und ich muss dem armen Köter nicht den halben Hals abschnippeln. Wir warten einfach ganz gesittet ein wenig, bis der durchschnittliche Werktätige werktätig ist und ich beim Amtstierarzt einen Scanner bekomme. Ich schätze mal, dass auch in Bonn beim Zentralregister um diese Uhrzeit niemand wirklich arbeitet. Und nie vergessen: Gaudi ist jetzt Chef.«

»Wie könnte ich.«

»Bleib also, wo du bist und schlaf noch ein bis zwei Stunden. Ich ruf Gaudi später an und laufe vorerst nicht weg.«

»Sicher, Pettenkoferin. Ich komme aber trotzdem lieber mal bei dir vorbei.«

»Darum werden ihre Plagen auf einen Tag kommen: Tod, Leid und Hunger; mit Feuer wird sie verbrannt werden; denn stark ist Gott der Herr, der sie richten wird.«

Mit solch überschnappendem Gekreische geweckt zu werden, war für Tim die Fortsetzung eines Alptraums im Wachzustand.

»Kennen Sie die vier apokalyptischen Reiter?«, krächzte der Kardinal im Falsett. Er wartete keine Antwort ab. »Ich habe sie gesehen! Alle vier.«

Nun dreht er völlig durch, dachte Tim und seufzte.

»Sie waren hier, alle vier! Dass Sie sie nicht gesehen haben, wundert mich doch sehr! Hunger, Krieg, Seuche und Tod, alle vier, hier in diesem Verschlag! Jeder einzelne ist hier drin gewesen und jeder einzelne war zum fürchten!«

»Bleiben Sie ruhig, Ansgar Radlkofer«, sagte Tim in einem Tonfall, der selbst scheuende Pferde zahm gemacht hätte. »Verbrauchen Sie nicht Ihre Kräfte.«

»Kräfte?!« Die Stimme des alten Mannes überschlug sich, er begann hysterisch zu lachen. »Kräfte?! Sie haben sie mir ausgesaugt, die vier. Hier drin, heute Nacht. Hüte dich vor ihnen, Sünder. Hüte dich! Weißt du, welche Farbe ihre Pferde haben? Nein? Ich verrate es dir, weil ich sie gesehen habe! Der Krieg reitet einen Schimmel, weiß wie ein von der Sonne gebleichtes Gerippe; die Pestilenz sitzt auf einem Fuchs, rot wie geronnenes Blut; der Hunger gibt einem Rappen die Sporen, schwarz wie die ewige Finsternis, die den gottlosen Sünder erwartet; und der Tod … der Tod! Fahl ist sein Ross. Fahl. Fahl.« Seine Stimme erstarb. »Fahl.« Dann war es still.

Gut so, dachte sich Tim. Er wollte den Alten nicht durch Rückfragen zum Weiterreden ermutigen, denn wo das hinführen konnte, wusste er zu genüge. Tim setzte sich auf und fischte vorsichtig nach dem Becher. Er führte ihn langsam an seine Lippen und hielt sich die Nase zu. Es half ja nichts. Er musste trinken, wenn er nicht verdursten wollte. Denn der Hunger hatte sich mittlerweile verabschiedet, er quälte ihn nicht mehr. Nur der Durst wollte sich nicht geschlagen geben. Er quengelte und nölte, er terrorisierte und bettelte. Also hatte Tim in dieser Nacht in den leeren Becher gepinkelt und zwang sich nun zu trinken. Nicht gleich alles. Es schmeckte bitter, aber es war Flüssigkeit, also letztlich eine köstliche Erfrischung. Ein bis zwei Schluck wollte er sich aufheben für später, denn wer wusste schon, wann die heutige Ration Wasser und Reis kommen würde. Er überlegte kurz, ob er dem Alten etwas anbieten sollte. Es war immerhin Flüssigkeit. Tim erinnerte sich noch bestens an die Zeit, als das, was früher nur in Fetischkreisen als Natursektspielchen ein Ekeldasein fristete, plötzlich als Eigenurintrinken richtig schick gewesen war, als Ratgeber zum Thema die Bestsellerlisten beherrschten und pisseschluckende Autorinnen durch die Talkshows tingelten.

»He, *Mijnheer,* ich habe ein wenig Flüssigkeit für Sie«, sagte er in die Dunkelheit. »Möchten Sie? Es ist, nun ja, Pipi, aber er schmeckt nicht so schlimm.«

Keine Antwort. Auch gut, dachte sich Tim, bleibt also mehr für mich.

Als viel später die Tür aufgeschlossen wurde und das grelle Licht anging, lag Tim mit dem Gesicht zur Wand.

»Ich glaube, der alte Mann stirbt«, sagte er schnell, als er den Entführer hereinkommen hörte. Er bekam keine Antwort, er hörte nur, wie der Mann zur Pritsche in der anderen Ecke ging und sich dort zu schaffen machte. Nach einer Weile machte es plumps und dann folgte das Geräusch, als würde etwas Schweres über den Boden geschleift werden.

»Ist er tot?«, fragte Tim und hob den Kopf ohne sich umzudrehen. Ein Grunzen war die Antwort. »Soll ich Ihnen nicht helfen? Er wird zu schwer für Sie sein, oder? Sie haben doch eine Verletzung am Bein, richtig? Ich habe Sie humpeln gesehen. Ich helfe Ihnen gerne! Ich kann den alten Mann raustragen.«

»Netter Versuch«, sagte der Mann und zog den Körper des Kardinals zur Tür.

41

»Kronos vom Kaisereck, sechs Jahre alt, vierfacher Landesmeister, dreifacher Bundessieger, keine bekannten Krankheiten, blablabla«, referierte Paul Freudensprung das, was er durch den eingebauten Chip beim Zentralregister herausgefunden hatte. »Ein teurer Zuchtrüde vom Zuchtgut Kaisereck. Ich glaube kaum, dass sein Herrchen erfreut sein wird, wenn er erfährt, dass sein Kronos als Mordwaffe und zur Beseitigung von Leichenteilen missbraucht wurde.«

»Es wird nicht nur der eine Hund sein«, antwortete Max Pfeffer. »Deshalb haben wir auch den Veterinär dabei. Gut, dass du daran gedacht hast, Paul.«

»Die armen Viecher können doch nichts dafür. Sollten wir wirklich alle einschläfern lassen?«

»Mal sehen.« Pfeffer spielte in der Tat mit diesem Gedanken. »Deine Entscheidung, Paul. Ich gebe nur zu bedenken, dass wir wohl allen Grund dazu haben, wenn die Leiche von Herbert Veicht tatsächlich an die Hunde von Gut Kaisereck verfüttert worden ist, oder?«

»Dann müssten wir ja auch die ganze Kacke von den Kötern sicherstellen, oder?«, gab Bella Scholz von der Rückbank her zu bedenken.

Pfeffer riss überrascht das Steuer herum.

»Ich meine ja nur, wenn Herbert Veicht verfüttert wurde …«

»Danke, Bella, wir haben verstanden. Wenn du unbedingt willst, kannst du gerne in Scheiße wühlen. Oh, Mann, wird wirklich Zeit, dass wir dich irgendwie verkuppeln, damit du mal auf andere Gedanken kommst.«

»Nicht nötig, die Herren. Spart euch euer Mitleid. Ich habe für heute Abend eine Verabredung. Mit einem gewissen sehr attraktiven TV-Star, wenn ihr es genau wissen wollt. Ha.«

»Umso besser, dann lass deine Finger von Hundekacke«, sagte Freudensprung. »Ich glaube, wir beschränken uns darauf, nur die Kühltruhen nach Herbert Veicht zu durchsuchen. Vielleicht noch die Futternäpfe.«

Der Konvoi mit dem Sondereinsatzkommando näherte sich langsam dem Ziel. Sie hatten beschlossen, dass zunächst nur der Wagen mit dem Einsatzleiter Paul Freudensprung und seinen Kollegen auf den Hof fahren sollte, um den Täter nicht sofort in Panik zu versetzen. Unterdessen würde ein Absperrgürtel in großzügigem Abstand rings um das Gehöft gezogen. Dann kämen die Beamten vom SEK und würden das ganze Anwesen auf den Kopf stellen – vorausgesetzt, der Täter würde sich nicht freiwillig ergeben. Damit rechnete niemand auch nur ansatzweise. Im Gegenteil, manche hofften darauf, dass es zu einer Konfrontation mit letalem Ausgang käme.

»Da vorne ist Gut Kaisereck.« Pfeffer deutete auf die ersten Dachgiebel, die hinter den Maispflanzen auftauchten.

»Sind die Kollegen auf der anderen Seite auch in Position?«, fragte Freudensprung.

Auf der Rückbank lauschte Bella Scholz einer Stimme im Mobiltelefon, das sie sich ans rechte Ohr presste. Dann streckte sie den Daumen nach oben.

»Gut. Zugriff«, sagte Paul Freudensprung.

Die Tür fiel hinter Tim ins Schloss, das Licht in der Zelle erlosch. Tim drehte sich um und langte nach dem frischen Getränkebecher. Doch dort, wo all die Tage der Becher gestanden hatte, griff er ins Leere. Tim tastete systematisch den Boden erst in der näheren, dann in der weiteren Umgebung ab. Nichts. Er fand keinen Becher. Der Mann hatte ihm kein frisches Wasser gegeben!

»Vielen Dank auch, du Arschloch!«, schrie er wütend. Tim tastete dorthin, wo er den Becher mit Urin abgestellt hatte. Hoffentlich hatte der Mann den nicht mitgenommen. Da, zum Glück. Seine Finger umklammerten das Gefäß. Tim drückte den Blechbecher wie einen Schatz an sich. Dann fiel ihm auf, dass etwas anders was als sonst. Ein vertrautes Geräusch war ausgeblieben: der Schlüssel wurde nicht umgedreht. Dafür schlugen die Hunde wie wild an. Was konnte das bedeuten?

»Was ist los? Sind sie hier? Wie konnte das passieren? Hast du nicht gesagt, ich bin sicher vor ihnen? Bin ich nicht dein Werkzeug? Trage ich nicht deinen Namen?«

»Wovon redest du? Mach nicht mich für dein Leben verantwortlich, 31.«

»Die 31! Ich bin wie du die 31.«

»Ich sage es nicht gerne, aber ich weiß das erste Mal nicht, was du meinst. Oder? Oh nein, sag mir nicht … dass du deshalb IHN als erstes ausgewählt hast, um mir zu Diensten zu sein? Das kann nicht sein!«

»Doch natürlich! Ich habe sofort gewusst, was es bedeutet, als ich meine Endziffer sah. 31, die kabbalistische Formel für das hebräische Wort *EL*, also für Gott, das war dein erstes Zeichen. Und er, dieser kranke Fernsehmensch, der das Geld für die satanische Forschung ausgab, hatte die 45. *ADâM*, der Mensch, A gleich 1, D gleich 4, M gleich 40. Ich habe anfänglich geschwankt, ob ich nicht sofort an Frau Doktor Södermann ein Exempel statuieren sollte. Aber das hätte nicht so viel gebracht. Denn solange ER lebte, gab es Geld für die Forschung. Er, der Mensch, die 45, hatte mehr Macht als die Frau Doktor. Er hatte nämlich das Geld! Wenn ich die Frau getötet hätte, hätte er sich einen neuen Wissenschaftler gesucht, und die Arbeit wäre weitergegangen. Doch du hast mir sofort das Zeichen gegeben. Ich 31, er 45. Also musste er sterben.«

»Entschuldige, wenn ich lache. Aber, wenn du meinst … Sicher … Kabbala. Auch das. Ach, was ihr kleinen Menschlein euch doch alles einfallen lasst, um mein Geheimnis zu entschlüsseln. Kabbalistische Zahlenspiele!«

»Und dann hast du ihn mir einfach so auf dem Silbertablett serviert. Auf dem Parkplatz vor dem Institut. Er war so naiv und vertrauensselig. Wir haben ein wenig geratscht. Er wollte sich eventuell einen Hund anschaffen. Da habe ich ihn eingeladen, den neuen Wurf hier anzuschauen. So einfach ging es, dank deiner Vorsehung. Er wäre sonst mit einem Taxi nach Hause gefahren. Aber er stieg zu mir in den Wagen und ich musste ihn hier nur von seinem sündigen Dasein erlösen. Niemand hat etwas gemerkt. Doch … Da! Hörst du es nicht? Da ist ein Wagen vorgefahren!«

»Na und? Ein Kunde? Jemand, der einen Hund kaufen will? So wie er.«

»Nein, es ist niemand angemeldet. Hör doch. Warum schreit Gerd so laut? War das nicht mein Name? Hat er eben nicht etwas von Polizei gerufen? Also doch, sie sind hier!«

»Es war nur ein Auto. Bleib ruhig. Auch sonst höre ich nur Hundegebell, keine Menschenstimmen«

»Sie sind hier! Ich bin sicher. Aber wieso?«

»Wenn sie hier sind, musst du einen Fehler gemacht haben, du Tölpel! Vielleicht haben sie Kronos gefunden.«

»Das ist unmöglich, ich habe ihn tief im Wald begraben. Er war eigentlich zu wertvoll, doch keiner war so gut dressiert wie er. Kronos hat sich für unsere Sache geopfert …«

»Jetzt fang nicht an zu heulen. Wenn sie ihn gefunden haben, dann hat ihnen der Chip den Weg gezeigt. Daran hast du nicht gedacht, nicht wahr, Tölpel?

Wenn sie wirklich hier sind, überlege dir, wie wir hier herauskommen. Und lass dir was für den gottlosen Holländer einfallen!«

»Wie meinst du das? Er hat mir doch nichts getan.«

»Er wird dir etwas tun.«

»Nein, das könnten sie als Mord auslegen! Ich habe nie aus niederen Motiven getötet, das weißt du. Das hast du mir befohlen. Das werden sie verstehen. Aber wenn ich ihn töte, dann bin ich doch nur ein kleiner Mörder.«

»Wie du meinst. Ich sage nichts mehr. Ich erinnere mich nur daran, dass du einst gesagt hast, dass dieser Max Pfeffer leiden muss, weil er dich verfolgt. Du hättest eines seiner Kinder nehmen sollen. Doch gut, dafür ist es zu spät. Aber bitte, lass ihn leiden!«

»Du meinst ...«

»Nimm ihm das, was er liebt, und er wird leiden. Das sollte auch dir, der nie jemanden geliebt hat, klar sein. Korrektur: Natürlich liebst du mich. Und ich liebe dich. Also sei unbesorgt, ich werde immer bei dir sein. Denn ich bin wahrhaftig und was ich zusage, das halte ich gewiss!«

Dass die Tür wieder aufgerissen und das Licht erneut aufflammen würde, damit hatte Tim nicht gerechnet. Deshalb verblitzte es ihm die Augen. Er kniff sie zusammen und ballte instinktiv die rechte Hand zur Faust. Mit der Linken hielt er weiterhin den Pinkelbecher fest, er presste ihn an den Oberschenkel. Er blinzelte und blinzelte, doch noch konnten sich seine Augen nicht an das kalte, grelle Neonlicht gewöhnen.

Jonas Wagenbrenner kam mit schnellen Schritten zu Tim. Er zückte einen Schlüsselbund und befreite mit schnellen Handgriffen erst Tims Füße aus den Fesseln. Dann kettete er Tims Hände von der Wand los. »Komm mit«, raunzte er.

Tim stand wankend auf. Sein ausgezehrter Körper wollte ihm nicht sofort gehorchen, die Beine knickten ein. Er musste sich mit der einen Hand an der Wand abstützen. Aber sein Geist war wach genug, diese Chance zu erkennen. Der Mann stand direkt vor ihm, so viel konnte Tim mittlerweile erkennen. Er wusste, dass seine Reflexe schwach waren und dass seine Hände nach wie vor mit einer Kette zusammengefesselt waren. Tim hatte nur diese eine Möglichkeit, also konzentrierte er sich. Er riss unvermittelt die linke Hand nach oben und schüttete dem Entführer den restlichen Urin mitten ins Gesicht.

»Scheiße, was soll das?«, schrie Jo und Tim nutzte die Überraschung, um mit aller Kraft zuzuschlagen. Er erwischte den Mann nur an der Brust, doch das reichte, um ihn zum Taumeln zu bringen. Tim hatte immer noch einen kleinen Überraschungsbonus, also trat er seinem Gegenüber so fest er konnte mit dem Knie in die Weichteile. Jo Wagenbrenner sackte mit einem »Uff« zusammen. Doch nur kurz, ganz kurz, viel zu kurz. So kurz, dass Tim die Zeit nicht nutzen konnte, um sich auch nur annähernd in Sicherheit zu bringen, nicht mal aus der Reichweite schaffte er es. Jo klappte wie ein Springmesser nach oben und schlug Tim mit der Rechten so gegen den Unterkiefer, dass es der Höllenschmerzen gar nicht bedurft hätte, um zu wissen, was passiert war – der Holländer konnte hören, wie der Kiefer aus den Gelenken sprang. Die Wucht des Schlags warf ihn zurück auf die harte Pritsche, die unter dem Druck nachgab und in sich zusammenfiel. Stöhnend wälzte sich Tim auf dem Boden.

Jonas Wagenbrenner trat gekonnt zu, in die Eier, in den Magen, in die Nieren, ins Gesicht. Überallhin, wo es tierisch schmerzte, das hatte er gelernt. Natürlich war er ziemlich gehandicapt, weil sich der Mitbewohner seiner Stadtwohnung, Wanja, vorhin heftig und teilweise erfolgreich gewehrt hatte.

Tim konnte seine Hände nicht schnell genug an die jeweilige Stelle zur Abwehr bringen. Sein Körper beschloss, den Schmerz auszublenden und das Gehirn aktivierte die Notfunktion »Überleben um jeden Preis«. War es Glück oder Zufall oder gezielte Koordination – egal, Tim gelang es letztlich, den zutretenden Fuß abzufangen und mit der Kette, die die Handschellen zwischen seinen Handgelenken verband, zu umwickeln. Jo Wagenbrenner mochte ein durchtrainierter Wahnsinniger sein, der beim Mossad in allen Kampftechniken ausgebildet worden war, doch Tim de Fries war ein adrenalingepuschter Verzweifelter, der um sein nacktes Leben kämpfte. Er hatte alle Chancen der Welt. Er riss beide Hände zur Seite und brachte damit den Angreifer aus dem Gleichgewicht. Jo fiel auf den Rücken und fluchte. Tim rappelte sich gleichzeitig mit dem Mann auf, schon stand sein Gegenüber wieder. Noch auf den Knien schnellte Tim nach vorne, mit dem Kopf voller Wucht mitten in Jos Magengrube. Da seine Handfessel immer noch um den einen Fuß gewickelt war, riss die Bewegung dem Entführer erneut die Beine weg. Tim landete auf dem Mann, er klemmte dessen linkes Bein zwischen seine Beine, drehte das gefangene Körperteil mit aller Kraft mal in die eine, mal in die andere Richtung. Er wusste nicht genau, was er tat, Hauptsache, der andere litt Schmerzen und Tim hatte die Gelegenheit, die Kette und damit seine Hände zu befreien. Es war ihm kaum gelungen, da packte ihn ein eiserner Griff von hinten an der Gurgel. Ihm blieb die Luft weg. Ihm wurde schwarz vor Augen, er sah Sternchen. Und er ließ seinen Ellenbogen nach hinten sausen. Er hörte ein Krachen und in dem Moment lockerte sich der Griff an seinem Hals. Tim packte die würgenden Finger und befreite sich von der Hand an seiner Kehle. Dann ließ er wieder und wieder seinen Ellenbogen nach hinten schnellen, blind vor Wut und Verzweiflung. Ab und zu verriet ihm der Widerstand, dass er etwas getroffen hatte.

Bis Jo sich aufbäumte und Tim mit einem Schlag ins Genick von sich warf. Jo stürzte sich auf den Holländer, der wie ein Käfer auf dem Rücken lag und sich nicht wehren konnte. Jo legte seine Hände um Tims Hals, langsam und sorgfältig. Er platzierte den rechten Daumen am Kehlkopf, um schnell den Tod herbeiführen zu können.

42

»Ich verstehe immer noch nicht, was das soll?!«, schrie der bullige Kerl im abgewetzten Blaumann, der sich als Gerd Keilbach vorgestellt hatte. Er roch nach altem Schweiß, jeder Menge Zigaretten und viel zu viel Bier. Er hatte sich drohend von Max Pfeffer aufgebaut. »Warum suchen Sie den Jo Wagenbrenner?! Was will die Polizei von ihm?!«

Pfeffer schwieg und sah über den Mann hinweg.

»Das sagten wir Ihnen alles bereits«, sagte Paul Freudensprung ruhig. »Ich habe Ihnen auch gesagt, dass ich den Einsatz leite, also lassen Sie bitte meine Kollegen in Ruhe.« Er beobachtete, wie die Männer vom SEK sich von den Feldern her lautlos den Nebengebäuden des Einödhofes näherten. Sobald sie die Stallungen erreicht hätten, würden sie mit der Durchsuchung beginnen. Unauffällig und still, damit Jo Wagenbrenner nicht gewarnt würde und etwas Unbedachtes tun könnte – wie zum Beispiel die Entführten umzubringen und dann zu fliehen.

»Und ich warne Sie außerdem zum letzten Mal, Herr Keilbach«, sagte Freudensprung mit messerscharfem Unterton. »Wenn Sie noch einmal so schreien, muss ich vermuten, dass Sie dadurch den Gesuchten warnen möchten. Ich werde dann dafür sorgen, dass Sie wegen Vereitelung eines Polizeieinsatzes und Mittäterschaft in einer gemütlichen Justizvollzugsanstalt herumschreien können.«

»Was?! Wollen Sie mir drohen?! Die Polizei droht mir?!«, brüllte der Mann aus Leibeskräften. Pfeffer lächelte Paul Freudensprung zu, der zückte Handschellen. Ohne ein weiteres Wort legte er dem Mann die Fesseln an und führte ihn mit eisernem Griff zum Dienstwagen.

»Hey, was soll die Scheiße?!«, rief der Hundezüchter. Freudensprung schubste ihn auf die Rückbank des Autos und knallte die Tür zu.

Bella Scholz setzte sich von der anderen Seite in den Wagen und zeigte ihren Dienstausweis. Der Gestank des Mannes widerte sie an. Sie hatte für diesen Abend eine Verabredung mit Levent Demir, die Gewissheit, dass Männer auch gut riechen konnten, stimmte sie etwas versöhnlich.

»So, Herr Keilbach«, sagte sie. »Sie wollten also eben Herrn Wagenbrenner warnen. Warum? Stecken Sie mit ihm unter einer Decke?«

»Was? Wovon reden Sie, Mädchen?«

Bella Scholz legte sorgfältig ihren Notizblock beiseite und steckte den Kugelschreiber in die Brusttasche. Dann schlug sie zu. Nur ein schneller Nasenstüber mit der geschlossenen Faust. Sie hatte darum gebeten, bei diesem Einsatz im Zweifelsfall den bösen Bullen spielen zu dürfen. Paul Freudensprung hatte sofort zugestimmt und ihr ausdrücklich versichert, dass sie freie Hand habe. Bella Scholz hatte schlicht und einfach das Bedürfnis gehabt, einmal zuzuschlagen. Nur dieses eine Mal. Mitten in die Fresse, Nasenbein brechen, zack. Es befriedigte sie nicht so, wie sie gehofft hatte, doch es brachte ein angenehmes Prickeln unter ihrer Kopfhaut. Der stinkende Mann begann aus der Nase zu bluten und zu greinen.

»Es wäre mir recht, wenn Sie mich ganz einfach Frau Kommissar nennen würden. Oder Frau Scholz. Ich warte.« Der Biergeruch, der sich nun stärker im Wageninneren ausbreitete, ließ die Kommissarin ganz kurzfristig den Faustschlag auf die Nase bereuen. Sie fächelte sich demonstrativ mit der Hand Luft zu.

»Das wird Sie Ihren Job kosten!«, keifte der Hundezüchter.

Bella öffnete die Wagentür und rief zu Freudensprung hinüber: »Paul! Herr Keilbach ist unglücklich gegen den Wagen gestoßen. Er hat sich etwas verletzt. Nur fürs Protokoll. Nicht, dass dann blöde Gerüchte aufkommen. Ich vermute mal, dass er einige Promille intus hat.«

»Alles klar, Bella«, antwortete Freudensprung. »Gut, dass du ein Auge auf ihn hast, sonst hätte ja keiner bemerkt, dass er gestolpert ist. Er hätte sich ja weiß Gott was antun können. Am Ende heißt es dann noch, dass wir ihm etwas angetan hätten! Alkotest machen wir nachher, oder, Chef?«

»Richtig, nachher. Und Gaudi ist der Chef.« Pfeffer nickte und sah weiterhin hinauf zum Giebel des Haupthauses. »Ganz wie du meinst, Paul. Bisher bin ich mit deiner Arbeit wirklich zufrieden, Paul. Dein Team ist sehr aufmerksam. Gut, Bella!«

»So, sonst noch was?«, fragte Bella Scholz, nachdem sie die Wagentür wieder zugezogen hatte, und sah den Mann herausfordernd an. »Also. Ich höre.«

»Jonas Wagenbrenner jobbt bei uns seit ein paar Wochen«, sprudelte es aus Gerd Keilbach heraus. »Er hat sich uns förmlich aufgedrängt, weil er Hunde mag. Er hat schon bei irgendeinem anderen Züchter gearbeitet. Keine Ahnung wo. Die mit den kleinen Flohsäcken, diesen zu groß geratenen Meerschweinchen. Westhighlands, so heißen die. Wenn Sie mich fragen, sind das gar keine richtigen Hunde.«

»Ich frage Sie aber nicht.«

»Jonas kommt jeden Donnerstag und kümmert sich um die Hunde. Er redet nicht viel, ich rede auch nicht viel. Er kann gut mit Hunden. Kronos ist sein Liebling. Den hat er immer mit irgendwelchen Leckereien gefüttert. Hat immer spezielles Filet oder so für ihn gehabt. Keine Ahnung. Ja, und Chico und Herkules hat er auch gerne gemocht und verwöhnt. Aber Kronos ist vor ein paar Tagen abgehauen, ich weiß nicht, wo der ist. Und Jo hat diese Woche jeden Tag bei uns verbracht, ausnahmsweise. Er ist immer hinten bei den Zwingern, die im ehemaligen Stall dort hinten sind. Ich weiß doch auch nichts, Frau Kommissarin.«

»Das war doch schon eine Menge, Herr Keilbach. Sehen Sie, geht doch, wenn man nur will. Und trinken Sie in Zukunft nicht so viel. Sonst brechen Sie sich am Ende noch das Genick.« Sie stieg wieder aus.

»Wo willst du anfangen?«, fragte Pfeffer gerade Freudensprung.

»Keine Ahnung. Ich vermute nicht, dass er im Haupthaus sein wird, wenn, dann höchstens im Keller.« Der Kommissar zeigte auf das große Gebäude, das früher, als der Gutshof noch ausschließlich landwirtschaftlich genutzt wurde, wohl der Kuhstall gewesen sein musste. »Fangen wir da an.«

Bella Scholz gesellte sich zu ihren Kollegen. »Richtig, Paul, fang mal da an. Laut Keilbach treibt sich Jonas Wagenbrenner mit Vorliebe dort hinten herum. Dort sind die Zwinger drin.«

Ein dunkler BMW näherte sich und kam neben Pfeffers Wagen zum Stehen. Kriminaldirektorin Jutta Staubwasser stieg aus, zog ihr Kostüm zurecht und nickte den Kollegen schweigend zu. Pfeffer verschränkte die Arme vor der Brust.

»Dann gehen wir im ehemaligen Stall nachschauen«, sagte Freudensprung. »Einverstanden? Die Jungs kommen von allen Seiten, also kann er nirgendwo hin unbemerkt entkommen. Ich fürchte allerdings, dass die Brüllerei ihn wirklich gewarnt hat. Wenn ja, können wir nichts tun als uns beeilen und beten …«

43

Tim schlug zu – mit einer Stange der zertrümmerten Pritsche, die er in letzter Sekunde mit hektisch suchenden Fingern zu fassen bekam. Jo löste den Griff um seinen Hals. Tim schlug wieder und wieder zu, bis Jo sich von ihm rollte und regungslos auf der Seite liegen blieb. Schwer atmend rappelte sich Tim de Fries auf. Seine Lungen rasselten, das Blut rauschte dröhnend in seinen Ohren. Er blieb einen Moment sitzen, um die kleinen Sternchen vor seinen Augen zu verscheuchen. Sein rechtes Handgelenk tat höllisch weh, er fühlte seinen Kiefer und ein Brennen und Ziehen und Stechen überall an seinem Körper. Die Schmerzen kehrten zurück. Mühsam kam er auf die Beine und reckte sich. Er setzte langsam einen Fuß vor den anderen. Es klappte, er konnte gehen ohne sofort zusammenzubrechen. Hinaus zur Tür, die nur wenige Schritte entfernt offen stand. Hinaus zu den Menschen, die draußen sein mussten, denn sonst wäre sein Entführer nicht so plötzlich zurückgekommen. Einfach in die Freiheit gehen.

Der Schlag, den Jo mit einer anderen Stange der Pritsche gegen Tims Rücken ausführte, raubte ihm die Luft. Tim sackte nach vorne und landete auf seiner Nase. Ein hässliches Knacken erfüllte seinen Kopf, als das Nasenbein brach. Tim schmeckte das Blut auf seinen Lippen, spürte den harten Schlag auf seinem Hinterkopf und weigerte sich, ohnmächtig zu werden. Unglaubliche Wut stieg in ihm auf, er drehte sich so schnell wie möglich um, um dem herabsausenden Stock ausweichen zu können, dabei erwischte seine rechte Hand etwas Weiches, das die Konsistenz von feuchtem Ton hatte. Tim griff zu und schleuderte es Richtung Jo Wagenbrenner, der breitbeinig über ihm stand. Jo konnte seinen Schlag nicht platzieren. Die Kardinalskacke landete mitten in seinem Gesicht. Jo fuchtelte unkoordiniert herum.

Tim trat zu, zweimal, dreimal, immer wieder mit Wucht in die Weichteile. Schließlich sackte der Entführer zusammen und rollte sich, seinen Unterleib schützend, neben Tim zusammen. Gleichzeitig versuchte er mit der Stange nach Tim zu schlagen. Tim entwand sie ihm und schlug zurück – blindlings, mit aller ihm zur Verfügung stehender Kraft und infernalischer Wut. Er musste die Hand wechseln, weil seine Rechte den Dienst versagte.

Jo versuchte sich mit den Händen vor den Schlägen zu schützen, doch Tim kam auf Knien immer näher gerobbt. Schließlich benötigte Jo seine Hände, um Tim davon abzuhalten, sich auf ihn drauf zu werfen. Doch einen Zweimetermann abzuwehren war für einen mittlerweile Schwerverletzten leichter gesagt als getan.

Tim hockte wie ein Nachtalb auf Jo Wagenbrenners Brust und drosch immer wieder auf ihn ein, bis die Holzstange in immer kleinere Stücke zerbrach. Zuletzt trommelte er mit beiden Fäusten auf jeden Körperteil, den er treffen konnte. Tim spürte seine rechte Hand nicht mehr, es war ihm egal. Beide Hände tropften bereits vor Blut, er wusste nicht, ob es sein eigenes war oder nicht oder beides. Er wusste nur, dass er nicht aufhören durfte, wollte er eine Chance haben.

Er hörte nicht auf und drosch immer weiter, bis jemand seine Arme in der Luft abfing und eine vertraute, sehnlichst vermisste Stimme sanft sagte: »Ist gut, Tim, ist gut.«

44

Der nachtblaue BMW hielt vor der Gartentür. Ein älterer Mann mit tadellosem schwarzen Anzug stieg aus, klingelte kurz und betrat das Grundstück. In der einen Hand hielt ein kleines Päckchen, ein Geschenk, eingewickelt in dunkelviolettes Papier verziert mit einer fuchsiafarbenen Schleife. In der anderen eine kleine, elegant wirkende Tüte aus kräftigem gelben Papier. Max Pfeffer hatte eben die Post geholt und den Besucher bemerkt. Er wartete neugierig im Eingang und überflog dabei schnell die Briefe. Telefonrechnung, Kontoauszüge und eine Karte von Cosmo.

»Herr de Fries ist hinten im Garten«, sagte er zu dem Boten, noch bevor der etwas sagen konnte. »Ich bringe Sie hin.«

Der Bote verneigte sich artig und folgte Pfeffer durch das Haus in den hinteren Teil des Gartens. Dort lag Tim mit Badeshorts auf einer Liege im Schatten des großen Walnussbaums und genoss den ersten Tag zu Hause nach seiner Entlassung aus dem Krankenhaus. Obwohl er völlig dehydriert und ausgezehrt gewesen war, hatte man ihn relativ schnell wieder aufgepäppelt. Zäh hatten ihn die Ärzte genannt. Neben der Nase waren das rechte Handgelenk, der rechte Oberarm und drei Rippen gebrochen, dazu noch ein Jochbein und ein Schlüsselbein. Ein Wirbel war zum Glück nur angebrochen, ebenso die linke Schulter. Ihm waren zwei Vorder- und drei Backenzähne ausgeschlagen worden, und der Ringfinger seiner rechten Hand war so zertrümmert gewesen, dass den Ärzten keine andere Wahl als Amputation blieb. Die Blutergüsse und Prellungen konnte niemand zählen, doch das Wichtigste war, dass er ohne größere innere Verletzungen davon gekommen war. Der Riss in der Leber war klein genug, um schnell zu verheilen. Tim öffnete müde die Augen, als Max mit dem Besucher über den Rasen kam. Die Provisorien, die der Zahnarzt in seinem Mund angebracht hatte, schmerzten trotz der Sedativa, mit denen er vollgepumpt war, und die Fäden in seiner Nase, die sein Körper eigentlich langsam abgestoßen sollte, juckten.

»*Mijnheer* de Fries«, sagte der Bote mit einer kleinen Verbeugung. »Seine Heiligkeit erlaubt sich, Ihnen mit dieser kleinen Aufmerksamkeit für Ihre Taten zu danken.« Er streckte die gelbe Tüte vor.

»Seine Heiligkeit? Der Dalai Lama denkt an mich? Ist ja nett, aber wieso?« Tim griff mit der unversehrten Linken danach und äugte neugierig hinein. »Ach so, verstehe, DIESE Heiligkeit.«

»Soll ich dir beim Auspacken helfen?«, fragte Max Pfeffer. Tim nickte und Max holte aus der Tüte eine Schatulle, bezogen mit gelber Seide, die ein Wappen schmückte, das Max irgendwie bekannt vorkam. Er öffnete vorsichtig den Deckel und starrte auf den Inhalt. Tim beugte sich leicht vor, um besser sehen zu können.

»Aha«, sagte er dann nüchtern. »Etwas für meine Sammlung, oder?« Tim musterte die Porzellanmedaille, die ein Relief mit dem Halbprofil von Papst Johannes Paul II. schmückte. Er griff nach der kleinen Karte, die dabei lag und überflog sie. Dann sah er den servil wartenden Boten an.

»Kann ich dem Heiligen Vater eine Antwort überbringen?«, fragte der Bote devot.

»Sicher.« Tim kratzte sich vorsichtig an der Nase und sagte: »Danken Sie dem Papst, aber das wäre nicht nötig gewesen. Ein üppiger Blumenstrauß hätte es auch getan. So wie der Ministerpräsident. Der hat mir einen Strauß geschickt. Sagen Sie dem Papst auch, ich bin bestimmt kein Held, wie er schreibt. Und in seine Gebete ... ach, vergessen Sie es. Sagen Sie ihm einfach *hartelijk bedankt.* Was haben Sie da noch?«

»Ein kleines Dankeschön Seiner Eminenz.« Der Mann im dunkeln Anzug überreichte das violette Päckchen. »Seine Eminenz ist vor drei Tagen aus dem Koma erwacht und erinnert sich voll menschlicher Wärme an Ihre Gesellschaft dort im Kerker.«

»An meine Gesellschaft? Aha, an mehr nicht?«

»Nun, sicher, er dankt Ihnen, dass Sie den Verbrecher niedergestreckt haben und so Seiner Eminenz das Leben gerettet haben. So wie er zuvor das Ihre gerettet hat. Er hat mich ausdrücklich angewiesen, von Ihnen im Gegenzug kein Dankesgeschenk zu akzeptieren. Wirklich, ich werde nichts annehmen, trotz allem, das Seine Eminenz für Sie getan hat.« Tim und Max sahen sich verwundert an. »Seine Eminenz meint, er hat gerne das wenige mit Ihnen geteilt, was der Verbrecher an Speis und Trank ...«

»Aha«, sagte Tim scharf und der Bote verstummte. Tim riss das Päckchen auf und las den Titel des Buches, das zum Vorschein kam. »Sagen Sie Seiner Eminenz, dass ich zutiefst gerührt bin und sein Geschenk in Ehren halten werde, obwohl ich es schon mehrfach gelesen habe – und zwar komplett von vorne bis hinten. Sagen Sie ihm aber bitte auch, dass das die dritte Bibel hier im Haus ist, dass ich aber sehr zu schätzen weiß, dass er für mich ausgerechnet die preisgünstige Ausgabe in Kunstleder ausgewählt hat, die es letztes Jahr vor Weihnachten bei Aldi zu kaufen gab. Dann sagen Sie ihm noch, dass er, wenn er mir wirklich danken will, mir einen gewissen Chip schenken soll. Den Chip aus einer Digitalkamera. Er weiß schon, was ich meine.«

»Sicher«, antwortete der Bote irritiert, »das werde ich ausrichten, *Mijnheer* de Fries.«

»Schön. Ach und noch etwas, das ist ganz wichtig! Sind Sie bibelfest? Nein? Nun, ich bitte Sie, dass Sie Seiner Eminenz unbedingt folgendes ausrichten: 2. Psalm, Kapitel 69, Vers 11. Können Sie sich das merken?«

»Sicher.« Der Bote kratzte sich am Kopf. »2. Psalm, Kapitel 69, Vers 11.«

»Kommen Sie, ich werde Sie jetzt besser hinausbringen«, sagte Max Pfeffer mit breitem Grinsen.

»Wenn du zurückkommst, Maxl, bring mit bitte die kleine Emailledose aus meinem Arbeitszimmer mit. Die mit Imelda Marcos drauf.«

»Klar. Hier, damit du dich unterdessen nicht langweilst.« Er warf Tim die Postkarte von Cosmo in den Schoß. Die Vorderseite zeigte die Ruinen der Celsus-Bibliothek in Ephesus. Hinten schrieb Cosmo: »Hi Fans in der Heimat, die Türkei ist voll cool. Seit wir von Istanbul losgefahren sind, haben wir nur Kultur gemacht, haben eben Ephesus gecheckt. Morgen gehts weiter nach Kuşadasi, danach checken wir endlich das Nightlife von Bodrum. Pamukkale werden wir wohl auslassen, weil Nathalie noch nach Kapadokien möchte. Mal sehen, ob wir, wie geplant, am Schluss in Side landen. Hoffe, Dad päppelt Tim auch richtig auf. Tim, lass dir nix bieten! Denk an euch beide, LG Cosmo.«

Tim ließ die Karte sinken und grinste.

Keine zwei Minuten später kam Max Pfeffer zurück, warf Tim die gewünschte Emailledose in den Schoß und fragte sofort: »Was sagt der Psalm, Kapitel sonstwie?«

»Hier, schlag nach!« Tim hielt Pfeffer kurz die Bibel hin, genoss den verwirrten Blick, den er dafür erntete, und lachte. »Ich verrate es dir. Da steht: *Und ich weine und faste bitterlich; und man spottet mein dazu.*«

»Gute Antwort! Das meine ich ernst. Und, willst du das reizende Papstmedaillon wirklich deiner Sammlung einverleiben? Das mit dem Diktator stimmt nicht ganz, oder?«

»Und wenn?«, sagte Tim mit einem Schulterzucken. »Okay, du hast Recht. Ich wird es gleich mal bei Ebay reinstellen, mal sehen, was ich dafür noch bekomme. Oder noch besser – nachher, wenn ich ins Haus zurückhumple, und dabei die offene Schatulle stolz vor mir hertrage, werde ich aus Versehen über die eine Steinplatte auf der Terrasse stolpern, die ein klein wenig hervorsteht. Porzellan und so was – wie leicht bricht das, heißt doch ein altes deutsches Sprichwort.« Er warf die Bibel neben die Liege auf den Rasen und verzog das Gesicht. »Mann, Maxl, die ehren mich dafür, dass ich ein Mörder bin. Gibt es da aber nicht ein Gebot, dass man nicht töten soll, verdammte Scheiße? Und ich bekomme von denen einen Preis fürs Töten! Ich habe jemanden totgeschlagen.« Wasser stieg in seinen dunklen Mandelaugen auf. »Scheiß Sonne«, sagte Tim und wischte sich vorsichtig über die Augen, um die Naht an der linken Augenbraue nicht zu beschädigen. »Brennt so scharf heute, dass mit die Tränen kommen.«

»Du bist kein Mörder«, entgegnete Max Pfeffer sanft und hockte sich auf den Boden neben der Liege. Er berührte vorsichtig den Oberschenkel seines Freundes. Eine der wenigen Körperstellen, die er berühren durfte, ohne dass Tim trotz der Sedativa vor Schmerzen an die Decke hüpfte. »Wenn du Jonas Wagenbrenner nicht getötet hättest, hätte er dich kalt gemacht und den Kardinal sowieso. Du hast in Notwehr gehandelt. Also mach dir keine Vorwürfe.«

»Sicher, du hast irgendwie Recht. Aber das macht es für mich nicht einfacher. Ich wollte nie in meinem Leben einen Menschen töten. Nie.« Tim sah seinen Freund an. »Nie, das war für mich immer klar. Du hast schon getötet, ich weiß.«

Pfeffer nickte langsam und sagte nichts. Es war schon viele Jahre her, lange bevor er Tim kennengelernt hatte. Es ging ihm manchmal heute noch nach, dass er damals geschossen hatte, dass er schießen musste. Sonst wäre er nicht mehr hier. Er sprach nie gerne darüber, denn alles, was es dazu zu sagen gab, hatte er schon zu oft gesagt.

»Schön, dass du immer noch nicht wieder rückfällig geworden bist, mit dem Rauchen«, sagte Tim, um das Thema zu wechseln.

»Kein Problem.« Pfeffer tat ganz nonchalant. »Ist reine Kopfsache.«

Tim lächelte kurz schief. »Hat er den Kopf … Ist dieser Herbert Veicht in demselben Raum gestorben, in dem ich … Was war das eigentlich für ein Keller?«

Pfeffer nickte. »Ein alter Vorratskeller, der im hinteren Teil unter den Stallungen liegt. Da wurde früher Bier gelagert, daher die dicken Wände und die gute Isolierung. Es sollte ja kühl bleiben. Der Zugang über eine Rampe liegt hinter den Hundezwingern. Jonas Wagenbrenner hatte die im Boden eingelassene Holztür zudem mit Gerätschaften zugestellt. Die Besitzer hatten den Keller letztlich total vergessen. Deshalb wurde er von ihnen nie genutzt, und Jonas hat dort unbehelligt seine … nun ja, er hat Herbert Veicht dort geköpft und zerlegt.«

»Gut, dass ich das nicht vorher gewusst habe. Tut es dir übrigens leid, dass dieser Wanja gestorben ist?«

»Was heißt leid tun? Falls du wissen willst, ob sein Tod mir nahe gegangen ist, weil er und ich … nein. Er war ein Zeuge. Leider konnte er uns nichts mehr sagen, aber das meiste haben wir auch so herausgefunden.«

»Was passiert nun eigentlich noch?«

»Nichts«, antwortete Max Pfeffer. Er zupfte einen langen Grashalm ab und steckte ihn in den Mund. »Der Fall ist abgeschlossen, was sonst? Der Täter steht fest. Wir haben in einer der Tiefkühltruhen von Gut Kaisereck noch einen guten Teil unserer geköpften Leiche gefunden. Ungefähr die Hälfte. Der Kardinal hat sich nach Rom in Sicherheit bringen lassen, und Oberstaatsanwalt Norbert Bauer wird weiterhin den Schwanz vor ihm einziehen.«

»Fühlt sich niemand bemüßigt, dieses kranke Wesen als Kinderschänder anzuzeigen?«

»Wer denn? Der Abt, der Fernsehproduzent oder gar der Oberstaatsanwalt? Die haben mir deutlich gemacht, dass sie kein Interesse mehr daran haben. Und deren Fälle sind lange verjährt. Doktor Södermann kann sich nun mit der Stiftung von Herbert Veicht ein neues Labor einrichten und weiterhin ihren Probanden nach Lust und Laune die Muttergottes oder Gott selbst oder auch den Teufel erscheinen lassen. Und wenn wir Pech haben, läuft bald ein neuer Jonas Wagenbrenner durch die Gegend. Ein unauffälliger junger Mann, der Tiere mag und sportlich ist und nicht nur felsenfest an Gott glaubt, sondern auch daran, dass die Stimmen in seinem Hirn mehr sind als reine Nervensache.«

»Ich liebe deinen Optimismus, Maxl.« Tim reckte sich und hörte die Gelenke seiner nicht eingegipsten Gliedmaßen knacken. »Traumhaft, so ein Ferientag zu Hause.«

»Stimmt.« Auch Pfeffer reckte sich. »Wann kommen eigentlich die Leute von *Stern-TV*?«

»Um fünf. Ist es dir wirklich recht, dass …«

»Das haben wir doch geklärt«, sagte Pfeffer. Er kaute auf dem Grashalm herum und genoss den Geschmack von purer Natur auf der Zunge. »Ich finde es okay, dass du deine Geschichte an die Medien verkaufst. Ehrlich. Schreib ruhig auch dein Buch. Vielleicht wird es ein Bestseller, und wir können uns zur Ruhe setzen.«

»Gut.« Tim lehnte sich entspannt zurück. »Von den Millionen kaufe ich dann eine einsame Insel, auf die wir uns megadekadent zurückziehen werden. Du privatisierst und ich schreibe einen Bestseller nach dem anderen. Apropos schreiben. Ich habe mir endlich mal den Vertrag von Cosmo für diese Fernsehserie angesehen. Was tut man nicht alles aus Langeweile. So wie es aussieht, ist es Knebel pur. Null Rechte, kaum Kohle. Das kann eine Ewigkeit dauern, bis der seine Zehntausend zusammen hat.

»Dachte ich mir schon.«

»Wirst du also etwas deshalb unternehmen?«

»Nein.«

»Dachte ich mir. Hat Cosmo eigentlich mal angerufen? Wenn man dieser Karte glauben darf, ist Cosmo nur beim Sightseeing. Glaubst du wirklich, dass der irgendwas Sehenswertes in der Türkei wahrnimmt außer seiner kleinen Freundin Nathalie? Falls er mal aus der Ferne anruft, gib ihn mir bitte auch. Und tanzt Florian meiner Mutter immer noch so auf der Nase herum?«

»Einmal darfst du raten. Und *sijn nederlands word idere daag beter.*«

»Hey, Pfeffer! Deins offenbar auch. Aber ich werde Mama gleich anrufen, dass sie sich nichts bieten lassen und ihn nicht von früh bis spät mit *pindakaas* oder *vla* oder *appeltart met slag* vollstopfen soll. Ach ja, meine Schwester hat mir übrigens bei ihrem letzten Besuch etwas für uns da gelassen, und ich denke, ich hätte nun Lust drauf.« Tim sah Max auffordernd an. »Klapp die Imelda auf.«

Pfeffer nahm die rosa Emailledose und öffnete sie vorsichtig. Er hatte sie noch nie geöffnet, er wusste gar nicht, dass sein Freund eine derartig geschmacklose Devotionalie der Witwe des philippinischen Ex-Diktators hatte. Er wusste erst recht nicht, dass sein Freund noch etwas zu rauchen im Haus hatte. Pfeffer starrte in die Dose.

»Willst du nicht?«, fragte Tim.

»Mann, das ist Jahre her. Und ich habe Cosmo erst vor kurzem Vorträge darüber gehalten!«

»Die Kinder sind nicht da.« Tim nahm einen der drei vorgerollten Joints mit seiner heilen linken Hand aus der kleinen Schachtel und leckte ihn vorsichtig mit der Zungenspitze an, bevor er ihn sich in den Mund steckte.

Pfeffer zückte das Feuerzeug, das er immer noch gewohnheitsmäßg bei sich trug.

»Warum sind wir eigentlich nicht schon viel früher auf die Idee gekommen, die Kinder bei deiner Verwandtschaft abzuliefern oder alleine in die Ferne zu schicken?«, seufzte Max Pfeffer und streckte seine nackten Füße vom Schatten hinaus in die pralle Augustsonne. Er inhalierte, bis die Lungen krachten. »Den letzten Zug? Hier nimm. Und du brauchst nicht glauben, dass ich dich die nächsten zwei Wochen hier alleine lasse. Ich werde für dich kochen …«

»Hilfe! Kann mich bitte jemand sofort ins Krankenhaus zurückbringen?«

»Ich habe schließlich Urlaub und werde dich von vorne bis hinten verwöhnen. Wann sonst haben wir jemals sturmfreie Bude!«

»Vergiss nicht, dass ich ein Krüppel bin und rein gar nichts machen kann, wozu man sturmfreie Bude braucht«, antwortete Tim mit einem frechen Lachen.

»Umso besser, endlich bist du mir hilflos ausgeliefert! Ein Spielball meiner Lust.«

»Träum weiter, Maximilian Pfeffer. Träum weiter.«

P.S. Mein Dank gilt vor allem Carsten – und natürlich Doris für ihren Input und Hermine für ihre Kenntnisse der russischen Sprache und Seele (sie allein ist schuld, wenn die russischen Sentenzen nicht stimmen!).

Die neurophysiologischen und neurotheologischen Betrachtungen sowie die Experimente, die in diesem Buch beschrieben sind, beruhen zum Großteil auf den Arbeiten von Andrew Newberg, Eugene D'Aquili und Vince Rause (Universität von Pennsylvania), von Michael Persinger (Laurentian University von Ontario) sowie V. S. Ramachandran.

Das Experiment mit Grusel per Knopfdruck durch Infraschall bei einem Orgelkonzert, das ich meiner Figur Doktor Ruth Södermann zuschreibe, hat in Wirklichkeit der Brite Richard Wiseman mit Akustikexperten vom National Physical Laboratory in London durchgeführt – mit quantitativ leicht abweichenden, aber inhaltlich gleichen Ergebnissen.

Papst Alexander VI. hat zwar einiges in die Welt gesetzt, jedoch keine Institution namens Alexandrinum. Dieses Heim ist eine freie Erfindung, wie vieles andere zu diesem Thema … schließlich bezeichnete einer, der es wissen muss, der Hamburger Weihbischof Hans-Jochen Jaschke, in Radio Vatikan am 14.2.2004 sorgfältig recherchierte Berichte über die Existenz schwarzer Kassen der katholischen Kirche und daraus finanzierte Heime für Priesterkinder als »Quatsch«.

P.P.S. Ich habe das Buch 2004 geschrieben, als die Missbrauchskandale um katholische Geistliche noch nicht die Medien beherrschten. Das geschah kurz danach. Wobei ich das Wort Missbrauch bis heute absolut verharmlosend finde, denn ein Missbrauch impliziert, dass es auch einen Gebrauch von Kindern gibt. Damals wie heute kann ich mich nur über den erstaunten Aufschrei der Massen wundern. Wie blind und taub alle jahrzehnte-, jahrhundertelang waren! Besonders drastische sexuelle Übergriffe durch Geistliche während seiner Zeit in einem katholischen Internat schilderte mir ein Freund bereits in den frühen 1980ern. Natürlich hörte ihm während der Schulzeit niemand zu …

Mehr Pfeffer!

Martin Arz

Das geschenkte Mädchen • Max Pfeffers 1. Fall

Ein aufgeschlitzter Galerist, ein afrikanischer Fetisch und die schöne Helene … Was hat Afrika mit diesem Mord zu tun? Tod nach Kolonialherrenart? Max Pfeffer muss sich mit einer dunklen Epoche der deutschen Geschichte auseinandersetzen, denn die Wurzeln des Verbrechens gehen zurück in die Zeit, als über Kamerun die Flagge des Deutschen Kaiserreiches wehte. Damals schenkte ein schwarzer Fürst einem deutschen Kolonialpionier eine Sklavin …

Die Originalausgabe war lange vergriffen, nun als Taschenbuch im Hirschkäfer-Verlag wieder lieferbar: Der 1. Fall des Münchner Ermittlers Max Pfeffer.

Hirschkäfer Verlag München, 2011, Taschenbuch, 256 Seiten

ISBN 978-3-940839-15-2 | Gibts auch als E-Book

Martin Arz

Pechwinkel • Max Pfeffers 4. Fall

Schock bei der Bachauskehr: Im Glockenbach wird eine Frauenleiche entdeckt. Wurde die alte Frau Opfer einer brutalen Entmietung, weil den Haien auf dem völlig überhitzten Münchner Immobilienmarkt jedes Mittel recht ist? Max Pfeffer entdeckt Parallelen zu weiteren Morden an alten Damen, die alle augenscheinlich nur wegen ein paar Euro Beute erwürgt wurden. Pfeffer stößt in ein Rattennest aus Habgier und beinahe wird der eiskalte Glockenbach für ihn zum nassen Grab. Denn das Haus der Toten aus dem Bach birgt ein schreckliches Geheimnis …

Hirschkäfer Verlag München, 2. Auflage, 2012, Taschenbuch, 224 Seiten

ISBN 978-3-940839-18-3 | Gibts auch als E-Book

Martin Arz

Westend 17 • Max Pfeffers 5. Fall

Ein Toter hängt an der Hackerbrücke. Was zunächst nach einem Selbstmord aussieht, entpuppt sich als regelrechte Hinrichtung. Doch warum wurde der türkische Obsthändler aus Berlin so spektakulär mitten in München erhängt? Die Spuren führen den Münchner Bullen Max Pfeffer zum »Chinesen«, einem ebenso aalglatten wie skrupellosen Geschäftspartner des Ermordeten. Doch auch ein Wohnheim für obdachlose Jugendliche im Westend rückt bald ins Zentrum der Ermittlungen. Es scheint, als wären einige der Zöglinge dort auf der Flucht – zum Beispiel vor ihren Familien … Gehen die jungen Männer für ihre Freiheit auch über Leichen?

Hirschkäfer Verlag München, 2014, Taschenbuch, 240 Seiten

ISBN 978-3-940839-33-6 | Gibts auch als E-Book

Leseprobe aus »Westend 17«
Max Pfeffers 5. Fall

›Schisser‹, dachte Janko, zog die Kapuze tiefer in die Stirn und drehte sich noch einmal nach dem Mann um. Der hielt Abstand, sah sich demonstrativ die grell erleuchteten Schaufenster der Import-Export-Geschäfte an. An den noch greller erleuchteten Vitrinen der Strip- und Animierschuppen flatterte sein Blick hastig vorbei.

Janko zitterte leicht. Und er schwitzte. »*Sweat runs down the centre of my back, crawling like an insect, it makes a track …*« Woher er die Textzeile kannte, wusste er nicht mehr. Er wusste nicht einmal, aus welchem Lied sie stammte. Und doch hatte er sie sich auf den Rücken, quer über die Schulterblätter, tätowieren lassen. In wundervoll verschnörkelter Kalligrafie, die an krabbelnde Insekten erinnerte.

›Passt ja‹, dachte Janko. Schweißtropfen krabbelten wie kleine Insekten entlang seiner Wirbelsäule hinab. In Englisch war er immer gut gewesen. Sprachen lagen ihm. Eine seiner Stärken. Sprachen. Sein Deutsch zum Beispiel war zwar hart und verriet seine Herkunft, doch Wortschatz und Grammatik gehorchten ihm. Sie verrieten nicht, dass er erst vor zwei Jahren in München gestrandet war und die Sprache hauptsächlich rings um den Hauptbahnhof, bei »Kollegen« und vor allem Freiern gelernt hatte.

Lange würde es nicht mehr dauern, bis Janko auf Turkey war. Er schielte schnell zurück, ob ihm der Mann noch folgte. Er folgte und verhielt sich weiterhin dermaßen peinlich unauffällig, dass jeder es mitbekommen musste. War aber auch gut so, denn dann würde Janko noch genug Zeit im Zimmer haben, etwas von dem Ice zu sniffen, das er sich vorhin gekauft hatte.

Im Schiller-Café tobte noch das Leben, als Janko daran vorbeiging. Wirtin Andrea sah zufällig genau in diesem Moment vom Zapfen auf. Ihr und Jankos Blick trafen sich, sofort huschte ein Lächeln über das Gesicht der Wirtin. Er konnte nicht sagen, dass er im Bahnhofsviertel unbeliebt war. Vielleicht lag es auch daran, dass er durch seine zierliche Figur und sein knabenhaftes Aussehen bei vielen Mutter- oder Beschützerinstinkte weckte – oder eben gut bezahlte Geilheit.

Raucher lungerten vor den Kneipen auf der Straße herum. Selbst in den abgehonktesten Kneipen achtete man strikt auf die Einhaltung des strengen Rauchverbots, so eine Lizenz war schnell weg. Drüben auf der anderen

Straßenseite stand Ludmilla, die zuckersüße Ludmilla, und rauchte zwischen zwei Auftritten. Sie kniff die Augen zusammen, als sie Janko sah. Janko warf ihr eine Kusshand zu. Ludmilla stieß Rauch aus ihren Nasenlöchern, wies mit dem Kopf ruckartig nach rechts und wedelte mit der Hand, er solle verschwinden. Das würde sich schon wieder einrenken, war sich Janko sicher. Weil er diesen frechen Lausbubencharme hatte und im Wesentlichen ein ganz Lieber war – selbst wenn er auf Droge war. Ludmilla konnte ihm jedenfalls nie lange böse sein. Spätestens, wenn er ihr mit seinem Dackelblick die teuren Kosmetika präsentierte, die er für sie klaute, brachte er sie wieder zum Schmelzen. Und er bemühte sich ja immer, ihr das Geld, das es sich bei ihr ohne ihr Wissen »auslieh«, auch wieder zurückzuzahlen.

Janko bog nach dem Spielcasino von der bunten Schillerstraße ab in die kleine Seitenstraße. Nur noch wenige Schritte bis zur Pension Polo. Das »l« in der Neonreklame funktionierte nicht. »Po o«. Zwei große Reisebusse aus Italien parkten neben dem Eingang der Pension. Janko hätte sich schwer gewundert, wenn die italienischen Reisegruppen ausgerechnet im Polo abgestiegen wären.

Hinter den Reisebussen, die Straße ein Stückchen weiter runter, torkelten drei Männer herum. Links ein großer, kräftiger, rechts ein magerer. Die beiden schienen den untersetzten Mann in der Mitte zu stützen. Der Magere kicherte ununterbrochen wie ein Schulmädchen ein albernes »Hihihihihi«, stolperte und fiel beinahe der Länge nach hin. Der Kräftige fluchte, weil er nun das Gewicht des Mittleren alleine stützen musste.

»Zefix, Valentin«, schimpfte der Kräftige. »So witzig ist das auch wieder nicht. Reiß di zamm! Und nimm Rücksicht auf unsern armen Freund, du Oasch.« Er sagte Oasch, nicht Arsch.

Gackernd rappelte sich der magere Valentin wieder auf, packte den Arm des Mittleren und legte ihn sich über die Schulter. Der Mittlere trug eine Schiebermütze, die nun schief auf dem Kopf saß. Janko zögerte einen Moment, bevor er die Pension betrat. Den Mageren kannte er irgendwoher, da war er sich fast sicher. Valentin? Es gab da den dürren Valentin, den man meist nur Voitl nannte (das V wurde, wie in Oberbayern üblich, als F ausgesprochen, das hatte Janko schon gelernt) und der für den Chinesen arbeitete. Dass Voitl die bayerische Koseform von Valentin war, wusste Janko nicht, und Janko hatte Voitl bisher zwar nur von Weitem gesehen, aber er kannte die Geschichten, die über ihn kursierten. Es war in jedem Fall besser, wenn man Voitl nur von Weitem sah, wenn man ihn schon überhaupt sehen musste. Wenn der Magere also Voitl war, dann könnte der Kräftige eventuell Boromir sein, den alle nur Boro nannten. Österreicher mit bosnischen Wurzeln. Voitl und Boro. Das Horrorgespann. Da hörte man Geschichten! Aber eben nur Geschichten. Janko kannte die beiden nicht wirklich und stoppte sein Kopfkino. Das waren nur drei Besoffene, von denen der eine zufällig Valentin hieß. Völlig wurscht.

Das Trio steuerte auf einen alten Ford Transit zu, der vor den Reisebussen parkte. Der Magere gackerte blöde sein »Hihihihi«.

Janko betrat die Pension und schaute noch einmal kurz über die Schulter zurück. Sein Kunde bog eben bei dem Spielcasino um die Ecke. Janko musste grinsen. Es war nicht das erste Mal, dass der Kerl ihn nachts am Bahnhof angesprochen hatte. Fast könnte man schon von einem Stammfreier sprechen. Na gut, dreimal machten noch keinen Stammfreier. Dreimal waren sie in der Pension Polo gewesen. Immer spät nachts. Immer hatte der Typ ein Geschiss darum gemacht, dass sie nicht zusammen gesehen wurden und war Janko mit sehr großem Sicherheitsabstand gefolgt. Der Typ schien mächtig Angst davor zu haben, Bekannten oder Arbeitskollegen oder vielleicht gar der Ehefrau zu begegnen. Und eine Ehefrau musste er haben, wie achtzig Prozent von Jankos Freiern, zumindest trugen sie Eheringe. Immerhin war der Typ nicht pervers und zahlte korrekt für alle Extras; eigentlich nur ein Extra, er stand auf Küssen.

»Servus, Polo«, grüßte Janko. Das gelbe Neonlicht ließ seinen Teint noch ungesünder wirken, wie er zwangsläufig feststellen musste, denn direkt gegenüber dem Eingang hing ein großer Spiegel.

»Servus, Janko.« Polo unterbrach sein Computerspiel und nickte dem Jungen zu. Polo hieß eigentlich Hans-Günther, aber mit der Pension hatte er auch den Namen übernommen. »Wie immer?«

Janko nickte und Polo wuchtete sich von seinem Drehstuhl auf, fischte einen Schlüssel vom Schlüsselbrett, das einst mit dunkelgrünem Samt bezogen gewesen sein musste.

»*World of Warcraft*?«, fragte Janko, nur um etwas zu sagen. Computerspiele interessierten ihn nicht sonderlich. Aber er wusste, dass Polo süchtig danach war.

Polo nickte. »*Nebel von Pandaria*. Level 90 ruft!«

Janko lächelte unbestimmt. »Er zahlt.« Janko deutete mit dem Kopf Richtung Straße.

»Nix.« Polo sah zwar aus wie eine fette Unke, konnte aber für seine Leibesfülle erstaunlich schnell sein. Er schlängelte seine Massen in Windeseile um den kleinen Tresen herum und packte Jankos linken Arm. »Wennst dir ein kostenloses Bett schnorren willst, schleich dich. Gezahlt wird im Voraus.«

»Versuchen kann mans ja mal.« Janko grinste schief und schob die Kapuze nach hinten. Polos fettige Haare, die sich über den Hemdkragen wellten, müffelten unangenehm. Es war nicht das Einzige an Polo, das müffelte. Janko drehte sich weg. »Aber im Ernst, da kommt noch jemand.« Er wühlte zwanzig Euro hervor und gab sie Polo.

»Siehste, geht doch.« Polo brummte zufrieden, watschelte zurück und wuchtete sich auf seinen alten Bürostuhl, der ein ungutes Ächzen von sich gab. »Eine Stunde. Wenn jemand nach dir fragt, schick ich ihn rauf.«

»Kennst ihn eh schon. Der spießige Beamtentyp.«

»Das sind sie doch alle, oder?«

»Hey, wart mal, Kleiner«, rief Polo den Burschen zurück, der sich anschickte, die Treppen hinaufzusteigen. »Du kennst doch Tayfun …«

»Nö«, antwortete Janko wie aus der Pistole geschossen. Zu schnell. Natürlich kannte er Tayfun, aber das wollte er gegenüber Polo nicht zugeben. Janko stieg wortlos die Treppen hinauf. Vorgestern hatte ihn ein älterer Türke angesprochen. Einfach so. War zu ihm hingekommen, direkt und offen. Dass das kein Freier sein konnte, war Janko sofort klar gewesen. Der Türke, ein untersetzter Mann mit Schnauzbart und Halbglatze, hatte ihm das Foto eines aufgeweckt in die Kamera strahlenden Burschen um die achtzehn gezeigt und Janko gefragt, ob er den kenne oder schon mal gesehen habe. Janko hatte verneint. Der Türke hatte sich höflich bedankt, war weitergegangen und hatte zielsicher den nächsten Stricher angesteuert, um ihm das Foto zu zeigen. Janko hatte sein Smartphone gezückt und Tayfun sofort eine Nachricht geschickt, dass jemand unterwegs sei, der nach Arslan suchen würde.

»Hihihi«, gackerte Voitl immer noch, als die Schiebetür des alten Ford-Transporters ins Schloss krachte.

»Jetzt krieg dich wieder ein, Valentin!«, knurrte Boro. Immer, wenn er wirklich sauer war, nannte er Valentin beim vollen Namen. »Noch unauffälliger gehts wohl nicht? Oasch!«

»Der … der hat geschaut wie ein Fraggle«, prustete Voitl. Er sprach es wie »Fräckl« aus. »Das hättest du nicht sagen dürfen, hihihihi. Ein Fraggle!«

Boromir zuckte mit den Schultern. »Du bist so ein Oasch, Voitl. Der hat ja auch geschaut wie ein Fraggle, als du ihm gesagt hast, wer uns schickt.«

Mit erneutem »Hihihi« versuchte Voitl den dümmlichen, stets überrascht wirkenden Gesichtsausdruck eines Fraggles zu imitieren, jenen kunterbunten Puppen mit riesengroßen Kulleraugen, die als Ableger der Muppets in den 1980er Jahren das Kinderfernsehen erobert hatten. Dann fiel sein Blick auf den Asphalt. Er bückte sich und hob ein ledernes Notizbuch mit Verschlussgummi auf. Er blätterte neugierig darin herum. Die meisten Seiten waren noch leer. »Mei, das ist schön«, sagte Voitl, während er die Beifahrertür öffnete und sich auf den Sitz schwang. »Hat unser Fraggle … hihihihihi … hat der wohl grad verloren. Na, ich behalts. Schönes Bücherl.«

Boro stieg auf der Fahrerseite ein. Bevor er den Zündschlüssel umdrehte, sah er nach hinten in die Ladefläche. Der Mann, den sie hineingeschubst hatten, stöhnte.

»Der kommt langsam zu sich«, sagte Boro und ließ den Wagen an. »Wir sollten uns beeilen.«

»Ich dachte, er soll alles mitkriegen«, antwortete Voitl.

»Wer sagt denn das?« Boro parkte aus.

»Na, wer wohl?«

»Nein, hat er nicht gesagt.«

»Schade. Hab mich schon drauf gefreut, was der für ein Gesicht macht, wenn wir …« Voitl wurde wieder von einem Kicheranfall geschüttelt, er riss dramatisch die Augen auf und prustete: »Wie ein Fraggle. Da hätte er bestimmt noch fraggeliger geschaut. Und weißt du noch, die Allwissende Müllhalde … Die hat ausgeschaut wie meine Großtante Mitzi …«

»Voitl, wir unterhalten uns jetzt nicht über Puppen im Fernsehen«, sagte Boro bestimmt und bog in die Schillerstraße ein.

»Mit dir macht das in letzter Zeit auch keinen richtigen Spaß mehr«, maulte Voitl. »Ich hab neulich im Fernsehen gesehen …«

»Du hast immer was im Fernsehen gesehen«, sagte Boro. »Du schaust einfach viel zu viel fern, Oasch. Konzentrier dich wenigstens einmal! Wir haben … Scheiße, kannst ned schaun, du Funzn!« Boro trat voll auf die Bremse, als eine ältere Frau sturzbetrunken, ohne auf den Verkehr zu achten, plötzlich auf die Straße wankte.

Fortsetzung nur im Buchhandel …

www.hirschkaefer-verlag.de